ro
ro
ro

Marion Schwarzwälder, in Villingen geboren, hat nach dem Studium (Literatur und Rhythmik) drei Jahre auf den kanarischen Inseln verbracht und ist dann in Berlin häufig umgezogen. Sie spielt Saxophon und schreibt Kriminalromane. Von ihr sind erschienen: «Trio Berlin» und «Tod nach Noten». Die Kritik schrieb begeistert: «Endlich ein Berlin-Krimi, der den Namen auch verdient.» (*taz*) «… raffiniert ausgeklügelt und hervorragend recherchiert.» (*tip*) «… ist Spitzenklasse.» (*Express,* Köln)
«Backstage» ist ihr erster Roman mit Oshinski und März, dem originellsten Ermittlerteam im heutigen Berlin.
Weitere Romane werden folgen.

marion schwarzwälder

BACKSTAGE

ein fall für oshinski und märz

Rowohlt Taschenbuch Verlag

Originalausgabe
Veröffentlicht im Rowohlt Taschenbuch Verlag,
Reinbek bei Hamburg, Juni 2004

Umschlaggestaltung any.way, Barbara Hanke/Cordula Schmidt
(Foto: Folio-ID)
Satz aus der Adobe Garamond PostScript, PageMaker,
bei Pinkuin Satz und Datentechnik, Berlin
Druck und Bindung Druckerei C. H. Beck, Nördlingen
Printed in Germany
ISBN 3 499 23640 0

Für Tatjana Jurczok-Steding

PROLOG

Das war der Ausweg. Seine Rettung.

Panitz stand im dunklen Hotelzimmer, sah auf eine Gracht, auf Hausboote und eine beleuchtete Brücke.

Amsterdam.

Panitz mochte Lichter. Hochhäuser. Echte, im Rudel, nicht wie in Berlin, wo er nun schon so lange lebte und wo man am neu bebauten Potsdamer Platz Manhattan spielte.

Amsterdam aber war unvergleichlich, lief außer Konkurrenz. Eine Traumstadt, die er in den vergangenen Jahren immer wieder besucht hatte. Wie Tom auch. Allerdings ohne ihn, in den langen Jahren der Trennung.

Tom kam zu spät. Wie früher schon, zu den privaten Verabredungen.

Bei Gigs war er pünktlich. Er war am liebsten noch kurze Zeit allein vor Konzertbeginn, nicht mal ihn, Panitz, mochte er in diesen Minuten um sich haben. Weiß der Henker, wie Tom sich vorbereitete. Aber dann war er da. Explodierte auf der Bühne, legte von der ersten Minute an los.

Er hatte immer links von Tom gestanden, elektrische Gitarre gespielt. Und sich darum gekümmert, Auftritte ranzuschaffen. Erst, als er nach Westberlin ziehen musste, übernahm Tom die Geschäfte. Aber das war nicht sein Metier. Also suchte die Band einen Manager und fand schließlich einen, der etwas vom Geschäft verstand, diesen Reimann, mit dem Tom immer noch arbeitete.

Panitz wusste schon immer, dass er kein herausragender Gitarrist war. Er war der zweite Mann, derjenige, der Tom aus der Klemme half. Was immer gerade schief gelaufen war, er war da für den Sänger, den die Mädels belagerten, hielt ihm den Rücken frei.

Es war so selbstverständlich, wieder mit ihm zusammen zu sein. Leicht.
«Ich brauch dich, Mann.»
Das war's.
Panitz ging zum Telefon, ließ sich mit Toms Suite verbinden.
«Es tut mir Leid, es meldet sich niemand. Soll ich es weiter versuchen?», fragte eine Frau an der Vermittlung.
«Nein, danke.»

Er war schon mal mit Tom in Amsterdam gewesen, fünfzehn-, sechzehnjährig. Die Stadt, das, was sie anzog, war die wilde Mischung aus Späthippies, Punks, Reggaefreaks und Rockern, eine geile Mischung, eine Insel, auf der man nicht mehr Außenseiter war.
Sie waren sofort auf Speed, ohne was genommen zu haben, vielleicht ein bisschen Gras, okay, tobten durch die Stadt, Nacht-Tag-Nacht. Schliefen auf einem Hausboot, na klar, eine verwanzte Holzkiste, mit der der Besitzer Kohle machte, überteuerte Schlafplätze vermietete an Ausländer, die auf die Legende von coolen Sleep-ins hereinfielen. Nach der zweiten Nacht machten sie die übrigen Nächte durch, schliefen tagsüber in Parks. Die Stadt war teuer, sie hatten zu wenig Geld, um all die Konzerte und Clubs zu besuchen, auf die sie scharf waren. Aber Panitz fand Wege, er war es gewohnt, zu tricksen, hintenrum reinzukommen.
Er war von seiner älteren Schwester aufgezogen worden, lebte im selben Dorf wie Tom. Die monatlichen Schecks aus der Lebensversicherung nach dem Unfalltod der Eltern reichten meist nur bis zum Sechs-, Siebenundzwanzigsten des Monats. Er ging dann einkaufen. Und anschreiben. Kein Problem, solange es noch den Dorfladen gab. Als die Besitzerin schließen musste, fuhr man zum Supermarkt in der zehn Kilometer entfernten Kleinstadt. Panitz lernte zu tricksen – «hab mein Geld verges-

sen», das ihm dann ein Nachbar, der ihn mit dem Auto mitnahm, auslegte und der dann bis zum Ersten darauf warten musste.

Was zum Teufel … Warum jetzt diese Erinnerungen? Panitz goss sich ein Mineralwasser ein. Das geplante Essen konnten sie sich abschminken, sonst würde es zu spät für die anschließende Verabredung mit den Frauen.

Er legte die alte CD ein, Toms erste Platte, die gerade wieder aufgelegt worden war, weil Toms aktuelle Single in den Charts lief.

Einige der Songs hatten sie noch zusammen entwickelt, im Proberaum, einer kam mit einem Riff, der andere nahm es auf, irgendwann gab's 'ne Melodie dazu, und so entstanden viele der Stücke, nach und nach, wurden auch schon mal nach Gigs verändert, je nachdem, wie sie beim Publikum ankamen.

Er freute sich schon auf den einen, den Song, der Sehnsucht weckte, nach damals, als alles noch möglich schien, das Leben Neues versprach, immer und immer wieder, als es ihn noch überraschen konnte.

Und nun wieder ein Anfang. Er wagte kaum, sich diesem Gefühl anzuvertrauen, das Anfang und Aufbruch versprach, schalt sich einen verdammten sentimentalen Narren. Aber es konnte gut gehen, sie war wieder da, die Selbstverständlichkeit im Umgang, auch die Vertrautheit. Wieder das Leben auf der Scheinwerferseite, ohne die drückende Gewissheit, dass seine musikalischen Defizite sie eines Tages trennen würden, ihn und Tom. Dieses Mal war seine Rolle in diesem Duo klar: Der alte Freund, der Vertraute. Und für ihn, Panitz, Anfang und Aufbruch. Und Rettung.

paula und melissa

TEIL EINS

EINS

«Willst du noch einen Kaffee?»

Berlin. Prenzlauer Berg. Frühstücken in einer kleinen Bäckerei, Kaffee satt.

Noch gab es den Bäckerladen mit Schrippen aus eigener Backstube; die Fußpflegerin, bei der sich alte Frauen bedienen ließen, die sich nicht mehr bücken konnten; Frauen, die ihr ganzes Leben in diesem Kiez, in einer Wohnung, manche die der Eltern, verbrachten. Der Handwerker, der in Hausfluren die Stummen Portiers mit neuen Namen versah, wenn wieder jemand ins Umland zog. Kleine Geschäfte, in denen die Großstadt-Zeit anhielt, ein Wort gewechselt, für viele das einzige Gespräch des Tages.

Aber es häuften sich die leeren Schaufenster mit den Schildern: zu vermieten, ohne Provision.

In diesem Kiez. Es gab Stadtteile wie Dahlem, die lagen auf einem anderen Finanzstern.

Melissa gähnte. Sie hatte den Winter über durchgearbeitet. Heute begann ein neuer Auftrag, und sie war müde. Der Abend zu lange, in ihrer Stammkneipe, mit zwei Saxophonisten am Tresen, die davon redeten, dass sie in derselben Kleinstadt aufgewachsen waren. Damals, sagte der eine, habe er ihn nur als Konkurrenten gesehen. Je mehr Bier, umso aufgeplusterter die Beichte. Dazu Schnaps, den Melissa seufzend stehen ließ.

«Ich kenne keine Konkurrenzgefühle zu Musikern», sagte schließlich der andere Saxophonist. «Ich war einfach besser als du.»

Steigender Druck auf die ortsansässigen Musiker, die monatliche Kohle ranzuschaffen, nicht mal mehr die fünfzig Euro, der frühere Hunderter, war gesicherte Gage, oft war es der Eintritt, die Hälfte kassierte der Veranstalter. Man spielte sich in halb leeren Clubs den Arsch ab, drei Sets, bis in die Nacht. Während tausende Fans bereit waren, fette Kohle für die großen Acts zu bezahlen.

«Schicke Limo», sagte die Bäckerin.

Melissa nickte. Dieses Auto war ein Schiff, mit getönten Fensterscheiben, eine Limousine, die schon von weitem schrie, dass hier ein Jemand kam.

Brauns Manager hatte präzise Anweisungen bezüglich des Autos gegeben.

«Wen holst du denn heute ab?»

«Einen Sänger», antwortete Melissa und leerte den Rest des Kaffees.

«Sag schon, wer ist es?»

«Tom Braun.»

«Wow. Der hält sich schon lange, was?»

«Ich muss los», sagte Melissa, bezahlte, ging zum Auto, fuhr scharf an, bremste, stellte den Rückspiegel nach, gab Gas und legte auf der Seitenstraße probehalber eine Vollbremsung hin. Vollgetankt, Öl nachgefüllt, sie konnte sich darauf verlassen, dass das Auto sorgfältig gewartet war. Sie fuhr los, zum Flughafen Tegel, Berlins Stadtflughafen. An einer roten Ampel nestelte Melissa eine CD aus der Innentasche ihrer Jacke und legte sie in den Player ein.

Melissa hatte sich die erste Scheibe ihres neuen Klienten besorgt, neu aufgelegt, nachdem die letzte Single sich schon so lange in den Charts hielt.

Das hier, die Erste, war Rockmusik mit Gewissen. Für ihre Generation, die der Vierziger und älter, Themen, die längst salonfähig waren, ob in Ost oder West aufgewachsen. Neuerdings entdeckten ihn auch die Teenies, die diese Musik nicht als Revival, sondern als etwas Neues erlebten.

Die kräftige Stimme hob sich ab von den üblichen Barden, die eingequetschtes Gesinge, mit minimalem Stimmumfang, als persönlichen Stil verkauften.

Der Kerl konnte singen, intonierte sauber, hatte ein Timbre, das neugierig machte auf den Mann, der sich schon so lange im Musikgeschäft hielt, fünfzehn Jahre. Mal war es stiller um ihn, dann wieder überall ein neuer Song zu hören; die letzte Single hatte es wieder in die Charts geschafft.

Auf der CD folgte eines dieser Antikriegslieder. Melissa warf einen Blick auf das Gesicht von Tom Braun auf dem CD-Booklet. Dunkles, langes Haar, glatt rasiert, mit markanten Gesichtszügen, helle, blaugraue Augen, volle Lippen, Falten, die sich von den Nasenflügeln zu den Mundwinkeln zogen.

Melissa rief sich das aktuelle Foto, das der Manager an die E-Mail angehängt hatte, ins Gedächtnis. Das Gesicht schien glatt, voller, das Haar kurz, aber das machte noch nicht die Veränderung aus. Es waren die Falten zum Mund, die Melissa so attraktiv fand; sie waren im Laufe der Jahre nicht schärfer geworden, sie wirkten abgemildert.

Tom Braun. Rockstar. Der eine örtliche Sicherheitsfrau angefordert hatte, als seelische Stütze und Begleitung – Leibwächter brachten die Künstler meist selbst mit –, und zwar ausdrücklich Melissa März, deren Ruf sich unter Stars herumgesprochen hatte: März wisse, wann man Musiker ansprach, fände schnell heraus, bei wem Schweigen das Lampenfieber anheizte oder es herunterfuhr, wie mit ihnen umzugehen war am Tag des Konzertes und danach, wenn sie verschwitzt und noch mit heißen Gesichtern von der Bühne tänzelten, in den Körpern die Begeisterung der Fans, und wie sich Erschöpfung ankündigte, das Loch, die Depression nach dem Auftritt, wenn es ruhig wurde in der Garderobe.

Und sie kannte die relevanten Läden der Stadt. Promi-Bars für diejenigen, die erkannt, dort geparkt und von der Klatschpresse ausgenommen werden wollten. Oder Läden, die den Stars Anonymität gewährten. Und sie kannte Plätze zum Alleinsein. Aber dorthin wollte selten ein Kunde.

Keiner ihrer Klienten wusste, dass Melissa selbst Sängerin war, ausgebildet in Ostberlin. Jahrelang tourte sie in wechselnden Formationen durch die DDR. Nach dem Mauerfall und dem Zusammenbruch vieler Ostbands entschloss sich Melissa, ihr Leben zu ändern. Radikal. Sie machte ein Praktikum bei ihrer langjährigen Freundin Paula aus Westberlin, die eine Detektei leitete, anschließend eine Ausbildung als Sicherheitsfrau, bei Ex-Stasis, wie sich später herausstellte. Seit einigen Jahren waren Paula und Melissa Partnerinnen der Detektei.
Das, was ihr als Sängerin Spott eingetragen hatte, wurde nun Melissas Vorteil: ihre Körpergröße von einem Meter achtzig und ihre Amazonenfigur.
«Ich wollte nicht mit Gicht, Krampfadern und weißem Haar hinterm Mikro auf Kaffeefahrten enden», bügelte Melissa Fragen von Fremden zu ihrem Berufswechsel ab.
Und – mittlerweile sang sie wieder, in einer bezahlbaren, kleinen Formation, in kleinen Läden, auf kleinen Sommerfestivals im Brandenburgischen, zu kleinen Gagen, für die sie zu Ostzeiten nicht mal aus dem Bett gekrochen wäre; unregelmäßig, meist an Wochenenden, wenn ihre Starklienten in den großen Städten der Welt gastierten.

Melissa stellte die CD ab, konstruiertes Zeug, nicht ihre Welt, aber es war für den Job ja auch nicht wichtig, was sie davon hielt.
Dann klingelte das Handy. Bert Reimann, Brauns Manager, wollte abgeholt werden.
Gerade hatte sie das Brandenburger Tor umfahren. Und immer noch das Ziehen im Magen – nur hier, von Ost nach West, inmitten von Touristen, die sich fragten, wo die Mauer mal stand.
Melissa bremste, fuhr auf den Busstreifen, wendete, überfuhr den Mittelstreifen und machte sich auf den Weg zurück zum Gen-

darmenmarkt, um Reimann im Hotel abzuholen. Sie hielt an der roten Ampel, vor sich nun die Westansicht des Brandenburger Tors.
Und plötzlich ein Hubschrauber, Sirenengeheul. Polizei auf Motorrädern, die eine Schneise in den Vormittagsverkehr schlugen, die Ampeln wurden außer Kraft gesetzt, Politiker so angekündigt. Der Verkehr stand still.
Melissa stellte die Heizung höher. Vom Kalender her war das ein Frühlingstag, doch er forderte dicke Jacken. Winterkleidung. Der Winter, der dieses Jahr nicht zu enden schien, vorzugsweise grau-nasse Tage, wie dem November entliehen.
Eine Autokolonne raste herbei, bog mit hoher Geschwindigkeit vor dem Tor links ab Richtung Reichstagsgebäude. Eine der dunklen Limousinen kam ins Schlingern, zwang die nachfolgenden Autos zum Ausweichen, eines krachte auf ein wartendes Auto, Sicherheitsleute rissen Türen auf, lalülala, Chaos brach aus.
Nichts ging mehr. Die Autofahrer reagierten nicht auf das Grün der Ampel. Melissa lenkte auf den Bürgersteig, nach rechts, in die entgegengesetzte Richtung zum Unfallort, fuhr zurück auf die Straße. Niemand achtete auf sie. Melissa drückte aufs Gas. Die Zeit drängte. Jetzt galt es, noch rechtzeitig den Manager abzuholen, der wohl die verdammten Taxikosten sparen wollte.

Eine Dreiviertelstunde später. Sie näherten sich dem Flughafen, im Norden des alten Westberlins, auf einer Route, die das Brandenburger Tor umging, auf dem Rücksitz B. R., englisch ausgesprochen, der Manager Tom Brauns, der Melissa einige Minuten vor dem Hotel hatte warten lassen.
Reimann war etwa so groß wie Melissa, ein Mann um die fünfzig, mit spärlicher werdendem Haar, ebenso wie die Augenbrauen beinahe schwarz gefärbt, was seinem Teint nicht schmeichelte, ihn bleich und kränklich aussehen ließ. Der Manager – «Nennen Sie mich B. R., wir werden in dieser Woche zusam-

menarbeiten» – entschuldigte sich, öffnete eine Aktenmappe und begann, in Papierbündeln zu blättern, zu lesen.
Er gehörte zu den Menschen, denen der aufgelegte Duft voranschritt. Er war sorgfältig gekleidet, trug einen gefütterten Trenchcoat, den er aufknöpfte: «Schalten Sie bitte die Heizung herunter.»
Melissa hatte sich für einen grauen Hosenanzug aus Wollstoff entschieden, dazu einen Kaschmir-Pullover in hellerem Grau, eine ihrer Dienstuniformen, wie sie es nannte, mit ausreichend Taschen in der Jackettinnenseite, bewegungsfreundlich geschnitten und so wärmend, dass ein Mantel überflüssig war.
Reimann hatte Melissas Figur mit einem anerkennenden Blick bedacht, als sie, ausgestiegen, um eine Zigarette zu rauchen, auf ihn gewartet hatte; der Kunde Braun hatte ausdrücklich auf einem rauchfreien Auto bestanden. Melissa hatte breite Schultern, eine schmale Taille, lange Beine, schulterlanges, dickes, beinahe krauses Haar; heute trug sie es in einem Zopf gebunden. Neuerdings musste sie einmal wöchentlich nachhelfen, um eine grau nachwachsende Strähne ihrer rotbraunen Naturfarbe anzugleichen.
Sie war kaum geschminkt, die grünen Augen etwas betont, hatte auf Lippenstift verzichtet, der die sehr üppige Unterlippe betont hätte, etwas Farbe auf die Wangenknochen – all das gelernt seit dem ersten Job als Backgroundsängerin im Unterhaltungsgenre.
«Es gibt eine Änderung», sagte Reimann unvermittelt. Er hielt Melissa ein beschriebenes Blatt Papier hin, wie sie im Rückspiegel sehen konnte. Schließlich bequemte er sich, sich vorzubeugen, legte ihr das Papier in die ausgestreckte Hand.
«Wir fahren zunächst vom Flughafen zum Olympiastadion.»
Mehr schien er ihr nicht anvertrauen zu wollen.
Melissa legte das Papier auf den Sitz neben sich, beobachtete den dichter werdenden Verkehr, nutzte die Wartezeit an einer Am-

pel, um sich telefonisch zu erkundigen, ob das Flugzeug aus Amsterdam pünktlich ankomme.

Es blieb noch eine halbe Stunde Zeit, wovon sie etwa fünf Minuten bis zum Flughafen benötigten.

«Was ist im Olympiastadion geplant?»

Irritiert sah Reimann aus seinen Papieren auf.

Melissa wiederholte die Frage.

«Ein zusätzlicher Termin, Melissa.»

Melissa zog die linke Augenbraue hoch. Sie hatte sich mit vollständigem Namen vorgestellt, nicht den Vornamen angeboten.

«Worum geht es bei diesem Termin?»

Reimann hatte sich schon wieder in seine Papiere vertieft.

Ach je. Wieder einer, bei dem sie sich durchsetzen musste. Und der Flughafen schon in Sichtweite.

Melissa scherte aus, brachte das Auto in einer Parkbucht zum Stehen, drehte sich zum Manager um.

«Wie Sie sagten, Herr Reimann, wir werden einige Tage zusammenarbeiten. Sie wollen professionelle Mitarbeit. Dazu gehört, dass Sie mich umfangreich informieren. Als Fahrerin wäre ich überbezahlt.»

Reimann wollte schon bei den ersten Worten etwas entgegnen, beherrschte sich, ließ sie aussprechen.

«Sie haben den Zeitplan», deutete er mit dem Kinn Richtung Beifahrersitz.

Melissa überflog den Zettel. 14 bis 18 Uhr Olympiastadion.

«In Ordnung. Ich erfahre dann sicher von Ihrem Klienten Näheres.»

Das half.

«Ich habe ein Pressemeeting organisiert. Unsere Teilnahme an der Wohltätigkeitsveranstaltung am Freitag ist das Thema, in Zusammenarbeit mit Hertha BSC. Dem Fußballverein», fügte er hinzu. «Für Flutopfer. Außerdem drehen wir dort, vielleicht können wir etwas für das neue Video verwenden.»

«Ihr Klient kennt die Änderungen?»
Reimann musterte Melissa.
Wir werden keine Freunde, dachte sie.
«Natürlich ist Tom auf den Videodreh vorbereitet.»
Will heißen, nicht auf den Pressetermin, grinste Melissa und fuhr los. Der ursprüngliche Plan sah eine Besprechung in kleinem Kreis vor, im Hotel.
Melissa parkte vor dem Flughafengebäude.
Der neue Job hatte begonnen.

Drückte ein Flughafen den Charakter einer Stadt aus, wäre Berlin ein Dorf. Diese Anlage glich einem übersichtlichen, geruhsamen Busbahnhof, nicht dem Flughafen Berlins, der den Ankömmlingen nach zweiundzwanzig Uhr nicht mal mehr eine Schachtel Streichhölzer zu kaufen gönnte. In wenigen Minuten war man einmal durch das Gebäude gelaufen.
«Immer wieder nett, in Berlin zu sein», sagte Reimann.
«Sie sind aus …?»
«Frankfurt.»
«Daher kommt doch auch Braun.»
«Hausaufgaben gemacht, Melissa? Werfen Sie bei Gelegenheit einen Blick in den Atlas. Braun stammt aus dem Odenwald. Aber nun will er ja Bewohner der Hauptstadt werden.»
Sie schlenderten auf das Gebäude zu. Ein Schwarm Touristen, mit Kofferbergen auf Handwagen, drängte durch die gläserne Schiebetür ins Freie, hinein in ein Grüppchen Raucher um einen Aschenbehälter. Kosmetikbags fielen auf den Boden, erste Schimpfworte flogen durch die Luft, smokey bastards.
Melissa wich rechtzeitig aus, fasste Reimann am Ellbogen und dirigierte ihn zur nächsten Tür. Er aber blieb stehen, zog eine zerknüllte Zigarette aus der Manteltasche.
«Haben Sie Feuer? Eigentlich rauche ich nicht mehr. Nur ab und zu.»

Er inhalierte, als rauche er eine Gefüllte.
Melissa setzte ein verbindliches Lächeln auf, hörte nur mit halbem Ohr zu. Sie hasste diese Art von Raucherbeichten, mit einer Zigarette in der Hand. Absurd wie diese Raucherecken. Wie früher auf dem Schulklo. Und alle redeten miteinander. Wie Hundebesitzer. Wie Fremde im Zugabteil.
«Wir gehen besser zum Flugsteig.»
Eine Tafel zeigte an, dass Brauns Flieger gelandet war.
Er war der Erste, der am Zollschalter erschien, eskortiert von einer Frau und einem Mann seines Alters.
Plötzlich tauchte ein Trupp junger Leute auf. Die Ersten begannen zu kreischen, als sie Tom Braun entdeckten.
«Woher zum Teufel … Niemand weiß doch …», stotterte Reimann.
«Holen Sie das Auto, kommen Sie zum Ausgang», rief Melissa ihm zu und drückte ihm die Autoschlüssel in die Hand.
Sie drängte entschlossen durch die Gruppe zappelnder Teenies, nahm die Arme und Schultern zu Hilfe, arbeitete sich vor zu Braun, der bei den Zollbeamten stehen geblieben war.
Braun erkannte sie, grinste freundlich. Melissa, die ihm ein Foto gemailt hatte, nickte ihm zu.
«Wo ist Ihr Sicherheitsdienst?»
Braun lächelte. Melissas Frage war im Aufkreischen einiger Mädchen untergegangen, die sich näher schoben.
Sicherheitsbeamte auf dem Laufsteg über den Köpfen hasteten herbei, mit gezogener Waffe. Zwei Beamte drängten durch die Menge. Einer erkannte den Rockstar, sagte etwas zu seinem Kollegen, stellte sich mit dem Rücken zu den Fans, winkte nach oben ab. Die Waffen wurden weggesteckt.
Hinter Braun kamen die anderen Passagiere.
«Helfen Sie uns zum Auto», forderte Melissa die Wachleute auf.
Weitere Beamte eilten herbei, schoben die Fans zurück. Melissa schnappte Braun an der Lederjacke, zog ihn zum Ausgang.

Tom Braun lächelte. Er schien nicht im Mindesten beunruhigt, genoss das Spektakel.

«Wo sind Ihre Leibwächter? Sollten Sie nicht im Flugzeug bleiben, bis alle Passagiere ausgestiegen sind?»

Brauns Antwort war nicht zu verstehen. Er machte einen Schritt auf ein Mädchen zu, das ihm einen Stift und ein Poster hinhielt, über die Arme zweier Sicherheitsbeamten hinweg, die sich an den Händen hielten, eine Art Kette bildeten.

Ein Mann mit Handkamera drängte heran, im Schlepptau eine Frau, die Braun ein Mikrophon vors Gesicht hielt.

«Wo zur Hölle sind die Leibwächter?»

Braun lächelte. «Die kommen mit dem nächsten Flugzeug.»

«Das ergibt Sinn. Wir müssen weg hier. Mittlerweile wird das Auto bereitstehen.»

Jemand riss von hinten an Melissas Zopf. «Unternehmen Sie etwas, wozu sind Sie denn da», schrie eine Frau Melissa ins Ohr.

«Bleiben Sie ruhig.»

Endlich hatten die Beamten einen Gang durch die Fans hin zum zehn Meter entfernten Eingang freigemacht. Melissa schob Braun zur Tür, packte ihn am Arm, rannte zum Auto, in dem Reimann, mit laufendem Motor am Steuer sitzend, wartete. Melissa riss die Tür auf, schob Braun auf den Rücksitz, umrundete das Heck, Reimann rutschte auf ihr Kommando hin auf den Beifahrersitz. Melissa übernahm das Steuer, raste los, sah im Rückspiegel die zurückbleibenden Fans.

Melissa liebte schnelles Autofahren, trainierte immer wieder mal, unterschiedliche Autotypen, Wetterbedingungen, Fahrbahnen. Sie nutzte Lücken zum Überholen, war im Nu auf der Stadtautobahn.

Reimann hatte sofort zum Handy gegriffen, sprach schnell. Dann drehte er sich zu Braun um, hielt mit einer Hand die Kopfstütze umarmt.

«Gute Arbeit», sagte er sarkastisch zu seinem Star.

Tom Braun zog eine riesige Sonnenbrille à la Miles Davis aus der Jacke und setzte sie auf.

«Änderungen, Tom. Wir fahren sofort zum Olympiastadion, zu einer Pressekonferenz. Die Koffer, etwas zum Umziehen, wird gebracht. Du hast noch Zeit, dich auf Vordermann zu bringen, wir machen ein paar Aufnahmen.»

«Cool. Wirklich cool. Warum erfahre ich das erst jetzt? Die letzte Nacht war verdammt kurz und …»

«Ich habe angerufen, Tom. In eurem Hotel. Deine Frau Lilli wusste aber auch nicht, wo du steckst. Und dein Handy war abgeschaltet, nicht mal die Mailbox an. Und was war das für eine Show eben am Flughafen? Du wirst noch ausreichend Gelegenheit haben für Öffentlichkeitsrummel. Solche unkontrollierten Auftritte können ins Auge gehen. Ich hab den Sicherheitsdienst vom Fußballverein angefordert. Wo sind deine Sicherheitsleute, Tom, sag mal, knallst du jetzt komplett durch? Und was geht da vor mit Lilli, wieso weiß sie nicht, wo du steckst?»

«Meine Ehe ist immer noch meine Privatsache. Im Übrigen hatte ich freie Tage, Mister B., acht freie Tage, wenn du dich erinnerst. Die erste freie Woche seit Monaten.»

«Falsch, Tom. Du solltest dich fit machen lassen, Tom. Und das ist gelungen, wie ich sehen kann. Wo sind deine Leute?»

«Die kommen mit dem nächsten Flieger. Sind auf dem Weg zum Flughafen in einer Verkehrskontrolle hängen geblieben. Je mehr sich Joey aufregte, umso gründlicher haben die Cops das Auto gecheckt. Ein Leihauto, wohlgemerkt.» Braun grinste, schnippte mit den Fingern. Ein Bein war in Dauerbewegung, der linke Fuß trommelte in rasendem Rhythmus auf den Autoboden.

«Warum war Joey nicht bei dir?»

«Wir sind direkt zum Flughafen gefahren, waren nicht mehr im Hotel.»

«Wir. Panitz und du also.» Reimann atmete kräftig durch. «Du weißt, wie wichtig diese Zeit ist. Das weißt du, ja? Verdammt, ihr seid nicht mehr in eurem Odenwalddorf, Tom. Pubertäre Scheiße, Tom. Abhauen. Einen draufmachen, was? Alte Freundschaft erneuern. Irgendein scheiß Paparazzi hat euch mit Sicherheit erwischt.»
«Hauptsache, mein Name ist richtig geschrieben.»
«Ich habe die neuen Verkaufszahlen, mein Junge. Die Zahlen gehen runter. Die Zahlen waren zu keinem Zeitpunkt so hoch wie bei der letzten Singleauskoppelung.»
Melissa fuhr von der Stadtautobahn ab. Sie würde über Seitenstraßen zum Stadion fahren. Es blieb genügend Zeit bis zur Pressekonferenz, und das Gepäck musste noch rechtzeitig ankommen.
«Das Problem mit den Verkaufszahlen haben alle. Die Leute kaufen eine CD und brennen zehn nach. Oder laden runter, ziehen sie sich aus dem Netz. Sie auch, Melissa März?»
Melissa verstärkte das unverbindliche Berufslächeln, nickte. «Ab und zu.»
«Siehst du, B. R., du machst dir zu viele Sorgen. Die Scheibe hält sich seit Wochen in den Charts.»
«Auf Platz vier. Trotzdem ist es mein Job, mir Sorgen zu machen. Und Konzepte zu machen, und zwar vorausschauend. Die Plattenfirma hat mir einige neue Songs zugeschickt. Es wird Zeit für die Imagekorrektur.»
Melissa musterte Tom Braun im Rückspiegel. Lederkluft. Schwarzer Rollkragenpullover. Sonnenbrille, wenig vom Gesicht zu sehen.
«Dazu gehört die Konferenz im Olympiastadion. Fußball weckt großes Medieninteresse. Alle Großen haben zu Sportereignissen gesungen. Fußball ist nicht mehr nur eine Sache für Prollis. So ein Spiel ist ein gesellschaftliches Ereignis, eine große Sache geworden.»

«Sache. Welche Sache? Von welcher Sache sprichst du?» Braun war in eine Art Rap verfallen. «Hieroglyphen, B. R., Sphinxereien. Sa-che, Sa-che, Sa...»
«Hast du was genommen, Braun? Sag bloß, du hast wieder angefangen?»
«Ach, Quatsch. Und wenn, dann wäre das auch meine Privatsache.»
«Was ist nur mit dir los, du führst dich auf wie ein Fünfzehnjähriger. Ich bin aber nicht dein Vater. Dieser verdammte Panitz», setzte Reimann leise hinzu. «Okay. Was immer zu besprechen ist, es muss warten. Konzentriere dich auf die Presse. Die neue CD ankündigen, mit Charme, wenn ich bitten darf, du weißt schon.»
«Ich kann's mir vorstellen, B. R., ich bin schon ein paar Tage in diesem Geschäft, wenn du dich erinnerst. Ich will jetzt mal fünf Minuten meine Ruhe vor der Show, einen Kaffee und einige Worte mit Melissa. Oder ist das zu viel verlangt?»
Reimann drehte sich nach vorn, rieb sich die linke Schulter.
«Verdammt, total verzerrt. Diese Scheiße hier kostet dich Massagen.»

Melissa überquerte den überdimensionalen Parkplatz vor dem Haupteingang des Stadions. Schon von weitem sah man den Rummel: Wild gestikulierende Fans, Absperrungen. Ein Mann in Uniform winkte das Auto zu einer Durchfahrt.
Braun öffnete das Seitenfenster. Nun hörte man auch das Schreien, die Rufe, meist von Mädels, «Tooom, Tommiiiiie». Braun ließ Zähne sehen, winkte.
Hinter der Limousine wurde hastig das Tor geschlossen, der Mann in Uniform rannte herbei, öffnete die Beifahrertür.
«Wir mussten umdisponieren. Die Pressekonferenz findet im Haus der Kulturen statt. Hier ... hier gab es einen Vorfall. Man fand einen Giftstoff. Das Stadion musste abgesperrt werden. Wir

müssen zusehen, dass … dass … das Ganze bis zum Wochenende behoben wird.»
«Sie wollen uns wohl verarschen? Wer sind Sie überhaupt? Was ist denn das für eine Scheißorganisation?», keifte Reimann.
«Wir haben versucht, Sie noch im Hotel zu erreichen. Und am Flughafen. Ihr Handy war auf Mailbox geschaltet. Es tut uns schrecklich Leid. Der Vorfall ereignete sich erst heute früh. Aber keine Sorge, wir haben das Ganze schon umorganisiert. Man wartet dort auf Sie.»
Melissa lächelte. Gut, dass sie für diesen Mist keine Verantwortung trug. Das hier würde endlose Streitereien nach sich ziehen. Sie beobachtete den tobenden Reimann: Ein Manager, der so rasch die Ruhe verlor? Oder war das kalkulierte Schau?
Braun zog sein Handy heraus, wählte, übergab an Melissa, die Panitz und Lilli, Brauns Freund und die Ehefrau, unterwegs in Richtung Tiergarten, umdirigierte zum Haus der Kulturen. Vom Fußball zur Kunst. Es gab skurrilere Verbindungen.

Reimann telefonierte während der ganzen Fahrt.
Der Konzertveranstalter Brauns hatte in den Tagen zuvor ein Festival in der ehemaligen Kongresshalle organisiert und, kurz entschlossen, «das Ambiente zur geeigneten Location» erklärt. Der Mann hatte sein gesamtes Mitarbeiterteam eingesetzt: Die Konferenz wurde telefonisch umdirigiert. Man organisierte Fahrdienste für die Presseleute – ein überflüssiges Extra, um sie milde zu stimmen –, den Partyservice für ein Buffet, verpflichtete die Techniker des Festivals für einen weiteren Tag, um die Mikrophone zu installieren, und erledigte rasch, was noch anlag.
Der Manager von Hertha lag mit schwerer Grippe im Bett.
Melissa fuhr auf die Heerstraße. Schnurgerade, mit einigen Namensänderungen, vorbei an der Siegessäule, würde sie bis in die Nähe des Brandenburger Tores kommen, dorthin, wo sie vor kurzem aufgebrochen war.

Im nordöstlichen Teil des Tiergartens, in der Nähe des Regierungsviertels, stand die so genannte schwangere Auster, ehemals Kongresshalle, in der seit etwa fünfzehn Jahren multikulturelle Veranstaltungen stattfanden. Der Bau war 1980 gleichsam aus innerer Spannung heraus explodiert, ein Teil des Dachs krachte zusammen und wurde erneuert. Eine großzügige Freitreppe mit zwei Teichen, in einem spiegelt sich eine Skulptur von Henry Moore, der Big Butterfly, den Melissa, ansonsten nicht an bildender Kunst interessiert, liebte und öfters besuchte, ein sinnliches Kunstwerk, das einlud, es mit Händen zu erforschen.
Von hier war es nur ein Steinwurf bis zum Kanzlerbunker.
Melissa spielte die Fremdenführerin. Die Stars kannten von einer Stadt meist Hotel, Bar, Auftrittsort. Aber vor allem redete und erklärte sie, um den Streit zu unterbrechen, in den sich Braun und Reimann verstrickt hatten; sie mühte sich, die Stimmung zu entspannen.
Es hatte angefangen zu regnen. Heftige Windböen zerstäubten die schweren Regentropfen, trieben feine Wasserschleier vor sich her, der Wind tobte von Nordost, die geschlossene Wolkendecke minderte das Tageslicht, ähnelte dem der Dämmerung.
Das Dach der Kongresshalle schien zu schweben, das Fundament des Hauses in Nebel gehüllt.
Melissa fuhr die Limousine zum Seiteneingang des Hauses, wo schon mehrere Wagen parkten.
Erstaunlicherweise hatten sich auch hier Fans versammelt, ein verlorenes Grüppchen im Regen, das nur verhalten nach Braun rief. Das Dutzend Sicherheitsmänner hatte keine Mühe, ruhig ordneten sich die Nassgeregneten zu einer Linie, die Braun abschritt, Hände drückte, ein Poster bekritzelte, behütet von Melissa mit einem Schirm für zwei. Auch die Sicherheitsleute ließen sich Autogrammkarten geben, die Reimann eifrig verteilte.
Am Eingang erwarteten sie ein Mann aus dem Herthavorstand und der Veranstalter. Sie überschütteten Braun und Reimann mit

Entschuldigungen, auf dem Weg zu Garderoben, im Schlepptau Melissa, umschwirrt von Fotografen, die im Pulk auftauchten und sich erst an der Garderobentür abdrängen ließen.
«Schaff mir bitte die Leute vom Hals», zischte Braun.
Melissa bat die Offiziellen um Verständnis dafür, dass Braun etwas Zeit für sich benötige; das übliche Gerede, um dem Sänger Gelegenheit zu geben, die Kontrolle über seine Wirkung loszulassen, und sei es nur für Minuten.
«In zehn Minuten Beginn», beschwor der Veranstalter. «Ich hole Sie ab. Friseur und Visagistin kommen in fünf Minuten.»
Melissa schloss die Tür hinter ihm.
Es handelte sich um zwei geräumige Garderoben, die Verbindungstür stand offen: große Spiegel, begrenzt von grellen Lampen, Tische und bequeme Stühle davor. Melissa warf einen Blick in das Badezimmer, das besser ausgestattet war als ihr eigenes. Ein Buffet war aufgebaut, Schnittchen de Luxe, Obst, Geschirr, Bestecke, Säfte, Mineralwasser, drei Sorten, Gläser.
Lilli Braun und Panitz trafen ein, er trug die Koffer. Lilli schloss einen auf, begann, routiniert auszupacken, Kleidung zusammenzusuchen.
Blonde Schönheit, eine dieser Kindfrauen, die man beschützen will, die aber energisch zu werden verstand, wie Melissa durch den Griff in ihr Haar, im Flughafengedränge, erfahren hatte. Der Teint und die hellen Haare im Gesicht ließen eine echte Blondine vermuten, die aber auch bei der Haarfarbe nachhalf, wie Melissa am Haaransatz bemerkte. Sorgfältig geschminkt, gut gekleidet, aber eher für eine Abendveranstaltung, in einem Kostüm, das an Joan-Crawford-Filme der vierziger Jahre erinnerte, sehr tailliert, enger Rock bis übers Knie, ausgepolsterte Schultern, hohe Schuhe, ganz in Schwarz.
«Lass doch, ich such mir selbst was aus», protestierte Braun.
Lilli hielt inne in ihrer Wühlerei im Koffer. «Ich will dir doch nur behilflich sein.»

«Willst du ein Glas Wein, Alter?», fragte Panitz. «Im Gebäude gibt es ein Restaurant, dort wird ja nicht auch die Prohibition ausgebrochen sein.»
«Ob das so gut ist?», sagte Lilli.
«Ergibt das jetzt Sinn?», zeitgleich Reimann.
«Bitte, Leute. Das kann ich jetzt nicht brauchen. Ich will zwei Minuten alleine sein. Mit Melissa. Und ja, ich will einen Wein. Und nein, ein Glas haut mich nicht um, verdammt.»
Panitz verließ sofort den Raum, Reimann und Lilli zögerlich.
Braun drehte sich zum Spiegel, zog die Sonnenbrille ab, betrachtete sein Gesicht.
«Machen Sie … hör zu, wir duzen uns, ja? Besorg mir doch einen Cognac. Bitte.»
«Ich dachte, es gäbe etwas zu besprechen?»
Es klopfte. Eine Frau mit Schminkkoffer, dicht gefolgt von einem Berliner Promifriseur.
«Hier hat man keine Minute seine Ruhe.»
Braun grinste Melissa an. Sie machte sich auf den Weg zum Restaurant.

Im Flur stand Panitz, im Gespräch. Mit Lilli. Und Reimann, der nun zu dem Saal ging, in dem die Pressekonferenz stattfinden würde.
«Braun möchte einen Cognac, vielleicht können Sie den mitbesorgen», wandte sich Melissa an Panitz.
Zum ersten Mal nahm sie den Mann als Einzelnen wahr. Er stand im Schatten von Braun, unauffällig, der Begleiter. Sie hatten die gleiche Körpergröße, die beiden Männer, ähnliche Figuren, Panitz etwas schmaler in den Schultern, beide schlank. Sein Gesicht war breiter, das Haar heller und kurz geschnitten, er hatte mehr Falten um Augen und Mund. Aber vor allem unterschied sie die Haltung, selbstbewusster die Brauns.
Auch Panitz trug Leder, schlichter, fast elegant.

Lilli trat auf Melissa zu. «Haben Sie Toms E-Mail aus Amsterdam nicht bekommen?»
Melissas Gesichtsausdruck blieb freundlich, ließ nicht erkennen, was sie dachte. Lilli wirkte wie eine Klassenpetze, berstend vor Mitteilungsbedürfnis.
«Lass doch, Lilli», bat Panitz.
«Er wollte Sie ausmustern. Er braucht keinen Berlinkenner mehr. Auch keinen Seelentröster», behauptete Lilli. «Er hat Panitz wieder, der nach langen Jahren wieder aufgetaucht ist. Guter, alter Panitz.»
«Was ist mit den Getränken?»
«Ich besorge den Wein.» Panitz verdrehte zu Lilli hin die Augen, zog los.
«Entschuldigen Sie mich.»
Melissa ließ Lilli stehen, lief zu einer der gegenüberliegenden Garderoben, die leer war. Sie würde Paula anrufen, um ihr den veränderten Standort durchzugeben. Das hier konnte sich hinziehen.

Paula Oshinski war die Abkürzung des eigentlichen Namens von Melissas Partnerin Jacobina Pauline Freifrau von Oshinski, achtunddreißig und damit vier Jahre jünger als Lissa; die Einzige, die sie, außer der Mutter, so nannte.
Paula entstammte einer Berliner Familie, ursprünglich in Ostpreußen beheimatet, Teil des alten Westberliner Klüngels, der mühsam Notiz nahm vom neuen Gesellschaftspotpourri seit dem Regierungsumzug. Von Kind an galt Paula als eine Art schwarzes Schaf und bestätigte diesen Ruf durch die spätere Berufswahl, dem der Privatdetektivin, mit dem sie sich und ihren Sohn durchbrachte, der einer kurzen, leidenschaftlichen Jugendbeziehung entstammte; Paula hatte aber nie vor, zu heiraten. Nach langen Lehrjahren war sie als Partnerin in eine Detektei eingestiegen, eingekauft mit dem Pflichterbe nach dem Tod des

Vaters. Als sich der damalige Partner nach der Wende zur Ruhe setzte – dit is nich mehr meen Berlin – übernahm Lissa dessen Agenturanteile.
Zu Ost-West-Zeiten, anlässlich eines Konzerts, hatte Paula Melissa aus dem Ostteil der Stadt kennen gelernt. Die Sängerin war überwältigt von den Eindrücken des ersten Auftritts im Westen. Melissa, nach der Mugge angesprochen von Paula, soff und redete und gab ihr schließlich ihre Adresse in Ostberlin.
Die Arbeit der anderen machte neugierig. Hier die Sängerin, die durch die DDR tourte, dort die Detektivin, was es als Beruf in der DDR nicht gab. Später, im Laufe der Besuche Paulas bei Melissa, entdeckten sie die Gemeinsamkeiten: das Nomadenhafte, der innere Zwang, sich Zeit, Lebenszeit, selbst einteilen zu können, ohne tägliches Gleichmaß in einem Acht-bis-siebzehn-Uhr-Job und ohne Chefs, Privates und Berufliches fließend zu gestalten.
Die Freundschaft überdauerte den Fall der Mauer.
Melissa, ausgebildet an der Musikschule in Friedrichshain, einem Ostberliner Bezirk, wo die meisten DDR-Musiker aus der Sparte Rock und Pop ihre Pappe gemacht hatten, hatte die Berufsklasse Tanz- und Unterhaltungsmusik absolviert, sang in unterschiedlichen Formationen, zunächst background, dann als Frontfrau. Nach der Wende kam für viele DDR-Rockgruppen der Einbruch, auch das Stammpublikum wollte sie zunächst nicht mehr hören; dazu die Schließung von Auftrittsorten, die ohne Subventionen nicht überlebten.
Melissa entschied sich zu der neuen beruflichen Perspektive, die zur beruflichen Partnerschaft mit Paula führte. Mittlerweile brachten Melissas Aufträge die höchsten Honorare ein.
Kürzlich erst hatte Paula bereits einen Umzug hinter sich gebracht, in das von einer Patin geerbte Haus, von der Innenstadt hinaus an den Großen Wannsee. Nun stand Paula wieder inmitten von Umzugskartons, im neuen Büro. Die Detekteiräume be-

fanden sich im obersten Stockwerk eines neu erbauten Hauses in der Friedrichstraße.

Der Morgen entschied über den Tag. Paula, früh am liebsten in der eigenen Gesellschaft, hatte ihn so verbracht, wie sie es liebte. Meditation gehörte unbedingt dazu, jetzt im neuen Zimmer, nach ruhiger Nacht, vom Freund am Abend in den Schlaf gefickt und nicht mehr gehört, wann er das Haus verlassen. Mit ihm war Paula länger als mit allen anderen Liebhabern zusammen. Sie, die mit ihnen Neues, Anfänge suchte, immer wieder, neu sich entdecken im anderen mit seinen unbekannten Geschichten, nicht festgehalten werden im So-Sein.
Otto Ehlers war verheiratet. Darin lag die beruhigende Beschränkung. Kein Alltag. Und – das Geheimnisvolle wahren, auch wenn sie ein schlechtes Gewissen drückte, wenn sie an Frau Ehlers, der sie nie begegnet war, dachte.
Ehlers war ihr Geheimnis. Auch, weil er bei der Kripo, der Mordkommission, arbeitete und ihr ab und an behilflich war.

Paula machte sich über den Karton mit dem privaten Nippes her, den sie in ihrem Büro verteilen würde. Die neuen Räume waren später als vereinbart fertig geworden. Für diesen Fall hatte Paula eine Konventionalstrafe ausgehandelt. Mittlerweile rissen sich die Hausbesitzer um Mieter für Gewerberäume und waren dieses Risiko eingegangen.
In den letzten vierzehn Tagen hatte jeder Tag Bares gebracht und damit den Verdienstausfall kompensiert, der entstanden wäre, weil man vorübergehend keine neuen Fälle annahm, bis das gröbste Umzugschaos beseitigt war.
Wo blieb Tamara Hermann, die eigentlich mit ihr Umzugskartons auspacken sollte?
Paula hatte ihr drei Stunden freigegeben, um eine Freundin aus den USA am Flughafen abzuholen.

Paula kannte Tamaras Vater und hatte arrangiert, dass die Kleine die Stelle als Bürokraft, als Aushilfe für die Sekretärin im Schwangerschaftsurlaub, erhielt. Sie hatte sie am Wochenende eingewiesen, mit dem Computer vertraut gemacht und die Aktenablage erklärt.

Paula dachte an die ausgezeichneten Praktikumsbeurteilungen der Tamara Hermann. Sie hatte nach dem Abitur die Fachhochschule für Verwaltung und Rechtspflege absolviert, war als Kriminalbeamtin ausgebildet und, nach bestandenem Examen, nicht in den Polizeidienst übernommen worden, Sparmaßnahmen der Pleitestadt, offiziell Optimierungsmaßnahmen genannt.

Paula schien es, als fühle Tamara sich betrogen, fasste die Arbeitslosigkeit als persönliche Kränkung auf. Ihr Traumarbeitsplatz war die Mordkommission, wo sie auch ein sechswöchiges Praktikum absolviert hatte.

Zweiundzwanzig Jahre alt war das Mädchen. Sie würde sie unter die Fittiche nehmen.

Telefongeklingel, das Handydisplay zeigte Melissas Nummer an, zum zweiten Mal in kurzer Zeit.

«Komm sofort, Paula, ins Haus der Kulturen.»

ZWEI

Wie viele Tropfen waren jetzt im Glas? Sechzig? Achtzig? Er würde es sich angewöhnen müssen, die eingenommene Menge zu notieren.

Er sprühte nochmals fünf Tropfen in den Cognac, dessen Geschmack die Bitterkeit des Mittels überdecken sollte, trank das Gemisch in einem Zug aus, spülte mit Wasser nach.

Zwanzig Minuten. Etwa zwanzig Minuten würde es dauern, bis sich die Wirkung einstellte.

Er legte sich auf die Couch, Kissen in den Nacken, angelte nach der Fernbedienung für den DVD-Player und startete den bereits eingelegten Film.

Verdammte Vergesslichkeit. Wenn es denn Vergesslichkeit war.

Er hatte ihm die Waffe versprochen und wieder nur Ausreden am Telefon gehabt.

Er brauchte eine Waffe.

Er verzog den Unterkiefer, Mundgymnastik, boxte ein paar Mal in die Luft, um die Schläfrigkeit abzuschütteln.

Sie würde ihn finden, davon musste er ausgehen. Nach allem, was er über sie erfahren konnte, war sie gut in ihrem Job.

Sehr gut.

Und er baute ab. So jedenfalls hatten die Bosse geurteilt.

Er spannte den Bizeps an. Ein, zwei Wochen Training und er wäre so gut wie neu.

Morgen.

Morgen würde er damit anfangen. Jetzt war es schon beinahe Nacht.

Da – er fühlte die Welle. Wärme im Körper. Die Couch in einem Zimmer voller Federn. Schwere Lider. Die Stadt, sein Leben – weit in der Ferne.

Er schreckte auf. Die Geschichte war an einer Stelle angelangt, zu der ihm der Zusammenhang fehlte. Was hatten diese beiden Frauen, und das zusammen, in dieser Bar zu schaffen?
Er spulte zurück zu der Stelle, die ihm bekannt vorkam. Blöder Film.
Er knöpfte die Hose zu, gähnte, rieb sich über das Gesicht, griff nach der Zigarettenpackung, zündete eine an.
Rauch nie im Liegen, hatte ihn sein Großvater schwören lassen, als er ihn, zwölfjährig, beim Rauchen erwischte. Er rauchte im Liegen. Aber zumindest dachte er daran, an den Großvater, blieb deshalb wach.
Dieses Zeug war stärker als das Gewohnte.

Schon von weitem hörte Melissa Bässe wummern. Den Cognac für den Sänger in der Hand, lief sie zur Garderobe, aus der die Musik dröhnte, öffnete die Tür.
Sie sah zuerst das Blut. Dann Panitz. Er lag auf dem Fußboden. Die Hände, in Abwehr erhoben, zerschnitten.
Das Glas fiel ihr aus der Hand. Mit zwei Schritten war sie bei der Musikanlage, riss den Stecker heraus, ging neben Panitz in die Hocke und suchte den Puls an seinem Hals, obwohl sie ahnte, dass es vergeblich war. Panitz' Augen standen noch offen, Melissa schloss sie behutsam.
Panitz war tot.
An Melissas Seite tauchte Braun auf, sah den Mann, der auf dem Boden lag, das Blut, blieb wie festgefroren stehen, begann zu wimmern: «Nein. Nein. Oh Gott, nein.»
Sie stand auf, wandte sich Braun zu und schob ihn in den Nebenraum, behielt ihn im Auge, rief Paula an. Dann öffnete sie die Tür zum Flur einen Spalt weit, entdeckte einen Security-Mann, winkte ihn heran.

«Rufen Sie die Polizei, nebenan liegt ein Toter. Bleiben Sie ruhig», betonte Melissa, als sie den Schock im Gesicht des Mannes sah. «Nichts anfassen. Riegeln Sie die Tür ab, bleiben Sie davor stehen, bis die Polizei eintrifft.»
Und, mit Blick auf Braun: «Besorgen Sie einen Arzt.»
Braun fiel vornüber, fing an zu würgen, krampfte, kotzte.

Reimann stand in der Tür.
«Ich habe uns die Garderobe gegenüber besorgt. Diesen Raum will die Polizei untersuchen.»
Melissa wischte Braun notdürftig das Erbrochene von der Kleidung, aus dem Gesicht.
«Fotografen?»
Reimann nickte.
«Sie rechts, ich links.»
Sie zogen den Sänger hoch. Melissa schnappte eine Decke vom Sessel, um Brauns Gesicht und Oberkörper zu verdecken.

Im Flur versuchte die Schutzpolizei, das Chaos zu bändigen. Blitzlichter, Kamerateams, jemand grapschte nach der Decke, Geschrei, Fragen, an wen immer gerichtet.
Die Polizei rief nach Verstärkung, eskortierte Melissa, Reimann und den stolpernden Braun in den gegenüberliegenden Raum.
Dort telefonierte hektisch ein Polizist:
«Wieso? Der Mann ist tot, hier ist die Hölle los. Gib mir den Schichtleiter.»

Lilli stürzte in die Garderobe, fiel ihrem Mann um den Hals, der wie erstarrt in einem Sessel kauerte und vor sich hin starrte; das rechte Bein, wie nicht zugehörig zum Rest des Körpers, zuckte in wildem Staccato.
«Tom. Ich bin's. Lilli.»
«Geh weg», flüsterte er.

«Tom. Hör doch.» Lilli fasste ihn am Arm.
«Geh. Geh. Geh.»
Bei jedem Wort wurde seine Stimme lauter. Lilli wich zurück. Reimann brachte sie, auf einen Wink Melissas hin, aus dem Zimmer, redete leise auf die Frau ein, die widerstrebend mitging, stieß in der Tür mit einem Mann zusammen.
«Ich bin Arzt.»
Er beugte sich zu Braun hinunter.

Schnell war klar, dass es sich um einen Mord handelte. Wahllose Schnittwunden, Abwehrverletzungen, Schnitte und Stiche durch die Kleidung hindurch waren erste Indizien, um die Mordkommission hinzuzuziehen. Unterbesetzt und überarbeitet wie alle Teams, waren die Männer dieses Mal rasch zur Stelle; der Anruf fiel in die normale Behördendienstzeit, und daher musste kein Team erst telefonisch zusammengestellt werden.
Der Gerichtsmediziner traf ein, untersuchte das Opfer gründlich, ließ die Leiche zur Autopsie abtransportieren. Der Fall versprach hohes öffentliches Interesse, man beachtete streng die Vorschriften, der Arzt arbeitete dieses Mal mit Handschuhen.
Man hatte die polizeiliche Pressestelle informiert.
Man hatte die Spurensicherung, den Erkennungsdienst und eine Hundertschaft angefordert, Letztere, um den Tatort abzusperren. Tatort-Tourismus war zu erwarten.

Der Arzt spritzte Braun ein starkes Beruhigungsmittel, empfahl, ihn wegzubringen. Der Mann würde Ruhe und Schlaf benötigen.

Einer der Beamten ging mit Melissa in einen Nebenraum, wo man die ersten Zeugen vernahm.
Der Polizist ließ sich ihren Ausweis zeigen.
«Also Sie sind hier für die Sicherheit verantwortlich», fasste er Melissas Angaben zusammen.

Hörte sie da einen zynischen Unterton?

«Ich bin für Braun zuständig. Er hat mich ins Restaurant geschickt, mich gebeten, ihm einen Cognac zu besorgen. Als ich ging, betraten Friseur und Visagistin die Garderobe. Ich war etwa zehn Minuten weg. Als ich zurückkam, war die Musikanlage laut gestellt und … und Panitz lag tot auf dem Boden.»

«Woher wussten Sie …»

«Dass er tot ist? Mann! Ich hab den Puls am Hals gesucht. Da werden Sie meine Fingerabdrücke finden.»

«Schon gut. Bleiben Sie ruhig.»

Ein weiterer Beamter kam in den Raum, zog Melissas Vernehmer zur Seite, redete auf ihn ein.

«Total betäubt», verstand Melissa und: «Vorschnell gehandelt, der Doc.»

«Kann ich Herrn Braun jetzt wegbringen?»

Die Männer sahen sich kurz an.

«Hören Sie, ich hab nichts gesehen, das Ihnen weiterhelfen könnte. Im Gang, auf dem Rückweg vom Restaurant, war niemand. Auch sonst ist mir nichts aufgefallen.»

Sie nannte die Straße und Hausnummer des Apartmenthauses am Gendarmenmarkt, wo für Braun das Penthouse gebucht war.

«Also, können wir gehen?»

«Na schön. Hauen Sie ab. Aber lassen Sie noch Ihre Adresse da, unter der Sie erreichbar sind. Und bleiben Sie in der Stadt.»

Melissa entdeckte Paula, hinter der Schupokette, winkend; man ließ sie zu ihr.

«Bist du in Ordnung?»

«Frag mich das später. Wir müssen Braun in seine Wohnung fahren. Irgendjemand hat den Wagen geparkt und noch die Autoschlüssel.»

«Ich kümmere mich darum.»

Paula fuhr die Limousine an den Seitenausgang. Die Polizei hatte das Gelände weiträumig abgesperrt.
Melissa setzte sich mit Braun auf den Rücksitz.
Der Manager würde, nach den Aussagen bei den untersuchenden Beamten, mit Lilli nachkommen.

Paula chauffierte.
«Melissa?»
«Mir geht's so weit gut», sagte Melissa. «Das ist mein erster Toter.»
«Soll ich mal anhalten? Willst du eine rauchen?»
«Lass mal. Geht schon. Wir bringen erst mal ihn hier in die Wohnung.»
Braun schlief, den Mund leicht geöffnet, der Kopf rutschte auf Melissas Schulter. Sie schob Tom zurück in eine aufrechte Position. Er röchelte, öffnete kurz die Augen, sah Melissa an, ohne sie zu erkennen, lehnte sich wieder an sie. Seufzend ließ sie es zu.
«Augen starr aufs Honorar», sagte Paula, die die Szene im Rückspiegel beobachtete.

«Über allen Gipfeln ist Ruh, in allen ...», undeutliche Wortfetzen, dann brach Braun in irres Gelächter aus. Er stand, besser, schwankte, vor und zurück, wippte, Ferse, Spitze, Ferse, Spitze, wie in Zeitlupe, vor einem der Schlafzimmerfenster.
Melissa legte die Hand auf seine rechte Schulter, bis er stand, regungslos, für einige Momente. Dann fing er an zu weinen. Paula, die das riesige Bett aufgedeckt hatte, trat an Brauns andere Seite. Gemeinsam geleiteten die Frauen den Mann zum Bett.

Die Konzertagentur hatte das Penthouse in einem der neu erbauten Gebäude am Gendarmenmarkt gekauft, als Unterkunft für die VIPs, von tageweise engagiertem Personal versorgt.
Ein Butler hatte das Trio in der Tiefgarage mit einem Fahrstuhl abgeholt und sie in eines der Schlafzimmer gebracht.

Es hatte aufgeklart, der späte Nachmittag zeigte sich in mildem Licht.

Paula trat zu Melissa, die am Terrassengeländer stand und gierig inhalierte.

«Verdammte Scheiße», brach es aus ihr heraus. «Ich war nur kurze Zeit gegenüber, in der anderen Garderobe, verdammt nochmal.»

«Du hast keine Schuld. Außerdem war der Tote nicht dein Klient.»

«Deine Ruhe. Warte mal ab, bis morgen die Zeitungen erscheinen, die Schlagzeilen! Oder nachher die Abendnachrichten. Die Boulevardmagazine, die ...»

«In drei, ach was, in zwei Tagen ist ein anderer in den Schlagzeilen.»

«Paula, so einfach isses nicht. Was denkst du, wie die uns in der Luft zerreißen. Die versauen unseren Ruf, was glaubst du, was die uns anhängen. Ausgerechnet jetzt. Die neuen Räume, die höhere Miete.»

«Ich weiß. Vorsichtshalber sollte ich Tamara warnen, die müsste jetzt im Büro sein. Mach dir nicht so viele Sorgen.»

«Ich werde den Kerl finden.»

«Oder die Frau.»

«Oder die Frau», bekräftigte Melissa. «Muss ich das alleine tun?»

«Blöde Kuh», lächelte Paula und nahm die Kollegin um die Hüfte.

Mit einem Meter fünfundsechzig war Paula beinahe einen Kopf kleiner. Sie hielt sich sehr gerade, liebte wechselnde Haarfarben – im Moment schwarz –, trug das Haar kurz und Silberschmuck zu schwarzer Kleidung. Die Augen groß und dunkel – alle Energie dort.

Schweigend standen sie nebeneinander, von unten dröhnten die Gebläse der Touristenbusse herauf, parkten in langer Reihe. Kirchengeläut vom Französischen Dom. Eine Frau wischte Stühle

und Tische trocken, eine andere machte sich am Freiluftbuffet zu schaffen. Wer weiß, vielleicht gab die steigende Temperatur noch ein Abendgeschäft her.
Dampfende Nässe stieg vom Asphalt auf. Paula schüttelte sich, ging hinein. Melissa steckte sich noch eine Zigarette an, rauchte auf Vorrat.

Getönte Fensterscheiben, Marmor, Parkett. Modernes Mobiliar gemischt mit dicken Orientteppichen und altem Porzellan. Das Wohnzimmer hatte etwas von einer Wartehalle. Der Kamin schien noch nie benutzt. Kein Stäubchen, kein Fleck, nichts, was herumlag, das nicht akkurat ausgerichtet.
«Es wurde eben renoviert», sagte der Butler, der Melissa zu Kaffee und Imbiss bat.
«Rock 'n' Roller?»
«Volksmusiker. Er hielt sich wohl für Picasso, bemalte nach dem Auftritt die Wände. Betrunken, was ich wohl nicht sagen sollte.»
Vor diesem Kerl hieß es sich in Acht nehmen, wenn etwas Vertrauliches zu besprechen sein würde.
«Wir brauchen im Moment nichts mehr, danke.»

Ausführlich machte Melissa Paula mit dem vertraut, was an diesem Tag geschehen war. Sie aßen hauchdünn geschnittenes Bündnerfleisch und Walnusskäse auf knusprigem Baguette, schlürften Kaffee dazu.
«Als ich ging, kamen eine Visagistin und dieser, dieser Promifriseur zu Braun», schloss Melissa.
«Die Namen werden wir schnell erfahren.»

Reimann klingelte, ließ sich von dem Butler abholen, stieg mit ihm und Lilli aus dem Fahrstuhl.
«Die Leibwächter sind ihr Geld nicht wert, Lilli. Die waren nicht am Mann, heute Morgen in Amsterdam. Polizeikontrolle! Mit

sowas muss man rechnen. Miserables Zeitmanagement. Keine Diskussion mehr, Lilli. Melissa bleibt.»
«Du kannst Tom nicht dieser Frau anvertrauen.»
Lilli sprach, als seien die beiden Frauen nicht anwesend.
«Tom lebt. Panitz ist tot. Solange Tom nichts anderes entscheidet, gilt, was er gesagt hat. Nicht auspacken», sagte er zu Lilli, die nach einem der Koffer griff, die der Butler trug. «Für dich ist drüben, in meinem Hotel, ein Zimmer reserviert.»
Lillis Gesichtszüge erstarrten. Dann straffte sie die Schultern.
«Ich bin Toms Ehefrau. Ich werde ihn nicht allein lassen», sagte sie. «Wo ist das Schlafzimmer?»
Der Butler war rasch an ihrer Seite.

Reimann ließ sich Paula vorstellen, lehnte Kaffee und Belegtes ab, mischte sich einen großen Gin Orange am Barwagen.
«Wo kann ich ungestört telefonieren?», fragte Paula.
Reimann deutete auf eine der Türen.
«So ein Chaos. Dieser Panitz kann kaum tot gewesen sein, da verbreitete sich blitzartig das Gerücht, dass Tom umgebracht worden ist. Das hat auf die Presse wie eine Ladung Uppers gewirkt. So schnell bin ich schon lange nicht mehr gerannt wie in diesem Moment zur Garderobe, zum Glück war das eine Ente. Das soll nicht herzlos klingen, ich kannte diesen Panitz so wenig wie Sie. Vielleicht war Tom derjenige, der umgebracht werden sollte. Die beiden Männer waren gleich gekleidet.»
«Panitz wurde von vorne erstochen», entgegnete Melissa und verfolgte, wie Reimann den Gin in sich hineingoss.
«Vielleicht hat der Mörder den Irrtum zu spät erkannt und dann den Zeugen umgebracht.»
«Vielleicht bumst meine Großmutter mit Brad Pitt», murmelte Melissa. Sie hasste diese Amateurdetektive, die glaubten, mit ein bisschen Rätselraten diesen Job erledigen zu können.
«Wir werden, müssen uns auf die Spur machen», antwortete

Melissa. «Das bedeutet, dass ich von diesem Job zurücktreten muss. Engagieren Sie neue Leibwächter, ich kann Ihnen zuverlässige und diskrete Leute empfehlen.»
«Ich denke, das sollte Braun entscheiden. Aber wir brauchen Sie hier, vor allem jetzt, nach diesem Desaster, diesem Schock. Tom ist in übler Verfassung, und die nächsten Tage sind voll gepackt mit Terminen. Tom braucht Ihre Unterstützung, Melissa.»
«Sie sagten, Sie seien in die Garderobe gerannt, als Sie von einem Toten hörten. Wo haben Sie von dem Gerücht gehört …»
«Also doch ermitteln, was? So heißt das doch?» Er hatte sich einen zweiten Drink zurechtgemacht, nahm hastig einen Schluck, setzte sich Melissa gegenüber auf das Zwillingssofa, ließ sich ins Rückenpolster fallen, streckte die Beine weit von sich.
Melissa sah ihn auffordernd an.
«Was? Was ist denn? Wollen Sie ein Alibi?»
«Ein Mann ist gestorben.»
«Schon gut. Entschuldigen Sie. Wie ich schon der Polizei sagte, war ich in dem Raum, wo die Pressekonferenz sein sollte, habe mit dem Mann gesprochen, der für die Kamera für unser Video zuständig war.»
«Was wissen Sie über Panitz? Hat der Mann auch einen Vornamen?»
«Wenn ja, kenne ich ihn nicht.»
«Erzählen Sie mir von dem Mann.»
Reimann zog eine altmodische Großvateruhr an einer kurzen Kette aus der Jackentasche.
«Viel Zeit habe ich nicht. Ich muss dringend mit Tom sprechen. Der Videodreh, das Konzert, tausend Sachen sind zu besprechen.»
«Reden wir miteinander. Braun braucht Ruhe, sagt der Arzt.»
«Lilli wird dafür sorgen, dass er nicht mehr lange schläft. Schön. Ich gebe Ihnen zehn Minuten.»

«Sie haben erwähnt, dass Panitz und Braun aus dem Odenwald stammen.»
Reimann stieß einen anerkennenden Pfiff aus, hob sein Glas. «Auf Sie. Respekt, Melissa, Sie passen auf. Hören Sie. Wollen wir uns nicht duzen? Ich meine, angesichts der Umstände?»
Respekt hing nicht davon ab, ob man sich duzte oder siezte. In dieser Branche duzte man sich schnell. Melissa wollte aus dieser Frage keine Affäre machen. Wenn Reimann dadurch gesprächiger wurde, sollte es ihr recht sein; nach dieser Woche würde sie ihn nie mehr sehen. Seine kurz angebundene, beinahe schroffe Art während der Fahrt zum Flughafen hatte er in diese beinahe verständnisvolle Tour gewandelt. Ruf Ihrer Detektei. Wir, Tom, brauchen Sie. Melissa nahm sich vor, besonders vor ihm auf der Hut zu bleiben, angesichts der neuen Konzilianz des Managers.
«Okay, B. R. Aber zurück in den Odenwald.»
«Zurück in den Odenwald. Zu Befehl. Tom und Panitz sind dort aufgewachsen, in einem winzigen Dorf, eine Straße damals, einmal im Kreis fahren, das war's. Schule, Ämter, Einkaufsmöglichkeiten, alles Kilometer entfernt, in der nächsten Kleinstadt. Arbeitsplätze waren Mangelware, die meisten Bauernhöfe abgeschafft, zu klein, zu unrentabel, das Übliche. Tom und Panitz waren Sandkastenfreunde. Frag Tom danach, er erzählt gerne von seiner Kindheit. Je älter er wird, umso schöner werden diese Jahre. Als ich ihn kennen lernte, bezeichnete er das Dorf als Kaff, aus dem er nur weg wollte. Und er zog weg, mit Panitz, fluchtartig, als er sechzehn war, nach Heidelberg, du weißt schon, I lost my heart. Sie gründeten eine Band. Tom sang, machte Texte, Panitz spielte Gitarre, die Musik fummelten sie gemeinsam zusammen. Sie tingelten über die Prärie, noch eine richtige Garagenband, von den üblichen drei Gitarrengriffen zum Plattenmillionär, der übliche Traum von Ruhm und dicker Kohle. Dann kam der Musterungsbescheid, für Tom. Er hat sich nicht darum gekümmert, dass der kommen würde, sich Gedan-

ken gemacht, vielleicht verweigert. Tom wurde als untauglich ausgemustert, irgendeine Rückengeschichte. Panitz haute vor der Erfassung ab nach Westberlin.»

Reimann leerte das Glas. Er war in Schwung.

«Du rechnest jetzt, Melissa, ich seh es dir an. Tom ist ein Jahr älter als Panitz. Einundsechzig geboren. Offiziell fünfundsechzig, klar? Tom blieb in Heidelberg, wollte nicht mit nach Berlin, fühlte sich dort eingesperrt. Und dazu die langen Fahrtwege zu den Gigs, damals noch mit dem Auto, bis man mal an der Grenze zum Westen war, nur Leerkilometer. Nee, nicht mit Tom. Er suchte sich einen neuen Gitarristen, unterstützte aber Panitz. Es gab irgendeine finanzielle Absprache, dafür durfte Tom die gemeinsamen Songs weiterspielen und bei der Gema anmelden. Panitz war ein mittelmäßiger Gitarrist, er konnte sich in Berlin nicht durchsetzen. Er war abhängig von Toms Charisma, seiner Wirkung auf das Publikum und von den Texten, die richtigen für diese Zeit. Tom wurde immer bekannter. Damit hört die Geschichte auf, für viele Jahre. Aber – kürzlich hat Tom beschlossen, sich eine Zweitwohnung in Berlin zuzulegen. Ich beauftrage also die Agentur, ihm vorab interessante Objekte zuzuschicken. Und siehe da, Panitz taucht wieder auf.»

Reimann stellte das leere Glas ab, warf einen bedauernden Blick darauf.

«Zwei Drinks sind genug. Sekunde.»

Er zog sich den Aktenkoffer auf den Schoß, schloss auf, kramte und reichte Melissa einen Zeitungsausschnitt.

Luxuseigentumswohnungen wurden angeboten, im neuen Medienviertel am Osthafen Berlins, von einer Immobilienfirma namens Teichert und Panitz.

«Fred Panitz.»

«Bitte?»

«Panitz' Vorname ist Fred.»

«Fred. Richtig. Tom war wie elektrisiert. Rief an und lud ihn ein, mit nach Amsterdam zu fahren. Sag mal, hast du eine Zigarette für mich? Eigentlich hab ich ja aufgehört.»

Melissa funktionierte den Karton für die Filter zu einem Aschenbecher um, gab Reimann eine der Vorgedrehten, steckte sich selbst eine an. Die beiden standen an der offenen Terrassentür, bliesen den Rauch ins Freie.

«War das ein Urlaub in Amsterdam?»

«In gewisser Weise. Erholung sollte im Vordergrund stehen. Wellness. Vorbereitung auf das Video.»

Melissa dachte an das CD-Cover. Unterspritzt, vermutete sie. Gesichtsfalten unterspritzt. Und einen persönlichen Trainer, um den Körper in Form zu bringen und was sonst noch in der einen Woche getan werden konnte, um Braun für den Dreh strahlend aussehen zu lassen. In dieses Programm passte kein alter Freund, ein Wiedersehen nach vielen Jahren, gefeiert auf Sauftouren oder mit anderen Drogen, durchgemachte Nächte.

Melissa zog an der Zigarette, genoss für Momente den spektakulären Blick. Der Platz, mitunter als schönster Europas ausgegeben, mit der Aussicht auf die beiden Dome und das Schauspielhaus, mit Häusern, gebaut zu DDR-Zeiten, für Privilegierte, und in der Nach-Wende-Zeit für Privilegierte anderer Art, diese mit Geld. Der Platz in mildem Sonnenlicht, dem Herbst entliehen, das noch nicht wärmte. Einige Unerschrockene saßen um Cafétische.

«Du hast von Imagewechsel gesprochen.»

«Tja, die Zeiten ändern sich. Wenn Tom nicht eines Tages seine alten Songs revivaln will, müssen wir ein neues Publikum erschließen. Die ältere Generation ist offener geworden. Sogar in der Volksmusik haben Pop und Rock Einzug gehalten. Ich hab Tom ein paar neue Songs nach Amsterdam gefaxt. Aber dieser Panitz.»

Reimann zog mit der gleichen Gier, mit der er die Drinks vernichtet hatte.

«Man muss sich kümmern.»
«Braun hat doch sicher einen Festdeal mit seiner Plattenfirma. Dazu Konzerte, Merchandising …»
«Du bist herzlos. Unmöglich. Scher dich in dein Hotel, Lilli, und warte, bis ich dich anrufe», brüllte Braun von drinnen.
Melissa und Reimann warfen ihre Kippen auf den Boden der Terrasse, Melissa trat sie aus.
Tom Braun war wach.

Paula machte Melissa ein Zeichen, das telefonieren bedeutete, betrat mit Lilli den Fahrstuhl. Sie würde sich Toms Ehefrau vornehmen.
Melissa vergewisserte sich, dass das zweite Handy lautlos gestellt war, ein winziges Gerät, das Gleiche besaß Paula, die Nummern kannten nur die beiden. Dann wandte sie sich Braun zu.
Sein Gesicht war nicht drehreif, verquollene Züge, grau, die Haare verfilzt. Wüst beschimpfte er seinen Manager, der ihm Lilli nicht vom Hals gehalten habe.
«Stell dich nicht auf ihre Seite. Es ist kompliziert genug. Überleg dir, wer deine Brötchen bezahlt.»
Reimann stand dem Tobenden, scheinbar ungerührt, gegenüber. Plötzlich packte er Braun am Arm, winkte den allgegenwärtigen Butler, der mittlerweile abgeräumt hatte.
«Du brauchst dringend eine Dusche, und zwar eine kalte, du drehst noch durch, Mann.»
Die Tür fiel hinter dem Trio ins Schloss.
Melissa wartete eine Minute. Dann ging sie zur Bar, schenkte sich einen Cognac ein, trank ihn in zwei Schlucken. Reimann kehrte zurück, als Melissa sich gerade einen weiteren Cognac einschenken wollte.
«Er schläft wieder. Wir haben uns für morgen acht Uhr hier verabredet. Der Butler wird sich um Tom kümmern. Du kannst dir den Abend freinehmen.»

«Beantworte mir noch eine Frage.»
Ungeduldig nickte Reimann.
«Hast du Panitz überprüfen lassen?»
«Wie kommst du darauf?»
«Hast du?», fragte Melissa.
«Tom rief aus Amsterdam an. Plötzlich war er gegen alles, was vorher verabredet worden war, besonders gegen eine Imageerweiterung. Dahinter steckte Panitz. Dieser Typ ist in den späten Siebzigern stehen geblieben.»
«Hast du den Bericht über Panitz bei dir?»
«Der war sein Geld nicht wert. Und jetzt entschuldige mich, ich muss telefonieren.»

Paula erbot sich, Lillis Koffer in das hundert Meter entfernte Hotel zu tragen. Es fiel kein Wort.
Lilli ließ sich im Foyer den Schlüssel der reservierten Suite geben. Und wieder duldete sie Paula als Trägerin.
Erst im Fahrstuhl fragte Lilli: «Wer sind Sie eigentlich?»
Paula reichte ihr die Visitenkarte mit dem vollständigen Namen.

«Es war ihr saumäßig peinlich, dass sie mich ihren Koffer tragen ließ.»
Die Karte mit ihrem Adelstitel setzte Paula gezielt ein. Es wirkte, rief Bewunderung oder Widerwillen hervor, aber es wirkte; bei Lilli war ein geistiger Knicks festzustellen.
Paula und Melissa trabten über den Gendarmenmarkt, zurück in das neue Büro, ein Fußweg von zehn, fünfzehn Minuten, je nachdem, wer sich wessen Schrittlänge anpasste.
Paula hatte am Morgen ihr Auto am Bahnhof Wannsee abgestellt und war mit der Regionalbahn zur Friedrichstraße gefahren. Melissas Auto stand am Autoverleih, in der Oranienburger Straße. Das Büro lag auf dem Weg. Nach kurzem Telefonat hatten die Frauen sich getroffen und tauschten aus.

«Lilli und ich sind für morgen verabredet. Zum Frühstück. Ich bin die neue beste Freundin, die sie unbedingt bewirten will. Aber jetzt benötige sie Ruhe. Sie redete auf einmal wie in einer Soap.»

«Du hast es genossen.»

Sie umrundeten ein Rudel Teenies auf Klassenfahrt. Drei Jungen spuckten in Richtung der Spatzen aus, die dann nach der Rotze pickten. Die Jungs klopften sich kreischend und lachend auf die Schultern. Vorn erklärte der Lehrer der Klasse Bauhistorisches.

«Tamara hat ihren Besuch bei sich. April Gladys Parker.»

«Wer ist April … wie?»

«Gladys Parker. Tamara hat bei ihr in Los Angeles gewohnt, als sie ihr Praktikum bei der Los Angeles Police absolvierte. Nun besucht die Parker Berlin und wohnt bei Tamara.»

«Berlintourist, was? Die fragt als Erstes nach der Mauer: War die um die ganze Stadt herum? Die Amis hätten einen Disneypark daraus gemacht, mit Eintritt, die Stadtfinanzen damit saniert.»

«Bei dir hat die Propaganda reiche Früchte getragen, Lissa-Schatz. Irgendwann schleppe ich dich zu einer Geschäftsreise in die USA. Führe dich mit verbundenen Augen in das Monument Valley. Dann wirst du dein Schandmaul schließen.»

«Wieso? Die Natur ist doch nicht das Verdienst der Amis.»

«Kommen wir noch mal zu meiner neuen besten Freundin Lilli. Die bei einer Scheidung die Hälfte kassieren würde. Es existiert kein Ehevertrag. Sie hat ihm in den Heidelberger Tingeljahren das Nest warm gehalten, die Miete bezahlt. Unglaublich, wie viel einem die Leute erzählen, obwohl man sich nicht kennt.»

«Also kein Ehevertrag, ja? Und er ist ihr seit diesen Jahren so dankbar, dass er sich dafür nicht scheiden lässt? Die Frau ist ihm doch zuwider.»

«Das wird mir meine neue beste Freundin morgen erzählen.»

Paula packte Melissa am Arm und zog sie Richtung Ampel. Melissa musste noch im dicksten Verkehr die Straße überqueren, auch wenige Meter entfernt von einer Ampelanlage. Sie liefen parallel zur Friedrichstraße, mieden den Abschnitt mit den Einkaufsläden de Luxe und Büros darüber.

«Welche Aufgaben hat dieser Reimann?», überlegte Melissa laut. «Ist er zuständig für alle Bereiche? Auch fürs Image? Hat er andere Klienten? Und warum fürchtete er den Einfluss dieses Panitz? Er und Braun haben sich seit Jahren nicht gesehen. Nur durch diese Immobiliensache sind sie wieder zusammengetroffen.»

«Ich werde mir morgen diesen Partner von Panitz ...»

«Teichert», ergänzte Melissa.

«... Teichert vornehmen. Heute bin ich nicht scharf darauf, womöglich wäre ich diejenige, die ihm die Nachricht vom Tod seines Partners überbringt.»

Paula würde am Morgen mit Lilli Braun frühstücken. Vielleicht gelang es ihr, anschließend einen Treff mit Teichert zu verabreden. Außerdem würde sie versuchen, den Friseur und die Visagistin ausfindig zu machen und zu sprechen, die zu Tom Braun in die Garderobe gegangen waren, bevor Melissa den Raum verließ.

Melissas Job bei Tom Braun würde ihr die Gelegenheit geben, auch Reimann weiterhin unter die Lupe zu nehmen.

«Wir werden Tamara das Büro übergeben», schlug Paula vor. «Es sind keine Fälle anhängig, aber noch Rechnungen zu schreiben. Wir werden schon klarkommen. Uns schützen.»

Das Büro in der Friedrichstraße lag im obersten Stock eines neu erbauten Gebäudes. Der Kauf des Grundstücks, die Planung und der Rohbau fielen noch in die Zeit des Großen Umzugs, als die Hoffnung auf die Bonner und nachziehende Trosse wie Firmen, Verwaltungsleute und Anwälte, Träume von fetten Mieterträgen beschworen und in Stein gesetzt wurden. Und wie viele hatten davon geträumt, auch im Ostteil der Stadt, wo Bürger plötzlich zu Hausbesitzern wurden und, jahrelang die potente D-Mark vor der Nase, nun an künftige Miet-Eldorados glaubten. Keiner von ihnen war je in Bonn gewesen, hatte sich angeschaut, auf welchem Niveau und in welchen Grünparadiesen schon der gemeine Bonner Staatssekretär wohnte, Besitz genoss. Diese Westler, aufgewachsen mit den Geschichten vom roten Feind, sollten nun Dachausbauten im Ostteil beziehen? Die Umzugswilligen und diejenigen, die umziehen mussten – vergoldet, versteht sich –, siedelten zuhauf im alten Westen oder bauten neue, eigene Siedlungen in attraktiver Ostlandschaft, am Rande des alten Westens.

Und nun? Leerstand, stadtweit. Die Detekteimiete war günstiger als einige Jahre zuvor. Auswärtige Bauherrn hatten begriffen, dass es eine falsche Seite der Straße gibt, die zum Bahnhof Friedrichstraße, wo die Detektei nun ihre Büroräume bezog.

Die Wahl des neuen Bürogebäudes in Stadtmitte entzündete den ersten ernsthaften Streit zwischen Melissa und Paula, die, auch zum ersten Mal, die Anteilsmehrheit an der Detektei ausspielte und den Streit zu ihren Gunsten entschied.

Vom flachen Dach aus war das zu bewundern, worin sich Paula und Melissa einig waren: der Blick. Rundum. Einer dieser Blicke, die das Gebrochene im Stadtbild offenbarten. Die Geschichte. Die Weigerung, sich komplett glatt bügeln und in die Gesichtslosigkeit anderer Städte eingemeinden zu lassen.

Geschichte zum Anschauen. Anfänge, Brüche, Versagen. Stadtmitte – eine Herausforderung an Kreativität, nicht nur Ökonomie.

Man sah das Berliner Ensemble. Die Spree zu Füßen, die Biermann'sche Weidendammer Brücke, die vergoldete Kuppel der jüdischen Synagoge. Museumsinsel. DDR-Plattenbaupracht. Der Palast der Republik würde der Fassade des neu zu erbauenden Stadtschlosses weichen, Geschichts-Make-up.

Linker Hand die Bahnhofsanlage der Friedrichstraße, wo Melissa Paula so oft abgeholt hatte. Das lang gezogene Gebäude ausgeschlachtet, ausgeweidet, Schweiß und Tränen der ehemaligen Abfertigungsbunker verdeckt von Glas, Stahl und Mamorimitat, dem üblichen Mix modernen Bauens, und mit dem Neunziger-Jahre-Mix aus Geschäften, Büroetagen und einem Hauch Wohnen bebaut.
Paula erinnerte noch den erhöhten Puls, Schweißausbruch, flachen Atem. Ab einem bestimmten Zeitpunkt holte man sie aus der Warteschlange, führte sie in einen kleinen Raum. Tisch, zwei Stühle, fensterlos; man ließ sie warten, mal zehn Minuten, mal eine Stunde. Steinerne Mienen der Grenzbeamten. Keine Erklärung. Zurück in die engen Durchgänge, vorbei an den Verschlägen der Passkontrolleure. Der Geruch, der sofort das andere anzeigte. Das Grau. Dann Melissas Arme und die Freude aufeinander.
Melissa gehörte nicht zu denen, die Vergangenheit durch rosa Brillengläser betrachteten, trotz Heimweh auf Unbenennbares, das sie ab und zu befiel. Sie, wie Paula, war schon immer Einzelgängerin, neugierig auf Ost wie sie auf West. Sie hatten nie den Wettlauf der Systeme fortgeführt. Spaziergänge im Kiez der anderen und Zuhören machten sie zu einem untypischen Ost-West-Paar. Paula und Melissa gehörten nicht zu den «Ihr»- und «Wir»-Sagern.
«Nur die Amis, die sind bei dir immer ihr», warf Paula Melissa vor.

April Gladys Parker war Melissa sofort sympathisch. Detective der Polizei in Los Angeles, Unterhändlerin bei Sondereinheiten. Acht Wochen lang hatte Tamara bei ihr gewohnt, während eines Auslandspraktikums innerhalb ihrer Ausbildung, wie Tamara nochmal erklärte. Nun erwiderte Gladys den Besuch, wollte Berlin kennen lernen.

«Ich habe Urlaub und will Berlin kennen lernen. Nennt mich Gladys.»
Sie war dreiunddreißig, das Auffälligste ihr schimmerndes, tiefschwarzes, glattes Haar, das sie halb lang trug, praktisch in Jeans und Pullover gekleidet.
Sie hatte sich aufs Dach führen lassen, fragte, hörte zu.
Die Frau sprach hervorragend Deutsch und Spanisch, wie Tamara erwähnte. Tamara, die bisher nur über Berufliches gesprochen hatte, war wie umgewandelt. Sie lachte, erwähnte Unternehmungen, die sie mit Gladys vorhatte.
Und freute sich, für Melissas Geschmack zu offensichtlich, über ihre Bürohoheit in den nächsten Tagen.
Paula lud die Frauen zum Essen ein. Melissa verzichtete, sie wollte nach Hause.

Das eigene Auto abgeholt, zügig unterwegs nach Weißensee, einem im Nordosten der Stadt gelegenen Kiez.
Es war zunächst nur ein Gefühl. Melissa beobachtete sorgfältig den Verkehr im Rückspiegel. Dann wurde das Gefühl zur Gewissheit. Jemand verfolgte sie. In einem Auto mit getönten Scheiben, eine Baseballkappe tief ins Gesicht gezogen. Melissa versuchte das Autokennzeichen zu lesen. Der graue BMW war in Berlin zugelassen, aber ein Buchstabe und zwei Ziffern waren mit Lehm oder Ähnlichem unkenntlich gemacht.
Melissa versuchte mit den üblichen Mitteln, den Verfolger aus der Reserve zu locken. Langsamer fahren, beschleunigen, bei Gelb über eine Kreuzung rasen. Der Fahrer ließ sich nicht abschütteln.
Melissa spürte die Ereignisse des Tages in den Knochen. Sie war müde, die Aufmerksamkeit ließ nach. Sonst hätte sie versucht, den Verfolger, der sich mittlerweile keine Mühe mehr gab, seine Jagd zu tarnen, zu stellen. Noch einige Minuten länger und sie würde zur Gejagten.

Sie trat aufs Gaspedal, bog unvermittelt ab, überfuhr eine Grünfläche, raste in verkehrter Richtung durch eine Einbahnstraße und hatte ihn abgeschüttelt. Sie kannte ihren Kiez.

Melissa parkte eine Querstraße von ihrem Haus entfernt, schaute sich um. Der Verfolger blieb verschwunden.

Dämmerlicht am Rande zur Dunkelheit. Die verdammte Straßenlaterne war mal wieder eingeschmissen.

Ansonsten wirkte alles unverändert. Rasch schloss Melissa die Haustür auf, verriegelte sie von innen, überprüfte die Fenster, ließ die Jalousien herunter. Dann schnappte sie sich die Flasche Cognac von der Küchenzeile, zog sich aus auf dem Weg zum Bett, knipste alle Lampen aus bis auf den Strahler am Bett, kroch unter die Decke und nahm einen kräftigen Schluck aus der Flasche. Ihre Ohren suchten förmlich nach Geräuschen, ungewohnten, fremden.

Zweimal knipste sie den Lichtschalter aus, zweimal wieder an, stand auf, wanderte im Zimmer umher.

Panitz war der erste Tote, den sie gesehen hatte. Dessen starre Augen verfolgten sie bis in den Schlaf.

DREI

Wie lange schon war er überzeugt, das im Griff zu haben, jederzeit wieder aufhören zu können, wenn er nur wollte?
Wann hatte er angefangen, sein Leben nach dem Grad der Einnahme zu richten, Termine auf Uhrzeiten zu legen, zu denen er noch nüchtern sein konnte, später noch einigermaßen nüchtern, und wann fing auch das an, ihm egal zu werden, na und, brauch ich das, aber nicht so wie die anderen, ich nehme den sauberen Stoff, nur Medikamente.
Aber manches Mal die dunkle Stunde, wenn ihn Reaktionen plagten auf den Tabletten-Suff-Mix, Kopfschmerzen nicht zu betäuben, ein neues Mittel besorgt werden musste, wenn er trotz der Dosis, die er meinte zu überblicken, trotz der überhöhten Dosen, keine Stimmungsveränderung mehr erreichte, keine Entspannung, kein wohliges Betäuben, die Gefühle nicht gänzlich abstarben, der Kopf immer wacher wurde und die Frage hämmerte: Und wie weiter? Und wird sich je noch etwas ändern?
Wann war ihm sein Leben so entglitten, kaum merklich zunächst?
Warum? – das fragte er schon lange nicht mehr.

Er schlurfte hinüber zum Bad. Pinkelte.
Sex war schon wie lange was, das er nur noch in Filmen sah? Ab und an 'ne Morgenlatte, aber auch die wurde schnell schlaff.
Vögeln, eine Frau, er vermisste es kaum noch. Wie so vieles, was früher zu seinem Leben gehört hatte, Sport, Kumpels, Kurztrips übers Wochenende.
Nach und nach verengte sich sein Leben, und er sah zu, ließ es geschehen, als sei es das Leben eines anderen.
Bis sie ihn feuerten.

Sicherheitsrisiko.
Dieser Schock rüttelte ihn auf. Er würde sich nicht einfach so abservieren lassen.

Dienstagmorgen.
Die Siedlung, in der Melissa wohnte, hatte etwas von einer Insel. Früher eine Kleingartenanlage, wurde sie nach dem Krieg zu einer dauerhaften Wohnkolonie.
Datschenähnliche Bauten, die Fassaden in den letzten Jahren nach und nach gestrichen, Westautos entlang den Gartenzäune. Manche Bewohner hatten Garagen oder Unterstellplätze gebaut. Einer besaß noch einen Trabant, der einzig verbliebene, liebevoll gepflegt. Ungepflasterte Wege, alte Kopfsteinpflasterstraßen. Der Konsum längst geschlossen, der nächste Supermarkt zu weit zum Laufen.
Hier war noch nichts zur Puppenstube mutiert, wurde der Rasen nicht getrimmt und abgesaugt. Und hier lebten noch dieselben Leute wie vor der Wende.
Melissa war hier aufgewachsen, mit ihrer Mutter Anna. Vorzeitig in den Ruhestand geschickt, nachdem die Belegschaft erst verkleinert, dann die Fabrik geschlossen worden war, zog Anna in ihre Geburtsstadt Radebeul, wo sie all die Jahre Kontakt gehalten hatte, mit Schulfreunden und weitläufigen Verwandten.
In den Jahren als Backgroundsängerin in hochkarätigen Unterhaltungsprogrammen hatte Melissa gut verdient und Anna dafür gesorgt, dass eine größere Summe gespart wurde. Als Sängerin benötigte Melissa keine Instrumente, für die die Kollegen viel Geld umrubelten. Sie besaß ein gutes Mikrophon und eine Gesangsanlage, besorgt vom Vater, der, in den Westen abgehauen, Melissa zwar unregelmäßig, aber Wichtiges zukommen ließ.

Nach der Wende einigte sich Melissa mit den Grundstücksbesitzern aus dem Westen, leistete eine größere Anzahlung und dann monatliche Raten, in etwa zehn Jahren würde das Anwesen, wie Paula es nannte, ihr gehören, zu einem fairen Preis; im Gegensatz zu Nachbarn, die sich noch immer vor Gericht mit Alteigentümern durch die Instanzen stritten.
Melissa hasste Renovieren und Bauen, dem Häuschen haftete dauerhaft etwas Improvisiertes an. Der wild wuchernde Garten harrte der Besuche Annas, die sich gerne seiner annahm, auch mal die Tapeten mit frischem Anstrich versah oder ein neues Regal anbrachte.
Das L-förmig gebaute Haus wurde nach dem Auszug Annas – mit Hilfe von Westmark für Handwerker und Material – zu einem großen Raum umgebaut, das Bad renoviert, eine Küchenzeile eingerichtet. Vom Garten aus konnte man das angebaute Zimmer betreten, früher Melissas Reich, nun Gästezimmer.
Im großen Wohnraum, an der Wand zum Anbau, das überdimensional große Bett, die Matratze war die erste bedeutende Anschaffung nach der Wende. Melissa genoss den Platz, die übergroße Bettdecke, die Unmengen von Kissen.
Um halb sechs gab es Melissa auf, nochmal Schlaf zu finden.
Der Alkohol hatte keine Nachwirkungen hinterlassen, Melissas Kondition war legendär. Sie konnte ganze Runden unter den Tisch saufen.
Melissa lüftete den Raum.
Klarer Himmel, der einen sonnigen Tag versprach.
Da Melissa Brauns neuen Tagesplan nicht kannte, durchwühlte sie den Kleiderschrank nach dem Duplikat des gestrigen Hosenanzugs, in Baumwolle, dazu T-Shirt, schwarzen Pullover und Turnschuhe.
Eine halbe Flasche Mineralwasser, ein kräftiger Kaffee, der Vernunft wegen eine Scheibe Brot mit Käse, einen Schokoriegel eingesteckt.

Kein Anruf auf dem Beantworter. Nichts Wichtiges in der Post. Melissa öffnete die Haustür, grüßte den Nachbarn, der seit neuestem joggte.
Alles schien wie immer.
Es war halb sieben. Sie machte sich auf den Weg in die Stadt.

Gladys dehnte und streckte den Körper. Sie hatte die Nacht auf einer grässlich unbequemen Matratze zugebracht, auf dem Wohnzimmerboden in Tamaras kleiner Wohnung.
Es war noch früher Morgen. Der Jetlag hatte zu der unruhigen Nacht beigetragen.
Auf dem Tisch der Stadtplan, den Tamara ihr gegeben hatte.
Ihr Ziel lag ganz in der Nähe von Tamaras Arbeitsplatz. Sie würde mit ihr in dieses Viertel fahren. Es gab dort einige Sehenswürdigkeiten, die sie besichtigen konnte. Nach dem Treffen.

Es war der falsche Zeitpunkt. Eindeutig. Melissa traf zum falschen Zeitpunkt im Penthouse ein.
Ein Teil der Möbel an die Wand geschoben, Teppiche aufgerollt.
Acht Uhr morgens. Nicht die Lieblingszeit eines Musikers, für Braun vielleicht die ideale Zeit, um schlafen zu gehen.
Ein persönlicher Fitnesstrainer und ein Choreograph bearbeiteten Tom Braun. Der Mann, verschwitzt, bemüht, die Bewegungsabläufe nachzuvollziehen, sich einzuprägen, zu lauter Dancefloor-Musik. Er agierte widerwillig, steif in den Hüften und schlecht gelaunt. Der Choreograph schrie gegen die Musik und Brauns Lethargie an, der Trainer war bemüht, die harschen Kommentare abzumildern.
Braun tapste durch den Raum.
Melissa floh auf die Terrasse, drehte dem turnenden Trio den Rücken zu, um Braun nicht in Verlegenheit zu bringen.
Dieser Job verlief beschissen. Der Tod eines Mannes, der nicht ihr Klient war. Nicht Panitz, hatte Paula wiederholt. Und doch

blieben bohrende Fragen. Wenn sie Braun nicht allein gelassen hätte? Aber er hatte sie ausdrücklich um einen Gefallen gebeten. Warum? Wollte er sie aus dem Zimmer haben? Aber Panitz war sein neuer alter bester Freund.
Melissa musste an diesem Morgen einen geeigneten Moment finden, um mit Braun über Panitz zu sprechen. Doch was, wenn er etwas mit Panitz' Tod zu tun hatte?
Schluss mit den Spekulationen. Sie würde wie Paula Fakten sammeln. Die Zeitungsberichte würden zeigen, in welche Richtung man den Mordfall deutete. Und Braun musste heute bei der Kripo aussagen. Aber zuvor wollte sie herausfinden, wo er zum Zeitpunkt des Mordes war.
Wer hatte sie verfolgt? Melissa hatte die Fahrt durch die Stadt genutzt, war durch Seitenstraßen gefahren, wie so oft, um ihre Ortskenntnis zu trainieren, aber eigentlich, um die Angst der Nacht abzuschütteln. Was hatte sie gehindert, Paula anzurufen? Der Stolz, sich dieser ungewöhnlichen Situation jetzt gewachsen zu fühlen, nachdem sie gestern versagt hatte? Und sie wertete es als Versagen, dass ein Mann im Umfeld ihres Zuständigkeitsbereichs ermordet worden war, allen Fakten zum Trotz.
Die Schiebetür wurde aufgezogen, das Wohnzimmer gelüftet, die Möbel zurechtgerückt.
Die Trainer unterbrachen ihr Gespräch, als Melissa den Raum betrat.
«Er ist im Bad», sagte der eine.
«Richten Sie ihm aus, dass wir morgen um sieben wieder kommen. Auch, wenn's für den Arsch ist», setzte der andere leiser hinzu. Sie schnappten ihre Sachen und verdrückten sich.
Der allgegenwärtige Butler bot Kaffee an.
«Es war eine ruhige Nacht», sagte er, ungefragt.

Es dauerte zwanzig Minuten, bis Braun, mit feuchtem Haar und im Bademantel, erschien.

«Ich brauch erst mal Kaffee», murmelte er, ignorierte den gedeckten Esstisch, ließ sich in einen der Sessel fallen.
«Wo ist Panitz jetzt?»
«Bitte?»
«Wo, ich meine, wo haben sie Panitz hingebracht?»
«In die Gerichtsmedizin.»
«Oh Gott, oh Gott.» Braun setzte die Kaffeetasse ab, drückte sich tief in den Sessel, wie in Abwehr.
Das Wort Gerichtsmedizin weckte Bilder von chirurgischen Instrumenten, ein Skalpell, angesetzt am Körper des Freundes; man sah sich selbst dort liegen. Aber wie denkt man den eigenen Tod?
Der Butler servierte ein üppiges Frühstück auf dem Wohnzimmertisch, schnitt knuspriges Croissant auf, schob frischen Orangensaft näher zu Braun.
«Wir kommen jetzt zurecht.»
Der Butler reagierte nicht.
«Lassen Sie uns bitte allein. Wir rufen, wenn wir etwas brauchen.» Melissa schraubte sich zu voller Größe auf, machte zwei Schritte auf den Mann zu, der endlich reagierte und sich in die Küche zurückzog. Melissa schloss hinter ihm die Tür, zog sich einen Sessel nahe zu Braun, legte ihm die Hand auf den Arm.
«Panitz war dein Freund. Es tut mir Leid für dich.»
«Mein Freund? Mann, der Beste.»
Melissa hielt ihm die Kaffeetasse hin.
«Nimm noch einen Schluck. Und dann erzähl mir von ihm.»

«Tom war wie besessen von ihm. Plötzlich zählte nur noch Panitz. Panitz hier, Panitz da. Panitz tut das, Panitz meint das. Ätzend.»
Lilli Braun und Paula saßen sich in einer Suite gegenüber, an einem luxuriös gedeckten Tisch. Zimmerservice. Frühstück für zwei. Lilli nippte an einem Glas Champagner. Alles an Lilli war

ein Tick zu viel: die Aufsteckfrisur zum Seidenmantel in Schwarz, bedruckt mit kitschigem Blumenmotiv, der Goldschmuck, das Make-up und die Vertraulichkeit, mit der sie Paula behandelte.
«Plötzlich bietet Tom ihm eine Stelle an. Als persönlicher Assistent. Ich meine, stellen Sie sich das vor. Panitz hatte doch sein eigenes Business. Er soll dir 'ne Wohnung verkaufen, sagte ich zu Tom. Aber nein, er will ihn engagieren.»
Paula ließ den Alkohol stehen. Es brauchte nur selten eine Frage, um Lilli zum Weiterreden zu animieren. Ein Nicken des Kopfes, ein mitfühlender Gesichtsausdruck, das reichte.
Paulas Blick streifte das unordentliche Wohnzimmer, überall lag etwas herum, nur nicht die Tageszeitung, die war unaufgefaltet. Paula hatte drei in der Stadt erscheinende Blätter während der S-Bahn-Fahrt überflogen.
Mord, schrien sie. Mord an Freund eines Rocksängers. Schnüfflerin entdeckt Ermordeten in der Garderobe eines Rocksängers. In den Spätnachrichten des regionalen TV-Senders ein Bericht, der, ebenso wie die Zeitungen, Melissas Namen noch ungenannt ließ.
«Wollte Panitz den Job?»

«Er wollte ihn zunächst nicht annehmen.» Tom machte eine Pause, überlegte. «Aber dann waren wir eine Nacht unterwegs, und schließlich fand ich heraus, dass er scharf war auf eine Veränderung, sie schon eine Weile suchte. Panitz und Immobilien. Er war bestimmt gut und erfolgreich in seinem Job. Aber auf Dauer passte das nicht zu ihm. Ich brauch einen wie dich, sagte ich ihm. Auf den ich mich verlassen kann. Der übliche Scheiß?, hat er gegrinst. Armer, reicher Star hat keinen, dem er vertrauen kann? Wir wären wieder das alte Team geworden.»
«Aber nicht mehr als Musiker.»
«Was? Ja, sicher. Aber Panitz … Wir haben uns so viele Jahre nicht gesehen, und dann war es …»

… als hätten wir uns gestern zuletzt …
«… als hätten wir uns gestern zuletzt gesehen. Eine Vertrautheit. Das zählt doch. Außerdem hat er eine Zeit lang Bands gemanagt. Der kennt … er kannte das Geschäft. Er war mir so wichtig. Gerade in diesen Zeiten, wo mir jeder auf die Pelle rückt, alle was anderes wollen.»

«Du weißt doch gar nicht, wie er geworden ist. Menschen verändern sich in so vielen Jahren, sagte ich zu Tom. Es war nichts zu machen. Er hat Panitz engagiert, und Panitz hat zugesagt.»
«War das nicht kränkend für Sie, dass er sich über Ihre Bedenken …»
«Aber klar. Als ob ich nicht alles für Tom tue. Immer getan habe.»
«Sie sind schon lange verheiratet.»
Zum ersten Mal an diesem Morgen schwieg Lilli. Stand auf. Lief zum Fenster. Drehte sich um.
«Wir haben immer mal Streit. Sicher. Wer nicht? Sind Sie? Verheiratet, meine ich. Nein? Na ja. Tom und ich, wir sind verheiratet, so lange schon, und wer ist das noch in der Branche nach so vielen Jahren.»

«Du wirst der Kripo erzählen müssen, was gestern Nachmittag passiert ist.»
«Was meinst du mit passiert?»
«Wir können es rasch mal durchgehen. Du wolltest allein sein, erinnerst du dich? Reimann, deine Frau und Panitz sind aus der Garderobe gegangen, auf deinen Wunsch. Und mich hast du gebeten, dir einen Cognac zu besorgen.»
«Hab ich das? Ich … es … ach Gott, es ist alles so verwirrend.»
«Ich hab dem Friseur und der Visagistin die Klinke in die Hand gegeben.»
Braun begann, mit dem Fingernagel des Zeigefingers auf die hölzerne Armlehne zu tippen. Tata, tatata, tata, tatata …

«Tom?»
Tata, tatata …
«Die Kripo wird nachfragen, auch der Friseur und die Visagistin müssen aussagen.»
«Ich hab sie weggeschickt.»
«Weggeschickt?»
«Ja. Ich kannte sie doch nicht.»
«Hast du sonst einen persönlichen Friseur?»
«Was soll denn dieser zickige Ton: Hast du einen persönlichen Friseur?» Braun schob seinen Sessel mit den Füßen weg von Melissa.
Der Butler erschien.
«Raus», brüllte Braun.

«Auch so was. Die letzte Nacht in Amsterdam. Wir wollten essen gehen, Tom und ich. Plötzlich war er weg. Einfach verschwunden. Rief zwei Stunden später an: Mach dir keine Sorgen. Er käme am Morgen direkt zum Flughafen, falls es spät würde. Toll. Er hat mir mal wieder alles überlassen. Koffer packen, Rechnung klären. Zum Flughafen, einchecken. Sie kamen im letzten Moment, Panitz und Tom.»
«Und dann? Irgendwelche Erklärungen?»
«Kaum saß er im Flugzeug, hat er auch schon gepennt. Und in Berlin war er plötzlich weg.»
«Wie sind Sie ins Haus der Kulturen gekommen?»
«Mit dem … Ich stand da … Ich bin mit einem Taxi gefahren.»
Paula machte sich im Geist eine Notiz. Im Taxi? Lilli Braun?
«Allein?»
«Mit Panitz.»

«Warum hast du die Leute weggeschickt?», hakte Melissa nach.
Braun sah sie nicht an, als er antwortete.
«Die Narben waren noch zu frisch.»

Geliftet. Narben hinter den Ohren oder wo auch immer.
Das Schweigen wuchs an.
«Und dann? Wohin bist du dann gegangen?»
«Sind wir hier bei der Kripo? Verdammt! Was erlaubst du dir?»
Er brüllte schon wieder. Melissa wurde wütend. Bevor sie antworten konnte, entdeckte Braun den Eintretenden.
«Ach, sieh an. Mister B. Wie kommst du denn hier rein?»
Reimann klapperte mit einem Schlüsselbund.
«Kann hier jeder rein- und rausspazieren, wie es ihm gefällt? Willst du mich auch verhören? Wozu bezahl ich eigentlich einen Anwalt? Na schön. Ich wollte mir die Halle ansehen, Lady, die Akustik antesten, das hatte niemand erledigt. Denn Mister B. hier wollte, dass ich einen Song anträllere. Ich bin aber nicht in die Halle rein, sondern aufs Klo, wenn's recht ist. Nein, keinen durchziehen, Mister B.»
«Tja. Das mit den Drogen hat jemand anderes schon aufgebracht.»
Reimann faltete eine niederländische Zeitung auseinander, hielt Braun die erste Seite hin.
«Sex, Drugs & Rock 'n' Roll» als Schlagzeile, darunter drei Fotos. Das erste zeigte Braun und Panitz, lachend, Arm in Arm. Im Hintergrund eine Frau im Schaufenster, in weißer Spitzenunterwäsche, in einer Schlafzimmerdekoration.
Das zweite Foto. Braun und Panitz von hinten. Der Moment eingefangen, in dem sie auf die Tür neben dem Schaufenster zugingen.
Das dritte Foto zeigte das Schaufenster mit geschlossenen Vorhängen.
«Gibt es Kaffee?», fragte Reimann und knallte die Zeitung auf den Tisch.

«Sie fuhren mit Panitz in die Stadt?»
«Na ja, zuerst zu diesem Stadion.»

«Die Stimmung zwischen Panitz und Ihnen war bestimmt nicht die entspannteste.»
«Panitz döste.»
Wieder eine Notiz. Lilli war nicht die Frau, die Panitz in Ruhe dösen ließ.
Lilli Braun tupfte sich die Lippen ab. Sah demonstrativ auf die Armbanduhr.
«Ich habe gleich einen Termin, Frau, Frau von O…»
«Oshinski. Sagen Sie doch Paula. Ich muss auch los. Aber vielleicht können wir noch kurz klären, wo Sie waren, nachdem Sie die Garderobe verließen?»
«Sie meinen, bevor Panitz …»
«Ja.»
«Ich bin in dieses Restaurant gegangen. Tom wollte seine Ruhe vor dem Auftritt. Man kennt das ja. Hören Sie, ich muss jetzt wirklich los. Ein anderes Mal gern.»
«Kann ich Ihnen noch behilflich sein? Immerhin ist das eine fremde Stadt.»
«Sie sind nett. Danke. Tom und ich wollten uns heute eigentlich die Wohnung ansehen, die Panitz angeboten hatte. Aber jetzt?»
Paula verabschiedete sich. Dieses Treffen hatte auch dazu dienen sollen, eine Beziehung zu Lilli zu knüpfen. Die Frau wirkte einsam, unglücklich und wütend. Beim nächsten Treff würde sie sie härter anfassen, nachhaken, die Frau war ausgewichen.
Höchste Zeit, sich auf den Weg zu Teichert zu machen, mit dem sie sich am Morgen verabredet hatte. Eine sympathische Stimme, traurig, aber bereit, Auskunft zu geben, falls das helfen konnte, den Mörder zu finden. Paula hatte sich als Detekteiinhaberin, befasst mit der Aufklärung des Mordes, vorgestellt.
Paula winkte ein Taxi heran. «Schmargendorfer Straße, in Friedenau.»
«Ich weiß, wo die ist», knurrte die Taxifahrerin.

«Musstet ihr euch unbedingt abschießen lassen bei eurem Bummel im Amsterdamer Nuttenviertel? Du bist doch kein Anfänger.»
«Verklag die Bande. Diese Fotos beweisen doch gar nichts. Das ist üble Nachrede.»
«Bist du sicher? Würde das die Frau auf dem Foto bestätigen? Verdammt, Tom. Konntet ihr nicht diskreter sein? Jeder Hotelportier wäre dir behilflich gewesen. Aber nein, du musstest einen auf volksnah machen. Oder kam die Anregung von deinem Kumpel? Verdammt. So ein Schlamassel. Ausgerechnet jetzt. Wir müssen dringend etwas unternehmen. Du ziehst dich besser an. Ich hab einen Anwalt herbestellt. Und einen Medienmann, einen Fuchs in Sachen Imageberatung.»
«Übertreibst du nicht? Wenn wir jeden Klatsch ernst nehmen, können wir einpacken.»
«Wenn das mal nicht passiert, mein Junge. Die Plattenfirma ist alarmiert.»
«Die Plattenfirma sollte sich freuen. Das ist kostenlose Werbung.»
«Fragt sich nur, wofür. Dein Image braucht eine Aufbesserung. Aufbesserung. Nicht Sex and Drugs und einen Mordfall, in den du verwickelt bist. Übrigens kommt nachher ein Mann von der Kriminalpolizei. Ich konnte verhindern, dass du ins Präsidium musst.»
«Danke, Mister B.», zischte Braun.
Reimann zog seinen Trenchcoat aus und öffnete seinen Aktenkoffer.
«Vielleicht lässt du mal diese Spielchen und kommst zum Geschäft. Ich habe einen Auftritt zu einer Benefiz-Veranstaltung arrangiert. Für die Spätfolgekosten, für die Flutopfer. Hier sind nochmal die Noten von zwei neuen Songs, die du in Amsterdam Zeit hattest, dir anzusehen.»
«Wann?», fragte Braun.

«Am Nachmittag kommt ein Gesangstrainer, um sie mit dir einzustudieren. Zumindest einen der Songs solltest du lernen, falls dir an deiner Karriere noch etwas liegt.»
Braun kochte. Wieder dieser Zeigefinger in Bewegung, mit diesem enervierenden tata, tatata, tata, tatata. Das Gesicht rot angelaufen, der Atemrhythmus beschleunigt. Er schwieg, warf keinen Blick auf die Notenblätter.
Schließlich: «Ist das derselbe Mist, den du nach Amsterdam gemailt hast? Panitz und ich haben nur abgelacht.»
Die Männer verbissen sich mit Blicken ineinander.
Tata, tatata, tata, tatata …
«Scharfer Groove», sagte Melissa.
Braun stutzte, sah auf den Finger, hörte abrupt auf.
«Sieh an, die Leibwächterin, Miss Schlaumeier. Heutzutage versteht wohl jeder was von meinem Job.»
Dieser arrogante Mistkerl, dieses verwöhnte Balg. Trauer hin oder her, der Kerl verdiente eine Lektion. Melissa schnappte sich eines der Blätter.
Sie sang die erste Strophe. Vom Blatt.
Perfekt.
Mit voller Stimme.
Einen Moment herrschte Schweigen.
«Schmeiß sie raus», schrie Braun, mit überschnappender Stimme. «Schmeiß sie raus. Sie hat den Job hier gar nicht nötig, Miss Superstar. Raus.»
«Mit Vergnügen. Die Rechnung lass ich zustellen.»
Melissa ging, betont langsam, zur Treppe, um nicht noch den Butler im Lift ertragen müssen.
Auf dem ersten Absatz holte sie Reimann ein.
«Warte, Melissa. Bitte.»
Melissa blieb stehen.
«Was für eine Vorstellung.»
Melissa drehte sich um.

«Du hast es ihm gegeben. Gratuliere. Ich kann dich verstehen. Aber Tom ist doch nicht der erste schwierige Künstler, mit dem du es zu tun hast. Dieser Todesfall hat uns alle aus dem Gleichgewicht gebracht. Nein, nein, ich will dir keine Gardinenpredigt halten. Gib Tom einen Tag, er beruhigt sich.»
«Laut Lilli Braun wollte mich ihr Mann schon in Amsterdam abschießen, per E-Mail.»
«Lilli erzählt vieles. Ich mach dir einen Vorschlag. Du arbeitest weiter. Ich meine damit, Ermittlungen anstellen. Das ist doch auch eine der Aufgaben deines Büros. Ich fürchte, die Polizei konzentriert sich zu sehr auf den Aspekt des Freundes des Stars, du verstehst. Es ist eine komplizierte Zeit in Toms Karriere. Nicht verkehrt, wenn wir dafür sorgen, dass er entlastet wird.»
«Wenn du auf meine Verschwiegenheit anspielst, kann ich dich beruhigen», antwortete Melissa kühl. «Dein Klient bezahlt dafür, bis zu dieser Minute.»
«Nein, nein, das sollte keine ehrenrührige Bemerkung sein. Aber ich muss meinen Mann schützen, flexibel reagieren können. Dazu brauche ich Informationen, die von der Polizei nicht zu erwarten sind. Also, was sagst du? Machst du weiter? In meinem Auftrag?»
«Ich werde mich mit meiner Partnerin besprechen.»
Und das war dringend nötig. Melissa hatte noch nie einen Job vermasselt, sich so reizen lassen, dass sie die professionelle Distanz verlor.

Die Taxifahrerin war geladen, schimpfte bei jedem Anlass vor sich hin, und wenn niemand fuhr wie «det letzte Aas», meckerte sie über «die Kerle ausm Osten, die uns det Brot wegnehmen, sollen sie doch die Mauer wieder hochziehn, aber diesmal so richtig hoch. Wir werden sehn, wer wen braucht, ich die nich, diese Jammerlappen, ich nich.»
Friedenau, ein Teil von Schöneberg, war vor allem in den sechzi-

ger und siebziger Jahren durch seine dort wohnenden Schriftsteller wie Grass und Enzensberger bekannter geworden. Ein Kiez, der verschlafen seine Villen und Bürgerhäuser behütete, Vorgärten pflegte, in ruhigen, baumbestandenen Seitenstraßen. In einem dieser zweistöckigen Backsteinhäuser hatten Teichert und Panitz Immobilien ihr Büro, auf das ein schlichtes Schild wies, rechts und links, an angrenzenden Gartenpforten, die Hinweise auf Ärzte und Zahnärzte.

Sträucher in grell leuchtendem Frühlingsgrün, erste Frühlingsblumen im Vorgarten, in dem ein Mann stand und, rauchend, sich mit einem anderen im Nachbargarten unterhielt.

Der Mann trug einen Anzug in modernem Schnitt, der den Bauchansatz und die Fettpolster an den Hüften geschickt kaschierte. Zurückhaltend die Farben und Muster von Oberhemd und Krawatte, das Haar nach hinten frisiert, bartlos, die Augen hinter einer Sonnenbrille verborgen.

Während Paula sich von der Taxifahrerin eine Quittung ausschreiben ließ und ihr den Fahrpreis, abgezählt auf den Cent, bezahlte, verabschiedete sich der Mann und kam zur Gartenpforte.

«Frau Oshinski?»

«Ja. Herr Teichert, nehme ich an. Mein Beileid zum Tod Ihres Geschäftspartners.»

«Danke. Kommen Sie herein.»

Teichert nahm die Sonnenbrille ab. Jetzt sah man die Tränensäcke unter den Augen und tiefe Stirnfalten über den Brauen. Er führte Paula in einen hellen Wintergarten, sparsam möbliert. Ein Schreibtisch mit luxuriöser Briefgarnitur, Telefon, Agenda, davor zwei Stühle modernen Stils. Der Teppich aufgerollt, eine Deckenlampe, abgeschraubt, auf dem Boden, ein Schrank, von der Wand abgerückt und in Plastikfolie verpackt.

«Vorsicht, bitte. Wir renovieren ... ich renoviere. Ich kann mich noch nicht an dieses ‹ich› gewöhnen.»

«Waren Sie lange Zeit Partner?»

«Setzen Sie sich doch. Möchten Sie etwas trinken? Nein? Tja, Fred und ich. Er hatte die Kontakte zu potenten Käufern, ich kannte interessante Objekte, vor allem kurz nach der Wende im Ostteil der Stadt.»

«Sind Sie …»

«Schuldig, ja. Ich bin gelernter DDR-Bürger.»

«Ich schätze, es braucht noch mindestens eine Generation, bis diese Frage nicht mehr gestellt wird. Sie haben einen Unterton, eine Färbung …»

«Der bei Sachsen nicht zu vertuschen ist. Meine Heimatstadt ist Dresden.»

«Ich wüsste nicht, warum Sie den heimatlichen Dialekt verbergen sollten. Denken Sie mal an die Bayern, die reden so ungeniert in ihrem Dialekt, dass es oft Untertitel bräuchte. Herr Teichert, ich danke Ihnen, dass Sie mir Ihre Zeit opfern. Wie ich Ihnen am Telefon sagte, wissen wir noch sehr wenig über Fred Panitz. Was war er für ein Mensch? Wie lebte er?»

«Für diese Fragen bin ich der Falsche. Sie sollten mit seinen Freunden sprechen. Ich war sein Geschäftspartner. Und wir haben gut zusammengearbeitet.»

«Aber er wollte doch aufhören mit dem Immobiliengeschäft.»

«Aufhören? Fred? Wer hat Ihnen das gesagt? Er war doch mit Leib und Seele im Geschäft, ist deshalb nach Amsterdam geflogen, den alten Jugendfreund treffen, der eines unserer Penthäuser kaufen wollte. Ein großartiger Neubau, am Osthafen, dort entsteht ein neues Medienviertel, Sie werden die Gegend nicht wieder erkennen. Panitz war ein guter Verkäufer.»

«Wann haben Sie Ihren Partner zuletzt gesprochen?»

«Nu, gestern. Als ich ihn in Tegel abholte.»

«Sie haben Panitz vom Flughafen abgeholt?»

«Ich war spät dran. Braun war schon weg, und Fred stand da mit den Koffern und einem Reporter am Hals, der ihn ausfragte. Ich hab ihn und Frau Braun zum Olympiastadion gefahren, aber

dann änderte sich das Ziel, und wir wurden zum Haus der Kulturen verwiesen. Ich muss gestehen, ich war noch nie drin, obwohl ich schon seit den Achtzigern in Berlin wohne. Berlin Ost. Na ja, damals wäre es sowieso nicht gegangen.»
«Und während der Fahrt unterhielten Sie sich?»
«Ich nicht. Ich bin kaum zu Wort gekommen, diese Frau Braun redete und redete, und manchmal wurde es laut.»
«Ich nehme an, Sie verstanden, worüber die beiden sprachen?»
«Sie müssen wissen, die saßen auf dem Rücksitz. Fred, höflich, setzte sich nach hinten, und Frau Braun einfach dazu. Irgendwann hab ich das Radio angestellt.»
«Herr Teichert.»
«Ich mach so was nicht gern.»
«Ich nehme an, die Kripo hat Sie auch schon dazu befragt.»
Teichert nickte.
«Die waren gestern Abend da, holten sich den Schlüssel zu Freds Wohnung ab, den er hier deponiert hat; der Schreibtisch aus seinem Büro soll in seine Wohnung geschafft werden, wenn schon mal starke Männer, die Handwerker, hier sind. Freds Büro haben die Beamten auch untersucht, ein schönes Chaos, die meisten Möbel schon unter Abdeckfolie, heute kommen die Maler. Die sollten übrigens schon längst hier sein. Vor einer Stunde hieß es schon: Gleich. Soweit ich das verstehen konnte.»
«Polen?»
«Ukrainer.»
«Die sind wohl noch billiger.»
«Sie müssen das verstehen. Die deutsche Handwerkerstunde ist doch gar nicht mehr zu bezahlen. Die gehen lieber in die Arbeitslosigkeit und arbeiten schwarz, als mit dem offiziellen Lohn runterzugehen. Oder beschäftigen selbst Polen, die wiederum Weißrussen, die wiederum Sibirier beschäftigen, jeder ein kleiner Subunternehmer. Ist ja auch zu verstehen. Oder wollen Sie die Renten von diesen Politikern bezahlen? Eine seltsame Zeit.

Wir sind aufgewachsen und haben damit gelebt, welche Übel dem bösen, kapitalistischen Westen anhaften: Arbeitslosigkeit, Kriminalität, Rauschgift. Es ist alles wahr, keine Propaganda», sagte er. «Jetzt haben wir alle teil an diesen Segnungen.»
«Könnten wir auf die Autofahrt zurückkommen?»
Zum ersten Mal lächelte Teichert. Andeutungsweise.
«Schade, ich dachte, mein Ablenkungsmanöver würde nachhaltiger funktionieren.»
«Wir können ein anderes Mal gern über Politik reden. Heute bin ich hier, um etwas über Panitz zu erfahren.»
«Panitz, nannte ihn Frau Braun. Panitz und duzen, kein Vorname, obwohl sie sich aus der Jugendzeit kannten. Darüber haben sie nämlich gesprochen. Sie stammen aus demselben Dorf.»
«Sie tauschten doch wohl keine Jugenderinnerungen aus?»
«Nee. Die stritten sich, besser gesagt, sie stritt. Aber der Zusammenhang, worüber, ist mir nicht verständlich geworden. Fred hat sie immer wieder gebeten, leiser zu sprechen, ist ihr auch mal ins Wort gefallen, hat die Zankerei unterbrochen. Auf jeden Fall scheint es ihr nicht gepasst zu haben, dass Fred in Amsterdam aufgetaucht ist. Die beiden waren keine Freunde. Sagen Sie, wissen Sie, wo das Ehepaar Braun abgestiegen ist?»
Paula zögerte einen Moment. Aber spätestens heute würden alle interessierten Fernsehsender zumindest das Hotel nennen. Sie sagte ihm den Namen, ohne das Penthouse, in dem Braun wohnte, zu erwähnen.
«Die Zimmernummer haben Sie nicht? Ich möchte dem Ehepaar kondolieren.»
«Tut mir Leid, in dem Fall bin ich zur Geheimhaltung verpflichtet. Ich kann aber Ihre Absicht weitergeben. Vielleicht meldet sich dann jemand bei Ihnen. Ich kann Ihnen ja meine Visitenkarte geben, mit meiner Geschäftsnummer.»
Paula reichte Teichert die Karte mit ihrem vollständigen Namen, um ihn zutraulicher zu machen.

Es schien zu funktionieren. Es funktionierte fast immer. Man sah sie gleichsam mit anderen Augen an.

«Jacobina Pauline Freifrau von Oshinski», las Teichert vor. «Kann ich Ihnen sonst noch behilflich sein?»

«Ich komme nochmal auf meine Frage nach Panitz zurück. Was für ein Mensch war er, ich meine, man lernt einen Menschen doch auch bei der Arbeit kennen?»

«Es ist immer schwer, jemand zu beschreiben, mit dem man arbeitet, man hat doch keine Distanz. Fred war äußerst geschickt im Umgang mit Kunden, das war seine Hauptaufgabe. Er ließ sie immer gut dastehen, wenn Sie verstehen, er drängte sich nie in den Vordergrund, konnte sich anpassen, einstellen auf den jeweiligen Kunden. Sehen Sie, wir verkaufen Objekte, die ihren Preis haben, da kommt nur eine bestimmte Klientel in Frage. Obwohl Fred in einem Dorf aufgewachsen ist und dann in einer Kleinstadt wie Heidelberg wohnte, war er weltgewandt, würde ich mal sagen. Und diskret, wie ein Friseur, dem man seine kleinen Geheimnisse anvertraut.»

«War er verheiratet?»

Teichert schüttelte den Kopf.

«Aber Sie.»

Teichert nickte.

«Haben Sie Kinder, wenn ich fragen darf?»

«Ja. Zwei. Aber schon aus dem Haus.»

«Hat Panitz Kinder?»

«Nein. Soweit ich weiß.»

«Haben Sie außerhalb der Arbeit etwas zusammen unternommen?»

«Wissen Sie, wir haben zwar hier so genannte Bürostunden, aber im Wesentlichen arbeitete Fred dann, wenn etwas anlag. Wenn ein Kunde abends ein Objekt besichtigen wollte, wurde es eben abends besichtigt. Wir haben uns beinahe täglich gesehen, da mussten wir uns nicht noch privat treffen. Mal ab und

zu ein Bierchen, klar. Aber sonst? Da hätte meine Frau protestiert.»
«Würden Sie mir Panitz' Adresse geben? Er steht nicht im Telefonbuch.»
«Knesebeckstraße zehn.»
«In Charlottenburg?»
«Ja. Er wohnt … er wohnte allein.»
«Hatte er eine Freundin? Oder mal den Namen eines Freundes erwähnt?»
«Nur Vornamen. Immer Männernamen, manchmal dachte ich schon, er sei …»
«Homosexuell?»
Teichert nickte.
«War er aber nicht, sowas merkt man doch.»
Woran?, lag Paula auf der Zunge. Stopp. Lass dich nicht auf ablenkende Diskussionen ein.
«Kann ich mit Ihrer Sekretärin sprechen?»
«Sie hat freigenommen, ist eine Woche in den Süden geflogen, solange hier gemalert wird. Es war doch so kalt, der Frühling wollte nicht kommen. Heute ist es ja richtig warm.»
«Ich möchte nochmal zurückkommen auf gestern Nachmittag. Was passierte, als Sie zum Haus der Kulturen kamen?»
«Dort war alles abgesperrt. Frau Braun hatte Mühe, einen Verantwortlichen zu finden, der uns durchschleuste. Es hat sie mächtig geärgert, dass man sie nicht gleich erkannte. Fred hat mich auf später vertröstet, sich entschuldigt, weil er mich als Chauffeur missbraucht hätte. Ich hab noch geholfen, die Koffer reinzutragen. Dann bin ich gefahren. Schade, ich hätte meiner Tochter gern ein Autogramm mitgebracht. Die hörte den früher. Na ja. Ich bin also ins Büro gefahren. Und dann kam der Anruf von der Kripo, die unsere Geschäftskarte bei Fred gefunden hat.»
Teichert rieb sich die Augen. Viel Schlaf schien er nicht abbekommen zu haben.

«Waren Sie jemals zu einer Party oder Geburtstagsfeier oder Ähnlichem bei Panitz eingeladen?»
Es klingelte. Das Telefon und an der Haustür. Teichert machte eine entschuldigende Geste, nahm das schnurlose Telefon ans Ohr und ging in den Flur.
Paula sah auf die Uhr. Beinahe eins. Zeit für einen Sprung ins Büro. Tamara erledigte akribisch das Aufgetragene, das war schon am ersten Tag zu erkennen. Aber die ansonsten ausgezeichneten Beurteilungen ihrer Praktika während der Ausbildung wiesen einen dunklen Punkt auf: Frau Hermann neige zu Soloaktionen, es mangle ihr an Teamfähigkeit. Besser, sie behielt Tamara im Auge.
Im Flur traf Paula auf Teichert und zwei junge Männer in Arbeitskleidung. Teichert versprach anzurufen, sollte ihm noch Wichtiges einfallen.
Als Paula die Tür sachte ins Schloss fallen lassen wollte, hörte sie Teichert die Sprache wechseln. Er sprach nun russisch, fließend.

VIER

Irgendwo musste noch etwas sein.
Er stellte das Glas mit dem Drink ab, riss die Schublade auf, durchwühlte Unterwäsche, Socken, T-Shirts, durchsuchte noch einmal die Schränke der Küchenzeile und schließlich das Bad, irgendwo musste noch was sein. Dieser verfluchte Typ hatte das Handy abgestellt, und der Kontaktmann war unerreichbar.
Er musste die Szene finden. In dieser Stadt musste es eine Szene dafür geben, nicht nur für Drogen, für all dieses Dreckszeug, sondern für saubere Rezepte, die man mittlerweile schon für Mittel benötigte, die nicht mal einem Kind schadeten.
Wie sollte er nachdenken, planen, wie jetzt das Geschäft abwickeln, alles hing an diesem Idioten, der sich nicht mehr meldete. Er musste eine andere Quelle auftun. Wo war das verfluchte elektronische Adressbuch mit den Namen, einer musste doch dabei sein von früher, der noch im Geschäft war.
Also gut. Erich. Warum nicht mit ihm anfangen. Die Chance, dass er oder einer der zwei anderen noch unter der alten Nummer erreichbar waren, stand eins zu was auch immer.
Eine Frau meldete sich, deren Namen er nicht verstand.
«Wie bitte?», fragte er nach.
«Wer sind Sie denn?», entgegnete die Frau.
«Ich?»
«Na ja, Sie haben doch angerufen, Sie wollen doch was von mir.»
Er legte auf.
Bei der zweiten Nummer ging niemand dran.
Beim dritten Versuch geriet er an einen Anrufbeantworter, der Name war ein anderer als der, den er erreichen wollte.
Er sprach nicht aufs Band, durchwühlte Schrank und Kommode nach Telefonbüchern. So was gab es hier nicht.

Wütend hieb er mit dem Fuß gegen die Schranktür, zwei-, dreimal.
Er schnappte sich seine Jacke, setzte die Baseballkappe auf, ging aus dem Haus, ohne jemand zu begegnen.
Es nieselte. Trüb der Tag, das Licht. Erst mal ein Stück laufen, Entfernung legen zwischen Wohnung und Geschäft, in dem er einkaufen würde.
Er stapfte los, schlug den Jackenkragen hoch, ging nach Gehör, dorthin, woher der Wind Autolärm herantrug, gelangte schließlich zu einer mehrspurigen Straße, sah das Schloss, lief nach rechts, wo man Geschäftsschilder sah.
Er ging in einen Supermarkt, das, was sich dafür hielt, eng die Räume zwischen den Regalen, nahm einen Korb, packte Rasiercreme hinein, Kaffeepulver, eine Flasche Cognac, an der Kasse legte er Zigaretten dazu, das verfluchte Geld zerrann ihm, er musste sparsamer damit umgehen.
An der Kasse fragte er nach einem Postamt, packte seine Einkäufe in eine Tüte, trat hinaus auf die Straße, meinte, den Blick der Kassiererin im Rücken zu spüren.
Post. Da stand es.
Er betrat den Schalterraum, stellte sich in der Schlange an.
Vorne, an den Schaltern, gab es Ärger. Ein Mann hatte sich eine Zigarette angezündet, rauchte, wurde aufgefordert, den Raum zu verlassen, setzte sich auf den Boden, rauchte weiter.
Alles stockte. Niemand bediente mehr. Erregte Wortwechsel. Das Wort Polizei fiel. Er drehte sich um, verließ rasch den Raum, woher nun Telefonbücher? Sein Blick fiel auf die Zelle im Vorraum, darin das Gesuchte. Er betrat den winzigen Raum, lehnte sich mit dem Rücken an das Türglas.
Vom ersten Namen gab es mehr als fünf Seiten und ungefähr eine halbe Spalte mit demselben Vornamen. Er riss die Seite heraus, steckte das Blatt in die Einkaufstüte.
Die anderen beiden Namen fand er nicht.

Sinnlos, diese Aktion. Wahrscheinlich hatten sie, wie er auch, Decknamen benutzt.
Er öffnete die Flasche mit dem Cognac, nahm einen Schluck und fuhr zusammen, als jemand von außen gegen die Türscheibe klopfte. Er drehte sich um. Vor ihm stand ein Polizist.
«Wollen Sie nicht lieber zu Hause trinken?»
Er steckte die Flasche ein, drückte sich an dem Mann vorbei, zwang sich ein Lächeln, ein Kopfnicken ab, ging ruhig hinaus und widerstand auf der Straße dem Impuls, loszurennen.
Zurück in die Wohnung, überlegen.
Wo blieb der verfluchte Kerl?

Verdammt, verdammt.
Warum hatte sie sich aus der Reserve locken lassen, warum hatte der Mangel an Respekt sie dermaßen gereizt? Bisher hatte sie sich im Umgang mit Kunden nie auf diese Art profiliert. Sie machte ihren Job, mehr oder weniger im Hintergrund, und akzeptierte das. Und plötzlich setzte sie sich als Sängerin ungeschickt und provozierend in Szene. Wollte sie den Rausschmiss provozieren? Dieser Braun war ihr von Herzen unsympathisch, aber er war nicht der Erste. War sie doch nicht so professionell im Nehmen, wie sie sich einschätzte?
«Verdammt, beweg dich.» Melissa zeigte einem Autofahrer, der zögerlich Unter den Linden entlangschlich, den Kopf rechts und links zu den Sehenswürdigkeiten drehte, den ausgestreckten Mittelfinger, rannte über den Boulevard, bog vor der Schlossbrücke ab.
Sie fiel in leichten Trab, lief an der Spree entlang, Zeughaus, Kupfergraben, am anderen Ufer die Museumsinsel, ewige Baustelle, Krach, Staub, Touristen in Schwärmen, die die Eintrittskarten, die für alle Museen einen Tag lang gültig waren, abrannten, abar-

beiteten, Kunst als Fast-Food-Menü: Iss, so viel du kannst, der Preis bleibt gleich.

Melissa passierte das Pergamonmuseum. Etwa hundert Meter entfernt sah sie April Gladys Parker im Gespräch mit einem Mann. Die Amerikanerin sah in ihre Richtung, entdeckte sie, lief auf sie zu; der Mann ging über die Brücke in die Tucholskystraße.

«Hi», winkte Gladys. «Wie geht es dir?»

«Vergisses. Und dir?»

«Ich habe nach dem Weg zum Palast der Republik gefragt.»

«Ich würde dir gern Berlin zeigen, aber ich muss arbeiten.»

«No problem, das verstehe ich. Kommst du heute Abend mit uns, wie sagt ihr, ein Bier trinken? Ich würde mich freuen», strahlte Gladys Melissa an.

«Wenn ich es schaffe, gern.»

«Bye, bye. Take care.»

Tamara leistete gute Arbeit. Sie räumte die Kartons aus, brachte die mit den persönlichen Sachen in Paulas und Melissas Büro, bediente das Telefon und richtete den eigenen Arbeitsbereich ein.

Jetzt saß sie mit Paula in der Eingangshalle, einem offenen Raum, von üppigen Palmen unterteilt. Gleich links der Eingangstür waren Garderobe und Kundentoilette, die Tür zu Melissas Büro. Anschließend Holzregale an den Wänden und Tamaras Schreibtisch. Rechter Hand des Eingangs hatten sie eine Sitzecke eingerichtet, war die Tür zu Paulas Büro, schloss sich eine Küchenzeile mit Tresen und Barhockern an. Tamaras Arbeitsplatz, sonnenüberflutet, hatte ein Fenster mit Blick auf ein noch unbebautes Grundstück und die Friedrichstraße.

«Es sind zwei Anfragen telefonisch eingegangen. Eine Installationsfirma will Mitarbeitern, die offiziell krankgeschrieben sind und vermutlich schwarz arbeiten, auf die Spur kommen. Es scheint, einige Mitarbeiter haben eine Art Subunternehmen gegründet. Privatkunden treten plötzlich von bestimmten Vorhaben zurück. Die Firmenleitung vermutet, dass Mitarbeiter günstigere Kostenvoranschläge machen und die Kunden offiziell absagen. Die Beschäftigten schanzen sich die Aufträge wechselweise zu, während sie offiziell krankgeschrieben sind. Der Krankheitsstand ist hoch in dieser Firma. Zweitens eine Scheidung mit kompliziertem Ehevertrag, die Ehefrau, die dich übrigens zu kennen vorgibt, eine Frau von Elbwangen, möchte ihren Ehemann überprüft wissen. Und …»

«Tamara.»

«Ja?» Sie sah vom Laptop hoch.

«Rede, wie dir der Schnabel gewachsen ist.»

«Okay. Die süddeutsche Agentur, deren Geigerin Melissa nächste Woche betreuen soll, hat einen Rückzieher gemacht. Sie steigen aus, selbst, wenn sie regresspflichtig werden.»

«Weiß Lissa das schon?»

«Nein.»

«Was weiß ich noch nicht?»

Melissa stand in der Tür.

«Ich bin gefeuert, Mädels», sagte sie.

«Du hast es erraten.»

«Das könnt ihr noch nicht wissen. Oder hat Braun angerufen?»

Einen Kaffee später war das Missverständnis geklärt.

Melissa und Paula zogen sich in Paulas Büro zurück und tauschten die Ergebnisse des Vormittags aus. Die erste Stornierung als Reaktion auf die Berichterstattung in Presse und Fernsehen erhöhte den Druck, den Ruf der Detektei zu schützen.

«Wir müssen uns in den Fall Panitz reinknien», sagte Paula entschlossen. «Lass uns nochmal zusammenfassen. Panitz wird in Brauns Garderobe erstochen aufgefunden. Sowohl der Friseur als auch die Visagistin haben mir am Telefon bestätigt, dass sie von Braun rausgeschmissen wurden, bevor sie ihre Arbeit überhaupt beginnen konnten. Braun war also allein. Nur für kurze Zeit, aber lange genug, um Panitz umzubringen.»

«Aber was ist mit dem Motiv? Es grenzt an Schwachsinn, den Freund zu erstechen, den er gerade wieder gefunden und dem er eine Stelle angeboten hat.»

«Mal sehen, was wir wissen.»

Paula und Melissa trugen zusammen, was sie bisher erfahren hatten.

Da war Lillis Eifersucht auf den Sandkastenfreund ihres Mannes. Die Ehe, die kriselte, Panitz, der ihr Toms Zeit und Aufmerksamkeit wegzunehmen drohte.

Reimann, der den Einfluss Panitz' auf Braun fürchtete. Panitz, der den Sänger der frühen Jahre zu suchen schien und möglicherweise bereit war, sein persönlicher Assistent zu werden. Was würde dann aus den Reimann'schen Neues-Image-Plänen werden?

Teichert rühmte Panitz' Fähigkeiten als Immobilienhändler, die Leidenschaft im Umgang mit Kunden; er schien in der Arbeit aufzugehen und war im Begriff, Braun eine teure Immobilie zu verkaufen.

Wer würde Panitz beerben?

Und wer war wo zum Zeitpunkt des Mordes? Reimann und Braun nach eigener Aussage in der Halle oder nach dorthin unterwegs, Lilli im Restaurant?

«Das genau zu klären überlass mir», sagte Paula.

«Dein ominöser Draht zur Kripo?»

«Frag nicht, dann lüg ich nicht. Auf diese Weise sparen wir Zeit.»

«Es läuft alles auf eines heraus: Wir müssen mehr über Panitz erfahren.»

«Also: Wohnung, Nachbarn … Wo willst du hin, Lissa?»

«Sekunde mal.»

Als Melissa einige Minuten später wiederkam, ballte sie eine Faust.

«Es hat geklappt. Pass auf. Ich habe mit der Vorsitzenden des Berliner Fanclubs Tom Braun eine Verabredung getroffen. Die Dame war auch am Flughafen, hat mich mit ihm dort gesehen und keine Ahnung, dass ich nicht mehr für Braun arbeite. Wir treffen uns nachher in der Kneipe, in der sie ihre Fan-Zusammenkünfte haben. Solche Leute sind eine wahre Quelle für das Leben ihres Lieblings, sammeln alles, wissen, was sonst niemand weiß. Vielleicht erfahren wir mehr über Freund Panitz, und warum die Freundschaft damals auseinander ging.»

«Die Idee ist gut. Willst du wirklich hingehen? Du siehst schlecht aus.»

«Ich bin gestern Abend verfolgt worden», platzte Melissa heraus.

«Was? Wieso erfahr ich das jetzt erst? Schon gut, ich reg mich nicht auf. Erzähle.»

«Es war jemand in einem grauen BMW, mit getönten Scheiben, vom Kennzeichen fehlte zu viel, um den Halter über die Zulassungsstelle herauszufinden. Er hängte sich auf meinem Heimweg an mich, aber irgendwann habe ich ihn abgehängt.»

«Wir stellen ihm …»

«Oder ihr …»

«Oder ihr eine Falle. Tamara», rief Paula laut. «Kennst du in der Nähe eine schöne, wenig befahrene Sackgasse?»

Melissas Auto stand noch in der Tiefgarage unter Brauns Haus.

«Ich musste Dampf ablassen, laufen», erklärte Melissa.

Tamara fuhr mit dem Klappfahrrad der Detektei, das Paula irgendwann mal angeschafft hatte, zum Gendarmenmarkt, holte das Auto und parkte es hundert Meter entfernt von der Detektei.

Wenige Minuten später erschien Melissa in der Haustür, schlenderte gemächlich zum Auto, schloss auf, verstellte Sitz und Rückspiegel und fuhr los, über die Weidendammer Brücke, auf der Friedrichstraße in nördlicher Richtung, bog in die Oranienburger Straße und hoffte, dass der Verfolger sich zeigte. Auf dem Beifahrersitz lag das Handy, verbunden mit Paula.

Paula ließ sich von Tamara chauffieren, die sich in diesem Kiez hervorragend auskannte und auch vorgeschlagen hatte, wo man den Verfolger hinlocken würde. Ziel war die Kleine Hamburger Straße, die durch ein kleines Stadion geteilt und so zur Sackgasse wurde.

Er war plötzlich da. Fuhr einen VW Polo. Trug einen Hut. Jetzt sah Melissa, dass es sich bei dem Fahrer um einen Mann handelte.

«Es geht los. Schwarzer VW Polo, Kennzeichen B – NO.»

«Hab ihn. Roger.»

Das war Tamara. Hoffentlich war die Kleine so gut wie ihre Beurteilungen.

Hackescher Markt, Rosenthaler und dann in die Auguststraße.

«Aufpassen, die Vierte rechts», sagte Melissa ins Handy.

Der VW klebte an ihr. Entweder war der Kerl überheblich oder unerfahren.

Melissa beobachtete im Rückspiegel, wie Tamara in ihrem Toyota an dem vor ihr Fahrenden hing. Jetzt hatten sie den Kerl in der Zange. Und da war die Kleine Hamburger Straße. Melissa blinkte, bog rechts ab und hielt nach ein, zwei Häusern am Straßenrand.

Der VW-Fahrer war ihr gefolgt, entdeckte das tote Ende, bremste, fuhr rückwärts. Doch da stand jetzt Tamaras Auto, quer über die Straße. Der Fahrer wurde gezwungen zu halten.

Melissa sprintete zur Fahrertür, riss sie auf. Ein junger Kerl hob stöhnend die Arme, als wollte er sich ergeben, und ließ sie dann kraftlos auf die Oberschenkel fallen.

Die wenigen Cafébesucher im Freien sahen zu, als handle es sich um einen Filmdreh.

Es sollte nicht schwer werden, dem Jungen seinen Beruf zu entlocken. Tamara beherrschte den bösen Bullen. Er war Jungde-

tektiv und musste den Eindruck haben, dass zwei Polizistinnen ihn in die Mangel nahmen.
«Eigentlich war ein erfahrener Kollege auf Sie angesetzt, ich bin nur eingesprungen, weil er krank wurde.»
Paula mimte die Verständnisvolle.
«Berufsanfänger, was? Wir lassen Sie laufen, wenn Sie uns den Namen Ihres Auftraggebers nennen.»
«Wir können ihn nicht laufen lassen», sagte Tamara mürrisch.
«Ach, sei friedlich, du hast auch mal angefangen. Er kooperiert doch, nicht, sagt uns den Namen, den wir wissen wollen, und schon kann er fahren.»
«Ich weiß nicht. Wir sollten ihn mitnehmen. Er belästigt diese Frau.»
«Wir geben ihm eine Chance und er gesteht seinem Auftraggeber, dass er verbrannt ist. Was haben Sie gestern in Ihren Bericht geschrieben?»
«Ein Unfall trennte mich von der Zielperson.»
«Sieh mal an, ein ganz Schlauer», höhnte Tamara. «Schluss jetzt, Sie stellen Ihr Auto ab und steigen bei uns ein.»
«Reimann ist der Name», platzte der Junge heraus. «Bert Reimann.»
«Ging doch», sagte Paula.
«Und jetzt noch Ihren Namen und den der Detektei, falls Sie auf die verrückte Idee kommen, sich nochmal dieser Frau näher als hundert Meter zu nähern. Wir behalten Sie im Auge.»
«Erwin. Erwin Becker. Hauptstadt-Ermittlungen.»
«Ein Saftladen», sagte Paula, nachdem Becker losgebraust war; rasch hatte Tamara ihr Auto zur Seite gefahren, bevor der Junge zur Besinnung kam.
Tamara, mit veränderter Körperhaltung, schien gewachsen, breiter und stabiler als sonst, wirkte selbstbewusster.
Paula kannte die Detektei.
«Die nehmen alles an, inserieren groß in den Gelben Seiten, en-

gagieren Leute auf Honorarbasis, im Bedarfsfall, und achten manchmal nicht auf Qualifikationen. Ich werde mit dem Chef ein Wort reden, bevor sie dir einen Neuen in den Pelz setzen, Melissa. Sieh an. Bert Reimann lässt dich überprüfen. Warum? Wenn es um deinen Leumund ginge, wäre es zu spät; er hätte sinnvollerweise vor Auftragserteilung als Brauns Begleiterin Erkundigungen eingeholt. Oder diese Amateure haben einfach weitergemacht, wollten ihren Auftraggeber melken. Zeit für ein Pow-Wow. Übrigens, gut gemacht, Tamara. Du darfst uns heute Abend einen ausgeben.»

Die Vorsitzende des Fanclubs Tom Braun hatte als Treffpunkt das Kellerloch vorgeschlagen, eine Kneipe in Friedrichshain, östlich der Stadtmitte und durch die Spree vom ehemaligen Kreuzberger SO 36 getrennt.

Evelyn Kunz war etwa Ende dreißig.

«Früher haben wir uns in Kreuzberg getroffen, aber diese Stammkneipe ist jetzt hierher gezogen, wie so viele Kreuzberger auch. Wir, also der Fanclub, treffen uns einmal im Monat hier.»

An der Kneipe war nichts Auffälliges: Holztische und -stühle, auch der Bartresen aus Holz, die Ausstattung war den Siebzigern zuzurechnen.

Die Vorsitzende war klein und stämmig gewachsen, mit unruhigen Augen im herzförmigen Gesicht, trug Cordhosen und ein bauchfreies T-Shirt unter schwarzem Jackett. Ungeschminkt, bis auf die schwarz umrandeten Augen, die Haare hochgesteckt wie jetzt modern, mit auf die Schulter fallenden Strähnen.

Hip Hop, Ska, Reggae, Rock, ein bunter Stilmix, so laut eingestellt, dass man auch laut sprechen musste.

Evelyn Kunz erkundigte sich besorgt nach Brauns Ergehen, als sei er ein lieber Verwandter. Sie hatte drei Alben mitgebracht, voll geklebt mit Fotos, Zeitungsausschnitten und als Juwel ein Foto von Evelyn und Braun, er mit breitem Berufslachen.

«Die Fotos vom Flughafen sind noch nicht eingeklebt», sagte Kunz. «Ich habe mit der neuen Digitalkamera geknipst, und jetzt spinnt mein Computer. Aber bis zur Monatsversammlung hab ich das geregelt.»

Melissa bestellte zwei Buletten mit Kartoffelsalat und eine Flasche Mineralwasser, der Vernunft gehorchend, Kunz beschränkte sich auf einen Kaffee, trotz Melissas Einladung.

Schnell wurde klar, dass sie hoffte, mit Melissas Hilfe ihr Idol zu treffen.

«Tom trauert bestimmt um seinen Freund», sagte Kunz.

Melissa nickte.

Schon blätterte Kunz in den Alben.

«Hier. Es gab mal eine Illustriertenserie über die Anfänge von Stars. Da sind sie. Tom und Panitz, Tom und Fred.»

Langhaarig, Hosen mit Schlag, Batikhemden, Panitz mit Bart, sehr jung noch.

Melissas Handy vibrierte. Die Anruferin war Paula.

«Ich kenne das Obduktionsergebnis. Die Gerichtsmedizin hat vorrangig geschnitten. Die Macht der Presse, du verstehst.»

Melissa entschuldigte sich kurz bei Kunz, drehte ihr den Rücken zu.

«Hat Deep Throat geplaudert?»

«Panitz wurde erstochen. Restalkohol vom Vortag. Spuren eines Schmerzmittels, verschreibungspflichtig. Übrigens keine Vorstrafen. Bist du schon bei dem Oberfan?»

«Ja, mitten im Gespräch. Sieh dir mal die Homepage von Braun an, www.TomBraun.de, wahrscheinlich nichts Neues, aber wir sollten nichts übersehen.»

«In Ordnung. Wir besprechen alles Weitere heute Abend.»

Die Bedienung stellte einen Teller mit fetttriefenden Buletten vor Melissa.

«Handy is hier nich.»

«Okay.»

Der Kartoffelsalat ertrank in Mayonnaise. Melissa verteilte großzügig Senf über die Fleischklopse und begann zu essen.
Kunz erzählte, streifte Kindheit, Jugend, die Karriereflaute, den erneuten Erfolg.
Melissa erfuhr nichts, das des Zuhörens wert war; ein wirres Potpourri aus Klatsch, Interviews, von der Plattenfirma oder dem Manager lancierten Nachrichten.
«Die Ehe der Brauns scheint nicht die Beste», hakte Melissa ein.
«Er mag sie, ist ihr dankbar. Sie hat ihm geholfen, war immer wie ein Freund.»
«Sie meinen die Heidelberger Zeit, als die Band noch über die Dörfer zog und sicher nicht viel verdiente.»
Kunz schwieg.
Bestellte dann noch einen Kaffee.
«Wissen Sie, Evelyn, Tom steckt in der Klemme», versuchte Melissa die Unterhaltung auf ergiebigeres Terrain zu führen.
«Er wird doch nicht etwa verdächtigt? Quatsch.»
Melissa machte eine bedenkliche Miene, bejahte nicht, verneinte nicht.
«Ich will ihm helfen, deshalb bin ich hier. Wir müssen zeigen, dass Braun kein Motiv hatte, Panitz zu ermorden.»
«Wie kann man nur auf so eine Idee kommen? Panitz und Lilli haben ihm immer zur Seite gestanden, in jeder Situation, bei allen Problemen und Schwierigkeiten.»
Es war nichts Brauchbares aus Evelyn Kunz herauszubringen, nicht von Melissa. Vielleicht hätte Paula es geschafft, dachte sie. Dieses Ausfragen ist nicht mein Job, darin hab ich keine Erfahrung, bin nicht hartnäckig genug.
Melissa bezahlte, gab Kunz ihre E-Mail-Adresse und bat sie, ihr die Fotos vom Flughafen so bald als möglich zu schicken.
«Tom braucht Ruhe», versuchte sie die Vorsitzende zu trösten, die sie am liebsten sofort begleitet hätte. «Er ist noch einige Tage in Berlin, in der Zeit wird sich eine Möglichkeit zum Treffen er-

geben, er wird sich sicher freuen, der Vorsitzenden seines Berliner Fanclubs zu begegnen.»
«Bleibt Tom dieses Mal noch nicht in Berlin?»
Melissa zog es die Haut zusammen von Evelyn Kunz' Gerede über diesen Menschen, als sei er eine reale Figur ihres Lebens, als kenne sie ihn wirklich und nicht nur die Zeitungsberichte über ihn.
«Woher wissen Sie, dass Braun beabsichtigt, sich eine Wohnung in Berlin zu nehmen?»
«Stand doch in der Zeitung», erwiderte Kunz und ging davon, die Alben sorgsam im Arm.

Melissa hätte sich das Penthouse gern angesehen, das Panitz seinem Freund verkaufen wollte, es stand nicht weit entfernt, ein Stück der Spree folgend, in Richtung Osten. Aber Paula hatte ein Pow-Wow einberufen, das hatte Vorrang; eine der wenigen Regeln zwischen Paula und Melissa.

Pow-Wow. Ausreden lassen, alles aussprechen, auch wenn es noch so abwegig schien. Und – anschließend mit niemandem darüber reden.
Paula und Melissa hatten sich dafür den Dorotheenstädtischen Friedhof ausgesucht, zehn Fußminuten entfernt von der Detektei und neben dem Brecht-Weigel-Haus gelegen; Melissa besuchte Hanns Eislers, Paula Heiner Müllers Grab.
Nun saßen sie auf einer Bank, eine Birke filterte das Sonnenlicht, Paula mit untergeschlagenen Beinen, was ihr böse Blicke von Vorbeigehenden eintrug.
Innehalten.
Schweigen.
Zuhören.
«Nimm den Job bei Reimann an», riet Paula. «Beobachte ihn, mich interessiert, was er dir aufträgt. Gib dich naiv.»
«Zu spät. Die Tour nimmt er mir nicht mehr ab.»

«Täusch dich nicht. Gerade machtgeile Kontrollfreaks genießen Weiberchen. Nicht dumm, nicht zu dick auftragen. Wir müssen dranbleiben. Er hat auch Panitz überwachen lassen, erinnere dich. Das scheint seine Art, sich Informationen zu verschaffen und hat nichts mit dir persönlich zu tun. Nimm es als Übung, die dir das Leben schickt.»
«Och, Paula. Nicht heute. Und noch dazu hier aufm Friedhof. Keinen Esoterikkram, bitte.»
Paula breitete die Arme aus.
«Schon gut.»
Schweigen.
Melissa stand auf, ging umher, auf und ab, setzte sich wieder.
«Du hast Recht, Paula, ich bleib Reimann an den Fersen. Und Braun. Du hast schließlich genug zu tun mit Lilli und Teichert.»
«Und Panitz' Wohnung. Ich werde mich als Sekretärin ausgeben, die des Immobilienbüros. Panitz war so zurückhaltend mit seinem Privatleben, dass wahrscheinlich kein Nachbar die Sekretärin je zu Gesicht bekam. Dich halten wir raus aus diesem Spiel, falls Presse auftaucht, wer weiß, ob du nicht doch schon fotografiert wurdest, sie über dich berichten, wenn alles andere ausgereizt ist. Im Moment stürzen sie sich nicht auf Panitz, sondern konzentrieren sich auf den Star, den Freund des Opfers. Panitz' Tod ist nur die Zugabe, im Mittelpunkt steht Braun, und das wird noch schlimmer, wenn morgen die Fotos aus Amsterdam in der deutschen Presse erscheinen.»
Fichte und Hegel. Heinrich Mann und Anna Seghers.
«Panitz hat also ein verschreibungspflichtiges Schmerzmittel eingenommen?», fragte Melissa.
«Auf Morphinbasis. Ich weiß nicht, ob dauerhaft oder einmalig, ob als Droge oder weil er krank war oder schlicht so etwas wie Zahnschmerzen hatte. Darüber lass uns nicht spekulieren, sondern den ausführlichen Bericht abwarten, vermutlich bekomme ich eine Kopie.»

Schweigen. Ein gutes, jetzt.
«Etwas ist mir aufgefallen und etwas wieder eingefallen. Evelyn Kunz erwähnte, dass Tom immer die Unterstützung von Panitz und Lilli hatte. Als ich fragte, ob sie auf die Heidelberger Zeit anspiele, druckste sie. Vorhin fiel mir ein Wort von Reimann ein: fluchtartig. Er sagte, dass Braun und Panitz fluchtartig ihr Heimatdorf verließen. Tom war sechzehn, also war die Flucht 1977. Wir sollten herausfinden, welche Zeitung in dieser Gegend damals erschienen ist, und recherchieren, ob die Namen Panitz und Braun auftauchen. Vielleicht sind die Zeitungsausgaben mittlerweile auf Mikrofilme abgespeichert.»
«Guuut», nickte Paula anerkennend. «Gut. Und du zweifelst an dir? Ich nicht. Sieh mich nicht so an, ich kenne dich schon ein paar Jahre.»
Sie beugte sich vor und küsste Melissa auf die Wange.
«Gut. Ich statte Panitz' Wohnung einen Besuch ab, wir müssen wissen, wie er lebte, ob er Freunde, Familie hatte. Außerdem werde ich Lilli zu den Amsterdam-Fotos befragen und, wenn du fündig wirst, auch zum Jahr 1977. Du akzeptierst Reimanns Jobangebot, ich bin gespannt, wie er sich deinen Job vorstellt. Du bist 'ne exzellente Beobachterin, Lissa.»
«Fine. Kein Dacapo. Zu viel Honig bringt mich zum Kotzen», wehrte Melissa verlegen ab. Sie nahm das Geschäftshandy, in das sie, vorübergehend, Reimanns Nummer gespeichert hatte.
«Melissa März.»
…
«In Ordnung, ich mache weiter.»
…
«Wann?»
…
«Gut, bis morgen.»
«Tom Braun bereut den Rauswurf, es war zu viel für den Sensiblen.»

Die Frauen grinsten sich an.
«Ich bin wieder offiziell eingestellt. Er hat morgen den Videodreh, und ich bin eingeladen, ihn abzuholen und den Tag über zu begleiten. Heute wird der volle Tag bezahlt, der alte Vertrag gilt. Wie überaus großzügig.»
«Na dann, zurück ins Auge des Orkans. Lass uns jetzt Tamara abholen.»
«Gladys kommt mit in die Kneipe.»
«Tamara leistet gute Arbeit.»
«Melissa?»
«Jaja.»
«Ist für diesen Moment alles geklärt?»
«Für diesen Moment ist alles geklärt.»

Abenddämmerung. Ein kühler Abend, trotzdem waren die Stühle und Bänke vor den Kneipen gut besetzt, manche hatten Heizkörper auf dem Bürgersteig.
Melissa, Paula, Tamara und Gladys spazierten die Strecke entlang, wo sie am Nachmittag mit der Jagd auf den Verfolger begonnen hatten.
Sie bogen in die Oranienburger Straße ein, von der Friedrichstraße kommend. Gladys stieß begeisterte «Wows» aus, das Kopfsteinpflaster versetzte sie in Begeisterung.
Früher war die Straße grau, mit verfallenden Gebäuden und düsterer Beleuchtung, wenigen Kneipen – im Moment erinnerte Melissa nicht eine. Kneipen, die in die Nacht hinein geöffnet blieben und etwas, gar Warmes, zum Essen anboten, waren rar damals, befanden sich in anderen Bezirken wie dem Prenzlauer Berg; man musste sie kennen.
Und nun? Kneipe an Café an Restaurant, manche schon in Zweitbesitz nach der Wende; die Aufbrüche der ersten Jahre waren weitgehend in kommerzieller Sättigung erstarrt.
Die Frauen schlenderten zur Strandbar im Monbijoupark, eine

der kleineren, stadtgärtnerisch nicht herausgeputzten Grünflächen, wo besonders diejenigen ohne Balkon oder Terrasse, mit Hinterhof-Wohnungen – gestutztem Blick, Decken auf den Wiesen ausbreiten und Bäume, weiten Himmel und Fluss genießen konnten.
Sie erklärten Gladys das eine und andere, passierten die Synagoge, bewacht von schwer bewaffneten Polizisten, hinter einer Barriere aus Quadern entlang des Bürgersteigs.
Straßenbahngequietsche. Die belebte Häuserzeile, eine Mischung aus Renoviertem und Neuerbautem auf Lückengrundstücken, die plötzlich hohen Wert bekommen hatten, da und dort noch heruntergekommene Häuserfassaden, von Gladys mit großen Augen bestaunt, besonders die Einschusslöcher aus dem Zweiten Weltkrieg.
Melissa versuchte ihr die Realität von engen Ein- und Zweiraumwohnungen mit Außentoilette zu erklären, sie liefen auf Bürgersteigen aus geborstenen, aufgeworfenen Steinplatten und Kopfsteinpflaster, Erde lugte hervor. Melissa führte Gladys noch rasch zu Chamisso, der Büste des Dichters, grüßte ihn, ihr Ritual, seit sie den verfilmten Buridan'schen Esel gesehen.

Tamara und Paula standen schon am Flussufer, ans Geländer gelehnt, und hielten Melissa und Gladys Bier in Flaschen entgegen. Eine Bar an der Spree, heller Sand aufgeschüttet, darauf Liegestühle, Strandkörbe, lange Bänke und Tische, locker angeordnet, erbarmungswürdige Topfpalmen, eine Bar in Bretterbuden und südamerikanische Musik aus Lautsprechern.
Gegenüber das Bodemuseum, dazwischen die Spree, Ausflugsschiffe, die vorbeifuhren, man besichtigte sich gegenseitig.
«Was hast du heute unternommen?», fragte Paula. «Was sind deine ersten Eindrücke?»
«Hast du den Weg zum Brandenburger Tor, wie am Telefon besprochen, gefunden?», fragte Tamara.

«Ich finde die Stadt sehr interessant.»
«Diplomatische Antwort», sagte Paula.
«Mehr fällt dir nicht ein zu Reichstag und Brandenburger Tor?», lachte Tamara.
Gladys war doch auf dem Weg zum Palast der Republik, als Melissa sie traf, und wich jetzt einer Antwort aus. Oder war sie, Melissa, überempfindlich nach den Ereignissen des Tages? Erst mal einen tiefen Schluck aus der Flasche.
«Es ist zu früh, um etwas über die Stadt zu sagen, fragt mich in einer Woche, wie es mir gefällt, dann bin ich ausgeschlafen und weiß mehr», ergänzte Gladys.
«Ist das deine erste Europareise?»
Gladys nickte.
«Ja, obwohl meine Mutter Deutsche ist.»
Gladys dehnte sich.
«Mir fehlt mein Training, Fitness, you know.»
«Du hast sie doch nicht etwa auf deine Sparversion von Matratze gelegt, die ich die Ehre hatte, kennen zu lernen, Tamara?», fragte Paula. «Ich kenn das Ding», wandte sie sich an Gladys. «Ich hab versucht darauf zu schlafen, nach der Einweihungsparty für Tamaras Wohnung.»
«Oh, es ist alles in Ordnung», beschwichtigte Gladys.
«Ich habe ein Gästezimmer mit Bad und großer, bequemer Matratze, du kannst jederzeit einziehen, wenn du die Nase voll hast.»
«Wenn ich was?»
«Wenn du willst», korrigierte sich Melissa und übersah geflissentlich Tamaras wütende Blicke.
«Ich geb noch einen aus, Mädels», sagte Melissa. «Auf den Rausschmiss und die Wiedereinstellung.»

Gladys wechselte geschickt das Thema, befragte die Frauen nach der Geschichte der Detektei. Tamara beschränkte sich aufs Trin-

ken, verschwand ab und zu, orderte zusätzliche Mixgetränke, schüttete sie herunter und war schnell betrunken.
Die Unterhaltung wurde zäh, schleppte sich dahin.
Gladys fror, Tamara schlief im Liegestuhl. Paula und Melissa verständigten sich mit wenigen Worten: Paula würde Tamara nach Hause bringen, obwohl das einen Umweg bedeutete, Melissa Gladys mit zu sich nehmen.
«Eine Zahnbürste kannst du von mir bekommen. Ich hab gern Besuch.»

Eine Stunde später saßen Gladys und Melissa auf Gartenstühlen, in Schlafsack und Decken gepackt, mit Wodka versorgt, in Melissas Garten und genossen den prächtigen, klaren Sternenhimmel.
Gladys' Gesicht war die Erleichterung über das breite, bequeme Gästebett anzusehen.
Melissa gab ihr einen Zweitschlüssel: «Du kannst bleiben, so lange du willst.»
Einige Zeit hatten sie geschwiegen, dann sagte Melissa unvermittelt: «Es geht mich vielleicht nichts an, aber du bist den Fragen über deine Besichtigungen ausgewichen.»
«Du hast richtig beobachtet. Ich kann dir zurzeit nichts dazu sagen, und wenn du mich deshalb nicht bei dir haben willst, dann versteh ich das. Aber ich versichere dir, dass es nichts mit dir oder deinen Leuten zu tun hat.»
«Erzähl es mir, wenn du kannst. Vielleicht bin ich bescheuert, aber irgendwas sagt mir, dass du koscher bist. Kennst du dieses Wort?»
«Ja. Danke. Auch für deine Sightseeing-Tour heute Abend. Du magst diese Stadt.»
«Eine Hassliebe, wie für viele, die hier leben. Eher eine Liebe, aber wir werden nicht gern bei einer Liebeserklärung erwischt, wir Berliner, wir meckern lieber. Du bist ein dankbares Opfer für meine Geschichten, willst alles genau wissen.»

«Viele Deutsche kritisieren die oberflächliche Art, in der Amerikaner Gespräche führen. Heute Abend saßen in unserer Nähe zwei Leute und klagten eine Stunde lang über das Wetter, die Politiker und die teuren Preise. Sind das die – wie sagt man – tiefen Gespräche?»

Melissa lachte. Zum Teufel, was immer diese Gladys in Berlin zu schaffen hatte, sie, Melissa, mochte diese Frau. Sie schenkte Wodka nach, hob das Glas.

«Nasdrowje.»

«Cheers.»

«Wie ist das, wenn das Land, in dem man geboren und aufgewachsen ist, plötzlich nicht mehr existiert?»

«Tja. Die DDR ist in einen gigantischen Farbeimer getaucht worden. Man hat uns befreit vom Gestank der Autos, Fabriken und Braunkohleheizungen und hat den Bewohnern ein ‹Schämt euch› auf die Stirn gestempelt.»

Gladys lachte. «Ich habe von hunderttausend Spitzeln gelesen oder war das kapitalistische Propaganda?»

«Ach ja. Weißt du, was man früher den Kritikern aus den USA entgegnet hat: Und wie haltet ihr es mit euren Negern? Ich bin zu müde und zu abgefüllt für so ein Gespräch, nein, stimmt nicht, ich hab jetzt einfach keine Lust dazu. Erzähl mir lieber was von dir. Deine Mutter ist oder war Deutsche, sagst du? Und dein Vater?»

«Indianer.»

«Was?»

«Indianer. Meine Mutter, inzwischen ist sie eingebürgert, gehörte zu diesen Hippies, die Indianer verehrten, von ihnen lernen wollten, wie man in Einklang mit der Natur lebt, ein einfaches Leben und all das. Sie flog in die United States, fuhr in eine Reservation und verliebte sich in einen Indianer. Leider war er ein Säufer, sagt sie, und als sie schwanger wurde und er sie, ohne es zu wissen und mal wieder betrunken, schlug, ist sie nach Kali-

fornien geflohen. Sie hatte nichts gelernt, konnte aber Kuchen und Torten backen und verkaufte sie, hat später ein eigenes Business eröffnet und wurde sehr erfolgreich.»
«Hast du deinen Vater und deinen Stamm mal kennen gelernt?»
«Ich wusste bis vor einigen Wochen nicht mal, dass ich ein Halbblut bin. Ein Halbblut. Scheißwort, was? Eine Sicherheitsüberprüfung meiner Dienststelle hat das ans Licht gebracht. Meine Mutter hat mir immer erzählt, dass mein Dad tot ist. Sie hat mich mein Leben lang belogen. Plötzlich hab ich noch ein Leben, ein fremdes.»

Paula gab es rasch auf, die betrunkene Tamara zu ihrem Auto vor der Detektei zu schleppen, und winkte ein Taxi zum Straßenrand.
«Sie wird sich nicht übergeben», versicherte Paula hoffnungsvoll und schob Tamara auf den Rücksitz; die Kleine gehörte zu denen, die im Suff schweigsam wurden.
«Schon gut. Da hinten liegt eine Plastetüte», erwiderte der Fahrer ruhig. «Wo kann ich Sie hinbringen?»
«Am Friedrichshain heißt die Straße, die Hausnummer weiß ich nicht, aber das Haus erkenne ich. Wenn Sie Zeit haben, bring ich die Kleine in ihre Wohnung und dann geht es weiter nach Wannsee.»
«Dann werd ich mal die Uhr abstellen, wir werden uns schon einigen über den Fahrpreis.»

Tamaras Wohnung war am Volkspark Friedrichshain, aber ohne Aussicht, im Seitenflügel, zweiter Stock.
Vom Flur ins Wohnzimmer, ein Durchgangszimmer zur Schlafkammer, Küche und ein winziges Bad dahinter; es war eine dieser verbauten Wohnungen, ursprünglich Teil der herrschaftlichen Vorderhauswohnungen, jetzt ungeschickt unterteilt.
Tamara murrte leise, als Paula sie weckte, taumelte aber folgsam

vom Taxi in die Wohnung und schlief wieder, kaum die Matratze berührend. Paula zog ihr Jacke und Schuhe aus, öffnete den Reißverschluss der Hose und stellte einen Eimer und ein Glas Wasser neben das Bett, Tamaras Wohnungsschlüssel legte sie auf den Tisch.

Tamara. Aufgewachsen bei denen, die man 68er nannte, ein Einzelkind intellektueller Eltern, die selten Grenzen setzten, über alles diskutierten und entsetzt reagierten, als ihre Tochter sich – ohne Rücksprache – in ein System begab, in dem ständig Grenzen gesetzt wurden, in das klare Ja-und-nein-Wertesystem der Polizei. Jetzt würde Tamara lernen müssen, eigene Regeln zu finden, erwachsen sein, wenn die elterlichen Stimmen im Kopf – beurteilend, wertend – leiser würden und irgendwann verstummen.

Ein letzter Blick auf die leise schnarchende Tamara, dann schloss Paula behutsam die Wohnungstür.

Es war eine angenehme Fahrt nach Wannsee. Der Fahrer merkte schnell, dass Paula sich nicht unterhalten wollte, stellte das Jazzradio ein – «In Ordnung?» – und lenkte das Auto ruhig und umsichtig.

Paula wurde sich rasch einig mit dem Chauffeur, bezahlte.

«Soll ich warten?», bot er an und deutete aus dem Fenster. Ein Mann saß auf der oberen Treppenstufe vor der Haustür.

«Danke, das ist in Ordnung», sagte Paula.

«Hier ist meine Karte, falls Sie mal wieder einen Fahrer brauchen.»

Paula stieg aus, öffnete die Gartentür.

«Vielleicht gibst du mir doch einen Schlüssel für Fälle wie heute, wenn ich dich überraschen will. Ich dachte schon, die Nachbarn hetzen mir die Schupo auf den Hals, weil, in dieser Gegend, ein Kerl vor deiner Haustür sitzt», sagte Otto Ehlers.

«Ich hasse solche Überraschungen», entgegnete Paula und sah dem abfahrenden Taxi nach.

«Deutsch war meine erste Sprache. Mom war immer bei mir. Wir zogen durch Kalifornien, wohnten in Landkommunen und Wohngemeinschaften. Sie hat gebacken, und ich habe Englisch gelernt, auf der Straße, von den Leuten, bei denen wir wohnten. Irgendwann blieben wir südlich von Los Angeles, in einem kleinen Ort, der Laguna Beach heißt, und ich konnte regelmäßig in die Schule gehen. Je erfolgreicher meine Mutter wurde, umso gründlicher hat sie ihre Vergangenheit umgeschrieben.»

«Von welchem Stamm bist du?»

«Ich? Du meinst diesen Erzeuger? Damit habe ich nichts zu tun, würde ich am liebsten sagen. Der Stamm? Es sind die Dakota, früher waren es Plain-Indianer.»

«Wow. Meine Mutter ist einem Ort bei Dresden geboren, in Radebeul, und dort steht das Karl-May-Museum, früher hieß es Indianermuseum, als Karl May noch verpönt war.»

«Wer ist Karl May?»

«Erzähl ich dir ein anderes Mal.»

«Ich hole mir ein Mineralwasser, soll ich dir etwas mitbringen?»

«Nein.»

Melissa langte nach der Zigarettenpackung, Tau hatte sie feucht werden lassen. Es war Neumond, eine dunkle Nacht, das fahle Straßenlicht weit weg, die Lampe am Nachbarhaus immer noch kaputt.

Das Geräusch eines Autos, das näher kam, dann wurde der Motor abgestellt.

Ein Hund schlug an. Schritte. Und plötzlich schienen die Geräusche dieser Nacht angehalten, war nichts mehr zu hören.

Melissa dachte sofort an Becker und seine Detektei und ob man ihr wieder jemand auf den Hals geschickt hatte.

Leise Schritte durch das feuchte Gras, Gladys, die sich zu Melissa herabbeugte.

«Alles in Ordnung?», flüsterte sie.

«Mich hat gestern ein Kerl verfolgt», wisperte sie Gladys zu.

«Ich werde nachsehen, das ist schließlich mein Job.»
Und schon tauchte Gladys in die Dunkelheit.
Trockener Mund, Herzklopfen, dann kam Melissa zur Besinnung. Verflucht, sie würde hier nicht wie ein Opferlamm sitzen bleiben, schließlich war sie in Selbstverteidigung und Nahkampf ausgebildet. Sie schälte sich aus dem Schlafsack. Verdammt, wo waren die Schuhe, sie angelte vergeblich danach, also musste es barfuß gehen. Sie schlich zum Zaun des Nachbarhauses, in die entgegengesetzte Richtung, in der sie Gladys vermutete. Der Zaun bestand aus hüfthohen Holzlatten, des Hundes wegen, der wieder jaulte und plötzlich verstummte. Melissa schwang sich über den Zaun, jetzt merkte sie den Schnaps, es war mühsam, und sie kam unglücklich auf, verstauchte sich den Knöchel und unterdrückte gerade noch einen Schmerzenslaut. Sie schlich weiter, vorbei am Stellplatz mit dem Nachbarsauto, und stieß an etwas Warmes, Feuchtes, zuckte zurück. Sie ging in die Knie, tastete mit bebenden Fingern, zog das Feuerzeug aus der Hosentasche, schirmte das Licht ab. Der Schrei erstickte in der Kehle, nur ein Röcheln brach sich Bahn. Dann rebellierte ihr Magen.
Der kleine Dackel lag da, mit aufgeschlitztem Körper, die blutigen Eingeweide an ihrem Fuß. Jemand schnappte ihren Arm, drehte ihn nach oben.
Melissa schrie.
«Oh no.»
Gladys ließ den Arm los.

Nachbarn auf der Straße, einer rief die Polizei. Licht, Lärm, Menschen in Bademänteln und Jogginganzügen.
Ein Polizist, der Melissas vage gehaltene Aussage aufnahm; sie habe, von Hundegejaule aufgescheucht, nachsehen wollen, ohne die Nachbarn aufzuwecken. Melissa verschwieg den Detektiv, der sie verfolgt hatte – den sie gestellt hatte, wie im Film, illegal

und dem angeschlagenen Ruf nicht zuträglich –, auch Gladys verschwieg, was Melissa ihr anvertraut hatte.

Die Hundebesitzer kannten Melissa als Hundefreundin. Empörte Nachbarn forderten die Polizisten auf, das nahe liegende Ausländerwohnheim zu kontrollieren, das kürzlich in einem leer stehenden Gebäude eingerichtet worden war. Früher eine Kindertagesstätte, hatte allein diese Schließung für böses Blut gesorgt.

Seitdem gab es Streit mit Jugendlichen, eingeworfene Straßenlampen und Abfall in den Vorgärten.

Aber das hörte Melissa schon nicht mehr. Sie humpelte in ihr Haus und versuchte vergeblich, Paula zu erreichen, stieß auf Mailbox und Anrufbeantworter.

Später folgte Gladys Melissa, die es ablehnte, sich in eine Erste-Hilfe-Station bringen zu lassen. Sie nahm eine Dusche, spülte das Hundeblut vom Fuß. Der Arm war nicht ausgekugelt, der Knöchel nicht dick. Annas Salbe für alle Fälle, großzügig auf Fuß und Schulter verrieben, und ein kräftiger Schluck Schnaps.

Draußen wurde es ruhiger, die Nachbarn zogen sich in ihre Häuser zurück, Rollläden wurden heruntergelassen, Haustüren verschlossen.

Die Polizei suchte noch das Gelände ab, sie würden einen Wagen vor dem Nachbarhaus postieren, für die seelische Ruhe, der Täter würde sich in dieser Nacht nicht mehr blicken lassen.

In dieser Nacht schliefen beide Frauen in Melissas großem Bett. Gladys blieb wortkarg, bis Melissa eingeschlafen war, dann schlich sie ins Bad, zog das Handy aus der Tasche und verschickte eine SMS. Danach ging sie in die Küche, suchte das größte und schärfste Messer und legte es neben sich, ans Bett.

FÜNF

Als Paula am Morgen ihr Haus verließ, schien die Sonne schon wärmer als all die Tage zuvor.
Heute würde sie mit dem Auto in die Stadt fahren, sie hatte einige Wege zu erledigen. Sie blieb für Momente im Vorgarten stehen, der einzige, in dem Gras und Blumen wild wuchsen. Die Nachbarn verbargen sich hinter dichten Sträuchern, sie würde sich demnächst reihum vorstellen.
Vögel, das Geräusch eines einzelnen Autos; ungewohnte Ruhe für Paula, die ihr bisheriges Leben in den Innenstadtbezirken verbracht hatte.
Morgenrituale und die Freude auf die Arbeit, die sie liebte. Heute Morgen jedoch auch Unruhe, die für Adrenalin sorgte, durch die Fragen, die sich aufdrängten: nach Lissa, dem Mord an Panitz, der neuen Situation in der Detektei.
Mit Ehlers sprach sie nicht darüber. Er war ein Schweigsamer. Die Klage vieler Frauen über das Schweigen ihrer Männer teilte Paula nicht, sie mochte ihn dafür. Sie trafen sich einmal die Woche, teilten sportliche Interessen, er schmuggelte sie manchmal auf den Polizei-Schießstand. Da er nicht über Nacht bleiben konnte, hatte Paula den Morgen für sich. Er belästigte sie nie mit Erzählungen über seine Frau, über ihr Unverständnis klagend oder ähnliche Peinlichkeiten.
Er war ein phantasievoller Liebhaber, der weder nur seine Vorlieben durchzusetzen suchte noch bei jedem Handgriff fragte: Ist es recht so?
Gestern hatte sie ihn nach Hause geschickt. Sie hatten anfangs eine klare Verabredung getroffen, und die hieß: Anmelden. Paula wollte nicht in die klassische Lage einer Geliebten kommen, die jederzeit für ihn erreichbar wäre.
Murrend war Ehlers abgezogen.

Paula, in strengem Kostüm aus grauem Nadelstreifen, zögerte; sie war zu warm angezogen, auch ein Zeichen der Unsicherheit an diesem Morgen. Aber zur Not hing noch Kleidung zum Wechseln im Büro. Los. Zuerst würde sie nach Charlottenburg fahren, in Panitz' Wohnung.

Gutes, altes Charlottenburg, geliebt und verspottet.
Paula befürchtete, dass Panitz' Wohnung versiegelt war.
Sie hatte Erfahrung darin, die Wohnungen Verstorbener zu betreten, die letzte Hüllen derer Leben aufzuräumen: Kleidung, vor kurzem noch getragen, ein Buch mit Lesezeichen am Bett, zuletzt gelesen, der letzte Anruf, Post im Kasten – Unbelebtes, das sie nicht schreckte; meist waren die Verstorbenen nicht mehr zu spüren, längst auf der nächsten Reise.
Vor dem Altbau in der Knesebeckstraße stand ein Möbelwagen.
Paula parkte, lief hinüber und fragte einen der Männer nach der Wohnung, die sie leer räumten.
Es waren Panitz' Habseligkeiten, die, im Auftrag seiner Schwester, verladen wurden.
Paula stieg die Treppe im Vorderhaus hinauf zum zweiten Stock, die Wohnungstür stand offen. Paula lief in den Flur, schaute in das erste Zimmer, das bereits leer geräumt war. Im Schlafzimmer stemmten zwei Männer eine Holzkommode, zwei weitere im Blaumann zerlegten im Nebenzimmer ein Regal, es war das Büro von Panitz.
«Guten Tag.»
«Tach.» Einer sah hoch.
«Ich bin, ich war Herrn Panitz' Mitarbeiterin und suche nach einer Akte. Können Sie mir ein paar Minuten Zeit geben, danach zu suchen?»
«Das geht uns nichts an», erwiderte der Mann, der hochgesehen hatte.
Paula nahm den Geldschein, den sie für den Hausmeister, so es

einen gäbe, zurechtgefaltet hatte, und steckte ihn dem Mann in die Hemdtasche seines Blaumannes.

«Ist Fred Panitz' Schwester hier irgendwo?»

«Die ist schon los, vor 'ner Stunde, sie hat gestern schon alles durchgesehen und uns heute früh die Anweisungen gegeben. Sie kümmert sich, dass der Bruder, also die Leiche, überführt wird. Los, Tommy, wir packen in der Küche weiter. Fünf Minuten, junge Frau. Und zeigen, was Sie mitnehmen.»

«Danke.»

Akten, Bücher, Büroutensilien. Paula nahm sich als Erstes den Schreibtisch vor, er hatte also einen hier und einen im Büro. Panitz gehörte zu den Peniblen: Alles war säuberlich beschriftet, geordnet, Büroklammern rechts, Stifte, nach Farben geordnet, links, unbeschriebenes Papier nach Größe gestapelt.

Paula überflog Briefe, Papiere – nichts, das auf den ersten Blick brauchbar schien.

Er hatte noch Infos aufbewahrt, von einer Musikgruppe namens Querkampf, die er vor fünfzehn Jahren gemanagt hatte.

Quittungen, Kontoauszüge, Letztere nahm sich Paula vor.

Eine Einzahlung zum Monatsende von 1500 Euro, ein Dauerauftrag. Monatlich.

Im Jahr zuvor ebenso. Absender Jon Schmitt.

Die frühesten aufbewahrten Auszüge stammten aus dem Jahr 89.

Damals betrug die monatliche Zuwendung 2000 D-Mark.

Paula riss zwei Quittungen aus den Heftern, eine von 1989 und eine vom letzten Monat und steckte sie in ihre Jackentasche.

Auf dem Schreibtisch lag eine Mappe mit dem Logo der Firma Teichert und Panitz: Fotos eines neu erbauten Hauses, Grundriss einer Wohnung, Werbematerial der Firma. Kleingedruckt im Briefkopf: Inhaber Teichert.

«Wir müssen hier weitermachen. Was haben Sie da?»

Paula zeigte die Mappe mit den Werbeprospekten.

«In Ordnung.»

«Wohin transportiert Frau Panitz – sie heißt doch noch Panitz – die Sachen?»

«Der Auftrag lautet immer noch auf Panitz. Oder hat sie heute Morgen geheiratet? Alles ab nach Heidelberg. Jetzt aber raus. Wie heißen Sie eigentlich?», rief er hinter ihr her. Aber Paula war schon im Treppenhaus, umkurvte einen Mann mit einem Sessel rücklings auf dem Kopf, eilte die Treppe hinunter, lief zu ihrem Auto. Schade, es war keine Zeit mehr geblieben, um die Steuererklärungen unter die Lupe zu nehmen.

Sie bog in die Goethestraße, hielt und telefonierte mit Lilli. Sie würden sich treffen, in einer Stunde, auf Lillis Wunsch in einem Café am Kurfürstendamm.

Melissa brach das Schweigen.

«Ich lag mit einer Indianerin im Bett», grinste sie unsicher. Was konnte sie Gladys beichten über diesen Detektiv, der ihr womöglich gefolgt war?

Erst mal mit Paula die Sache bereden. Erst mal wach werden.

Gladys hatte Kaffee gekocht und zwei Becher gefüllt. Das Messer lag wieder in der Küchenschublade.

«Dakota. Vielleicht aus North Dakota. Oder Montana. Ein Stamm der Plain-Indianer, sagt sie. Fuck her. Ich weiß nicht mehr, ob sie lügt und wann sie lügt.»

Melissa nippte an dem Kaffee, der nach Zucker und drittem Aufguss schmeckte.

«Wann musst du bei deinem Rockstar sein?», wechselte Gladys das Thema.

«Um neun.»

«Es ist zehn Minuten nach acht.»

Melissa schnellte aus dem Bett.

Gladys fuhr mit ihr in die Stadt. Sie hörten Musik.

Gladys ließ sich in der Nähe des Gendarmenmarktes absetzen,

ohne eine Verabredung zu treffen, ohne zu besprechen, wo sie die nächste Nacht verbringen würde, sie schien es eilig zu haben.

Kurz vor neun bog Melissa in die Markgrafenstraße ein und sah eine Gruppe junger Leute – wann hatte sie eigentlich angefangen, von anderen als den jungen Leuten zu reden? –, nicht lange, dann würden sie Brauns Versteck, drei Häuser weiter, entdecken.

Melissa schrie ihren Namen in die Türsprechanlage, bis der Butler endlich reagierte.

«Warten Sie in der Tiefgarage, Herr Braun kommt zu Ihnen.»

Melissa zählte den Butler zu denen, die, eines nicht zu fernen Tages, die Welt mit ihren Memoiren beglücken würden.

Per Handy gab Melissa an Tamara den Auftrag zur Zeitungsrecherche über druckwürdige Ereignisse in Panitz' Dorf weiter. Ein knappes «Hallo» und «Tschüs» und «Wir sehen uns heute Nachmittag im Büro».

Braun ließ Melissa keine fünf Minuten warten. Er trug zerknittertes, helles Leinen, der Anzug auf Figur geschnitten und ein T-Shirt aus edel schimmerndem Zwirn, Ton in Ton, auch die hellen Schuhe.

Melissa hatte eine ihrer Dienstuniformen an, es sparte Zeit an einem Morgen wie diesem, sie musste nur nach der Temperatur gehen und entsprechend die Stoffart des Hosenanzugs wählen.

Braun ließ sich auf den Beifahrersitz fallen, in der Hand zwei Seiten Noten mit Text.

«Wir haben noch Zeit bis zum Drehbeginn. Ich hab dich früher bestellt, ich meine, hergebeten. Ich hab gehört, dass du Gesang studiert hast. Ich will, dass du mir hilfst, ich meine, den letzten Schliff gibst», sagte er, mit abgewandtem Gesicht.

«Jetzt? Um diese Uhrzeit singen?»

Braun grinste. «Ätzend, was?»

«Wo denn?»

Braun zuckte mit den Schultern.
«Hier?»
Braun hatte schon die Tür geöffnet.
Die Tiefgarage war leer und erstaunlich gut gelüftet.
Melissa verdrehte die Augen. Singen. Verdammt. Sie war ja noch nicht mal bei sich, hatte auf Kaffee gehofft und einen Happen Frühstück. Diese Gesangsnachhilfe sollte wohl im Verborgenen stattfinden, niemand mitbekommen.
Sie ließ Braun Atemübungen machen, sah sich währenddessen den neuen Song an. Ein Text zum Speien. Die Melodie wie aus Computerversatzstücken eingängiger musikalischer Floskeln, mit dem Ziel ausgewählt, nur niemandes Ohr zu strapazieren.
Die neue Reimann'sche Route. Es ist nicht deine, redete sie sich zu. Ich bleibe freundlich und geduldig, professionell, mit einem Wort.
Die Raumakustik mit großem Hall schmeichelte Brauns Stimme, sie klang voll und von gewaltigem Volumen.
«Der Hall täuscht über den wahren Klang der Stimme», sagte Melissa und lief zu der Tür mit der Aufschrift Hausmeister. Sie war nicht abgeschlossen, es lagerten Handwerkszeug und Leitern in dem kleinem Raum.
«Wird das eine Liveveranstaltung?»
«Mit Orchester. Der Leiter ist ein Idiot, spielt alles swingig, kriegt keine geraden rockigen Achtel hin. Mister B. besorgt mir einen Pianisten für den Gig.»
«Die Tonart muss verändert werden, der Song ist zu hoch für deine Stimme geschrieben, muss mindestens einen halben Ton tiefer transponiert werden. Mit zunehmendem Alter wird die Stimme oft tiefer.»
Braun zuckte kurz bei der Erwähnung seines Alters, befolgte aber eifrig ihre Ratschläge, übte, die Intervalle sauber zu treffen.
Nach einer halben Stunde beendete er die Übungen, «sonst werde ich heiser».

«Keine Kondition mehr heutzutage, was?», spottete Melissa, lief mit ihm zur Limousine und lenkte sie aus der Tiefgarage. Braun duckte sich, bis Melissa in die Französische Straße abgebogen war.

Die Drehorte für das Video sollten das neue Image illustrieren: Potsdamer Platz, die NeueMitteBerlins. Zuvor und danach, bei unterschiedlichen Tageszeiten, ein paar Bilder auf der Altonaer Straße, mit der Siegessäule im Hintergrund.

«Heutzutage, hast du gesagt. Gehörst du auch zu den Damals-Verklärern?»

Melissa sah Braun fragend an.

«Panitz ging mir in Amsterdam manchmal auf den Zeiger mit seinen Verklärungen. Er hat von früher erzählt, unser Bandleben damals romantisiert. Ich fand es nie romantisch, im Winter in ungeheizten Räumen zu spielen, auch mal auf nackter Erde als Fußboden, Gigs vor fünf Leuten, einer mehr als die Band Mitglieder hatte, improvisierte Auftrittsorte, wo es zum Beispiel nur Apfelwein zum Trinken gab, zum Kotzen, Gigs, für die man vier Stunden lang zusammengequetscht fahren musste und zwar für zwanzig Mark pro Mann, und dem bisschen Kohle musste man auch noch hinterherrennen.»

«Wen willst du denn mit deinen Kriegserlebnissen beeindrucken? Da kann ich locker mithalten, und unsere Fahrzeuge waren konkurrenzlos.»

Braun stutzte, dann grinste er, zu Melissas Erstaunen, fuhr fort.

«Ich hab jedenfalls keinen Bock mehr auf so was. Drei Künstler stehen zusammen – und reden über Geld. Mit meinem Bankier kann ich stundenlang über Kunst, meine Musik reden, mit meinen Musikern geht es immer ums Geld. Und dann die scheiß Konkurrenz unter Musikern. Miserable Veranstaltungen. Für die Pause einen Stuhl für die ganze Gruppe, am Abfalleimer. Wir spielten unter allen Bedingungen und für miese Kohle, angeblich für das Renommee, in dem oder dem angesagten Laden auf-

zutreten. Man sagte sich, besser, als nichts zu verdienen und zu Hause zu hocken. Musiker sind nicht solidarisch untereinander gegenüber den Veranstaltern.»
«Muggen allet ab, wat nich bei drei uff de Bäume is», murmelte Melissa, und lauter: «Warum wolltest du dann den Panitz wiederhaben?»
«Er war talentiert, ja, fürs Leben. Dachte ich. So viele von uns sind Versager im Privatleben. Oder langweilen sich. Wie soll man das Gefühl toppen, wenn zehntausend Leute mitgehen, den Text kennen, dich pushen, und du treibst sie hoch, und dann nimmst du das Tempo raus und lässt sie weich werden, ohne die Scham, die sie sonst spüren.»
Melissa hielt an einer roten Ampel. Die Zeitungen am Kiosk schrien die Amsterdam-Fotos in die Stadt.
«Damit toppen?» Melissa deutete auf den Zeitungsständer.
Braun sah die Schlagzeilen, schwieg.
«Was ist mit deinen Umzugsplänen?», setzte Melissa nach.
«Es bleibt dabei. Ich ziehe nach Berlin. Panitz wollte plötzlich mit mir nach München oder Köln ziehen, da sei musikmäßig mehr los.»
«Hatte Panitz seinem Partner schon Bescheid gesagt?»
«Wem?»
«Diesem Teichert.»
«Ach, dem. Der rief gestern Abend an, weiß der Himmel, woher er die Nummer hatte, wahrscheinlich von Lilli, der Großzügigen. Teichert zeigt mir heute das Haus. Kommst du mit? Als Berlinerin kannst du mir was dazu sagen, ich meine zur Lage und so.»
Melissa nickte. «Wirst du allein in Berlin wohnen?»
Wieder das Schweigen. Dann nickte Braun und fragte ausweichend: «Ist das der Tiergarten?»
«Darf ich vorstellen? Der Tiergarten. Joggerparadies, Türkengrill, Schwulentreff, Heterostrich, Hundeauslauf und, seit einigen Jahren, machen sich die Regierungsokkupanten breit.»

«Paula hier. Hast du gut geschlafen?»
«Wer hat mich heimgebracht?»
«Ich.»
«Wo hat Gladys übernachtet?»
«Bei Lissa. Tamara? Bist du noch dran?»
«Wo soll ich denn sein? Warum rufst du an?»
«Sei so nett und telefoniere die Hotels im Umkreis der Knesebeckstraße ab, frag nach einer Frau Panitz aus Heidelberg, du kannst dich als ...»
«Ich weiß, wie man das macht.»
«Entschuldige.»
«Sag mir nur, was Vorrang hat.»
«Wie meinst du das? Die Umzugskisten laufen nicht weg.»
«Melissa hat mich auch mit einer Recherche beauftragt, ich soll Zeitungen durchforsten.»
«Zuerst die Hotels, bitte. Es kann Zeitverschwendung sein, aber vielleicht haben wir Glück und erwischen Panitz' Schwester noch. Alles andere klären wir heute Abend.»

Paula wählte die Gerichtsmedizin an, ließ sich mit einer Sachbearbeiterin verbinden, der sie bei einem Streit mit ihrem Vermieter geholfen hatte. Die Frau versprach, sich umzuhören, und rief schon wenige Minuten später zurück. Panitz' Leiche sei bereits freigegeben, die Formalitäten heute früh durch ein Beerdigungsinstitut erledigt worden.
«Das ging aber schnell.»
«Die wollten ihn vom Tisch haben und damit die Presse aus dem Haus.»
«Danke, du hast was gut bei mir.»

Teichert nahm beim ersten Klingeln den Hörer ab.
«Immobilien Teichert. Teichert am Apparat. Was kann ich für Sie tun?»

«Paula Oshinski, hallo.»
«Guten Tag, Frau von Oshinski.»
«Herr Teichert, haben Sie Zeit, mir zwei Fragen zu beantworten?»
«Aber leider nur kurz.»
«Waren Sie und Panitz eingetragene Partner?»
«Gleich zum Kern, nicht? Ich bezeichnete Panitz als meinen Partner, vor Kunden, Sie verstehen? Genau gesagt war Panitz mein Angestellter, aber es macht sich besser, ihn als Partner vorzustellen, das gibt, das gab ihm größere Autorität und Kompetenz in den Augen der Kunden.»
«So war das. Eine zweite Frage: Hat Panitz' Schwester sich bei Ihnen gemeldet?»
«Ich wusste nicht mal, dass er eine Schwester hatte. Ist sie in der Stadt?»
«Sie war es, ist aber vermutlich schon wieder abgereist. Ich danke Ihnen, Herr Teichert, und einen guten Tag für Sie.»

«Musst du dich seit neuestem in allem der Plattenfirma beugen? Ich hatte mir andere Drehorte vorgestellt. Du weißt, welche. Warum hast du nicht einen meiner Vorschläge durchgesetzt?»
Auf dem Mittelstreifen der Altonaer Straße, eine derer, die zur Siegessäule führen, wurde die Kamera eingerichtet. Braun stand mit Reimann am Straßenrand, eine Visagistin tupfte mit einer Puderquaste über Brauns Stirn, er verscheuchte ihre Hand wie eine lästige Fliege. «Moment mal, ja?»
«Vorschläge waren das, Tom, Vorschläge, und die kamen zu spät, die Firma hatte bereits alles vorbereitet, organisiert. Da braucht es zum Beispiel Drehgenehmigungen.»
«Wessen Mann bist du?»
«Deiner, Tom. Aber nicht exklusiv. Ich verbringe viel Zeit mit dir, und damit sich das auch zukünftig lohnt, brauchen wir die Plattenfirma. So einfach ist das. Und jetzt lass uns schießen, solange das Wetter noch so kooperiert.»

Der Regisseur erklärte langatmig und für Melissa unverständlich, was er vorhatte. Die Siegessäule im Hintergrund, am Vormittag und am Abend das unterschiedliche Licht, Autos, die vorbeifahren, in anderem Tempo später im Video, gleichsam im Zeitraffer, Tom Braun in Echtzeit auf dem Mittelstreifen.
Also Nachtdreh, seufzte Melissa, die sich geschworen hatte, heute vor Mitternacht und nüchtern schlafen zu gehen.

Als Lilli die Karikatur dessen, was sie als das Kranzler vor dem Umbau in Erinnerung hatte, sah, war sie bereit, mit Paula in ein Café in einer der Seitenstraßen des Kurfürstendamms zu fahren. Paula nannte es La Opera. An Tischen und Stühlen, die nicht recht zusammenpassten und aus verschiedenen Nachlässen stammen mochten, wurden üppige Kuchen und pikante italienische Leckereien serviert, italienische Kaffeesorten würzten den Raum mit aromatischem Duft, dazu italienische Opernmelodien, ausschließlich, in einer Lautstärke, die Gespräche zuließ, aber auch schlichtes Zuhören; zwischen zwei Opernausschnitten wagte der Betreiber Stille.
Lilli trug den Fünfzigern Entliehenes, ein helles Kleid mit weit schwingendem Rock und eng anliegender, kurzer Jacke, dazu Schuhe mit hohen Absätzen aus rotem Lackleder.
Aber das Gesicht passte nicht zu dem fröhlichen Stoffmuster, eher zur Tragik einer Tosca. Schlecht geschlafen, viel Alkohol, wenig gegessen, vermutete Paula.
«Hat sich Panitz' Schwester bei Ihnen gemeldet?»
«Monika ist in der Stadt?»
«Ja.»
Lilli faltete ihre Serviette ziehharmonikaartig zusammen, auseinander, wieder zusammen. Die dick ins Gesicht aufgetragene Schminke verbarg kaum die Augenringe.
«Monika. Die hab ich seit Jahren nicht gesehen.»
«Sie kennen sich also.»

«Sie hat Fred aufgezogen. Die Eltern sind bei einem Autounfall gestorben, Fred war sieben, Monika zehn Jahre älter. Sie hat die Vormundschaft bekommen und eine dicke Versicherungsprämie. Später zog sie nach Heidelberg, Panitz und Tom wohnten die erste Zeit bei ihr, bis sie Tom rausgeschmissen hat, weil sie kein Dope mehr im Haus haben wollte.»

«Das war in der Rock-Band-Zeit?»

«Rocker! Sie ließen sich von Monika und Toms Mutter aushalten und auch von mir. Ich wusste nicht, dass Tom sich von seiner Mutter heimlich Geld zustecken ließ, bis der Vater dahinter kam. Es gab einen Familienkrach, und Schluss war es mit Mutterns Spargroschen. Aber Tom wohnte schon bei mir, und ich ging arbeiten.»

Lilli trank einen Martini, Paula Kaffee und aß dazu ein mit italienischen Köstlichkeiten belegtes Ciabatta.

«Sie haben keine Kinder?»

«Tom wollte keine Kinder. Er ist das Kind.»

Lillis Lachen klang gequält. Das Puppenhafte war von ihr abgefallen.

«Tom ist ein Kind, manchmal grausam in seiner Gedankenlosigkeit. Und verwöhnt, er musste nie kämpfen, tingelte mit Sicherheitsnetz.»

«Wie geht es Ihnen, wenn Sie die Zeitungsfotos sehen? Ist das eine dieser Grausamkeiten?»

Die Papierserviette riss ein. Lilli knüllte sie zu einem Ball zusammen.

«Worüber haben Sie sich mit Panitz gestritten?»

Lilli sah Paula irritiert an.

«Sie sagten, Sie seien im Taxi von Tegel zum Haus der Kulturen gefahren. Tatsächlich hat Panitz' Partner ihn am Flughafen abgeholt und Sie und Panitz chauffiert. Teichert berichtet von einer unangenehmen Autofahrt, weil Sie sich mit Panitz heftig gestritten haben.»

«Ich weiß das nicht mehr. Es ist so viel passiert in den letzten Tagen. Panitz hat alles durcheinander gebracht, alles verändert. Tom hat sich nicht mehr an unsere Abmachung gehalten.»
«Welche Abmachung?»
«Wenn man so lange zusammen ist, verändert sich eine Ehe, wird freundschaftlicher», sagte Lilli, als spreche sie einen fremden Text nach. «Es hat mir auch nichts ausgemacht, wenn er auf Tour war und unterwegs rummachte, bumste und dann in die nächste Stadt fuhr. Aber bisher gab es eine Abmachung, und zwar, dass Tom keine Frau zweimal trifft. Das war die Abmachung. Und er hat mir geschworen, dass er sie nicht ... Sie verstehn schon, also dass er sie nicht in die Möse bumst. Nur mit mir richtig bumst.»
Lilli weinte, lautlos. Kramte ein Papier aus der Handtasche, mit Schreibmaschine beschrieben, schob es Paula über den Tisch zu und verschwand auf die Toilette.
Meine Güte, dachte Paula, nicht richtig bumst. Und das hat sie ihm geglaubt? Paula nahm den Zettel, las.
Auf den ersten Blick glich das Geschriebene einem Drehbuchauszug. Dekor, Dialog, Besetzung. Zwei Frauen, zwei Männer. Die Kleidung schwarz und weiß, genau beschrieben bis zur Art der Höschen. Der Dialog spärlich. Zwei Männer beobachten, wie die in Schwarz gekleidete Frau die andere bereitmacht: sie auszieht, einölt, sie übers Knie legt, um den Po mit leichten Schlägen zu röten und die Brustwarzen mit den Lippen zu eregieren. In wechselnden Stellungen sollte diese Frau von beiden Männern genommen werden.
Handyklingel, Tamaras Stimme.
«Monika Panitz ist heute Morgen aus dem Hotel abgereist.»
«Was?»
Paula, die mechanisch zum Handy gegriffen hatte, rieb sich die Stirn. Ein greller Szenenwechsel.
«Zweitens, die Zeitungsgeschichte. Im Winter 1977 ist ein fünf-

zehnjähriges Mädchen angefahren worden. Der Fahrer beging Fahrerflucht. Das Mädchen verblutete am Unfallort, eine selten befahrene Forststraße, in der Nähe des Heimatdorfes von Panitz und Braun. Man vermutete, dass Braun mit der Minderjährigen befreundet war. Er hatte aber für diesen Abend ein Alibi, von Fred Panitz. Wie gesagt, das Mädchen verblutete, der Täter wurde nicht gefunden. Ich hab mit dem Lokalredakteur, der damals den Artikel schrieb, telefoniert. Bei der Autopsie stellte sich heraus, dass das Mädchen schwanger war. Kurz darauf zogen Panitz und Braun nach Heidelberg.»

Paula stieß einen Pfiff aus.

«Soll ich Melissa Bescheid sagen?»

«Nein, wir besprechen das später. Wir müssen überlegen, wie wir mit den neuen Fakten umgehen. Warte. Ruf Lissa an und bitte sie, ach was, sag ihr, sie muss unter allen Umständen um siebzehn Uhr im Büro sein, Gruß von mir. Ich bin hier gerade in, äh, einem Gespräch. Danke, dass du das übernimmst, Tamara, gute Arbeit.»

«Die Dame, die mit dir hier gesessen hat, musste weg, soll ich dir sagen.»

Paulas Lieblingsbedienung stand vor ihr.

«Mist.»

Paula raffte ihre Sachen zusammen, drückte der Frau einen Schein in die Hand, eilte zur Tür und sah gerade noch einen Zipfel von Lillis Rock um die Ecke schwingen.

Der Dreh zog sich hin. Längst sollte das Team am Potsdamer Platz sein. Braun verpatzte die Schrittfolgen, die er auf dem breiten, gepflasterten Mittelstreifen der Straße absolvieren sollte. Die Straßenränder säumten immer mehr parkende Autos, und auf den Bürgersteigen sammelten sich Zuschauer. Autofahrer nahmen die Geschwindigkeit raus, hupten, winkten und blockierten den Verkehr. Die Schutzpolizei protestierte, ließ sich

für einen letzten Versuch beschwatzen; die Zeit für den Ordnungsdienst, den sie hier leisteten, war längst abgelaufen.
Brauns Nervosität steigerte sich. Der Choreograph entschärfte die Abläufe, was Braun noch mehr verunsicherte.
Melissa stand in der Nähe des Regisseurs, der sich hektisch mit seinem Team und Reimann besprach. Schließlich einigte man sich darauf, die vorgesehenen Sequenzen am Potsdamer Platz ohne Braun zu filmen und eine Halle zu organisieren, in der man am nächsten Tag ungestört drehen konnte. Auf die Abendaufnahmen wollte der Regisseur auf keinen Fall verzichten, drohte: «Hinschmeißen, den Mist, wir doubeln die Schritte, beschränken uns auf seinen Oberkörper und sein Gesicht, wenn er es bis heute Abend frisch hält.»
«Früher hieß es, man bekommt im Alter das Gesicht, das man verdient. Heutzutage bekommt man das Gesicht, das man sich von seinem Verdienst leisten kann», sagte der Kameramann.
Keiner würdigte seinen Scherz. Man atmete durch und ging an den letzten Versuch.
Tamara übermittelte Melissa das Treffen im Büro.
Sie musste es unter allen Umständen schaffen, Paula würde explodieren, wenn sie von den Vorgängen der Nacht erfuhr, die Melissa ihr noch nicht mal telefonisch mitgeteilt hatte.

Einige Straßen weiter verstärkte sich Paulas Gefühl, dass Lilli ziellos durch das Viertel streifte, eine wirre Flucht, ohne sich umzusehen; es war ein Leichtes für Paula, ihr zu folgen und die Gedanken schweifen zu lassen.
Panitz. Braun. Ein fünfzehnjähriges Mädchen, die Minderjährige geschwängert. Fahrerflucht. Panitz sorgt für das Alibi. Der überstürzte Umzug vom Dorf nach Heidelberg. Später die langjährigen Dauerüberweisungen an Panitz nach Berlin.
Lilli stöckelte zu einem Kiosk, kaufte einen Flachmann und trank einen kräftigen Schluck. Sie nahm Fahrt auf, beschleunig-

te ihre Schritte, rannte beinahe. Paula bewunderte Lillis Fähigkeit, auf hohen Absätzen ein solches Tempo vorzulegen.
Sie musste stehen bleiben. Ihr Rock war zu eng. Paula bückte sich, nahm die Stoffenden des kurzen Schlitzes in die Hände, riss und erweiterte so den Schlitz nach oben. Jetzt konnte sie ausschreiten, mit großen, schnellen Schritten der Frau folgen, die auf den Lietzenseepark zuging.
Jogger, Walker, Radfahrer. Lilli lief mit gesenktem Kopf, reagierte nicht auf den Zuruf eines Joggers, dem sie den Weg abschnitt. Sie nahm einen weiteren Schluck, steckte die Flasche in die Handtasche.
Paula blieb dran. Wie weiter? Würde Lilli irgendwann auf einer Bank den Rausch ausschlafen? Sie war nicht mehr in der Lage, etwas auszuplaudern, das Paula weiterhelfen konnte, war zu betrunken. Paula beschleunigte ihre Schritte. Sie empfand plötzlich Mitleid mit der Frau, die ihr Leben so sehr mit diesem Mann verbunden hatte, sich als Person gleichsam auflöste; sonst mochte Paula solche Frauen nicht, die den Sinn ihres Lebens im Leben des Mannes sahen, ihn stützten und nährten, unglücklich waren, sich aber dafür bezahlen ließen. Sie nannten das Ehe.
Bremsen quietschten, ein Schrei. Lilli und ein Radfahrer lagen auf der Erde, zwischen sich das Rad.

Gladys suchte ihren Weg auf dem vergrößerten Ausschnitt des Stadtplans. Er umfasste die Innenstädte West und Ost, das Gebiet um den Kurfürstendamm und Unter den Linden, dazwischen der Tiergarten, eine Fläche so groß wie dieses Viertel, das Mitte genannt wurde. Die Entfernungen waren kurz und zu Fuß erreichbar.
Gladys war in einer Kleinstadt erwachsen geworden, in der man nicht sofort von der Polizei angehalten wurde, wenn man zu Fuß ging.
Nach der Ausbildung zog sie nach Los Angeles, in die Nähe des

Farmers Market, und war geschockt, als sie herausfand, was in dieser Stadt mit ihrem Gehalt bezahlbar war. Ein Wohn-Schlaf-Kasten in einem Block, der am Eingang einen Sicherheitsmann beschäftigte, die Flure durch Kameras bewacht, vierzig Quadratmeter Wohnfläche, das Fenster hatte einen halben Meter Abstand zur Wand des nächsten Hauses. Als ihre Mutter sie zum ersten Mal besuchte, überredete sie sie zu einem kleinen Haus in Santa Monica, in Strandnähe: Du erbst eines Tages alles, warum nicht jetzt einen Zuschuss, du hast ihn dir verdient, hast früher oft den Teig gerührt. Damals waren sie noch wie Freundinnen, wie Schwestern, miteinander umgegangen.
Gladys verdrängte energisch die Erinnerungen. Sie überquerte den Boulevard Unter den Linden und lief zur Seitenstraße, in der sich die amerikanische Botschaft befand, weiträumig abgesperrt und gesichert.
Da kam er schon, pünktlich, winkte jemandem zu, der in der Botschaft zurückblieb, passierte die deutschen Sicherheitskräfte und machte Gladys ein Zeichen, deutete unauffällig auf ein Café.

Paula verfrachtete Lilli auf den Rücksitz eines Taxis und ließ sich zu ihrem Auto vor dem Operncafé fahren.
Weder der Radfahrer noch Lilli schienen ernsthaft verletzt; Schürfwunden, zerrissene Kleidung und das verbogene Vorderrad waren das Ergebnis des Zusammenstoßes. Paula zeigte dem Radfahrer ihren Ausweis, gab ihm ihre Karte und versprach, dafür zu sorgen, dass der Schaden an Rad und Kleidung beglichen wurde, der Radfahrer war ein vernünftiger Mann.
Lilli blieb auch die Fahrt über stumm. Sie konnte laufen, Arme und Finger bewegen, schwieg auf die Fragen, ob ihr etwas wehtat. Sie kauerte in der Ecke auf dem Rücksitz, die Arme um den Oberkörper geschlungen; Paula schnallte sie an.
Dann telefonierte sie mit einem befreundeten Arzt, der noch

Hausbesuche machte, traf ihn vor der Sprechstunde am Nachmittag auf seiner Tour an und überredete ihn zu einer Visite im Hotel. Sein Besuch würde unnötiges Aufsehen vermeiden, er gehörte nicht zu der Sorte, die sich im Fernsehen aussprechen mussten wie früher im Beichtstuhl.

Paula nahm den Flachmann aus Lillis Handtasche und verstaute ihn in der eigenen. Lilli protestierte auch jetzt nicht. Sie ließ mit sich machen, hatte sich hinter Schweigen zurückgezogen, auch, als Paula vor dem Hotel am Gendarmenmarkt hielt.

«Ich bin gleich zurück, will nur den Schlüssel holen.»

Als Paula mit dem Schlüssel zurückkehrte, hing Lilli in der gleichen Haltung im Sicherheitsgurt.

Paula befahl ihr wie einem Kleinkind, auszusteigen, und Lilli gehorchte. Ohne Zwischenfälle gelangten sie zum Fahrstuhl und in Lillis Suite.

Paula zog Lilli das verdreckte Kleid aus und streifte ihr den Morgenmantel über.

Dann kam der Arzt. Paula informierte ihn über den Unfall, Lillis Trinkerei, den Schock über Brauns Ehebruch, wie Lilli ihn verstand. Sie bestellte telefonisch Kaffee und eine Hühnerbrühe und verzog sich während der Arztvisite ins Badezimmer.

Der Test fiel sofort ins Auge. Ein Schwangerschaftstest. Die Farbe des Stäbchens bestätigte eine Schwangerschaft.

Das Areal lag an der Spree, Nähe Warschauer Straße, zog sich hin bis zum Osthafen, nach Treptow, zu DDR-Zeiten einer der größten Industriestandorte, nach der Wende abgewickelt.

In dem erschlossenen Viertel war das, was man Mischnutzung nannte, vorgesehen: Büros, Gewerbe, Wohnungen, ein Sporthafen, kleinere Stadthäuser, ein gewaltiges Vorhaben, in dem Teichert ein kleines Areal bebaut hatte und zum Verkauf anbot.

Vom Penthouse hatte man einen prächtigen Blick auf die Spree, hinüber nach Kreuzberg.

«Sie können die Gestaltung der Räume im Einzelnen noch mitbestimmen.»
Braun ließ sich führen, blieb unbeteiligt, stellte keine Fragen. Teichert hatte ihm kondoliert, und Braun schien mehr an einem Gespräch über Panitz interessiert als an der Wohnung. Die Stunden im Tiergarten hatten dem Sänger zugesetzt, er wirkte angestrengt, nahezu demoralisiert, so viele Zuschauer waren Zeugen seines tänzerischen Unvermögens geworden.
War es nötig, ein Video mit Braun derart zu konzipieren? Die jüngeren Sänger, Stars allesamt nach einer Single-Veröffentlichung, kombinierten Tanzschritte und Gesang, als wäre es etwas Neues und nicht schon von den alten Soulgesangsgruppen vor Jahrzehnten meisterlich vorgeführt.
War den Machern nichts Passenderes für Braun eingefallen als diese Anbiederung an die Generation nach ihm? Sollte er diszipliniert, sollten ihm seine Grenzen aufgezeigt werden, wäre das eine teure Maßnahme, und irgendein Mensch von der Presse war sicherlich unliebsamer Zeuge geworden. Schuf sich die Plattenfirma einen Kündigungsgrund mehr, falls Braun noch tiefer in die Mordgeschichte verwickelt wurde? Oder hatte Braun den Mund zu voll genommen, sich überschätzt auf dem Gebiet tänzerischer Fähigkeiten?
Melissa schielte auf ihre Armbanduhr, kurz nach vier war es und der Termin im Büro unaufschiebbar. Um sieben wollte sich das Filmteam wieder in der Altonaer Straße einfinden. Melissa hatte mit Braun besprochen, ihn zu einer Siesta in seine Wohnung zu fahren und um halb sieben wieder abzuholen; dann bliebe ihr genügend Zeit, um in ihr Büro zu hasten.
Teichert bemerkte Melissas Unruhe, den Blick auf die Uhr.
«Würden Sie mich mitnehmen?», fragte Teichert. «Ich habe mein Taxi zurückgeschickt.»
Braun lud ihn ein, ihm auf dem Rücksitz Gesellschaft zu leisten, und bat Melissa, Musik aufzulegen. Sie verstand nicht ein Wort

des lebhaften Gesprächs, das sich zwischen den Männern entspann.
Am Gendarmenmarkt angekommen, fuhr Melissa die Limousine in die Tiefgarage und parkte dort. Braun entließ sie, bat Teichert, ihn auf einen Kaffee nach oben zu begleiten. Der Butler stand schon in der geöffneten Fahrstuhltür.
Unruhig machte sich Melissa auf den Weg zum Büro, verfiel in leichten Trab, rannte. Es war siebzehn Uhr fünfzehn.

SECHS

Die Tropfen gingen zur Neige.

Blödes Vieh. Er hatte nicht vorgehabt, den Hund aufzuschlitzen, aber dieses aufgeregte Gejaule wollte nicht aufhören.

Dann war die Falsche gekommen. Er hatte sich so schnell und unauffällig wie möglich zurückgezogen und das Auto erst im Morgengrauen weggefahren, sicherheitshalber, falls man die Autonummer notiert hatte.

Sie war also da, wie angekündigt. Er oder sie.

Und dann?

Er musste wieder einkaufen, ein paar Lebensmittel, Getränke. Nicht hier, nicht in der Nachbarschaft. Keine Muster bilden, die als Hinweis auf sein Versteck dienen konnten.

Die Tabletten gingen zur Neige. Und dieser Kerl war seit zwölf Tagen nicht mehr erreichbar.

Die Telefoniererei nach den Nummern aus der herausgerissenen Seite aus dem Telefonbuch hatte nichts gebracht.

Er sah nichts von der Stadt. Hockte in dieser Wohnung, sachlich möbliert: Schlafzimmer, Bad, Wohnzimmer mit Kochnische und dem Vorrat an Fertig- und Tiefkühlgerichten. Seine wenigen Sachen, so viel, wie in einen Koffer passten, lockerten die sterile Ordnung auf, brachten Leben in das militärisch aufgeräumte Apartment.

Gegenüber eine Baulücke, niemand konnte in die Fenster der Wohnung sehen, die alle, bis auf die Badluke, in diese eine Richtung zeigten.

Er war es nicht gewohnt, an einem Platz zu hocken, tigerte durch die Bude, langweilte sich; die vorhandenen DVDs kannte er schon auswendig.

Das Fernsehgerät eignete sich nur zur Wiedergabe für die Filme, die TV-Programme konnte er nicht aktivieren, ein Wirr-

warr an Kabeln und Fernbedienungen, auch für die Musikanlage, er kannte sich mit so was nicht aus, hatte immer jemand, der ihm so etwas abnahm, alles, das längst repariert, erledigt sein sollte; nichts lief so, wie er es sich gedacht hatte.
Er stellte sich ans Fenster, schob die Gardine zur Seite, lugte auf die Straße.
Eine Seitenstraße, Autos, kleine Geschäfte, wenige Fußgänger.
Die Wohnung nachts bezogen, von der Umgebung wenig gesehen, er wusste nur, dass er in der Nähe des Charlottenburger Schlosses untergebracht war.
Bei geöffnetem Fenster hörte er heute das Rauschen einer viel befahrenen Straße, vermutlich eine Autobahn.
Die Tropfen gingen zur Neige.
Er hatte es gestern genossen, draußen, unterwegs zu sein. Anfangs.
Aber nach der Scheiße mit dem Hund flüchtete er zurück in diese Wohnung, schloss die Tür hinter sich.
Es war zum Kotzen dort, dieses Versteckenmüssen in einem Holzhäuschen, auf einem Kinderspielplatz, bis sich das Theater auf der Straße beruhigt hatte, die Leute wieder in ihren Häusern verschwunden waren und er das Auto holen konnte.
Das Auto abgegeben. Ein Taxiwechsel und, erleichtert, zurück in der Wohnung.
Die Tropfen gingen zur Neige.

Paulas Büroeinrichtung bestand, stilistisch gesehen, aus Einzelstücken, sachliches Bauhaus und schwungvolle Jugendstil-Ornamentik: Lampen, Schreibsekretär, Stühle, Bücherregale, verbunden durch handgeknüpfte indische Teppiche, Kostbarkeiten aus dem geerbten Haus, Zeugnisse der familiären Vergangenheit Paulas, die sie behalten, aber ins Büro gebracht hatte.

Paula schloss die Bürotür, nutzte die Minuten bis siebzehn Uhr für einen Anruf bei Ehlers. Sie bot ihm, sozusagen als Friedenspfeife, den Zeitungsartikel über den Unfall von 1977.

«Wie soll ich das den Kollegen verkaufen? Ich bin nicht unmittelbar an dem Fall dran.»

«Wenn so ein Star wie Braun darin verwickelt ist, redet doch die gesamte Mord darüber. Wie sagt ihr sonst? Informationen von einer Quelle, die anonym bleiben will. Ihr habt doch bisher niemand in der engen Wahl?»

Widerstrebend gab Ehlers zu, dass, trotz des großen Personalaufgebots, das in den ersten vierundzwanzig Stunden Zeugen und Beteiligte, auch parallel, mit Hochdruck befragt hatte, noch keine heiße Spur gefunden worden war; Zweitvernehmungen lagen an.

«Das Opfer ist schnell gestorben, der zweite Stich war tödlich, er hat aus den Schnittverletzungen geblutet.»

«Ich wüsste gern, was die Polizeiermittlungen über den Unfall damals, 1977, ergeben haben. Vielleicht besteht da ein Zusammenhang zu heute.»

«Ich werd sehen, was sich machen lässt. Ihr seid unter Beschuss, was? Das Hauptstadt-Magazin hat gestern Abend über eine gewisse Frauendetektei berichtet, du weißt schon, Frauenkompetenz und so weiter. Pass auf, dass ihr den Kollegen nicht in die Quere kommt.»

«Danke für den Rat. Es ist eine schwierige Situation. Sag mal, bist du wegen der Fernsehsendung gestern vorbeigekommen? Ja? Ich werde es wieder gutmachen, wenn das hier vorbei ist.»

«Paula, warte mal. Jemand, und das muss ein bedeutender Jemand sein, hat verhindert, dass Mageninhalt und Leber von Panitz genauer untersucht werden konnten, das Zeug ist spurlos aus der Gerichtsmedizin verschwunden.»

Paula stieß einen ihrer berühmten Oktav-Pfiffe aus, glücklicherweise nicht in den Hörer.

«Warum erzählst du mir das?»
«Es gefällt mir, dass du nicht barmst. Mach's gut, Große.»
Ehlers befand sich auf dünnem Eis, nicht nur, weil er Interna weitergab, auch der Adressat war brisant. Private Ermittler waren unbeliebt, bei manchen Polizisten regelrecht verhasst.
Paula nahm sich ein leeres Blatt Papier vor und begann, Notizen zu machen. Dann las sie noch einmal die Sexbeschreibungen, ein Drehbuch für Prostituierte, für ein gehobenes Studio mit besonderem Service, womöglich von Braun oder Panitz in Auftrag gegeben, in Amsterdam sprach man auch Deutsch.
Tamara steckte, nach leisem Klopfen, den Kopf in das Zimmer. «Siebzehn Uhr fünfzehn. Sollen wir ohne Melissa anfangen?»
«Was?»
«Du liest wohl was Spannendes?»
Paula reichte ihr den Zettel. Tamara las mit ausdrucksloser Miene, sah fragend auf. Paula erklärte, in welchem Zusammenhang das Geschriebene stand.
«Also ist Lilli Braun sauer, weil ihr Mann jetzt in die Vagina einer Prostituierten eindrang?»
Paula prustete los.
«Es ist nicht einfach, nette Ausdrücke zu finden, was? Vagina. Sind wir beim Arzt? Penetrieren ist auch aus der Kategorie. Was sagst du? Liebe machen, schlafen, ficken, bumsen?»
«Poppen. Heutzutage heißt es poppen.»
«Ihr seid ja gut drauf.» Melissa stand in der Tür.
Schlagartig änderte sich die Atmosphäre.
«Gehen wir rüber», schlug Paula vor. «Diese Energien muss ich in meinem Büro nicht haben.»

Kaffee, Mineralwasser, Saft, die übliche Besprechungs-Ausrüstung. Verklemmt höfliche Handreichungen.
Paula eröffnete schließlich die Besprechung, berichtete zunächst

von dem Autounfall im Jahr 77, dann von den Geldüberweisungen an Panitz und schloss mit Lillis Schwangerschaft.
«Der Arzt hat ihr etwas Mildes zur Beruhigung gegeben, sie schlief, als ich ging. Ein Letztes. Teichert gehört das Immobiliengeschäft, Panitz war angestellt. Aber wegen eines verpatzten Deals …»
«… der noch nicht geplatzt ist, Teichert hat Braun heute das Penthouse gezeigt und trinkt jetzt mit ihm Kaffee», warf Melissa ein.
«Wegen eines verpatzten Deals, wovon Teichert vielleicht zum Zeitpunkt von Brauns und Panitz' Ankunft in Tegel ausgehen musste, bringt man niemanden um, auch nicht, wenn Panitz gekündigt hätte. Teichert würde ihn dann doch in jedem Fall als Mitarbeiter verlieren. Tamara, sieh doch mal, was du über Teicherts Geschäfte herausfindest.»
Tamara setzte sich sehr gerade auf den vorderen Teil des Kissens. Die Frauen hatten sich um den Tisch vor der L-förmigen Couch versammelt.
«Bin ich als Tippse oder Privatdetektivin eingestellt?»
Schweigen, sekundenlang, bleiern.
Entschlossen sagte Paula und sah dabei Tamara an: «Du hast Recht. Das geht nicht, dass wir dich hin- und herschubsen, wie wir es brauchen. Ich schlage vor, du hilfst uns bei dieser Sache und wirst als PD bezahlt, auch wieder auf Honorarbasis. Danach sehen wir weiter.»
«Okay.»
Tamaras Ohren glühten, ansonsten bemühte sie sich um eine Haltung, als sei Paulas Angebot selbstverständlich. Sie hatte sich auf eine Auseinandersetzung eingestellt und sprudelte nun voller ungenutzter Energie.
«Nehmen wir den Unfall. Das Mädchen, vielleicht Brauns damalige Freundin, war schwanger. Gesetzt, er hat sie angefahren und liegen lassen. Gesetzt, Panitz half ihm mit einem Alibi und

ließ sich später dafür bezahlen. Dann will er mehr, will einen Job. Es gibt Streit mit Braun in der Garderobe. Betrachten wir Lilli Braun. Sie hat sich auch mit Panitz gestritten. Man muss herausfinden, was sie wusste. Wenn sie in die Fahrerflucht eingeweiht war, erklärt das, warum Braun sich nicht scheiden lässt. Und warum er keine Kinder will, nachdem er eine schwangere Frau getötet hat.»

«Und jetzt ist Lilli schwanger», ergänzte Paula. «Sag mal, Lissa, hast du das Reden verlernt?»

«Kann ich dich mal allein sprechen?»

«Hat das nicht Zeit?»

Melissa druckste.

«Ich wollte gerade ins Bad», erhob sich Tamara und verschwand in Paulas Privatbad, zugänglich nur von ihrem Büro aus, ausschließlich für die Mitarbeiterinnen.

«Schönen Dank, Lissa, hervorragend, wie du zur Betriebsatmosphäre beiträgst», sagte Paula sarkastisch.

«Du entscheidest wohl seit neuestem allein über Personalangelegenheiten?»

«Personalangelegenheiten! Nochmal: Kannst du nicht für dich sprechen? Muss ich dich dazu auffordern, deine Meinung zu sagen, du hast doch sonst 'ne große Klappe. Was ist los mit dir?»

«Gladys und ich hatten heute Nacht einen ungebetenen Besucher. Lass mich ausreden. Wir haben im Garten gesessen, es war spät, es war ruhig. Ein Auto kam näher, der Motor wurde abgestellt, Schritte, ein jaulender Hund. Ich dachte sofort an diesen Detektiv, hab Gladys das Wichtigste zugeflüstert. Sie ging sofort auf die Suche. Ich bin auch los, in die entgegengesetzte Richtung und auf dem Nachbargrundstück in einen aufgeschlitzten Hund getreten.»

Paula winkte Tamara zu sich, die vorsichtig an der Tür stehen geblieben war.

«Ich nehme an, jemand hat die Polizei gerufen.»

«Klar. Die Nachbarn waren aufgebracht, einige schoben das Ganze auf die Bewohner eines Aussiedlerheims. Die Nacht blieb dann ruhig. Und jetzt sag mir nicht, ich hätte dich anrufen sollen, ich hab es probiert, gleich in der Nacht, aber du warst nicht erreichbar.»

«Wir haben ein Kommunikationsproblem. Ab jetzt werde ich die Informationen sammeln und weitergeben, auch Vollzugsmeldungen von Aufgaben, die jede von uns erledigt.»

«Gute Idee, Tamara. Aber bitte keine Vollzugsmeldungen.»

«Hab verstanden», lächelte Tamara.

«Du brauchst Polizeischutz, Lissa.»

«Den hat sie, wenn Gladys bei ihr wohnt», sagte Tamara. «Nur kein unnötiges Aufsehen. Wenn ihr einverstanden seid, nehme ich mir nochmal die Detektei Hauptstadt-Ermittlungen vor. Ich geh dann los.»

Die Frauen tauschten die Handynummern aus, und Tamara machte sich auf den Weg.

Paula holte sich aus der Kommode in ihrem Büro eine schwarze Seidenbluse und eine schwarze Jeans und zog sich um.

«Wir müssen reden, Lissa. Bisher hatten wir unterschiedliche Aufträge, sind getrennte Wege gegangen, haben uns nur zum Ausquatschen oder Beraten gebraucht. Das ist jetzt anders, jetzt arbeiten wir zusammen. Bist du eifersüchtig auf Tamara? Von ihr hatten wir Solos befürchtet, nicht von dir. Dieser verdammte Rock ist hinüber.»

Paula hielt den Rock hoch, begutachtete den Schlitz, den sie aufgerissen hatte.

«Der ist zu eng, das war ein anderes Zeitalter, als ich den gekauft habe. Wo waren wir stehen geblieben? Tamara. Du hast ihr übrigens den Gast ausgespannt. Und noch etwas. Du hast wieder mit Auftritten angefangen und das auf ungewohnt niedrigem Level, was Geld, Art der Auftrittsorte, Zuhörerzahl und den Umgang mancher Veranstalter mit einer unbekannten Gruppe betrifft.

Und jetzt hast du so einen Kerl mit dicker Kohle als Klienten, und auch, wenn du weißt, dass Können nicht unbedingt mit Erfolg oder Geld …»

«Geschenkt», winkte Melissa ab. «Ich hab dich verstanden. Jetzt lass uns zu dem Fall zurückkommen, bevor das hier in privatem Scheiß endet. Was ist zu tun? Mich interessiert der berufliche Hintergrund von Panitz, mehr über die Firma Teichert Immobilien zu erfahren. Ich will mal sehen, ob die eine Website haben. Wo ist das Notebook?»

«Du kannst momentan nicht an den Computer. Tamara hat angefangen, alte Akten zu archivieren. Dazu benötigen wir eine neue Datenbank; sie hat eine Softwarefirma beauftragt, die zu erstellen, damit wir nicht nur direkt recherchieren, sondern auch Crossrecherche anstellen können, also Daten miteinander abgleichen, in Beziehung zueinander setzen.»

«Und was ist mit den Fotos, die den Akten beiliegen?»

«Fang nicht wieder an, ein Haar in Tamaras Suppe zu suchen. Fotos werden eingescannt oder mit der Digitalkamera abfotografiert und ins Fotoprogramm eingegeben, du solltest dir das bei Gelegenheit mal zeigen lassen.»

«Miststück», knurrte Melissa und ließ offen, wen sie damit meinte.

«Mich interessiert dieser Reimann, der eine Vorliebe dafür hat, Menschen ausspionieren zu lassen.» Paula streifte Silberarmreifen über das Handgelenk und Silberringe mit Türkisen an beide Zeigefinger. «Er ließ dich und Panitz beschatten und weiß der Himmel wen noch von den Menschen, die in diese Geschichte verwickelt sind. Es ist aber unauffälliger, wenn du dir diesen Manager bei Gelegenheit vornimmst, mit kühlem Kopf. Ich werde mich in guter, alter Detektivmanier am Telefon Immobilien Teichert zuwenden.»

«Vergiss nicht, Informationen auszutauschen mit Miss Wonderful.»

«Du hetzt schon wieder. Im Ernst. Bisher hat die Kleine beste Arbeit abgeliefert. Was ist falsch daran, sich zu koordinieren? Im Übrigen redet dir niemand in deinen Teil der Arbeit rein, ich zum Beispiel gehe davon aus, dass du Tom Braun mit der Unfallgeschichte konfrontierst, den richtigen Moment dafür aussuchst oder entscheidest, jemanden dazuzuholen.»
«Du hast Recht, Tamara macht sich gut. Sehr eifrig, sehr schnell, aber dieses Tempo würde sie nicht jahrelang durchhalten.»
«Aber wenn sie es ein paar Tage lang schafft, dann profitieren wir alle davon, Schätzchen.»
«Schön. Herrje, ich muss schon wieder los. Bleibt nur, auf dem Weg was Belegtes zu vertilgen. Übrigens, deine Seidenbluse passt nicht zu dem groben Jeansstoff, es wirkt, als trimme sich Miss Stino auf Edel.»
«Stino?»
«Stinknormal.»
«Raus.»
«Bis morgen.»

Gladys stand mit dem Rücken ans Flussgeländer gelehnt, als Melissa aus der Haustür trat.
«Hi. Kann ich dich ein Stück begleiten?»
«Ich hab es eilig, Gladys.»
«Gehst du zu deinem Rockstar?»
Melissa nickte, sah demonstrativ auf die Uhr.
«Ich brauche diese wenigen Minuten Fußweg für mich, muss mir noch über etwas klar werden, Gladys.»
Melissa lief los, blieb unvermittelt stehen, drehte sich zu Gladys um und platzte heraus: «Du hast mir einen Filmplot erzählt, was? Badlands, saufender Vater, vor dem schwangere Frau flieht.»
«Thunderheart», räumte Gladys ein. «Ich hatte den Film gesehen, als er herauskam, und mir die DVD ausgeliehen, als sie

mich mit dem konfrontierten, was sie plötzlich meine Geschichte nannten. Im Film wird der Agent zu seinem Chef gerufen, wusste aber, wer sein Erzeuger war. Mir drückte man ein Papier in die Hand. Vielleicht habe ich mir den Film noch einmal angesehen, um in Gesellschaft von einem zu sein, der in einer ähnlichen Situation war. It sounds crazy, right? In Wirklichkeit war dieser, war mein Erzeuger vom Stamm der Blackfeet. Oder ist es noch, nicht mal meine Mutter weiß, ob er noch lebt. Blackfeet Reservation in Montana, früher ein Stamm von Reitern, bis man, ähnlich wie die Bisons, die Pferde dezimierte. Aber – er war Alkoholiker.»

Melissa beäugte Gladys aus den Augenwinkeln, das schimmernde, schwarze Haar, die bronzene Gesichtsfarbe, aber bitte, sie kam aus der Sonne Kaliforniens.

«Hast du vor, dich auf die Suche nach deinem Vater zu machen?»

Melissa dachte an ihren Vater, den sie nach der Wende einmal besucht hatte, seine neue Familie kennen gelernt, ein Wochenende der Verlegenheiten, Verkrampfung und die Erleichterung auf beiden Seiten, als es endlich Sonntag war und sie sich, noch vor dem Frühstück, unter einem Vorwand verabschiedete. Seither hatten sie nichts mehr voneinander gehört; Melissa würde es dabei belassen.

«Ich habe in Berlin die Chance, mein Leben in Amerika, oder back in the world, wie die hier stationierten Soldaten früher sagten, well, ich kann mein Leben in Kalifornien mit Vogelaugen betrachten, aus der Distanz.»

«Du arbeitest für den Staat. Dieser Staat hat das Volk deines Vaters umgebracht, Bisons ausgerottet und den Indianern so die Lebensgrundlage entzogen, sie zu Almosenempfängern gemacht, ohne Perspektive, was auch Alkoholismus nach sich zog.»

«Du hast gut aufgepasst in diesem Indianermuseum.» Gladys' Gesichtszüge verhärteten sich. «Gestern hörte ich, wie eine Verkäuferin zu einem Gast sagte, dass er ihr Land, die DDR, nicht

beurteilen könne, weil er dort nicht aufgewachsen sei, nicht gelebt habe.»
«Wenn du mit mir nicht darüber sprechen willst, setz dich mit Leuten von AIM in Verbindung.»
«Whom?»
«American Indian Movement.»
«Ich habe ein Sabbatical Year genommen, genug Zeit, um mir zu überlegen, was ich unternehmen werde.»
«Also ist das mehr als ein Urlaub?»
«Ich möchte gern bei dir wohnen bleiben, aber ich muss vorher eine Aussprache mit dir machen.»
«Haben, Gladys. Und ich hab jetzt keine Zeit, ich muss los. Allein. Bis dann, Gladys.»
Melissa trabte los, die Friedrichstraße entlang, Gladys' Geschichte im Kopf, und was war das für eine Andeutung über eine Aussprache? Rasch ein Brötchen gekauft, im Laufen verschlingen, auf Braun konzentrieren. Die Gedanken sprangen durch Gehörtes: Unfall? Tom? Fahrerflüchtig? Ein Mädchen verbluten lassen? In Panik, aus Angst oder kaltblütig? Konnte ein Sechzehnjähriger so kaltblütig sein? Ja. Das konnten auch schon Jüngere.
Ein Auto bremste, zwei Schritte von Melissa entfernt, der Fahrer hupte wütend, im Dauerton. Melissa hob entschuldigend die Hand.
Ich muss mich zusammennehmen, ermahnte sie sich, Ruhe bewahren, verdammt.

Paula zog sich in ihr Büro zurück, breitete ihre Notizen auf der Schreibplatte aus und griff zum Telefonhörer. Sie rief ihre Gewährsfrau aus der Gerichtsmedizin an, zu Hause.
«Du schon wieder?»
«Du kannst dir denken, warum. Ist irgendetwas durchgesickert, das das Verschwinden von Panitz' Innereien erklärt?»

«Nein.»
«Ich verstehe dich schlecht, du sprichst sehr leise. Hast du Besuch, soll ich zu einem anderen Zeitpunkt anrufen?»
«Ruf bitte in nächster Zeit nicht mehr an. Bei uns ist der Teufel los, und ich will nicht in diesen Schlamassel gezogen werden. Bitte. Und nimm es mir nicht übel.»
Damit legte sie auf.
Dann klingelte das Telefon. Otto Ehlers. Paula verkniff sich das Du schon wieder, das ihr jetzt auf der Zunge lag.
Ehlers' Stimme klang fremd.
«Ich will gleich zur Sache kommen. Ich kann dir im Moment nicht das geben, was du brauchst. Ich denke, wir sollten Abstand halten, zumindest in der nächsten Zeit. Ich werde … also dann, Paula.»
Paula sah verdutzt auf den Hörer.
Was meinte er mit: Ich kann dir nicht das geben, was du brauchst? Er hatte sie nicht zu Wort kommen lassen. Die zweite Abfuhr in wenigen Minuten, aber diese schmerzte. Paula spürte die kleine Paula, die sich abgestraft fühlte, ohne zu wissen, wofür, die sich duckte, klein und mickrig und verlassen fühlte in einer undurchschaubaren Welt.
Sie widerstand dem Impuls, ihn zurückzurufen, ihm Erklärungen abzuverlangen, Erklärungen zu geben. Oder ihn zu beschimpfen und all das zu sagen, was sie im Lauf der Beziehung zurückgehalten hatte, um das, was sie teilten, nicht zu gefährden. Und nun servierte er sie ab. Keine Belohnung für die Gute, die Verständnisvolle, die in Wahrheit verdrängt und einen Teil ihrer Bedürfnisse zurückgestellt hatte.
Was nun, hier, in diesem Augenblick?
Sie atmete tief durch. Arbeit. Erst mal was tun, erden. Und dann? Die Geschichte in Ruhe betrachten? Ging das überhaupt in einem solchen Moment? Alle Lebensweisheit, in Ansätzen erworben geglaubt, schwand in diesem Moment. Der Magen rea-

gierte, zog sich zusammen, krampfte. Dieser Scheißkerl. Sie schwankte zwischen Wut und der Furcht, dies könnte das Ende der Beziehung sein.
Paula nahm die Umhängetasche, suchte Geldbeutel, Schlüssel und Ausweis in den Tiefen des ledernen Ungetüms. «Brauchst du das alles?», hatte Ehlers wiederholt gefragt.
Was tun mit der Werbemappe von Teichert Immobilien? Sie betrachtete die Fotos der neuen Siedlung, überflog Erklärungen, faltete die Grundrisse der Musterwohnungen auseinander.
Warum hatte Panitz diese Mappe auf seiner ansonsten leer geräumten Schreibtischplatte liegen lassen? Wollte er den Prospekt mit nach Amsterdam nehmen, ihn Braun zeigen? Aber der hatte geäußert, dass Panitz ihn zu einer Zweitwohnung in einer anderen Stadt überreden wollte.
Noch einmal, und dieses mal sehr gründlich, sah Paula das Material durch. Jetzt entdeckte sie die Kreuze, zwei mit feiner, dünner Feder in den Bauplan eingezeichnete Kreuze, kaum erkennbar, vor und unter dem Haus, in dem sich die Penthousewohnung befand.
Mittlerweile war es nach acht. Irgendwo war Teicherts Visitenkarte, auf deren Rückseite er seine Privatnummer notiert hatte.
Frau Teichert meldete sich. Ihr Mann sei auf Geschäftsreise, bis morgen Abend. Nein, er sei nicht telefonisch erreichbar, er rufe sie gewöhnlich an, sie wolle nicht mit ihrem Anruf in eine Besprechung platzen. Der Name Oshinski war ihr vertraut.
«Rufen Sie doch morgen um diese Zeit an, ich bin sicher, dass er dann zu Hause ist. Ich werde ihm ausrichten, dass er Sie zurückruft, wenn er sich abends noch bei mir meldet.»
Die Frau ist entweder blind und naiv, oder die beiden haben eine besonders vertrauensvolle Beziehung, überlegte Paula. Oder ich urteile aus meiner Situation heraus so.
Sie nahm ihre Kostümjacke, in deren Taschen sie das Wichtigste verstaut hatte. Höchste Zeit, etwas zu essen. Am Lichtschalter

fiel ihr Blick auf das Durcheinander; mochten die Papiere bis morgen so auf dem Sekretär liegen bleiben.
Da war die Assoziation: Sekretär, Schreibtisch, Panitz' Schreibtisch im Büro und Teichert, der davon gesprochen hatte, das Möbelstück in Panitz' Wohnung zu schaffen. Die war mittlerweile leer geräumt, den Schlüssel hatte die Kripo und jetzt vermutlich Monika.
Paula griff erneut zum Telefonhörer, wählte das Immobilienbüro an, ließ es läuten, bis sich der Anrufbeantworter einschaltete. Es musste sich um eine wichtige Reise handeln, wenn bis zum Freitag keine Möglichkeit bestand, Teichert telefonisch zu erreichen. «Wir rufen so bald als möglich zurück», endete die Ansage.
Paula schloss eines der Schubfächer ihres Sekretärs auf und griff nach dem Bund Dietriche. Ihr früherer Partner hatte darauf bestanden, sie in der Kunst des Schlösserknackens zu unterrichten, trotz aller High-Tech-Entwicklung könne man auf diese Fähigkeit nicht verzichten. Zuletzt hatte Paula ihr eigenes Schloss in der alten Wohnung geöffnet, als sie die Schlüssel vergessen hatte. Eine neu eingezogene Nachbarin war dazu gekommen und hatte sich nicht davon abhalten lassen, die Polizei zu rufen.
Früher konnte sie blind jede Tür öffnen. Jetzt würde ein Probelauf nicht schaden. Die Eingangstür bot sich dafür an. Paula sah auf die Uhr. Los.
Dreißig Sekunden, gelernt blieb gelernt.
Einen Moment schwankte sie, ob es nicht ratsamer sei, die U-Bahn zu benutzen statt des eigenen Autos. Sie entschied sich für die bequeme Lösung, würde das Auto weit genug vom Büro entfernt parken.
Also doch wieder die Umhängetasche, alles in der Jacke Verstaute wieder umgeräumt, dazu die Handys, auf Vibration gestellt, und die Dietriche. Sie suchte die Blätter der Werbemappe zusammen und packte sie ebenfalls in die Tasche.
Essen. Im Küchenschrank befanden sich noch Kekse, zwei ver-

schrumpelte Äpfel faulten in einer ausladenden Obstschale vor sich hin. Der Inhalt des Kühlschranks – schnell warf sie die Tür zu. In Zukunft würde sie dieses Ressort übernehmen, nur für Kaffee, Tee, Milch, Zucker und Mineralwasser war überreichlich gesorgt.
Auf dem Weg zum Parkplatz ging Paula in einen Dönerladen, nahm sich zehn Minuten zum Essen, bestellte noch einen Kaffee dazu. Dann überprüfte sie erneut telefonisch Teicherts Büro, wieder sprang der Anrufbeantworter an. Neun Uhr durch. Vermutlich hatten die Arbeiter längst Feierabend, vielleicht waren die Renovierungsarbeiten bereits abgeschlossen.
Paula näherte sich dem Regierungsviertel. Immer wieder regte sie sich auf, wenn sie daran dachte, wie die Insel der Regierenden weiter ausgebaut wurde, mit endlosen Geldströmen in diesem Land, das von allen einen Beitrag zum Sparen verlangte.
Zufahrt der Politiker zur Arbeit mit Limousine, manchmal Hubschrauber, ein Grüner war auf dem Fahrrad zu beobachten. Wohnen auf kleinen Inseln, in Dahlemer Idylle oder draußen, auf einem Seegrundstück im Nirgendwo. Berlin in Stippvisiten erlebt, wohl dosiert, die repräsentative Oper Unter den Linden, ein Restaurant um den Gendarmenmarkt oder, für ganz Abenteuerlustige, in eines der neuen, edlen Restaurants im Prenzlauer Berg, zur Not auch ein Museumsbesuch, meist von Berufs wegen. Ansonsten Berlin hinter Glas, vom Auto aus, in Papiere vertieft, flüchtige Augen-Blicke auf «die Menschen», von leitenden Berufspolitikern gerne so genannt, oder «die Menschen im Land». Bis auch sie wieder zu diesen Menschen wurden, allerdings weich abgefedert durch Aufsichtsratsposten und mit Renten in Aussicht, die ihresgleichen suchten.
Selten klagte eine Berufsgruppe so vehement über die Anforderungen und die schlechte Bezahlung ihres Jobs. Und selten waren dieselben Mitglieder dieser Berufsgruppe so geil darauf, diesen Job zu halten.

Scheiße. Hör auf, dich über diesen Mist aufzuregen, das ist vergeudete Energie, befahl sich Paula.

Als Melissa und Braun nach schweigsamer Fahrt – sie vorne, er hinten, um sich auf das Bevorstehende einzustellen – an dem Platz eintrafen, wo Stunden zuvor auf dem asphaltierten breiten Mittelstreifen gedreht worden war, parkte dort ein weißes Luxusauto. Zwei Männer machten dem Filmteam unmissverständlich klar, dass dies ihr Revier sei und keine anderen Nutten dort stehen durften.
Drehen? Eine Drehgenehmigung? Die Männer lachten.
«Denkt euch wat Besseres aus.»
«Die Drehgenehmigung lässt sich polizeilich nicht durchsetzen», haschnauzte Reimann, der sich mit dem Regisseur beriet. «Wir haben kostbare Zeit verloren mit dieser verpfuschten Tanzerei. Die Genehmigung bezog sich auf heute Vormittag. Wir sollten den Kerlen ein Angebot machen, bevor wir noch mehr Zeit verlieren, das ist die einzige Sprache, die sie verstehen. Schafft Braun außer Sicht, sonst gehen die Tarife ins Utopische, falls ihn die Typen erkennen.»
Das Gefeilsche begann, in kleiner Runde.
Im Hintergrund lief der Kameramann nervös hin und her, es würde in wenigen Minuten zu dunkel werden; das Licht, das Licht.
Drei junge Frauen standen neben dem Auto, auf hohen Absätzen, nacktes Bein in Netz, Body mit hohem Beinausschnitt und Druckknopf im Schritt, Brüste nach oben gepresst, dicke, kurze Jacke darüber, Schminke, gefärbtes Haar oder Perücke, die gewöhnliche Arbeitskleidung. Aber keine der Frauen sprach mehr als zwanzig Worte Deutsch. Einer der Männer ging zu ihnen, scheuchte sie in Aufstellung, hintereinander, das unterstrich die Verhandlungsposition.
Schließlich war man sich einig, ein Bündel Geldscheine wechsel-

te die Besitzer, die Filmcrew musste zusammenlegen, weder der Regisseur noch Reimann trugen genug Bargeld mit sich herum. Geschäftigkeit brach aus. Die Männer befahlen die Frauen auf den Rücksitz, wendeten das Auto und hielten auf dem Seitenstreifen, in Sichtweite.
Reimann nahm Braun zur Seite.
«Das Video muss einschlagen. Vermassel es nicht. Und geh heute früh schlafen, in deinem Alter regeneriert man nicht so schnell. Nimm 'ne Schlaftablette statt Schlafdrinks, du musst frisch aussehen, für die Aufnahmen morgen.»
«Du redest, als wäre meine Karriere im Sinkflug. Wir sind doch gut im Geschäft, denk nur an die Asientournee im Herbst.»
«Interessiert hier niemand. Niemand. Man kann jede zweitklassige Boygroup dorthin schicken, die Asiaten pampern die, als wären sie Stars.»

Kamera in Positur, Brauns Lächeln angeknipst und drehen, drehen, drehen.

Nach vier Anrufen war es so weit. Tamara hatte Becker von den City-Ermittlungen ausfindig gemacht und zu einem Kaffee in der Nähe seiner Detektei überredet. Tamara outete sich mit ihrem Job in der Detektei als Kollegin. Es war nicht schwer, ihm plausibel zu machen, wie vorteilhaft es für ihn sein konnte, einen Draht zu einem künftigen Mitglied der Mordkommission zu knüpfen. Er schluckte selbst den Spruch vom Nachwuchs, der zusammenhalten müsse, er hungerte nach Anerkennung und Gemeinschaft.
Becker war überzeugt davon, dass kein Mitarbeiter der Detektei noch hinter Melissa März herschnüffle, ihr gar nachts zu ihrem Haus gefolgt war. Der Auftrag sei beendet, definitiv. Tamara steckte ihm einen Schein zu, «für die Unkosten». Er versprach, noch einmal ins Büro zu gehen und sich rückzuversichern, dass

sich nichts geändert habe, und für einen zweiten Schein eine Kopie des Abschlussberichts zu ziehen.
Eine halbe Stunde später kam er zurück. Die Kopie der Abschlussrechnung an Reimann lag vor, ebenso der Abschlussbericht, der vor besagter Nacht endete. Definitiv. Er ließ Tamara die Kopie lesen, nahm sie dann wieder an sich.
Der Bericht war oberflächlich, zum Teil gelogen, wie die Geschichte, als Melissa ihn abhängte, die er als Behinderung durch einen Unfall und infolgedessen Verlust der Zielperson darstellte. Als Bonus ihrer kurzen Geschäftsbeziehung ließ er Tamara den Bericht über Panitz überfliegen. Privat unauffällig sei er, beruflich ein engagierter Verkäufer im Immobilienbereich – das Tamaras Kurzfassung des Gelesenen.
Damit verdienen die ihr Geld? Der Junge wird nicht alt in seinem Job, vermutete Tamara und rief Melissa an.

Gladys aß schlechtes Essen, bei schlechter Bedienung, in schlechter Luft.
Sie schob den Teller mit dem in saurer Salattunke ertrunkenen Blattsalat von vorgestern und dem zähen Steak von sich. Sie war in einem Restaurant Unter den Linden, in einem recht teuren Lokal. Hier war man offensichtlich der Meinung, dass die Touristen, die nicht wiederkehrten, mit allem abzuspeisen waren.
Sie würde eine Strichliste anfertigen, anstreichen, wie oft sie einen der folgenden Sätze hörte: Darüber hat sich noch nie jemand beschwert – Das wird aber gern gekauft – Das machen wir immer so – Das geht nicht.
Sie bestellte einen Kaffee, der frisch gebrüht roch, als ihn der Kellner zum Nachbartisch trug. Die Tische waren so eng gestellt, dass man den Gästen rechts und links im Gespräch saß.
Bleib in diesem Haus, hatte er sie beschwichtigt, es wird nicht wieder vorkommen, wir schützen dich. So etwas wie mit diesem Hund wird sich nicht wiederholen.

Sie fühlte sich untauglich für Polizeiarbeit, zurzeit nicht in der Lage, zu taktieren, zu lügen, um eines Zieles willen.
Die Begegnung mit diesen Frauen war nicht vorherzusehen, die spontane Sympathie, besonders für Melissa, hinderte sie, den Job cool durchzuziehen. Es war unfair, Melissa in ihre Angelegenheiten hineinzuziehen. Nur, weil man ihr wehgetan, sie getäuscht hatte, sollte sie das nicht fortsetzen. Sie musste mit Melissa sprechen. Und die Geheimhaltung? Es konnte sie ihren Job kosten. Gladys besaß auch noch den Zweitschlüssel für Tamaras Wohnung. Sie würde ihre Sachen packen und – zumindest für diese Nacht – in ein Hotel ziehen, ein sehr gutes Hotel, auf deren Spesen.
Sie sah ihre Tasse Kaffee auf dem Bartresen kalt werden. Sie stand auf, ging zur Bar und verlangte lautstark die Rechnung für «dieses bescheidene Essen».

Schließlich war Drehschluss, die Zuhälter hatten drei Minuten zugegeben. Reimann drückte Braun den Zeitplan für den nächsten Tag in die Hand, beschwor Melissa, ihn pünktlich zum Dreh abzuliefern, und blieb für weitere Besprechungen beim Regisseur. Melissa brachte Braun zur Limousine. Der Mann war sichtlich erschöpft von dem Druck, dass er dieses Mal, in der kurzen Zeit, die zur Verfügung stand, seinen Part erfüllte. Melissa hielt Braun die Tür zum Rücksitz auf, er ignorierte die Geste, umrundete das Heck und setzte sich auf den Beifahrersitz.
«Hast du noch Zeit?», fragte er, sah dabei aus dem Seitenfenster, das rechte Bein wieder in rasender Bewegung, tak, tak, tak, tak.
Melissa fuhr sanft an.
«Was darf es denn sein? Essen gehen? Clubbesuch?»
Braun winkte ab.
«Wir könnten an dem Song weiterarbeiten, vorher etwas essen, uns Sandwiches kommen lassen.»
Melissa meinte, ihr Magengrummeln per Lautsprecher zu hören.

«Nur, wenn es etwas Warmes gibt, ich will heute nichts Belegtes mehr sehen. Und später ein Taxi für mich, falls es Drinks gibt.»
Sie würde erst mal essen, hoffentlich gut essen. Und ihn dann, sozusagen zum Nachtisch, mit dem Unfall von damals konfrontieren. Erst essen. Melissa sah nur noch warmes, duftendes, würziges Essen vor sich.
«Ducken», sagte Melissa, kurz bevor sie den Gendarmenmarkt erreichten.
Fans, immer wieder, in kleinen und größeren Ansammlungen, aber vor dem Hotel. Noch war Brauns Schlupfwinkel geheim.

Der Butler war ein anderer. Nach einer halben Stunde, in der Braun sich duschte und umzog und Melissa rauchte, wurde das Essen aus der Hotelküche herübergebracht, es roch köstlich.
Melissa aß hastig. Zum Teufel mit Tischmanieren, kleinen mundgerechten Bissen, begleitet von Konversation. Den Teller im Blick, die Gabel in steter Bereitschaft, den Mund wieder zu füllen, bevor er ganz leer war, im Augenwinkel die Warmhalteplatten mit dem Nachschub. Ah, welch ein herrliches Gefühl, in dieser Gewissheit einen Teller zu leeren.
Braun beobachtete sie amüsiert.
«Möchtest du einen Nachtisch?»
Melissa sah ihn an, sein Lächeln, grinste, fiel in sein Lachen ein.
«Ich war halb verhungert.»
«Das war nicht zu übersehen. Entschuldige mich kurz.»
Er entließ den Butler für den Abend und verschwand im Bad.
Melissa zog sich auf die Terrasse zurück, rauchte, trotz der Kühle des Abends, in Ruhe, beobachtete die Besucher, die das Schauspielhaus verließen, einige gingen über den beleuchteten Platz zu dem Hotel mit der geöffneten Bar.
Ein Cognac zum Abschluss für sie? Melissa ging an die Bar, schenkte sich einen Doppelten ein.
Wo blieb Braun?

Dann hörte sie es.
Leises Stöhnen.
Sie ging zur Badtür.
«Tom?»
Das Stöhnen ging weiter.
«Tom? Alles in Ordnung? Ich komme rein.»
Die Tür war nicht abgeschlossen. Braun stand da, mit steifem Schwanz, und masturbierte, die Augen auf Melissa gerichtet.

Das Haus lag im Dunkeln.
Paula hatte ihr Auto auf dem großen Parkplatz vor dem Friedenauer Rathaus abgestellt. Noch einmal den Kontrollanruf ins Büro. Sie spekulierte damit, dass es dort keine Sicherheitsanlagen gab, zumindest solange renoviert wurde, bei ihrem Besuch hatte nichts auf Alarmanlagen hingedeutet. Der Safe in Teicherts Büro, in die Wand eingelassen, wies darauf hin, dass dort wichtige Unterlagen geschützt wurden.
Sie ließ alles außer den Dietrichen und der Spottaschenlampe im Auto, legte den Silberschmuck ab und verstaute ihn in der Umhängetasche im Kofferraum.
Ein Abend in der Woche, ein kühler Abend. Eine Gegend, in der sich keine Kneipen oder Restaurants befanden, für die man aus anderen Kiezen hierherfuhr. Vereinzelt ein Fußgänger in der Seitenstraße, in die sie einbog.
Paula lief ruhig, schaltete aufkommende Zweifel aus – im Auto den Entschluss endgültig gefasst, kam es jetzt darauf an, sich auf den Moment zu konzentrieren, auf das Gehen und auf die unmittelbare Umgebung.
Sie überquerte den Sintenisplatz, ein kleiner Hund bellte das steinerne Reh an, dem eine Frau Grasbüschel vor den zur Erde geneigten Kopf legte.
Paula wechselte die Straßenseite, verlangsamte die Schritte, lief am Haus mit dem Büro vorbei.

Das Haus lag im Dunkeln.
Das Nachbarhaus rechter Hand ebenso. Linker Hand schien Licht durch die Lamellen der heruntergelassenen Jalousie.
Noch ein paar Schritte, dann überquerte sie die Sackgasse und ging auf der anderen Seite zurück.
Das Gartentor war abgeschlossen, der Zaun niedrig genug, um ihn mühelos zu überwinden. Leise schlich Paula rechts am Haus vorbei, zur Rückseite. Kein Licht. Aber eine Tür zum Garten mit normalem Sicherheitsschloss, das kein Problem für sie darstellte. Paula zog feine Lederhandschuhe aus der Hosentasche, arbeitete rasch und blieb aufmerksam für Geräusche, sah sich noch einmal um, als die Tür aufging.
Für Momente verharrte sie. Dann betrat sie das Haus, zog die Tür hinter sich zu. Nicht länger als fünf Minuten, versprach sie sich, sah auf die Uhr und leuchtete sich durch den Flur. Hier wurde noch renoviert, Abdeckfolie auf dem Teppichboden, darauf Brocken der alten Deckenfarbe, die heruntergekommen waren; Schuhabdrücke wären unvermeidlich. Sie zog sie aus, steckte die Slipper rechts und links in den Hosenbund. Weiter. Dort war die Tür zu Teicherts Büro. Dann das Zimmer der Sekretärin, Paula warf nur einen flüchtigen Blick in den frisch gestrichenen Raum.
Panitz' Büro befand sich daneben, es war vermutlich sein Refugium gewesen, denn es stand nur ein Ungetüm von altmodischem Schreibtisch darin.
Schubladen und Schubfächer waren nicht abgeschlossen, waren ausgeräumt, leer. Paula kniete sich davor, betastete Seiten und Unterseiten der Fächer. Nichts.
Sie stand auf, überlegte einen Moment, untersuchte die Breite der mittleren Schublade und die innere Wand der Seitenfächer. Dann zog Paula die mittlere Schublade heraus. Rechts und links der Scharniere war freier Stauraum, wie im Gläserschrank der Tante, dort die Schublade in der Mitte und im Versteck kleine

Flachmänner; als Kind hatte sie die Tante heimlich beobachtet. Hier, in Panitz' Schreibtisch, waren Tabletten versteckt. Tabletten, Zäpfchen, Tropfen. Verschreibungspflichtige Medikamente, wie Paula auf den ersten Blick feststellte. Sie steckte wahllos zwei Packungen und eine Flasche ein, beließ das Übrige, wo es war, und schob die Lade zurück. Ein Blick auf die Uhr. Raus hier.
Rasch zur Hintertür, die Taschenlampe ausschalten, die Socken abgewischt, die Schuhe an, die Tür von außen verschließen.
Sie huschte zum Vorgarten, niemand war auf der Straße zu sehen. Sie überquerte den Zaun, geschützt durch immergrünes Gebüsch, und schon war sie auf dem Rückweg zum Auto.
Panitz war ein Medikamenten-Junkie. Oder ein Tabletten-Dealer. Oder beides.

«Klappt diese Tour bei anderen Frauen?»
Melissa warf die Badtür zu und suchte den Garderobenschrank, in den der Butler ihre Jacke gehängt hatte. Einbauschränke im Flur, im ersten Schuhe, nein, ein Herrenschuhladen.
«Warte, Melissa.»
Abgekühlt, wie die flache Ausbuchtung der Hose zeigte, wohin Melissa unwillkürlich sah, stand Braun vor ihr.
«Ich kann doch nirgends hingehen, werde überall erkannt. Das war doch nicht geplant, mich haben die Mädels vorhin aufgeheizt.»
Melissa wusste nicht, was sie mehr aufregte, seine widerliche Eitelkeit oder das Kreiseln um sich selbst, worin sie als Person nicht existierte, nur als Objekt.
«Eine ausländische Nutte ist doch für dich genau das Richtige, möglichst illegal im Land, die kennt dich nicht, kann nichts ausposaunen.»
Braun zupfte sich am Kinn, sah auf den Boden.
«Du bist ein Baby, Tom.»

«Diplomatie ist nicht deine starke Seite.»
«Geilt dich Dominanz auf? Hatte Panitz die Position desjenigen, der Klartext mit dir redet?»
Braun ging nur auf das ein, was Melissa über Panitz sagte, das er auf seine Art interpretierte: «Panitz war doch nicht schwul, hast du eine Ahnung. Wir waren Freunde.»
«Wofür hast du den Freund all die Jahre bezahlt? Erzähl mir nicht, dass es der Ausgleich für die Songrechte und das entgangene Gemageld war, so viel hast du in den frühen Jahren nicht kassiert. Wichsen vor Fremden. Du lässt kein Klischee aus, was? Sex, Drugs and Crime? Der Rock 'n' Roll ist in deinem Leben längst auf der Strecke geblieben.»
Während sie die letzten Worte sprach, wusste sie schon, dass es falsch war, fürchterlich daneben; sie hätte ihm im Badezimmer besser zwischen die Beine getreten anstatt ihre Wut jetzt so herauszulassen.
Aber – er stand noch immer vor ihr. Die Finger waren in Bewegung, unhörbarer Trommelwirbel auf dem Oberschenkel.
«Wollen wir was trinken?», fragte Braun lächelnd, als habe er sie gerade erst kennen gelernt.
Melissa, die ihre Jacke endlich fand, drehte sich zu ihm.
Der Kerl war verrückt.
Seine Mundwinkel zuckten. Melissa brach in Gelächter aus, in das er einstimmte.

Im Auto zog Paula die Strümpfe aus und packte sie in eine Tüte, die Schuhe würde sie später vorsichtshalber auch entsorgen. Sie holte die Umhängetasche aus dem Kofferraum, zog den Schmuck an. Sie fühlte sich großartig, hatte keinerlei Schuldgefühle. Aber sie würde vorläufig die Herkunft der Medikamente verschweigen.
Sie war nicht mehr weit entfernt von ihrem Büro, als eines der Handys, wieder umgestellt, klingelte.

«Ist da Paula Oshinski? Ja? Ich bin's, die Frau vom Hotel. Sie haben mich doch gebeten, auf Frau Braun aufzupassen. Kommen Sie schnell. Sie steht auf dem Hotelbalkon und will runterspringen.»
«Ich bin schon unterwegs. Es wird aber noch etwa zehn Minuten dauern. Reden Sie mit ihr, ganz ruhig, ich bleibe am Telefon, höre mit.»
Paula trat das Gaspedal durch.

Sie tranken, Braun hastig, Melissa bedächtig. Sie setzte sich schließlich auf eine der Couchen, er lief in der Wohnhalle umher. Melissa nutzte das Schweigen, um sich zu überlegen, wie sie vorgehen sollte.
Mittlerweile waren alle aus dem Büro mit Recherchen zu diesem Mordfall beschäftigt. Man ruinierte ihren Ruf. Aufträge wurden gestrichen, und ihre Reserven waren nicht endlos. Und da stand dieser Trottel im Badezimmer und belästigte sie mit seinem Schwanz.
«1977 ist das Jahr, in dem Panitz und du aus eurem Dorf weggezogen seid.»
Braun stoppte abrupt seinen Dauerlauf.
«Kurz vor eurem Umzug ist ein schwangeres Mädchen angefahren worden, das deine Freundin gewesen sein soll und das am Unfallort gestorben ist.»
Braun ging zum Barwagen, mixte sich einen Drink, er hatte schon welche zum Essen gehabt.
«Rede schon, sonst hau ich ab.»
«Lilli war meine Freundin, nicht die andere. An dem Abend war ich bei Panitz. Ich hatte also sogar ein Alibi. Es war ein schrecklicher Unfall, der Ort war in Aufruhr. Für uns war es der letzte Anstoß, um abzuhauen. Wir wollten raus, schon seit zwei Jahren. Panitz und ich waren Freunde, von Kind an, haben uns immer unterstützt. Das hab ich auch gemacht, als er später nach

Berlin abhauen musste. Natürlich war es auch ein Ausgleich für die Songs, die wir zusammen in der Garage entwickelt haben und die ich, als er in Berlin wohnte, auf die erste Platte genommen habe. Einer ist ein Hit geworden. Damals war die erste Platte noch was Besonderes, heute kann jede Erna eine CD im Wohnzimmer aufnehmen. Es gab auch steuerliche Gründe, warum wir es unter anderem Namen abwickelten und um meinen Namen zu schützen, du siehst doch, zu welchen Verdächtigungen so was führen kann. Schmitt ist Lillis Geburtsname und Jon ihr zweiter Vorname.»

Er saß Melissa gegenüber, trank in großen Schlucken. Sie war bei Cognac geblieben.

«Lillis Erzeuger war ein Tunnelbau-Ingenieur, den sie für kurze Zeit in die Gegend geholt hatten, er war Fachmann für Eisenbahntunnel und verschwand anschließend, ließ nur den Namen zurück, Jon.»

«Und das Mädchen für diesen Vornamen. Deine Frau erzählt, dass deine Mutter dich nach dem Umzug unterstützt hat?»

«Hast wohl mein Leben ausspioniert. Das Geld ging in die Anlage, Verstärker, bessere Instrumente.» Er trank zu schnell. «Es reicht jetzt mit den alten Geschichten. Sieh mal, was Reimann für morgen arrangiert hat.»

Er zog ein verknittertes Papier aus der Hosentasche, glättete es.

«Hier. Mein Plan für den Morgen: Fitnesstrainer, Kosmetiker, Friseur, dann eine Stylingberaterin für das, was ich morgen anziehe.»

Melissa ließ sich nicht auf das Ablenkungsmanöver ein.

«Man sagt, das Mädchen hätte gerettet werden können, wenn man ihr geholfen, sie sofort in ein Krankenhaus gebracht hätte.»

Braun stand auf, eierte zur Bar und kippte eine ordentliche Portion Rum zu dem Rest im Glas. Er hatte jetzt schon den Gang eines Mannes, der zu viel getrunken hat und bemüht war, es zu verbergen.

Melissa schwenkte auf eine andere Frage um, die sie beschäftigte: «Sag mal, nach einem Gesichtsliften braucht man doch mehr als zehn Tage, um wieder vorzeigbar zu werden?»
«Ich hab mir in Amsterdam nur die Falten unterspritzen lassen, das wirkt natürlicher.»
«Dann gab es höchstens alte OP-Narben und damit keinen Grund, im Haus der Kulturen den Friseur und die Visagistin aus der Garderobe zu schicken.»
«Versteh ich nicht. Was meinst'n damit?»
Braun hatte eindeutig zu viel getrunken. Von Singen, von Üben war längst nicht mehr die Rede.
«Du hast gesagt, dass du die beiden kurz vor dem Mord weggeschickt hast, damit sie deine frischen Narben vom Liften nicht sehen. Schon vergessen?»
Braun nahm einen Schluck vom Selbstgemixten.
«Ich musste nochmal», grinste er.
«Du hattest nebenan ein Privatbad.»
«Eben.»
Was meinte der Kerl damit?
«Privat», nuschelte Braun. «Das war der Haken.»
Also ging er ins öffentlich zugängliche Klo, um zu onanieren, aufgeputscht von der Vorstellung, gehört zu werden? Sucht nach und Furcht vor Öffentlichkeit? Wie weit ging dieses Verlangen, und wann bremste ihn die Angst vor dem Ertapptwerden? Bei ihr schien er sich sicher zu fühlen, aber das war ein zweifelhaftes Kompliment.
Ach, und jetzt heulte er, rief nach Panitz und einem weiteren Drink, wenn sie das Gebrabbel richtig verstand.
Telefongeklingel. Braun durchsuchte tapsig seine Hosentaschen.
«Es ist mein Handy», sagte Melissa, die ihren Klingelton erkannte.
Er fummelte immer noch in der Hosentasche. Ging das jetzt weiter mit der Schwanzarie?

«Ja, Paula?»

«Wo bist du, Melissa?»

«Bei Braun.»

«Gott sei Dank. Bring ihn ans Telefon. Lilli droht mit Selbstmord. Sie will mit ihm reden.»

SIEBEN

Um Himmels willen: Was war das?
Einen Moment lang blieb er stehen, schloss die Augen. Sah wieder die Grenzanlagen vor sich, die Soldaten, den Wachturm.
Und jetzt? Eine Ansammlung von mittleren Hochhäusern, ein Viertel, neu aus dem Boden gestampft, Shopping und Business, Autos und Menschenmengen.
Er sah auf seinen Zettel, auf den er eine Skizze gezeichnet, den Weg zum Café, wie ihm am Telefon beschrieben worden.
Das Beobachten der Umgebung, unauffälliges Sondieren des Terrains, war ihm noch im Blut. Nur keine abrupten Bewegungen, die eigene Körpersprache kontrollieren.
Noch einmal einen Blick auf das Foto, per Handy an ihn geschickt; unnötig eigentlich, er sah das Gesicht schon im Traum vor sich. Sie würde mehr Mühe haben, ihn zu erkennen. Sein Haar gekürzt und gefärbt, außerdem hatte er an Gewicht verloren in den letzten Wochen.
Er ließ sich von einer Touristengruppe aufnehmen, lief in ihrem Schutz bis zum Filmmuseum und öffnete die Tür zum Café daneben.
Er wählte einen Tisch in der Nähe des Eingangs, bestellte einen Kaffee und einen doppelten Cognac.
Er ließ das Jackett an. Das Geld trug er, wie verlangt, in kleinen Scheinen in einem Briefumschlag, in der Innentasche der Jacke.
Der Mann, auf den er wartete, war pünktlich, entdeckte sofort die Baseballkappe, die er neben den Kaffee gelegt hatte. Sie sahen sich für Momente in die Augen. Der Mann ging zu den Toiletten.
Nach genau dreißig Sekunden, die zäh verstrichen, folgte er dem Mann.
Der Waschraum war leer. Die erste Toilettentür rechter Hand

war geschlossen, aber nicht verriegelt. Er öffnete die Tür, hielt den Umschlag hinein, der ihm abgenommen wurde. Er ging zu einem der Waschbecken, ließ Wasser laufen, zog die Jacke aus, knüllte sie auf die Ablage vor dem Spiegel.
Der Mann kam aus der Toilette, stellte sich neben ihn. Eine schnelle Handbewegung, und eine Waffe verschwand unter der Jacke. Der Mann verließ den Waschraum.
Als er ihm dreißig Sekunden später folgte, war der Mann verschwunden. Die Waffe beulte die Innentasche des Jacketts.
Er ging zu seinem Tisch, trank den Cognac ex, sah auf die Rechnung, legte einen Schein neben die Tasse Kaffee, die er stehen ließ, und verließ das Restaurant.
Jetzt konnte er seinen Vorrat auffüllen. Jetzt, mit der Waffe, war er gerüstet.

Schon von weitem sah Paula, dass die Hotelfassade nicht erleuchtet war. Nicht ein Taxi vor dem Eingang. Feuerwehrmänner hielten ein Sprungtuch ausgebreitet auf dem Bürgersteig, eng an die Hotelfassade. Über ihnen, im dritten Stock, ahnte man die Gestalt Lillis, die beinahe mit dem Schatten der seitlichen Balkonwand verschmolz. Das Hotel wurde weiträumig abgesperrt.
Kostbare Minuten verstrichen, bis der Einsatzleiter Paula als die Person akzeptierte, die Lilli Braun betreut hatte, den Ehemann kannte und mit ihr sprechen, sie bewegen wollte, von ihrem Vorhaben abzulassen. Paula stieg aus, redete auf den Mann ein, ein großer Kerl in Uniform und mit Helm, der unwillkürlich vor der kleinen Person zurückwich, die eine Energie ausstrahlte, die unwiderstehlich war, das Gesicht ganz Augen. Er geleitete die Frau, ohne es vorgehabt zu haben, zum Hoteleingang; sie schien zu glühen.

«Also, wie steht es? Schnell.»
«Sie ist immer noch auf dem Balkon.»
«Das weiß ich. Weiter.»
Paula lief zielstrebig durch das Foyer auf eine offene Fahrstuhltür zu.
«Ich bin jetzt im Hotel», sagte sie ins Handy.
«Sie hat verlangt, dass die Lichter an der Hotelfassade gelöscht werden, dass niemand ihr nahe kommt. Sie akzeptiert nur diese Hotelangestellte, die aber drinnen, im Zimmer bleiben muss und Frau Brauns Wünsche in den Flur weitergibt. Sie weigert sich, mit uns direkt zu sprechen, geht auch nicht ans Telefon.»
«Dritter Stock», sagte Paula zum Liftboy. «Lassen Sie diesen Aufzug bitte oben, falls wir etwas brauchen.»
Der Junge nickte, mit unbewegter Miene.
«Ist ein Sprung aus dieser Höhe tödlich?», fragte Paula den Einsatzleiter, als sie auf den Flur traten.
«Kommt darauf an, wie sie springt, beziehungsweise wie sie aufkommt. Unser Sprungtuch ist gespannt. Wir könnten auch durch ein Kommando, auf dem Dach postiert, einen Mann abseilen. Wir haben die Gäste gebeten, die Fenster geschlossen zu halten. Die Hotelleitung will natürlich kein Risiko eingehen», sagte der Mann, korrigierte sich sofort. «Niemand will natürlich riskieren, dass die Frau sich verletzt.»
Dritter Stock. Wollte Lilli sich wirklich umbringen, war das ihre ernst zu nehmende Absicht? Oder wollte sie auf diese Weise nur Aufmerksamkeit erzwingen? Hatte sie aus einer momentanen Eingebung heraus gehandelt? War sie wieder betrunken? Was immer ihre Beweggründe sein mochten, man musste vom Schlimmsten ausgehen.
«Das Stubenmädchen wollte wieder nach ihr sehen. Die Frau schlief nicht mehr, stand auf dem Balkon und schrie los, als die Angestellte das Zimmer betrat.»
«Sorgen Sie dafür, dass niemand das Zimmer betritt, anruft oder

Fassadenkletterei betreibt. Und halten Sie uns die Presse vom Leib. Bloß keine Blitzlichter draußen oder Hubschrauber mit Kameras.»
«Versprochen, soweit wir das kontrollieren können. Aber beeilen Sie sich. Ich weiß, dass das nicht nur von Ihnen abhängt, aber ich kann nicht abschätzen, wie lange ich die verschiedenen Interessenlagen im Zaum halten, ich meine, zur Zurückhaltung bewegen kann. Die Tür ist nur angelehnt. Viel Glück.»
Paula schob vorsichtig die Tür zur Suite auf, die im Dunkeln lag, einen schmalen Spalt zunächst, um Lilli nicht durch plötzlichen Lichteinfall zu beunruhigen.
«Hören Sie? Kommen Sie zur Tür, ganz ruhig», wies Paula mit leiser Stimme die Frau an.
Eine ältere Frau kam ihr aus dem Dunkeln des Zimmers entgegen, nickte ihr zu. Paula schloss die Tür und schob sich vorsichtig in Richtung Balkon, Schritt für Schritt, die Arme tastend ausgestreckt, um nirgends anzustoßen. Allmählich gewöhnten sich die Augen an das Dämmerlicht. Der beleuchtete Dom auf dem Platz spendete genug Licht, um die Gestalt der Frau zu sehen.
Lilli lehnte jetzt am hüfthohen Geländer, ein Gitter aus Eisenstäben, und wandte Paula den Rücken zu. Auf dem Boden ein gepolsterter Fußschemel.
Paula näherte sich der Balkontür, war etwa zwei Meter von Lilli entfernt, als die sich plötzlich umdrehte.
«Wer ist da?»
Sie stieg sofort auf den Hocker.
«Bleiben Sie, wo Sie sind.»
Die Stimme klang schrill, drohte zu kippen.
«Ich bin es. Paula. Paula Oshinski. Wir haben heute zusammen Kaffee getrunken. Ich bin da, um zu helfen, Lilli. Wir werden alles in Ordnung bringen, was immer es ist. Bleiben Sie ruhig, Lilli. Ruhig. Ich komme nicht näher, versprochen. Aber kommen Sie runter von dem Stuhl da.»

«Stehen bleiben.»
«Ja. Ich stehe noch am selben Platz, Lilli, ich bewege mich nicht. Lass uns miteinander reden.»
«Ich will mit Tom sprechen.»
«Ich werde ihn ausfindig machen, ihn ans Telefon holen. Setz dich doch solange.»
Lilli zögerte, ging in die Knie, hockte sich mit angezogenen Beinen auf das gepolsterte Möbel.
Paula drückte Melissas Handynummer.
«Ja, Paula?»
«Wo bist du, Melissa?»
«Bei Braun.»
«Gott sei Dank. Bring ihn ans Telefon. Lilli droht mit Selbstmord. Sie will mit ihm reden.»
Paula flüsterte die letzten Sätze.
«Braun ist betrunken, der redet womöglich wirres Zeug.»
«Versetz ihm einen Schock, der ihn nüchtern macht. Erklär ihm die Situation. Bleib in der Leitung.» Und zu Lilli: «Dein Mann schläft schon. Es wird einen Moment dauern, ihn ans Telefon zu holen, er hat eine Schlaftablette genommen. Lass uns solange miteinander reden, Lilli. Sag mal, ist dir nicht kalt? Du musst doch frieren, du hast nur dieses dünne Nachtzeug an, trägst keine Schuhe. Soll ich dir was bringen?»
«Ich will Tom sprechen», wiederholte Lilli, die auf den Boden starrte und wie festgefroren auf dem Hocker kauerte. «Ich will ihm alles sagen. Ich wollte das nicht. Ich wusste mir einfach nicht anders zu helfen. Ich hab das nicht geplant, es ist einfach passiert.»
Paula schätzte die Chance ein, die Frau mit einem Hechtsprung zu schnappen. Aber der Abstand war zu groß. Das, was sie eben gehört hatte, glich dem Anfang eines Geständnisses.
«Was ist passiert, Lilli?»
Paula suchte Lillis Blick, die sah unverwandt zu Boden.

«Was ist geschehen, Lilli, was willst du Tom erzählen, vielleicht kann ich dir helfen.»
«Ich wollte es nicht, ich hab es nicht geplant.»
«Was hast du nicht geplant?»
«Tom. Wo ist Tom, er muss es wissen, das wird er mir nie verzeihen. Oh Gott, Tom.»
«Er ist sicher gleich …»
«Paula», tönte es aus dem Handy, das Paula am Ohr gehalten hatte. «Ich hab seinen Kopf unter Wasser gehalten und ihn instruiert. Bete, dass er richtig tickt.»
Paula zögerte, ob sie nachhaken sollte, insistieren, aber dann überwogen Mitleid und die Furcht davor, dass Lilli, in einer Art Kurzschluss, springen würde.
«Lilli. Dein Mann ist jetzt am Telefon.»
Langsam machte Paula einen Schritt auf Lilli zu.
«Stehen bleiben. Leg es auf den Boden. Geh zurück.»
Paula legte das Handy auf den Boden, wich einen kleinen Schritt zurück.
«Weiter. Du sollst zurückgehen.»
Die letzten Worte schrie Lilli. Paula ging sofort drei Schritte rückwärts. Lilli sprang vom Hocker, schnappte sich das Gerät und zog sich damit ans Geländer zurück.
Paula behielt sie im Auge, überlegte krampfhaft, was sie tun oder sagen konnte, bevor die Einsatzleitung oder die Hotelleitung die Geduld verloren und eingriffen.
Sie verstand nur einzelne, belanglose Worte. Er redete. Lilli weinte.
Was nach dem Telefonat? Sie musste Lilli wieder in ein Gespräch verwickeln. Es waren Klischeesätze, beruhigend, kindlich, in der Art alles – wird – gut. Noch hatten die Worte bewirkt, dass Lilli sich nichts angetan hatte.
«Glaub ich nicht», verstand Paula. Lilli sprach jetzt lauter.
Und: «… schon mal gesagt.»

Und: «Scheiden lassen?»
Lilli schrie auf, warf das Handy über das Geländer, schwang ein Bein hinauf, aber da war Paula bei ihr, packte sie, riss sie herum.
Lilli fand sehr schnell ihr Gleichgewicht wieder. Sie kämpfte verbissen, mit einer Kraft, die Paula überraschte, sie boxte, griff ihr an die Kehle, trat ihr ans Schienbein.
Ein Suchscheinwerfer glitt über die Fassade, fing die beiden Frauen ein, gefährlich nahe am Geländer. Lilli drückte sie gegen die eiserne Querstange. Paula schrie, sie spürte, dass sie nach hinten kippte, das Gleichgewicht verlor, fiel.

Der Aufprall kam unerwartet schnell und war hart.
«Alles in Ordnung?», fragte jemand.
Vorsichtig ließ man das Sprungtuch auf den Boden. Paula blieb wie betäubt liegen. Dann kam die Reaktion. Herzrasen, schneller Atem. Dann der Schmerz, am linken Arm. Und dann war da Melissa, die die Umstehenden zur Seite drängte und ihr vorsichtig aufhalf.
«Ist Lilli ...?» Die Stimme gehorchte ihr nicht, sie räusperte sich.
«Lilli ist in ärztlicher Obhut», sagte der Einsatzleiter.
«Du wirst jetzt ins Krankenhaus gebracht, wir lassen dich untersuchen, keine Widerrede, ich fahre mit.»
Und da waren schon die Männer mit der Tragbahre, hoben Paula hoch, übergingen ihren schwachen Protest. Melissa setzte durch, dass sie hinten mit Paula mitfahren durfte, ihre Hand halten konnte, was Paula dankbar zuließ.

In der Charité, dem nahe gelegenen Krankenhauskomplex, übernahm Melissa das Kommando. Sie hasste und fürchtete Kliniken und überdeckte diese Gefühle mit Aktionismus. Sie, die sich sonst gerne im Hintergrund hielt, drang nun darauf, dass Paula zügig untersucht wurde, sprach Schwestern an, holte einen Arzt, blieb an ihrer Seite, ließ sich nur aus dem Röntgenraum schicken.

Nun lag Paula auf einem fahrbaren Bett im Flur, Melissa stand bei ihr, sie warteten auf die Untersuchungsergebnisse.

«Was ist mit Lilli?»

«Das weiß ich noch nicht. Ich hab Reimann an Brauns Seite beordert, der war noch beim Regisseur. Paula, das ist jetzt unwichtig, Reimann kümmert sich um die Brauns und wird mir Bescheid sagen, wie es steht. Mach die Augen zu, kümmere dich um dich selbst.»

Melissa strich Paula sanft über die Stirn. Kratzspuren und sogar eine Bisswunde auf der Schulter, die Seidenbluse zerrissen, das Gesicht blass, die Wangen wirkten eingefallen.

Ein Mann taumelte vorbei, aus einer Wunde am Kopf blutend, eine Schwester rannte hinter ihm her, ein Pfleger kam ihr zu Hilfe.

«Nun werden wir Ihnen einen hübschen Armschutz verpassen, mit dem können Sie in Zukunft noch besser kämpfen als heute», sagte der junge Arzt fröhlich und hielt Röntgenaufnahmen gegen das grelle Flurlicht.

«Arschloch», knurrte Melissa.

«Wie bitte?»

Paula drückte Melissas Hand.

«Auch noch, hab ich gesagt», gab Melissa widerwillig zurück.

«Fraktur am linken Handgelenk, ansonsten nur Schürfwunden, die Bisswunde werden wir verarzten, Tetanus wann zuletzt? Wir werden Sie über Nacht hier behalten, um sicher zu gehen, dass Sie keine Gehirnerschütterung haben. Man wird sich gleich Ihres Arms annehmen und Sie dann in ein Zimmer bringen, wo Sie etwas zum Schlafen haben können. Keine Kopfschmerzen, nein? Vorläufig bleiben Sie liegen, fest liegen.»

Und schon eilte er davon.

Paula drückte noch einmal Melissas Hand, mit der gesunden,

der rechten. Ein stummes Zwiegespräch entspann sich, bis Melissa schließlich den Blick abwendete.
«Na schön. Ich kann dich verstehen, nur zu gut, würde es genauso machen. Ich helf dir unter einer Bedingung. Ich werde Tamara anrufen, die wird dein Auto abholen, das der Einsatzleiter gesichert hat, dann bringen wir dich nach Hause. Ich werde bei dir übernachten, und du wirst ohne Diskussion tun, was ich sage, vor allem liegen bleiben. Bei der geringsten Unsicherheit schaff ich dich wieder ins Krankenhaus, und wehe dir, du lügst mich an, was Kopfschmerzen oder Ähnliches betrifft.»
Paula brachte so etwas wie ein Lächeln zustande und schloss erschöpft die Augen.

Gegen ärztlichen Rat, mit Beruhigungs- und Schlaftablette versorgt und mit einem schneeweißen Gipsverband, ließ Paula sich in einem Rollstuhl ins Freie fahren.
Draußen wartete Tamara in Paulas Auto. Sie hatte die Rücksitze mit der eigenen Steppdecke und Kissen ausgepolstert und half es Paula darauf bequem zu machen.
Tamara fuhr, ruhig, sicher, bremste behutsam, fuhr langsam an und plagte niemand mit Fragen, nachdem ihr Melissa das Wichtigste zum Gesundheitszustand Paulas zusammengefasst hatte. Über die Umstände, die dazu geführt hatten, die Ereignisse des Abends, soweit Melissa sie überblickte, hatte sie Tamara zuvor am Telefon informiert.
Gegen drei Uhr waren sie vor Paulas Haus am Wannsee.

Paula schlief neun Stunden, neun Stunden ununterbrochenen Schlafs.
Tamara war nach Hause gefahren, und Melissa hatte sich im Wohnzimmer auf einer Isomatte fünf Stunden Schlaf abgequält; sie wanderte nun, mit einem Becher Kaffee, durch die unteren Räume.

Welch ein Haus! Ein großzügiger Eingangsbereich mit geschwungener Treppe nach oben, zu einer Art Galerie, von der die Zimmer abgingen, wie unten, die untereinander mit Türen verbunden waren.
Das Haus rundum von Rasen umgeben und Hecken begrenzt, die den Zaun weitgehend verbargen. Der Rasen, der eher einer Wiese glich, mit Löwenzahn und Gänseblümchen, war schon lange nicht mehr gemäht worden.
Über die Terrasse, noch ohne Möbel, ging Melissa zurück ins Wohnzimmer, mit geblümten Tapeten, auf denen noch die Umrisse der Bilder, die zuvor dort hingen, zu sehen waren. Der Raum hatte eher die Ausmaße einer Halle, Melissas gesamtes Haus fände hier Platz. Rechts schlossen sich eine altmodische Küche und ein Gästebad an. Links die Bibliothek; eine Menge Regalbretter waren in Wandnischen eingelassen, auf einem Orientteppich lag ein einzelnes, festes Sitzkissen.
Der untere Bereich war kaum eingerichtet, nur ein langer Tisch zur Küche hin, auf dem Computer, Bücher, Papiere und benutzte Gläser standen.
Paulas Schlafzimmer darüber war eingerichtet: ein Podest, worauf ein breiter, dicker Futon lag, Kissen en masse, flache Regale mit Büchern, Kerzen, in den Farben Gold und Rot. Farben wie die Kaiser von China, bemerkte Tamara.
Paula widersprach nicht, ließ alle Anmerkungen zum Haus unkommentiert. Sie verzog das Gesicht, als Melissa und Tamara sie zu Bett brachten, aber nicht, weil sie Schmerzen hatte, sondern weil dies ihr eigenster, vertraulicher Raum war, den auch Ehlers nicht betreten hatte; einen Raum für sich persönlich war Paulas Begriff von Luxus, und das große Haus bot genügend andere Möglichkeiten, Freunde und Liebhaber zu empfangen.
Sie ließ sich gehorsam beim Ausziehen helfen, um die Frauen schnell loszuwerden, verzichtete auf die gewohnte Dusche vor dem Schlaf, auch ein geliebtes Ritual, und schlief vor Erschöp-

fung ein, bevor sie noch Zeit hatte, die Bilder des Tages vorbeiziehen zu lassen.

Es war beinahe neun. Melissa suchte und fand Paulas Telefon unter Zeitungen auf dem Esstisch. Als Erstes wählte sie Reimanns Handynummer und, als sie auf der Mailbox landete, ließ sie sich von der Hotelrezeption mit seinem Zimmer verbinden.
«Lassen Sie es klingeln, bis er sich meldet, er erwartet meinen Anruf», log sie.
Reimann war mehr als ungnädig.
«Was soll das, ich bin erst sehr spät ins Bett gekommen.»
«Wer nicht? Sie wollten mich angerufen haben, dann wäre dieser Anruf nicht nötig. Was denken Sie, was heute los ist, meinen Sie nicht auch, ich sollte Bescheid wissen, bevor mich jemand von der Presse in die Finger bekommt?»
Reimann räusperte sich in die Telefonmuschel – von wegen ab und zu rauchen. «Okay. Lilli hat einen Nervenzusammenbruch. Die offizielle Version ist Erschöpfung und momentane Orientierungslosigkeit aufgrund einer Fehlgeburt.»
«Den Scheiß glaubt doch niemand.»
«Egal, Hauptsache, wir bleiben alle bei dieser Erklärung. Sie erholt sich in einer Klinik, dort wird sie psychiatrisch betreut. Letzteres ist vertraulich, versteht sich. Der Videodreh ist auf morgen verlegt. Tom kümmert sich um seine Frau.»
«Ist er wirklich dort?»
«Selbstverständlich. Du hast tagsüber frei, lass uns gegen Abend nochmal telefonieren. Also bis dann.»
«Meine Kollegin hat sich bei dem Sturz den Arm gebrochen», sagte Melissa schnell, bevor Reimann auflegte.
«Was? Oh Gott, das tut mir Leid, ich wollte selbstverständlich nach ihr fragen, aber dieses Chaos, diese Müdigkeit. Sie wird doch keine Anzeige erstatten, Schadensersatz verlangen, ich meine, den Verdienstausfall übernehmen die Brauns sicher.»

«Über die Höhe unserer Rechnung verhandle ich nicht mit anderen Beschäftigten. In welcher Klinik ist Lilli Braun? Oder muss ich die Presse fragen?»
«Du bist ja hart heute Morgen, war wohl etwas viel für uns alle, in den letzten Tagen, ich nehme das nicht übel. Waldseeklinik, irgendwo in Zehlendorf, unter dem Namen Lisbeth Becker, die gleichen Initialien.»

Paula schlief noch, ruhig und tief, wie es schien, das Gesicht entspannt, den linken, bandagierten Arm auf ein Kissen neben den Körper gelegt. Leise schlich Melissa aus dem Zimmer.

Tamara war auch schon wach und versprach, mit Lebensmitteln vorbeizukommen, zuvor im Büro den Anrufbeantworter abzuhören, E-Mails zu lesen und nach der Post zu sehen.
«Sei vorsichtig, du weißt schon, Presse, TV, dürfte aber kein Problem sein, dich haben sie noch nicht uns zugeordnet.»
«Das war unnötig.»
«Kommt nicht wieder vor.»
Tamara lachte.
«Ich mache meinen Mund auf, wenn du mich wieder belehrst. Sag mal, schläft Gladys bei dir? Sie hat ihre Sachen abgeholt, meinen Schlüssel neben einen Zettel gelegt, danke und sie melde sich wieder.»
«Sie ist 'ne erwachsene Frau, Tamara, wir haben im Moment andere Sorgen.»

Melissa schenkte sich Kaffee nach. Sie erkannte einiges an Paulas Geschirr wieder. Und hier steckte auch ein Foto ihres Sohnes am Küchenschrank. Paula rechnete vorläufig nicht mehr mit seiner Rückkehr aus den USA, wo er studierte und bei seinem Vater lebte, seit er siebzehn war, nach glänzendem Abitur, wofür er seine Mutter bat, ihm seinen Vater ausfindig zu machen, der auch ihn kennen lernen wollte, Freude hatte am Ehrgeiz des Jungen, der entschlossen war, das Juraexamen an einer der renommiertesten Universitäten der Ostküste abzulegen. Mit Hilfe des Vaters, eines angesehenen Geschäftsmannes, der gute Beziehungen zur Universitätsleitung unterhielt, wurde er angenommen.

Das Foto zeigte ihn als zehnjährigen Jungen, etwa halb so alt wie jetzt, ein schmächtiges Kerlchen mit Paulas großen Augen.

Was tun, bis Paula aufwachte und Tamara einträfe?

Melissa legte sich wieder auf die Matte.

Sie brauchten ein Info für die neue Band, und Melissa hatte ihren Part noch nicht zusammengestellt.

Zum Leben nach der Wende gehörte es, die eigenen Vorzüge, Fähigkeiten, Ausbildungen, sich mit all dem offen anzupreisen. Das war in der DDR so nicht üblich gewesen und bereitete ihr noch heute Probleme.

Die Band bestand aus geborenen DDRlern, nicht willkommen bei vielen Kollegen im Westen; als Konkurrenz betrachtet.

Unabhängig, in welcher Band Melissa sang, hatte sie immer vielseitig Musik gehört – außer Punk, wofür sie sich mit zwanzig, als Punk Anfang 1980 Teil der Ostberliner Jugendbewegung wurde, zu alt fühlte, die Anhänger waren fünfzehn, sechzehn. Wenn sie jetzt an Sänger wie Braun dachte, bei dem sich alles um Outfit, Styling, Image und so fort drehte, um alles, nur nicht um Musik, wäre ihr jede Punkband lieber als …

Melissa wachte auf, als Paula sie an der Schulter berührte, sie weckte. Es war beinahe eins.

Melissa gähnte, erkannte Paula und schoss hoch.

«Alles in Ordnung, mir geht's gut», grinste Paula.

Melissa fühlte sich schläfrig, wie betäubt; sie hatte nochmal mehr als drei Stunden geschlafen. In ihr Gähnen und Strecken erklang der Haustürgong.

Tamara brachte zwei große Taschen mit Lebensmitteln aus einem Bioladen.
«Sie liebt dieses Zeug», verteidigte sie ihren Einkauf angesichts Melissas kritischem Blick auf die Rechnung. «Sie hat sich schon früher mit meinem Vater darüber gestritten, der sie angiftete, ob sie mit Körnern die Welt verbessern wolle.»

«Wo ist meine Tasche? Du hattest sie zuletzt, Melissa. Danke.» Paula griff hinein und entnahm ihr die Medikamente, legte sie zwischen Schrippen und Marmelade.
«Die gehörten mal Panitz. Kennt sich jemand damit aus?»
Schmerzmittel auf Morphinbasis.
«Die sind nicht mit dem üblichen Rezeptformular erhältlich, für die gibt es besondere Formulare mit Durchschlägen, zum Nachweis», erklärte Tamara.
«Sie waren in Panitz' Schreibtisch, in seinem Büro. Teichert hat erwähnt, dass er für Panitz den Schreibtisch in dessen Wohnung bringen soll. Aber die wurde von seiner Schwester leer geräumt, und Panitz' zweiten Schlüssel holte die Kripo.»
«Also blieb der Schreibtisch in Panitz' Büro, und Teichert hat dir erlaubt, das Büro zu durchsuchen», stichelte Melissa.
«Wir wissen nicht, ob Panitz die Medikamente, von denen das hier nur ein Teil ist, selbst genommen hat. Seine Innereien sind aus der Gerichtsmedizin verschwunden, auf dem Weg ist nichts mehr nachweisbar.»
«Die Medikamente hier sind von einem Berliner Pharmaunternehmen hergestellt. Möglich, dass Panitz dort einen Kontaktmann hatte, der allerdings weit oben angesiedelt sein muss, um den Kontrollen am Tor zu entgehen. Es wäre besser, wir wüssten, wie du an das Zeug gekommen bist, Paula.»
«Wie geht es Lilli?», lenkte Paula ab.
Melissa berichtete von dem – offiziellen – Nervenzusammenbruch, der Einlieferung in die Klinik und der Fehlgeburt.

«Das ist eine Privatklinik», sagte Paula. «Vielleicht war die Fehlgeburt in Wahrheit eine Abtreibung. Diese Ehe besteht nur auf dem Papier. Ich wette, es gibt einen Zusammenhang zwischen dem verunglückten schwangeren Mädchen, dieser Ehe und dieser, na, Fehlgeburt.»

Paula schilderte die Ereignisse im Hotel, schloss mit dem, was Lilli vor dem Gespräch mit Tom von sich gegeben hatte: Ich wollte es nicht. «Es klang verdammt wie ein Geständnis.»

«Ein Geständnis? Nein. Damit hätte ein Anwalt leichtes Spiel. Das hätte null Beweiskraft, wäre Hörensagen, und die Frau würde als nicht zurechnungsfähig erklärt», warf Tamara ein.

«Wir müssen den Unfall von 77 nochmal durchgehen, das ist der Ausgangspunkt von allem, wenn wir klären wollen, ob Lilli Braun Panitz erstochen hat, da wette ich zehn zu eins», sagte Paula.

ACHT

Erneuter Apothekeneinbruch

In der Nacht zum Donnerstag wurde in der Spree-Apotheke im Bezirk Weißensee ein Einbruch verübt. Ziel waren offensichtlich verschreibungspflichtige Medikamente wie Schmerz- und Betäubungsmittel. Im Verkaufsbereich der Apotheke wurden große Verwüstungen angerichtet. Der Safe mit Morphinen und Opiaten hielt jedoch den Versuchen, ihn aufzubrechen, stand. Nach Aussage der Polizei weisen die sichergestellten Spuren auf einen Einzeltäter hin.

Tamara, die den Laptop aus dem Büro mitgebracht hatte, tippte für alle eine knappe Zusammenfassung der Besprechung, die sich noch eine weitere Kanne Kaffee lang hinzog.
Paula wies alle Versuche, sie zur Schonung zu bewegen, von sich: «Mein Arm ist gebrochen, nicht mein Kopf.»

Unfall 77. Fahrerflucht. Panitz und Braun geben einander Alibis. War es Braun, der seine schwangere Freundin anfuhr und verbluten ließ?
Wenn ja: Ist Lilli eingeweiht?
Unfallgeschichte klären.
Panitz wird bis zu seinem Tod durch Braun finanziell unterstützt. Braun bietet ihm Stelle als persönlicher Assistent, die Panitz annimmt. Wollte er mehr?
Streit Panitz – Lilli, die seinen Einfluss fürchtet.
«Fragiles Gebilde der Ehe wankt», las Paula laut. «Das gefällt mir.»

Panitz' bisheriger Boss, Teichert, weiß nichts von Panitz' Plan, den Job zu wechseln.
Verschreibungspflichtige Medikamente in Panitz' Schreibtisch.
Obduktion sehr schnell abgeschlossen. Innereien verschwinden.
Einzelgänger.
Nicht vorbestraft.
Teichert und Panitz wollen Braun eine Eigentumswohnung in Berlin verkaufen.
Was bedeuten die Kreuze auf dem Grundriss?
Mehr über die Firma erfahren.

«Das übernehme ich», entschied Paula. «Ich fahre heute Abend nach Grünau. Teichert kommt heute von einer kurzen Geschäftsreise zurück. Ich werde ihn zu Hause aufsuchen, mich nicht anmelden.»
«Du willst heute da rausfahren?»
«Melissa, lass es. Hört zu, ihr beiden. Ich bin in Ordnung. Klar?»
«Ich werde dich hinfahren», sagte Tamara.
«Meinst du, er will mir den anderen Arm brechen?»
«Warum gehen Cops zu zweit los?»
«Ich nehme dich nur mit, wenn du dich zurückhältst, ich hab schon einen gewissen Draht zu dem Mann.»

Reimann.
Nervös, steht unter beruflichem Druck.
Lässt Melissa und Panitz auskundschaften: Melissa bezüglich ihrer beruflichen Kompetenz, Panitz als Rivalen im Einfluss auf Braun.
Panitz schießt quer bei Reimanns Plänen, den Sänger Braun zum Schwiegermutter-Ideal umzuformen.
Der Beschattungsauftrag für die Hauptstadt-Detektei ist beendet, bevor Melissa nachts heimgesucht wird.
Ist der tote Hund ein zufälliges Ereignis? War zunächst Becker,

der Detektiv, hinter Melissa her, aber dann hinter jemand anderem?
Was ist mit Gladys, die bei Melissa übernachtete?

«Es stimmt was nicht mit ihr», betonte Melissa, die berichtet hatte, dass Gladys etwas mit ihr klären wollte.
«Ich bin morgens einem Gespräch ausgewichen, dachte, sie wäre durch mich in dieser Nacht in den Schlamassel gezogen worden. Aber nachts war nur ich in Aufregung. Sie blieb cool. Ich bin sicher, dass sie hier mehr als Urlaub macht. Nichts gegen dich, Tamara, aber warum kommt Gladys nach diesem familiären Schock ausgerechnet nach Berlin? Sabbatical Year! Was macht sie, beruflich, genau?»
«Sie ist Negotiator, Unterhändlerin, wenn Spezialteams ausrücken, zum Beispiel bei Geiselnahme. Sprechen statt schießen, so lange wie möglich», antwortete Tamara.
«Wir müssen sie festnageln, erfahren, wissen, was sie hier vorhat und ob sie uns in was reinzieht. Tamara, bist du dir sicher, was diesen Becker betrifft? Dass Ausländer den Hund abgestochen haben sollen, halte ich für ein Gerücht.»
«Ich hab Beckers Berichte gesehen.»
«Und ich habe mit dem Chef der Detektei telefoniert. Wir haben das geklärt», warf Paula ein. «Ich habe ihn an eine nette Geschichte erinnert, daraufhin war er mit mir einer Meinung, den Reimann-Auftrag abzuschließen. Sie wollten Reimann melken, so lange es geht.»
«Sobald sie sich meldet, müssen wir deine amerikanische Freundin in die Mangel nehmen und ausquetschen.»
«Foltern, am besten», sagte Tamara.
Gelächter löste die Anspannung.
«Ich muss mich bei Reimann melden.»
Melissa nahm die Gelegenheit wahr, im Garten eine Zigarette zu rauchen, und rief Reimann an.

«Ich hab Tom von der Klinik abgeholt. Du musst ihn aus dem Penthouse schaffen, er wird belagert.»
«Wo ist die Limousine?»
«In der Tiefgarage.»
«Wo soll er hin?»
«In das Parkhotel, in der Nähe des Kurfürstendamms.»
«Ist dort alles geklärt?»
«Bingo.»
«Ich mache mich auf den Weg, bin in etwa einer Stunde da.»
Melissa bestellte sich ein Taxi. Dann klingelte das Handy.
«Gladys hier, hi.»
«Ich hab einen Job für dich. Wir treffen uns in etwa vierzig Minuten am Büro.»
Keine Fragen, keine Erklärungen, nur ein «Okay». Melissa spürte wieder die anfängliche Sympathie für Gladys. Der Ärger verflog, hatte sich hauptsächlich gegen sie selbst gerichtet, weil sie sich nicht die Zeit genommen hatte, Gladys anzuhören. Sie würde mit ihrer Hilfe Braun aus dem Penthouse schaffen und dann mit ihr reden. Klartext.

Als Melissa am Büro anlangte, stand Gladys schon an der Stelle, wo sie tags zuvor um eine Aussprache gebeten hatte. Sie trug wieder Jeans, Hose und Jacke, körperbetont geschnitten. Sie wirkte abgespannt, hatte müde Gesichtszüge.
Niemand lauerte vor dem Haus, auch keine Presse. Gladys hatte eine Zeitung mitgebracht, die von dem spektakulären Sturz Paulas berichtete, noch ohne ihre Identität zu enthüllen; die Berichterstattung konzentrierte sich auf Lilli und Tom Braun.
Melissa beruhigte Gladys, die sich besorgt nach Paula erkundigte, nachdem sie die Geschichte des nächtlichen Sturzes im Staccato erfahren hatte.
Während Melissa duschte und sich umzog, erklärte sie Gladys, wie sie Braun in das neue Quartier schaffen wollte.

«Und dann reden wir beide», sagte Gladys.
Melissa hielt inne, sah sie an, nickte zustimmend.

Braun wirkte abwesend, hatte sich hinter eine Fassade von «Ja» und «Nein» zurückgezogen. Aber Bein und Hand waren in rhythmischer Bewegung, klopften, tippten, zuckten in rasenden Abfolgen, abwechselnd Finger auf Holz, Metall, Schuhspitze auf Parkett, auf Teppich.
Melissa hatte ein unauffälliges Mittelklasse-Auto mit getönten Scheiben gemietet und es in der Jägerstraße, einer Seitenstraße, abgestellt.
Vor dem Haus eine Fangemeinde, auch Touristen, die neugierig stehen blieben; Melissa meinte, die Fanvorsitzende im Pulk zu entdecken. Ein Kamerateam, das herandrängte, als Melissa zur Tiefgarage eilte und eine verabredete Klingelfolge drückte.
«Nachschub, wa?», rief jemand aus der Menge.
«Wie geht es Tom? Was macht seine Frau? Wird er morgen singen?» Und so weiter, der übliche Fragenkatalog zu solchem Anlass.
Melissa drückte die Tür neben der Einfahrt auf, schirmte Gladys ab, die als Erste hineinschlüpfte. Die Frauen brauchten alle Kraft, um die Tür von innen zu schließen, jemand presste von außen dagegen.
Der Butler der ersten Tage wartete auf sie an der Fahrstuhltür. Melissa hob warnend den Zeigefinger, als er, nach kurzem Gruß, in vertraulichem Ton anfing: «Dieser Braun ist völlig …»
«Kein Wort mehr.»
Beleidigt drehte er ihr den Rücken zu.

Braun lag auf einer der Couchen, eine Kaffeetasse in der Hand. Ratatatata, Zeigefingernagel auf Porzellan, mit unregelmäßigen Pausen.
Melissa stellte Gladys Parker als Mitarbeiterin vor.

Reimann, wieder mal am Telefon, nickte kurz.
Die Frauen traten an die Fensterscheibe, vor sich Schauspielhaus und die beiden Dome, auf einem der Türme entdeckten sie einen Fotografen, die Kamera im Anschlag.
«Wie geht es deiner Frau?», wandte sich Melissa an Braun.
«Was?»
«Wie geht es Lilli?»
«Ganz gut. Sie ist noch schwach. Und durcheinander.»
«Das kriegen die schon wieder hin», sagte Reimann. «Die Klinik hat einen erstklassigen Ruf. Und anschließend macht sie eine lange, erholsame Kur. Sie ist dort gut aufgehoben. Aber an dir müssen wir arbeiten, Tom. So tragisch das ist, aber wir haben so viele Anfragen für Fernsehauftritte, Galas, Gigs wie lange nicht mehr. Wie wäre es mit einer Erkennungsmacke, skurril, aber sympathisch. Klingt zynisch, aber so sind die Realitäten.»
«Any press is …», warf Gladys ein.
«… gute Presse», ergänzte Reimann.
«Wir sollten los», schaltete sich Melissa ein. «Reimann nimmt die Limousine, macht eine schöne, lange Stadtbesichtigung und fährt anschließend zurück in sein altes Hotel hier am Markt. Währenddessen bringe ich Tom in sein neues Hotel. Genauer gesagt, Gladys fährt dich, Mister B., du sitzt hinten, ein idealer Platz zum Arbeiten, Hauptsache, das Auto bleibt in Bewegung. Du wirst abtauchen, dich ducken, bis ihr die Leute im Rücken habt, dann setzt du dich auf und bietest ihnen deinen Rücken als Köder. Gladys ist Chefin der Aktion, besser, du lässt deine Einwände stecken. Deine Nachforschungen müssten dir gezeigt haben, dass ich meinen Job verstehe.»
«Diese Nachforschungen sind Usus, ich kann nicht jedem meinen Klienten anvertrauen. Aber ich weiß nicht, ob mir dein Ton gefällt, Melissa.»
«Mir gefällt auch so einiges nicht. Lasst uns das hier effizient und professionell durchziehen, im Interesse aller.»

Reimann starrte Melissa sekundenlang an, warf einen Blick auf Braun, der immer noch auf dieser Couch lag, sah zu Gladys, musterte sie von Kopf bis Fuß.
«Versteht sie etwas davon?»
«Oh, ich bin eine gute Autofahrerin, keine Sorge, we'll get along», erwiderte Gladys mit einem Lächeln, einem beruflich geübten, das die Augen nicht erreichte.
«Das Gepäck ist transportbereit», meldete der Butler.
«Sie können gehen», entschied Reimann. «Wir brauchen Sie nicht mehr.»
«Ich werde hier noch aufräumen.»
«Haben Sie nicht gehört? Sie können gehen. Abmarsch. Ende. Sofort», schrie Braun mit greller Stimme.
Der Butler lief rot an, deutete ironisch eine kleine Verbeugung an, verschwand im Treppenhaus.
«Das war unklug, Tom. Der läuft schnurstracks zur Presse und verkauft meistbietend.»
«Der schnüffelt, seit er hier ist», wehrte Braun ab.
«Wir sollten uns beeilen», sagte Gladys. «Kommen Sie, Herr Reimann, fahren wir ab. Sie können mich April nennen.»
«April? Es gibt Eltern, die lassen nichts aus. Tom, wir telefonieren später, ich ziehe morgen zu dir ins Hotel. Du solltest früh schlafen gehen. Ja doch, ich komme und …»
Den Rest seiner Worte verschluckte der Fahrstuhl.
Melissa sah auf die Uhr.
«Zehn Minuten geben wir ihnen. Brauchst du noch etwas?»
«Nein.»
Brauns linkes Bein zuckte, wie von Schüttelfrost befallen.

Paula und Tamara saßen am großen Tisch.
«Du hast doch mit dem Arzt gesprochen, der damals zum Unfallort geholt wurde. Hast du die Nummer notiert und zufällig bei dir?»

«Zufällig ist die im Laptop», antwortete Tamara.

«Wie ist er?»

«Kompliziert. Ein unzugänglicher, alter Mann.»

Tamara diktierte Paula die Zahlen.

«Oshinski. Paula von Oshinski, Berlin. Entschuldigen Sie die Störung, Dr. Beier. Haben Sie einen Moment Zeit?»

«Aus Berlin. Guten Tag. Geht es schon wieder um die Sache damals?»

«Ja.»

«Also los. Fragen Sie. Irgendwann musste das ja passieren.»

«Was meinen Sie damit?»

«Ich bin ein altmodischer Mann, Frau, Frau von …»

«Oshinski.»

«Frau von Oshinski, ja, entschuldigen Sie. Zur Sache. Ich gehöre noch der Generation an, die der Ansicht ist, dass man irgendwann für das, was man tut, was man angerichtet hat, geradestehen muss.»

«Ist das so? Das wäre geradezu eine andere Welt.»

«Ich habe nicht gesagt, dass es so ist, nur, dass es wünschenswert wäre.»

«Sie haben eine bestimmte Vorstellung von dem, was damals passierte.»

«Wie ich schon Ihrer Mitarbeiterin sagte, fühle ich mich auch jetzt an meinen ärztlichen Eid gebunden, und der beinhaltet die Schweigepflicht.»

Ein, zwei Momente der Stille.

«Wie soll es dann zur Verantwortung kommen?»

«Eigene Verantwortung erkennen, darum geht es, nicht ertappt, dazu gezwungen und gerichtet werden.»

«Ich respektiere Ihre Schweigepflicht, Dr. Beier. Aber sehen Sie nicht eine Möglichkeit, mir einen Hinweis zu geben, der Ihrer Ethik nicht zuwiderläuft und uns hilft? Die Dinge eskalieren hier.»

«Das tun sie immer, wenn sie nicht gelöst werden, irgendwann und manchmal auf seltsame Weise, nicht?»

Wieder schwiegen beide.

«Ich will Ihnen etwas erzählen, das allen hier bekannt war, etwas über den Ort, an dem der Unfall stattfand. In diesem Dorf war die Stelle als Treffpunkt für Verliebte bekannt, ein Ort für Jugendliche, die sich dort zum Schmusen trafen. Verstehen Sie? Außerdem fand man frische Reifenspuren, von einem zweiten Auto; das sagt jedenfalls der Unfallbericht aus. Und nun entschuldigen Sie mich, Frau von Oshinski.»

«Ich danke Ihnen, Dr. Beier.»

Paula atmete tief durch. Sie wusste jetzt, wie die Ereignisse 1977 zusammenhingen.

Die Limousine tauchte aus der Tiefgarage auf. Einige rannten hinter dem Fahrzeug her, fotografierten in die Scheiben oder hasteten zu den eigenen Autos.

Melissa beobachtete das Spektakel von oben. Braun blätterte durch eine Tageszeitung, auf dem Titelblatt ein Foto, das den nächtlichen Sturz und Lillis angeleuchtete Silhouette an der Wand eher ahnen als erkennen ließ.

«Lies mal.»

Braun deutete auf eine kurze Notiz in der Tageszeitung, der Berlinteil war aufgeschlagen.

Gerichtsmediziner fündig

Im Zusammenhang mit dem Mordfall Braun/Panitz hatte das Verschwinden von Proben für spätere Nachuntersuchungen für Aufregung gesorgt. Magen, Darm und Leber waren nicht auffindbar. Gestern tauchte das Material wieder auf, das von einem noch unerfahrenen Mitarbeiter falsch abgelegt worden war. Die Versiegelungen waren unangetastet. Die ausstehenden Untersuchungen erfolgen in Kürze.

«Jetzt nennen sie es schon den Mordfall Braun.»
Melissa zuckte mit der linken Schulter.
«Lass uns fahren. Hut, Mantel, und los. Neben dem Heizungsraum führt eine Tür auf den Hinterhof, nur von innen zu öffnen. Das Auto steht um die Ecke.»
Ohne Zwischenfall gelangten sie zum Auto, umfuhren das Brandenburger Tor, rechter Hand der Reichstag, daneben das neu erbaute Gebäude für die Bundestagsabgeordneten, in engen Schleifen die Büroräume angeordnet, sodass man über Immergrün und Kunstwerken den Kollegen auf den Schreibtisch sehen konnte. Man musste Jalousien herunterlassen, um unbemerkt Gäste zu empfangen oder mit künftigen Arbeitgebern wie Lobbyisten zu konferieren; Lobbypflege und Wiederwählbarkeit bis zu Rentensicherung – das war das Image vieler Politiker in Melissas Bekanntenkreis. Das Gebäude mit dem gigantischen Vorbau auf Stelzen wirkte obszön. Wie konnte einer der Politiker noch von Sparen reden, ohne sich vor Scham zu übergeben, fragte sich Melissa desillusioniert.
«In Westberlin hat sich seit der Wende nicht viel geändert.»
«Warum willst du eigentlich in den Osten ziehen?»
«Ist das nicht eine Stadt?»
«Theoretisch, ja. Was kennst du vom Osten?»
«Na ja, ich hab mich auf Panitz verlassen, der sagte, dass das neue Viertel an der Spree im Kommen sein soll.»
«Kaufst du die Wohnung?»
«Teichert hat mir ein gutes Angebot gemacht. Mein Anwalt prüft die Verträge.»
«Das ging schnell.»
«Ich muss raus aus diesem Heidelberg, dort steht die Zeit still, man merkt nichts, gar nichts von der Vereinigung.»
«Und Lilli?»
«Können wir das Thema wechseln?»
«Okay. Wie wäre es mit ein, zwei zusätzlichen Leuten, Leib-

wächtern, die die Autofahrten absichern. Es wird nicht lange dauern, bis man entweder deinen oder Lillis Aufenthaltsort herausfindet.»

«Ich will keine Fremden um mich, nicht im Moment. Nimm deine Mitarbeiterin, diese Gladys, dazu, wenn du das für nötig hältst.»

«Sie hat anderes zu tun.»

«Ich fühl mich bei dir sicher.»

Das Park-Hotel in der Budapester Straße war ein modernisiertes Traditionshaus. Die Suite im vierten Stock bot einen herrlichen Ausblick, über den Landwehrkanal in den Tiergarten, links der Zoo; es gab keine gegenüberliegenden Häuser, die Fotografen Möglichkeiten zum Schuss böten.

Reimann und Gladys standen am Panoramafenster. Gladys verdrehte die Augen zu Melissa hin.

«Sie ist gut», grinste Reimann. «Wir haben die Bande abgehängt.»

«Du sabotierst meine Arbeit.»

«Ach, bleib friedlich, Melissa. So haben wir den Umzug in einem Abwasch erledigt. Außerdem muss ich mit Tom reden.»

Er hatte ihn für sich, seinen Goldjungen, versuchte, die Gunst der Stunde zu nutzen; du sollst keine anderen Berater haben neben mir.

«Ich habe hier einen Jungen, der dir fünfzig Prozent seiner Gemaeinnahmen überweist. Er hat interessantes Material, ein ehrgeiziges Bürschchen, will sich als Komponist einen Namen machen, aber in der E-Musik, nicht in der Unterhaltung, für uns wird er unter Pseudonym arbeiten, um sich seinen guten Namen für die Klassik nicht zu versauen. Wie gesagt, er hat neues Material ...»

«... das du mir schon in Amsterdam unterjubeln wolltest.»

«Jetzt hat sich die Situation verändert.»

«Weil Panitz aus dem Weg ist?»

«Lass ihn in Frieden, es geht nicht um Panitz, es geht ums Geschäft.»
Eine Hotelangestellte machte sich über Brauns Koffer her, den Melissa mitgenommen hatte, eine andere sammelte Vasen und Gestecke mit Schnittblumen ein und brachte sie aus der Suite. Braun hasste Schnittblumen, den kleinen Tod, wie er sie nannte. Er stand mit dem Rücken zum Fenster, betrachtete den Wohnraum, das Doppelbett durch die geöffnete Tür zum Schlafzimmer, dahinter Ankleideraum und Badezimmer, am Eingang eine Gästetoilette. Er wirkte auf seltsame Art verloren, weckte beschützerische Gefühle in Melissa.
«B. R., wie wäre es, wenn Tom sich erst mal in Ruhe einrichtet.»
Reimann sah irritiert hoch.
«Na ja, dann bezieh ich mal mein Zimmer, lass mein Gepäck nachkommen, ich bin einen Stock tiefer, Tom, Nummer zehn. Ich komme später wieder.»
«Nein.»
«Was?»
«Nein. Lass mich heute mal in Ruhe. Ich will später nochmal zu Lilli fahren.»
«Ob das so gut ist?»
«Halt den Mund.»
Reimann klappte der Kiefer. Aber er schwieg, nach einem Blick in Toms Gesicht, der zum ersten Mal entschlossen und wach wirkte.
«Schön. Dann frühstücken wir morgen zusammen. Acht Uhr. Vorher der Trainer. Du übernachtest hier, Melissa, ich hab dir ein Zimmer auf diesem Stock genommen. Du fährst ihn in die Klinik.»
«Ich kenne meinen Job.»

«Lissa, du musst mir einen Gefallen tun. Ich muss Lilli sprechen. Finde bitte heraus, wie lange sie noch in der Klinik ist und ob ich sie besuchen kann. Wo steckst du?»

«Im Park-Hotel, wo Braun jetzt wohnt. Ich übernachte heute hier. Du klingst aufgeregt. Alles in Ordnung, Paula?»
«Ja. Komm schon, klär das, es ist dringend.»
«Ich rufe in fünf Minuten zurück.»

Paula ging in ihr Schlafzimmer, wusch sich notdürftig, wählte einen schlichten Hosenanzug in Schwarz. Aber der Jackenärmel war zu eng, und deshalb entschied sie sich für ein T-Shirt mit kurzen Armen und nahm ein altmodisches, albernes, stolaartiges Wolltuch dazu. Es war ein ungewöhnlich warmer Nachmittag für diese Jahreszeit gewesen, aber was war schon ungewöhnlich beim Wetter, das Ungewöhnliche die neue Normalität.
Tamara räumte in Wohnzimmer und Küche auf.

«Lilli hat sich in eine Hotelklinik, was immer das sein soll, verlegen lassen. Sie bleibt vorläufig dort, ist offiziell nicht sprechfähig, also auch nicht vernehmungsfähig. Sie will dich sprechen, gegen ärztlichen Rat, unbedingt, und bevor ich fragen konnte, ob du sie sprechen kannst. Morgen Vormittag. Tom wollte sie heute Abend nochmal besuchen, aber die Leitung schirmt sie ab, es sei genug Aufregung für einen Tag gewesen, sie brauche Ruhe. Tom ist beleidigt. Übrigens, Reimann wohnt jetzt auch hier, im Hotel, und Gladys ist da.»
«Gladys?»
«Ja. Ich hab sie vor dem, vor unserem Büro getroffen, sie hat mir bei einem Ablenkungsmanöver geholfen. Reimann ist begeistert von ihr, würde sie am liebsten einstellen und mich feuern.»
«Sprichst du mit ihr?»
«Geht heute Abend nicht mehr, ich muss mich um Braun kümmern. Sie wird in ihr Hotel fahren, kommt aber morgen zum Frühstück. Und du?»
«Ich fahre mit Tamara nach Grünau.»

«Willst du nicht wenigstens einen Blindanruf machen, um zu überprüfen, ob Teichert zu Hause ist?»
«Schon geschehen, unter meinem Namen. Frau Teichert hat mich spontan zu ihrem Grillabend eingeladen, einfach vorbeikommen, sagte sie. In welchem Hotel wohnt Gladys?»
«In einem kleinen Hotel Nähe Kollwitzplatz. Diese Nacht muss sie sowieso zahlen, sonst hätte ich sie bei mir untergebracht. Passt auf euch auf. Sag mal, warum will dich Lilli so dringend sprechen? Nur, um sich zu entschuldigen?»
Paula erzählte Melissa ihre Version der 77er Geschichte.

«Dein Hotel ist im Prenzlauer Berg?»
«Am Kollwitzplatz, nördlich des Alexanderplatzes. Ich war neugierig auf diese Gegend, sogar Clinton war dort.»
Prenzlauer Berg. Früher ein aufgegebener Raum mit Schlupfwinkeln für Unangepasste aller Couleur, infiltriert von Stasimitarbeitern, auch aus den eigenen Reihen, der eine und andere Ehemann, Gitarrist oder Schriftsteller: sehr jung – sehr gläubig – ehrgeizig – das Ärgste abwenden – niemandem geschadet – intellektuelle Herausforderung – halt den Mund, Westler, du weißt nicht, wie du in solcher Situation entschieden, wie du verraten.
«1987, zur 750-Jahr-Feier in Berlin-Ost, wurde die Husemannstraße zur potemkinschen Vorzeigemeile: Handwerker klauten sich gegenseitig Material, vieles wurde nur oberflächlich saniert, es fehlte manchmal sogar an Nägeln. Ansonsten ließ man das Viertel vergammeln, siedelte viele Bewohner nach Marzahn um, in eine gigantische Plattenbausiedlung am östlichen Rand Berlins.»
«Was dann?», fragte Gladys. «Was, wenn alle, wie du sagst, umgesiedelt? Wollten sie es abreißen, das alte Viertel?»
Melissa hob die Hände. «Das werden wir nie erfahren. Der Kiez war besonders beliebt und lebendig in der Nachwendezeit», fuhr sie fort.

Braun hatte sie gebeten, zu bleiben, er suchte die Gesellschaft von Melissa und Gladys, als sich herausstellte, dass der Abend ihm gehörte und dann Melissa zur Berlin-Reiseführerin ernannt. Den Kollwitzplatz, bekannt, seit Offizielle ab und an unter dem Schutz von Sicherheitsleuten den Gang in den Kiez, den verruchten, wagten, kannte auch er, dem Namen nach.

«Jetzt ist der Kiez um den Platz langweilig und bieder geworden, die Karawane weitergezogen, nach Friedrichshain. Damals war dort was los. Aber leider hatte das Folgen. Der Kiez, hoch bewertet, wurde begehrt als Wohnort, die Mieten sind gestiegen, und diese hohen Kosten haben die Leute vertrieben, die für den Kultstatus gesorgt haben.»

«So ist das in jeder Großstadt», warf Gladys ein und sah Braun an.

«Alteingesessene sind weggezogen, jeder freie Laden, der Pleite ging, wurde zur Kneipe, der Einzelhandel stirbt. Immobilienhaie aus dem Westen übernahmen, Eigentumswohnungen entstanden, Osteigentümer bauten Dachgeschosse aus und dachten, sie könnten Bonner reinverfrachten und abkassieren. Maler verloren Ateliers, Experimentierer Arbeitsräume. Wir lernten, dass man sich im Westen rechtfertigen muss, wenn man ab einem gewissen Alter nicht wohlhabend ist und entsprechend eingerichtet, mit Auto und zukunftsversorgt.»

«Ihr entschuldigt mich.»

Braun verschwand im Schlafzimmer.

«Das war deutlich», sagte Gladys.

«Kannst du nicht bleiben?»

«Sorry. Ich habe noch einen Termin. The last», setzte sie leise hinzu.

«Nimm meinen Zweitschlüssel», sagte Melissa. «Nur zur Sicherheit, falls du das Hotel über hast.»

«Okay. Dann bis morgen früh. Und – danke.»

«You are welcome.»

«Die reinste Idylle.»

«Warst du noch nie hier?»

«Nö.»

«Melissa hat mir den Osten gezeigt und ich ihr den Westen. Zu Fuß. So was muss man erlaufen.»

«Ich seh mal auf dem Stadtplan nach, wo diese Straße ist.»

«Irgendwo am Wasser.»

«Langer See», buchstabierte Tamara. «Wirklich, wie im Film, nach diesem hässlichen Industriegebiet.»

Im Süden der Flughafen Schönefeld, im Norden der Müggelsee, dazwischen der Lange See, in einem kleinen Paradies aus Waldgebieten, Seen, Kanälen und Flussläufen.

Paula hatte die Autofahrt genossen. Himmel von arktischem Blau und Frühlingsgrün, grell und leuchtend, erste Blätter an Sträuchern im Immergrün der Kiefernwälder. Sie dachte noch nicht an Teichert, das anstehende Gespräch und wie ihn befragen – das würde sich aus der Situation heraus ergeben, sie vertraute auf ihre Erfahrung. Lissa hatte versprochen, das Erzählte für sich zu bewahren und zu versuchen, sie am Morgen in die Klinik zu Lilli zu begleiten, was aber eher unwahrscheinlich war, da Videoaufnahmen und Probe für das Wohltätigkeitskonzert geplant waren.

«Konzert für die Flutopfer?», hatte Paula Melissa gefragt. «Ist der Anlass nicht verjährt und an den Haaren herbeigezogen, nur Geschäft und Reklame für Fußball und Künstler?»

«Es soll für die Spätfolgen, die niemand mehr interessierten, gesammelt werden. Und wer weiß, vielleicht gibt es bald die nächste Flut.»

Paula und Tamara hatten am Straßenrand gehalten. Eine alte Villa, schön renoviert, zwei, drei Geschäfte, eine Baustelle und der Wasserweg, lockend für Freizeitbootsfahrer.

«Dort hab ich Melissa mal mit einem Trio gehört.»

Paula deutete auf eine ungestrichene Villa, auf einem parkähnlichen Grundstück erbaut, direkt am Wasser.

«Bis zur Wende war dort die Stasi, danach wurde es Bürgerhaus, im April 90 war dort die erste Veranstaltung, mit Stefan Heym. Mittlerweile hat sich eine Alteigentümerin gemeldet, eine Freifrau X, die das Haus, soweit ich weiß, weitere Jahre dem Kulturamt zur Nutzung belassen hat. Viele dieser Kulturhäuser, vor allem auf dem Land, sind nach der Wende geschlossen worden.»
«Wir müssen die Regattastraße noch ein Stück weiterfahren, dann rechts.»
Tamara war nicht an DDR-Geschichte interessiert, aus und vorbei, sie hatte keine Verwandten dort und war früher nur mal mit der Schulklasse in Ostberlin gewesen. Sie war heute hier, um Paula zu unterstützen.

Das Wertvolle an Teicherts Besitz war bisher die Lage: Am Rand einer Waldsiedlung, in Laufnähe zum Wasser, wo früher die berühmten Regatten stattfanden, aber auch Überflugschneise zum Flughafen Schönefeld; man gehörte zu den Gegnern des Ausbaus, wie Frau Teichert erwähnte.
Es war tatsächlich ein informelles Dazukommen. Im Wohnzimmer des nach westlichem Maßstab eher bescheidenen Hauses, nach der Wende um ein Zimmer ausgebaut, saßen Freunde um den Tisch, die Teichert vorstellte. Der unerwartet laue, beinahe sommerliche Nachmittag hatte zu dieser spontanen Runde verführt, ungeachtet, was der Morgen brächte, nach einem Gelage mitten in der Woche: Zwei Männer waren arbeitslos, die Frauen allesamt bis auf eine, die nun zwei Stunden zur Arbeit fuhr, einfacher Weg, im Westen, aber «nich dort wohnen», ein Ehepaar war regulär in Rente. Und Teichert.
«Sie können sich vorstellen, wie froh ich bin, dass Kutti Arbeit hat. Ich war früher in der Kultur, aber da geht jetzt nichts mehr, da baute man als Erstes ab. Die Kinder sind aus dem Haus, der Sohn beim Militär, der Garten ist in Ordnung, und wie oft kann man ein von zwei Personen bewohntes Haus, von denen einer

dauernd unterwegs ist, schon putzen? Hausfrau? Was soll das denn sein?»

Frau Teichert, eine kleine, rundliche Frau an die fünfzig, zeigte Paula den Garten. Sie wirkte aufgekratzt, trank Wein, wahrscheinlich nicht das erste Glas, schenkte Paula das Mineralwasser ein, um das sie bat.

Tamara kiebitzte bei einer Skatrunde, beobachtete aber die gesamte Szenerie. Die anderen Gäste standen am Grill, der heute Saisoneröffnung hatte; Teichert schwang die Gabel, wendete Würste und Fleisch, hatte die Frauen begrüßt, sich dann wieder seinem Job am Grill zugewandt.

«Was hat Ihr Mann früher gemacht?»

«Er war in der Leitung, in einem Industriebetrieb, werden Sie nicht kennen, VEB Narva, das größte Glühlampenwerk in der DDR, mit über 5000 Werktätigen, wie das damals hieß. Der kannte das ganze Industriegebiet dort wie seine Westentasche, auch das, wo die neuen Häuser gebaut wurden. Wir haben das Gelände damals mit Bankkredit von der Treuhand übernommen.»

«Und wie lernten Sie Panitz kennen?»

«Ist das nicht schrecklich, dieser Mord? Auch, wenn es blöde klingt, so zwischen Skat und Würsten. Deshalb hab ich auch die Leute zusammengetrommelt, um Kutti aufzumuntern, er nimmt es schwer, auch wenn er es nicht so zeigen kann. Panitz war unser Dolmetscher damals, für den Westen, Gesetze und Formulare und was wir so nicht kannten.»

«Und wie haben Sie sich kennen gelernt?»

«Ich hab schon gehört, dass Sie nicht locker lassen. Na, heute kann man's ja erzählen. Bei der Währungsumstellung.»

«Seid ihr mit Getränken versorgt?»

Teichert übergab das Grillbesteck und kam zu den Frauen.

«Das seh ich erst jetzt. Sie haben einen Verband? Was ist passiert?»

«Das ist eine lange Geschichte. Nur ein einfacher Bruch. Ihre Frau wollte mir gerade eine Geschichte zu Ende erzählen.»

«Erzählste wieder Bücher?»

«Hol uns noch was zu trinken, Kutti.»

Zögernd machte sich Teichert auf den Weg ins Haus.

«Also, wie war das damals? Ist doch sicher verjährt, und ich bin nicht bei der Polizei, auch wenn ich einen Mord aufklären will.»

«Na ja. Damals tauschten doch alle. Panitz suchte einen DDR-Bürger mit Konto, und wir hatten nischt gegen eine kleine Rücklage.»

Frau Teichert bückte sich, pflückte ein spätes Osterglöckchen.

«Hier. Für Sie. Wo ist denn der Bruch? Sie haben Schmerzen, nicht?»

«Ja. Es ist ein Bruch am Handgelenk, ich bin gefallen, wollte mich auffangen, aufstützen, so ein Reflex, zu blöde, und nun ist das Handgelenk geschwollen und deshalb der Gips noch aufgeschnitten, bis das Gelenk abschwillt, der Verband darüber hält es zusammen.»

Paula befiel große Sehnsucht, bei dieser Frau zu klagen, Schmerzen zuzugeben; sie hatte was Mütterliches, Sorgendes an sich, nach dem sie sich schon als Kind gesehnt hatte – stell dich nicht so an, mit 38,9 Fieber bleibt man nur dem Sportunterricht fern.

«Kannst du mal nach dem Kartoffelsalat sehen?»

Teichert trug ein Tablett mit zwei Gläsern Wein und einer Flasche Bier, brachte Tamara mit: «Ihr Frauen trinkt doch am liebsten Wein.»

«Sie müssen schon entschuldigen. Aber sie ist oft allein, da freut sie sich, wenn sie jemand zum Reden hat, da ist sie der reinste Wasserfall und dann noch mit 'nem Gläschen Wein.»

Paula lächelte, prostete mit ihrem Wasser Frau Teichert zu.

«Sie hat mir von Ihren Anfängen mit Panitz erzählt, vom Geldtausch, damals.»

«So, hast du das. Na ja. Es war nicht viel, was Panitz aufbrachte.

Er tauschte zum richtigen Zeitpunkt, eins zu ich weiß nicht mehr. Der hatte das Geschäftemachen im Blut, immer was neues, mehr am Machen als am Geld interessiert. Der suchte damals eine Chance für neue Geschäfte, wollte keine Gruppen mehr managen. Hat mich einfach angesprochen, als ich mir das Begrüßungsgeld abholte, kann sich niemand mehr vorstellen, die Schlangen, um an den Hunderter zu kommen, da hamse den Opa vom Land mitgeschleppt, damit der auch noch. Panitz und ich haben danach ein Bierchen getrunken, und so hat sich das entwickelt. Er hat mir sein Geld anvertraut, hatte ja keine Sicherheit. Der hatte die Idee mit dem Bauen, dachte an den Zuzug von außerhalb, und als Berlin offiziell Hauptstadt wurde, waren wir schon im Geschäft, und dann zündete es noch mehr. Wir aus dem Osten sind damals in viele Fallen getappt, ausgenommen worden, aber nicht von Panitz. Jetzt quatsch ich wie meine Frau. Irgendwas haben Sie an sich, das einem zum Reden bringt.»
Er nahm einen kräftigen Schluck aus der Pulle.
«Ich weiß von den Tabletten», sagte Paula.
«Waren Sie in seiner Wohnung? Haben Sie dort welche gefunden, ja? Ach, deshalb sind Sie hier. Ach je. Ich dachte, er hätte längst aufgehört damit. Er war doch bei diesen, na, so was wie Anonyme Alkoholiker, nur für Tabletten und so was. Es geht einem gar nicht ein, dass jemand das einfach so nimmt. Er sagte, es ist wie mit Alkohol, immer ein Gläschen mehr, bis man Säufer ist.»
Paula zeigte ihm eine der gefundenen Schachteln.
«Ob er einen Arzt an der Hand hatte? Hat er Rezepte gefälscht? Apotheken überfallen oder die Beute aufgekauft?»
«Mit dem Zeug hab ich nischt am Hut, ich krieg nicht mal 'ne Kopfwehtablette runter, ohne zu würgen. Ich hab ihn mal erwischt, als er völlig weggetreten war, in seiner Wohnung, wo ich unangekündigt geklingelt hab, weil er wichtige Unterlagen zu

Hause hatte. Da lag das Zeug auf dem Tisch. Da hat er versprochen, aufzuhören. Die Firma haben wir auf meinen Namen eingetragen. Stellen Sie sich vor, der baut Mist in so 'nem Zustand oder würde erwischt damit.»

«Tabletten sind doch legal.»

«Wusste ich, was er alles nimmt? Und wo er's herhat? Er war ja auch einverstanden, dass wir's so regelten. Mir ging das nicht ein. Abends so dösig, und tagsüber wie angezündet, hellwach und ein Mordsverkäufer.»

«Verkaufte er auch die Tabletten?»

«Ach was. Das hätte ich doch mitgekriegt, wenn er so einen Handel betrieben … Moment mal, Sie haben mich russisch reden hören, als Sie bei mir im Büro waren, stimmt's? Denken Sie, ich mach einen auf Tablettenhandel, auf Russenmafia?» Teichert lachte lauthals. «Ich hab in der Schule Russisch gelernt. Mafia! Die interessiert was anderes. Autos. Was weiß ich. Jetzt essen wir erst mal was, Frau von Oshinski.»

«Einen Moment noch. Sehen Sie, hier.»

«Nanu? Von uns? Sind Sie interessiert an einer Wohnung?», spöttelte Teichert.

«Danke, ich bin versorgt. Helfen Sie mir doch mal, den Plan zu entfalten. Hier. Sehen Sie?»

«Da bricht man sich ja ein Auge.»

Teichert nahm einen Schluck Bier, studierte den Grundriss, ebenso seine Frau.

«Ach das. Die Kreuze. Das hängt mit Wasserleitungen zusammen. Panitz hatte so eine Theorie mit Wasseradern, wollte, dass das jemand überprüft, ein Wünschelrutengänger sollte das überprüfen, damit seinem Freund Tom nischt passiert. Hab ich nie verstanden. Sehen gut aus, die Würste, echte Thüringer, es wird doch kühl, essen wir drin. Wasser und Wald, das hält die Luft frisch und kühl.»

Nachdem Gladys sich verabschiedet hatte, bestellte Braun einen Film, Heat, mit Al Pacino und Robert De Niro, nahm eine Schlaftablette und kroch in der Mitte des Films ins Bett. Melissa, hellwach nach dem Vormittagsschlaf, wartete, bis er fest schlief, schrieb ihm eine Nachricht, lehnte den Zettel ans Telefon neben dem Bett: Bin in der Bar oder meinem Zimmer. Melissa.

Am Flügel perlte ein Pianist Gezähmtes vor sich hin, zeigte Zähne, auch wenn niemand hinsah, nudelte gekonnt das, was man auch in der Provinz für Jazz hielt.
An die Bar? Nein, sinnlos, wenn sie nicht damit beschäftigt sein wollte, Unnahbarkeit auszustrahlen, irgendein Onkel würde es doch nicht kapieren, dass nicht nur im Film eine Frau auch mal in der eigenen Gesellschaft trinken wollte. Wodka und Wasser, nichts Gepanschtes, wie früher, auf Tourneen durch die kleine Täterä, Hauptsache, es drehte schnell und sorgte für nötige Bettschwere. Und das Abwehren fiel leichter, von den idiotischen Kollegen, die noch glaubten, eine Frau in einer Band störe, außer den Singezähnen, die mussten sein.
«Auch noch munter?»
Ach, der unvermeidliche Mister B., im lässigen Anzug, aber mit Schlips. Der Abend würde doch früher als gedacht in ihrem Zimmer enden. Sie hatte keine Lust heute Abend auf Ausfragen, Taktieren, Verdächtigen, auf Mord und weiterführende Fragen, bemüht, den verdammten eigenen Ruf zu schützen, herzustellen, aufzupolieren. Sie wollte in Ruhe trinken, drei, vier Gläschen, vor sich hinstarren und Gedanken vertreiben, vor allem die an Lilli und das, was Paula ihr anvertraut hatte, eine schöne, abendlange Pause für den Kopf. Allein.
Aber Reimann rückte sich schon den Stuhl zurecht, rechts von ihr, und studierte die Karte, als lernte er sie auswendig, der Kellner stand geduldig daneben.
«Was trinkst du? Wasser? Na ja. Welches Bier ist vom Fass?»

«Alle Sorten, die hier aufgeführt sind.»
«Geben Sie mir ein Glas Wein. Welchen können Sie empfehlen?»
Reimanns Geschwätz endete in einer Whiskey-Bestellung, nachdem er das Wodkaglas vor Melissa entdeckt hatte.
«Was macht mein Sonnyboy? Schläft? Gut so. Morgen ist ein wichtiger Tag. Ich habe dir den Plan aufs Zimmer bringen lassen. Wo ist denn deine Kollegin? Ist eine hübsche Frau. Sag mal, die ist doch keine Deutsche, spricht zwar hervorragend, besser, als mancher Deutsche, aber manchmal merkt man's. Hast du 'ne Telefonnummer?»
«Willst du sie abschleppen?»
«Du hast die Diplomatie auch nicht mit Löffeln gefressen.»
«Stand das nicht in dem Bericht über mich? Meine Klienten können Diplomatie von mir beanspruchen, du musst es dir verdienen.»
«Wieder dieses Ding. Bringen Sie mir gleich noch einen, Ober, einen doppelten, und für sie das, was sie da trinkt. Jetzt wollen wir mal Frieden schließen, Melissa. Das ist doch Schnee von gestern. Die haben nur das Beste von dir berichtet. Und nur berufliches, aus den letzten Jahren. Prost.»
Die Bar füllte sich. Paare. Einzelne Männer. Gepflegte Langeweile. Saubere Luft, saubere Manieren, gedämpfte Gespräche, aufmerksames Personal, zurückhaltend, unauffällig alles im Blick. Saubere Klos, saubere Gläser, gebügelte Klamotten, desinfizierte Musik. Melissa sehnte sich heftig nach ihrer lauten Stammkneipe, auch mal schmuddelig, wo sich die meisten Gäste kannten, die Musik, die gespielt wurde, mitbestimmten, wo heftig gestritten, miteinander geredet, leidenschaftlich geschwiegen wurde; ab und an feierte die ganze Kneipe, Feste, die aus dem Moment heraus entstanden, alle paar Monate musste der Mann hinter dem Tresen mit dem Baseballschläger dazwischen.
Reimann überprüfte Mailbox- und SMS-Eingänge und telefonierte noch, als Melissa von der Toilette zurückkam.

«Wir werden uns erst mal bei Country treffen, Countrysongs sind immer gut. Der Text? Vielleicht eine Mischung aus Deutsch und Englisch. Wir hören uns.»

«Das war die Plattenfirma, die sind besorgt. Tom muss diese Band abschaffen, eine feste Band rechnet sich nicht, Mensch, drei Leute, die noch in Urlaub sind, wie Beamte, sind doch keine Klassiker im Orchester. Für Touren stellt man eine Band zusammen, ansonsten wozu, singt doch keiner mehr live, besser sind Tänzerinnen. Wo willst du hin?»

Melissa, aufgestanden, Gläser in der Hand, antwortete: «Meine Ruhe haben.»

«Bleib da. Du hast Recht. Mal muss Schluss sein. Das ist die Gefahr bei Freiberuflern, nie sagt einem jemand, jetzt hast du Feierabend. Noch einen? Ober, noch zwei.»

Wieder einer, der ihr sein alkoholisches Fassungsvermögen beweisen wollte. Melissa hatte keine Energie mehr, mit ihm zu streiten. Sollte er reden. Frag einen Mann nach seinem Leben, und das Abendthema ist geklärt. Wirf ab und an ein «Ach ja» ein, hör weg bei den langweiligen Stellen und entspanne.

«Ich? Zum Rock 'n' Roll gekommen? Durch einen Zufall. Ich hab in Mannheim gearbeitet, Rotlicht und Waldhof, das ist ein Fußballverein dort, das gehörte zu meinem Leben. Ich hatte ein unverkrampftes Verhältnis dazu. Meine Großmutter war Weißnäherin, die hat für die Damen die Unterwäsche genäht, meine Mutter hat sie hingetragen und ist später in das Geschäft eingestiegen, aber nicht mit Unterwäsche, die gab's schon von der Stange, sondern mit Broten.»

Jetzt hatte er Melissas Aufmerksamkeit.

«Die müssen doch auch essen. Meine Mutter hat belegte Brote gemacht, später auch Salate, Kartoffelsalat, Nudelsalat, und ich hab das Essen ausgetragen. Aber das Geschäft hat sich verändert, wurde härter. In meiner Zeit beim Bund hab ich dann Rockmusik gehört, bin zu Konzerten, bei Frankfurt, mit den Amisolda-

ten, hab Amigruppen live gehört, eine Band kennen gelernt, so kam eins zum andern.»
Das Weitere war wieder die übliche Aufschneiderei beruflicher Heldentaten, von Whiskey begleitet und Zigaretten in Kette. Melissa saß stumm auf ihrem Stuhl, nickte in unregelmäßigen Abständen und wartete, bis er anfing, den Faden zu verlieren, schließlich die Rechnung unterschrieb, mit kühnen Krakeln, wankend aufstand, sie fassungslos anstarrte und sich aus der Bar begleiten ließ.
Mit einem kleinen Lächeln in den Mundwinkeln griff Melissa zu ihrem Glas, trank das Mineralwasser hinterher, Schluck für Schluck, genießerisch und in Ruhe.
Um halb eins lag sie im Bett.

NEUN

Das Warten zermürbte.
Wer würde den nächsten Schritt wagen?
Er fühlte sich ungerecht behandelt, wachte mit diesem Gefühl auf, suchte es tagsüber zu verdrängen.
Er würde jetzt losgehen, die Initiative ergreifen. Eine zum Aufputschen einwerfen, besser zwei, und dann los.

Nicht der Reichstag linker Hand noch die neu erbauten Regierungsgebäude zogen ihn an. Es war das Tor, das Brandenburger Tor, hell, renoviert. Für Momente blieb ihm die Luft weg. Er schaute hinauf, in den Torbogen. Atmete tief durch. Zum ersten Mal lief er durch das Brandenburger Tor, von West nach Ost.
Wo war die Mauer verlaufen?
Vor ihm der wieder fast nahtlos umbaute Pariser Platz, Sperrgebiet damals, begehbar nur für Militärs, Grenzsoldaten.
Oh Mann, das alles war nicht wiederzuerkennen: Banken, Hotel, Botschaft. Und Touristen en gros. Er hatte sich den Sonntag ausgesucht für seinen Erkundungsgang zur Botschaft, suchte die Nähe von flanierenden Besuchergruppen, Sprachfetzen in deutschen Dialekten, Englisch, Japanisch.
Verschwunden die alten Plattenbauten, die früher diesen Abschnitt des Boulevards säumten, die die Botschaften des Ostblocks beherbergten. Die Polen, die Ungarn waren noch da, und die Russen, in ihrem Prunkbau, der beinahe einen ganzen Häuserblock einnahm, Lenins Büste aus dem Garten entfernt.
Den Schirm der Baseballkappe tief ins Gesicht gezogen, ein Drei-Tage-Bart, den er aber heute Abend abrasieren würde, er fühlte sich dreckig damit.
Er war aktiv geworden, musste die Initiative ergreifen. Sie abfangen. Das Spiel umkehren, Jäger statt Gejagtem.

Der deutsche Außenminister kam ihm entgegen, zu seiner Zeit ein Linker, Chaot. Jetzt telefonierte er im Gehen, im Dreiteiler, Bodyguards Meter hinter ihm, Herrgott nochmal, was war nur los in dieser Welt, den Typ könnte man im Nu abknallen.
Neustädtische Kirchstraße, unaussprechlich, Seitenstraße von Unter den Linden. Links und rechts Cafés, auf dem Fußgängerweg Tische und Stühle, perfekt, um unauffällig auf sie zu warten.
Fußgänger konnten die Absperrung passieren, an der deutsche Polizisten Wache standen. Alle Zufahrtsstraßen waren für Autos mit Betonpollern gesperrt, zwei, drei Polizisten an all diesen Punkten.
Die amerikanische Botschaft von Gittern umsäumt. Lächerlich, diese Sicherheitsmaßnahmen. Man kam so nahe ans Gitter, dass man locker einen Rucksack mit Sprengstoff darüber, hinein ins Gebäude, schleudern könnte und in eine der Seitenstraßen verschwinden.
Er machte einen Bogen, kehrte zurück zu den Cafés Unter den Linden, setzte sich an einen der Tische, in die Nähe eines der Heizkörper. Er spekulierte, dass sie sich nicht auskannte und deshalb ebenfalls von dieser Seite Zugang zur Botschaft suchte. Er würde sie hier erwarten.
Warten – darin war er geübt.
Warten, mal in dem einen, dann in dem anderen Café, dazwischen rauf und runter den Boulevard.
Sie würde sein Faustpfand. Dann musste ihm jemand zuhören, ohne ihn sofort auszuliefern, er würde die Spielregeln aufstellen. Das Warten zermürbte.
Wer würde den nächsten Schritt wagen?
Er fühlte sich ungerecht behandelt, wachte mit diesem Gefühl auf, suchte es tagsüber zu verdrängen.
Er würde jetzt losgehen, die Initiative ergreifen. Eine zum Aufputschen einwerfen, besser zwei, und dann los.

Der Morgen war verkracht.
Paula hatte die fetten Grillwürste nicht vertragen und schlecht geschlafen. Das Handgelenk schmerzte, zwang sie zu ungewohnter Schlafhaltung, auf dem Rücken, den Arm zur Seite gelegt, als gehöre er nicht zu ihr, nur der Schmerz, der in der grauen Stunde vor dem Morgen zunahm. Sie mochte zunächst keine Tabletten nehmen, dann doch, als auch autogenes Training nicht half, den Schmerz in erträglichem Maß zu halten.
Tamara war, unter Protest, nach Hause gefahren. Paula wünschte, sie hätte sie nicht dazu gedrängt. In diesem großen, noch fremden Haus, außerhalb der Stadt, wandelte sich in dieser Nacht das Alleinsein in Einsamkeit, etwas, das sie so nicht kannte. Wirre Gedankenknäuel: die Teicherts, das Fest und die Erleichterung, die zu spüren war, als sie sich nach eineinhalb Stunde verabschiedeten; vielleicht mit Ausnahme von Frau Teichert, die in sie drang, wiederzukommen. Tamara hatte sich, wie versprochen, zurückgehalten und die Chauffeuse gespielt, hörte zu, als Paula sie während der Rückfahrt über den Anfang der Gespräche informierte.
Ein schwieriger Fall, zwischen Vergangenheit und Gegenwart pendelnd, so viele daran beteiligt, und sie nicht mehr im Alleingang arbeitend, den sie gewohnt war. Nicht nur Lissa hatte Schwierigkeiten mit dieser Situation.
Mailbox und Anrufbeantworter speicherten je einen Anruf von Otto, besorgte Erkundigung nach ihrem Ergehen, nach den Zeitungsmeldungen – «Das warst du doch» – über den Sturz. Zum Teufel mit dem Kerl. Er war ein Feigling, der sich zurückgezogen hatte, als es schwierig wurde. Polizisten-Schulterschluss? Oder Neuanfang in der Ehe? Egal, jetzt wollte sie nicht und schon gar nicht über ihn nachgrübeln.
Wie also weiter in dem Fall Panitz?
Lilli war der Schlüssel, vielleicht auch die Lösung des Mordes an Panitz. Sie hatten sie verlegt, am späten Abend, auf ihren Wunsch

hin, in ein kleines Erholungshotel, mit ärztlicher Betreuung, am Dianasee, Nähe S-Bahnhof Grunewald, sehr exklusiv, sehr verschwiegen. Lilli hatte das von Reimann arrangieren lassen, sich vor den angerückten Paparazzi in Sicherheit gebracht.
Paula kannte das Gelände – der kleine See, nur an wenigen Stellen öffentlich zugänglich, umbaut von exklusiven Villen, in großen Gärten und mit hohen Sichthecken, die die Zäune umschmeichelten, dazwischen alter Baumbestand, der im Sommer das Gelände weitgehend in Halbdunkel hüllte.
Melissa war, wie vorauszusehen, unabkömmlich, Tamara sollte im Büro nach dem Rechten sehen, und sie würde mit dem Bus zum S-Bahnhof Wannsee und von dort die zwei Stationen zum Grunewald fahren. Nach dem Frühstück. Das Anziehen dauerte, den Kaffee zuzubereiten machte sie ungeduldig, eine volle Tasse ging zu Bruch.
Nie war sie krank. Der Körper gleichsam unter Kontrolle. Nur jetzt nicht. Aber am meisten ärgerte sie der eigene Ärger. Nun, da es darauf ankam, versagten Entspannungsübung und Meditation, höhnisch grinsend: wohl nur für Feiertage, deine Praktiken, nicht erprobt im Gewitter.
Sie ließ das Frühstücken sein, schlüpfte in Halbschuhe mit Klettverschluss, Kurzarmhemd, einen weiten Pullover, dessen Bündchen sie links aufschnitt, diesen mochte sie eh nicht, und wer hatte begonnen, Jeans mit Knöpfen zu gestalten statt Reißverschluss, die Knopflöcher waren viel zu eng, also eine andere aus dem Schrank zerren.
Der Bus vorzeitig abgefahren, der nächste fünfzehn Minuten später. Also lief sie los, im kühlen Morgen, die Umgebung und sie sich fremd und eine Last.
Am Bahnhof angelangt, zu Fuß, zum Café im Nebengebäude, «es dauert ein paar Minuten», sagte die Bedienung, «Kaffee ist gerade aus», da endlich war es wieder da, das Lachen. Sie kaufte eine Fahrkarte, Kurzstrecke, ließ sich den Kaffee, to go, schme-

cken und gähnte sich ausgiebig wach während der langen Strecke zwischen Nikolassee und Grunewald, parallel zur Avus, durch den Grunewalder Forst, lange ihr Ausflugsziel zu Westberliner Zeiten, wenn sie mal Sehnsucht hatte, mit Tausenden von Berlinern am Wochenende durch den Wald zu kreiseln.

Zehn Minuten Fußweg brachten Paula zu dem Hotel, in einer sehr ruhigen Seitenstraße, baumbewachsen, die Gebäude zurückgesetzt, die Fassaden weitgehend hinter Hecken und Bäumen verborgen.

Sie ließ die Gedanken an Lilli wieder zu. 1977. Das Dorf. Eine Stelle, wo sich Jugendliche trafen. Das Mädchen, das verblutete. Lilli, die zusah.

Eine Klingel am Tor, eine Gegensprechanlage, die Bitte, zu warten, dann wurde sie von einem Mann im Anzug hereingebeten; Paula hatte einen weiß gekleideten Pfleger erwartet. Aber das Ganze hatte nichts von einer Klinik, sondern glich einem Landhotel, die Zimmer und Suiten, sehr ruhig, Flügeltüren zum Foyer, mit geschwungener Treppe, aber auch ein Fahrstuhl. Perserteppiche dämpften Schritte, gedämpft das Licht, die Farben, es war niemand zu hören.

Man bat sie in eine Art Bibliothek, wo eine Hausdame sie empfing, unauffällig Paulas Aussehen prüfte, sich den Ausweis zeigen ließ und, auch wieder, angesichts des Namens, hörbar freundlicher wurde.

«Frau Braun ist erstaunlich robust, körperlich gesehen, hatte aber trotz Schlafmittel eine schlechte Nacht. Sie besteht aber auf diesem Gespräch mit Ihnen. Regen Sie sie bitte nicht zusätzlich auf. Sie kann, wenn gewünscht, rund um die Uhr ärztliche Betreuung in Anspruch nehmen. Wir tun unser Möglichstes, um Frau Braun zu Ruhe und Erholung zu verhelfen. Wir gewährleisten absolute Privatsphäre. Sie können gerne auch mit ihr in den Garten gehen, dort saß sie schon heute früh, am See. Das Grundstück ist selbstverständlich zu den Nachbarn hin gesichert, niemand kann es einsehen», setzte sie beim Hinausgehen hinzu. «Möchten Sie einen Kaffee? Ein Croissant dazu? Kommt gleich. Und ich lasse Frau Braun Bescheid geben.»

Paula vermochte das kleine Frühstück nicht zu genießen, die Atmosphäre des Raumes bedrückte sie, Friedhofsruhe und auch, wenn das Zimmer peinlich sauber war, imaginierte Paula staubige Bücher und alte Möbel, in denen das abgeschlossene Leben anderer steckte. Eine Insel, zum Ersticken, das Lebensgefühl auf Sparflamme, sterilisiert.

Lilli erschien in teurem Hosenanzug, heute sparsam geschminkt. Sie lief langsam, das Gesicht blass und müde, die Züge unruhig: «Es tut mir alles so Leid», brach es aus ihr heraus, und schon flossen Tränen, und Paula tat ihr Bestes, die Frau zu beruhigen, unmöglich, sie in diesem Zustand mit ihren Vermutungen zu konfrontieren, aber wie lange Schonzeit und was ging sie diese Frau an, die sie und auch Lissa in ihren Schlamassel gezogen hatte. Sie waren ungefähr gleich alt, und doch rührte Lilli sie auf eine Weise an, als sei sie eine jüngere Schwester, um die sie gewohnt war, sich zu kümmern. Endlich beruhigte Lilli sich und bat, sie in den Garten zu begleiten. Kühl, das Gras noch stellenweise nass von Tau, Trauerweiden, Kiefern, vereinzelt, eine Bank am Wasser, Seerosen und andere Wasserpflanzen in Ufernähe. Die Bank war Lillis Ziel, man sah in eine kleine Bucht, am anderen Ufer nur Hecken und Zäune und eine Pforte zum See.

Noch einmal log Paula, dass der Bruch nicht kompliziert, nicht schmerzhaft, warum schützte sie diese Frau?, konnte sich deren brutale Handlung doch nicht recht vorstellen?, als sei die eine andere gewesen.

Fehlgeburt, ja, ein Abgang, nannte es Lilli, «als hätte ich meine Periode», ganz nüchtern, jetzt. Keine Tränen mehr, aufrecht saß sie auf der Holzbank, Paula daneben. Aber – sie schien unter Tabletten zu stehen, wenn Paula den Blick, die Körpersprache richtig deutete.

Minutenlanges Schweigen, bis Paula, ärgerlich – ich bin weder Freundin noch Verwandte, noch Pflegerin –, fragte: «Warum wolltest du mich sprechen?»

Wie sollte sie mit der Frau umgehen, die ihr an die Kehle gegangen war und jetzt getröstet werden wollte, für das, was sie ihr angetan, in Selbstmitleid sich suhlte.

«Also warum? Was wolltest du mir sagen, gestern, was ist passiert?»

«Ich hab ihn schon als Teenie haben wollen. Alle Mädchen im Dorf. Er war was besonderes. Aber immer mit Panitz zusammen. Der war wie sein Schatten. Tom hat nie kämpfen müssen. Alle wollten mit ihm zusammen sein. Er hatte so eine Art.»

Lilli war unmerklich in den Tonfall der Kindheit verfallen, Singsang und das S als SCH gesprochen.

«Tom lachte über alles. Er war der Erste, der im Dorf lange Haare hatte. Es war so super, als er mich ins Kino mitgenommen hat, später in 'ne Disco, nach Heidelberg.»

Die Finger verknotet, das Blut wich aus den Händen, die Knöchel stachen weiß hervor, der Oberkörper schwankte, vor und zurück, wie in Zeitlupe.

«Ich hätt alles für ihn getan. Wir haben uns immer an einem bestimmten Ort getroffen. Er hat manchmal, noch ohne Führerschein, heimlich das Auto von seiner Mutter genommen, ist damit auf dem Land rumgefahren, im Dunkeln, das hat auch die Polizei später nicht rausgekriegt. Und in dem Auto hat er mit ihr gebumst.»

Lilli atmete flach, unruhig.

«Ich hab nichts gesagt. Einfach weitergemacht. Und dann bin ich mal dorthin gelaufen, als er weder zu Hause noch bei Panitz war, und da hab ich sie gesehen, sie ist vor das Auto gelaufen, er hatte volle Fahrt drauf und ist weitergefahren, sie lag da, neben der Hecke, blutete und blutete, und ich hab sie liegen lassen, bin weggegangen.»

Der Oberkörper auf und ab, wiegend, immer rascher.
«Tom dachte wohl, dass er sie totgefahren hat. Panitz hat ihm ein Alibi gegeben. Aber sie war selbst schuld, ist ihm ins Auto gelaufen. Sie hätte auch danach noch gerettet werden können, wenn ich nicht … Panitz dachte, Tom hätte es mir erzählt, weil wir zusammen waren und zusammen geblieben sind. Er hat Tom erzählt, dass er mit mir über den Abend geredet hat. Tom und ich haben nie darüber geredet. Er hat jetzt erst erfahren, dass sie verblutet ist, ist damals abgehauen mit mir, weggefahren, wollte keine Zeitung und nichts.»
Deshalb blieb Tom mit ihr verheiratet, ergänzte Paula für sich. Lilli wusste Bescheid über den Unfall und die Fahrerflucht. Und Panitz, vermutlich.
Die Frage, warum Braun sich nicht scheiden ließ, die Tatsache, dass das Mädchen verblutet war, und die Aussage des Arztes, dass es sich bei dem Unfallort um einen den Dorfjugendlichen bekannten Treffpunkt handelte, waren für Paula die entscheidenden Hinweise darauf, dass Lilli an der Geschichte einen wichtigen Anteil hatte.
«Plötzlich ist Panitz wieder aufgetaucht. Er hat mir im Flugzeug gesagt, dass er wieder im künstlerischen Bereich arbeiten will, Tom ihm das schulde. Er hat durchsickern lassen, wann Tom in Berlin landet. Wollte ihn wieder, mit Haut und Haar, wie früher, wollte Macht.»
Lilli liefen Tränen über das Gesicht, sie beachtete sie nicht.
Paula sah sich um, niemand im Garten, sie wollte gehen, fliehen vor dieser Frau, mochte sie aber auch nicht alleine lassen. Paula nahm das Aufnahmegerät aus der Tasche, die sie zwischen sich und Lilli gestellt hatte, und drückte den Aufnahmeknopf auf aus, es war genug. Sie nahm die Tasche auf die andere Seite.
Lilli schien nichts bemerkt zu haben, erregte sich immer stärker, «es ist alles aus».
Paula griff nach Lillis Hand, die sie ihr sofort entriss: «Das ist

alles meine Schuld», sagte sie, stand auf, wich vor Paula zurück: «Du kannst mir auch nicht helfen.»
«Gib mir doch mal eine Chance. Setz dich wieder zu mir.»
Lilli wich zwei, drei Schritte zurück, stolperte, das Wasser umspülte bereits die Füße.
«Bleib stehen, verdammt, was soll die Scheiße.»
Lilli drehte sich weg, warf sich ins Wasser, schwamm los.
Paula schrie um Hilfe, mein Gott, sie konnte nicht schwimmen, riss die Klettverschlüsse der Schuhe auf, trat sie an den Hacken herunter, schleuderte sie von sich, das dauerte, «Lilli, nein, komm zurück», sie schwamm schon langsamer, in Kleidung, die sich voll Wasser saugte, es musste eiskalt sein, wie lange mochte sie sich halten? Und dann geriet Lilli in die Seerosen, die anderen Gewächse, schrie auf: «Da hält mich was», schluckte Wasser, würgte, hustete. Paula schrie wieder um Hilfe und ging ins Wasser, paddelte los. Das Wasser griff sie mit eisiger Wucht an, unmöglich, Lilli noch zu erreichen, der Gips hinderte, sie kam nur langsam voran. Da tauchte Lilli wieder auf, schnappte panisch nach Luft, schlug um sich, mein Gott, das Ufer war doch gar nicht so weit entfernt. Als Paula sie erreichte, griff Lilli nach ihr, zog sie unter Wasser, das trübe die Sicht begrenzte. Paula spürte Panik aufsteigen, nur hoch, die Beine schlugen an harte Stängel, sie kam nach oben, japste nach Luft, paddelte mit Armen und Beinen.
Ein Mann rannte über den Rasen herbei, nestelte am Rettungsring, warf ihn Paula zu. Der Rettungsring zu kurz geworfen, Menschen, Schreie, das Wasser, so kalt, die Kleidung voll gesogen, der Gips schwer, sie paddelte um ihr Leben, dann der Ring im Blickfeld, mit aller Kraft und Konzentration die Beine bewegen, den Körper zum Ring hin zwingen, Panik, weil das Atmen so schwer fiel, zupacken und dann zog man sie an das Ufer. Ein Boot wurde gerade ins Wasser gelassen, auf der Suche nach Lilli. Eine Decke um Paula gehüllt, jemand klopfte ihr auf den Rü-

cken, sie hustete, spuckte, ein Mann hob sie hoch, um sie zum Haus zu tragen, sie schrie, «Nein, Lilli», aber es war nur noch ein schwaches Stammeln und dann Dunkelheit, die sie verschlang.

Der Anruf brach ein in die Vorbereitungen für die Videoaufnahmen und eine Auseinandersetzung zwischen Braun und Reimann.
«Du hast seit fast drei Wochen Ferien, kaum Termine, Mann, reiß dich zusammen heute.»
Man brach sofort die Arbeit ab. Melissa fuhr Braun und Reimann nach Grunewald.
Man war hinausgerudert, ins Wasser gesprungen, hatte Lilli ins Boot gezogen und an Land gebracht, Schmutz und Erbrochenes entfernt, um die Atemwege frei zu machen, Wiederbelebungsversuche geleistet.
Es war zu spät. Lilli war tot.

Jemand ließ die Todesnachricht durchsickern, und sofort, wie auf Bestellung, klumpten sich Presse- und Fernsehvertreter in der vordem stillen, verschlafenen Straße.
Wieder musste die Schutzpolizei gerufen, dann verstärkt werden, um das Gelände abzuriegeln. Aber rasch tauchten Boote auf dem See auf und filmten: Die Untersuchungen am Unfallort, Spurensicherung, Erkennungsdienst, Mordkommission, sogar eine Staatsanwältin. Früh setzte Tatorttourismus ein, zu Fuß und auf dem Wasser, sowohl Zivilisten als auch Polizisten. Man forderte die Einrichtung einer Sonderkommission, Berlins Ansehen leide.

Man fand Seewasser in der Lunge, das Lilli Braun eingeatmet hatte. Es bestätigte Paulas Aussage – aus der Ohnmacht zurückgeholt –, die sie vor der Abfahrt in die Klinik machte, bestätigte den Verdacht auf Unfall, Ertrinken nach einer Panikattacke. Das

Wasser war an dieser Stelle nicht sehr tief, aber Schlingpflanzen, Wurzelwerk und die Seerosen mochten die Panik erhöht haben, dazu die im Schlafzimmer gefundenen Schlaf- und Beruhigungsmittel, die zu der vermuteten Orientierungslosigkeit in der kritischen Situation beigetragen, sie verursacht haben mochten.

Die Medien überschlugen sich. Saltos aus Fakten, Vermutungen, Klatsch-Cocktails vom Beliebtesten, schon am Abend in den Lokalnachrichten und Boulevardmagazinen: Crime unter VIPs.

Tom Brauns Teilnahme am Wohltätigkeitskonzert an diesem Freitagabend wurde abgesagt.

Die Single, in den letzten Tagen auf Platz drei in den Charts gestiegen, wurde vorsorglich nachbestellt und würde, nach Ansicht von Branchenkennern sowie so genannten Experten, zahlreich interviewt, an diesem Wochenende auf Platz eins landen.

Braun, der in wenigen Tagen Freund und Ehefrau verloren und damit die Schlagzeilen und Boulevardmagazine füllte, lag mit einem Nervenzusammenbruch, wie offiziell gemeldet, in einem Krankenhaus, Adresse unbekannt. Vorläufig.
Reimann organisierte, der Einzige, der Brauns Aufenthalt kannte, er nahm alles in die Hand. Man spekulierte, ob Brauns Mutter, nach Berlin eingeflogen, um sich um den Sohn zu kümmern, ihn mit nach Hause nehmen würde.

Beerdigungen lagen an. Panitz' Leiche war bereits auf Veranlassung der Schwester nach Heidelberg überführt worden, Lillis Leiche lag vorläufig in der Gerichtsmedizin; nach Abschluss der Untersuchungen sollte ein Beerdigungsinstitut ein Urnenbegräbnis organisieren.

Die Pressestelle der Polizei wartete ungeduldig darauf, über den Stand der Ermittlungen unterrichtet zu werden. Man gab die Einrichtung einer Sonderkommission bekannt, aus Mitgliedern der Mordkommission bestehend, zog einen Profiler hinzu – alle überlastet, schon mit anderen Ermittlungen betraut, die übergeben werden mussten, an zu wenig Personal. Die ersten vierundzwanzig Stunden im Fall Panitz, in denen Ergebnisse am wahrscheinlichsten, waren längst überschritten. Lillis Tod überdeckte zunächst Fragen nach den Panitz-Ermittlungen. Aber man musste unterstellen, dass auch sie als Täterin in Betracht kam.
Soko-Mitarbeiter wollten dringend Tom Braun sprechen, notfalls mit staatsanwaltlicher oder vernehmungsrichterlicher Vorladung. Aber das behandelnde Ärzteteam erklärte Braun für vernehmungsunfähig, vermutlich für mehrere Tage.

Man hatte Paula mit dem Notarztwagen in ein nahe gelegenes Krankenhaus gebracht, behandelte dort die schwache Unterkühlung und entfernte den alten Gips. Immer noch ein einfacher Handgelenksbruch, Radiusfraktur sagte die Ärztin, und machte sich daran, den Bruch zu richten. Man beschloss, nicht nur das Handgelenk ruhig zu stellen, legte wieder einen zirkulären Gips an, schnitt ihn wieder auf, um die Schwellung abheilen zu lassen, ergänzte den Gips mit einer Schiene über das Ellbogengelenk und verband das Ganze zur Beugestellung. Dann stellte man auch Paula ruhig, gab ihr etwas, das sie schläfrig machte, das Denken ausschaltete, die ununterbrochene Frage: hätte ich Lilli nicht doch retten können?
Melissa blieb an Paulas Seite, organisierte ein Einzelzimmer, in dem sie den Tag über, im Sessel, Paulas Schlaf bewachte.
Tamara übernahm den Außendienst, brachte Waschzeug, Kleidung zum Wechseln. In Paulas Tasche, die die Hausdame an sich genommen, bevor die Polizei eintraf und Melissa übergeben hat-

te, fanden sich Ausweis und Kassenzugehörigkeit für die Klinikadministration.
Paulas Aufnahmegerät lag noch unangetastet in ihrer Tasche.

gladys und tamara

ZWEITER TEIL

ZEHN

Ein kleines Zimmer im Morgengrauen, Jalousien filterten das erste Tageslicht. Beiger Wandanstrich, die Decke weiß.
Vom Flur her keine Geräusche.
Links ein zweites Krankenhausbett, auf dem Melissa lag, am Rand, sodass man befürchten musste, sie fiele schon bei leichter Bewegung herunter, von dieser schmalen Liege, in ungewohnt hoher Schlafhöhe. Das Haar gelöst, eine dicke Strähne verdeckte die Hälfte des Gesichts, ihr, Paula, zugewandt, sie im Blick, bis der Schlaf Melissa mitgenommen hatte.
Der Arm war noch schwerer als Tags zuvor. Die Augenlider bleischwer, Kopfschmerz, der hinter der Stirn lauerte, die Glieder, vorsichtig bewegt, wie zerschlagen. Obwohl seit gestern Nachmittag im Bett, dösend, dann weggedämmert, hatte der Schlaf sie nicht erfrischt. Und dieser Arm, ein Klotz, man hatte sie eingegipst, sie würde auf Hilfe angewiesen sein.
Der Mund trocken, Magengrummeln, in der Stille ein Fortissimo.
Ihr Blick fiel auf einen Tisch, zwei Stühle, an der Lehne hing ihre Umhängetasche, auf dem Tisch blieb der Blick am Aufnahmegerät hängen.
Das Herz klopfte einen Sprung, setzte wieder ein, blieb im alten Rhythmus.
Lilli.
Im Gipsraum hatte sie gehört, wie jemand von der toten Frau sprach. Melissa, bestätigend, nickte.
Lillis Hände, die nach ihr griffen, sie nach unten zogen, in dieses Gewirr von Stängeln und Wurzelwerk.
Die Angst, selbst zu ertrinken, die Kraft, die sie plötzlich spürte, um sich zu befreien.
Nochmal Lillis Gesicht, der Mund, weit aufgerissen, nach Luft

ringend, die Augen, der Blick schon verschleiert, weit in der Ferne.
Der Rettungsring, den Paula umklammert hielt, durchs Wasser gezogen, dann Nebel, die Ohnmacht. Danach das Weitere so erlebt, als beträfe es eine andere.

«Brauchst du was?»
Melissa, von Paula unbemerkt aufgewacht, strich das Haar zur Seite, sah sie an.
«Was zu trinken. Und wo ist das Klo?»
Melissa richtete sich auf, reichte Paula das Glas, gefüllt mit Mineralwasser, deutete zur zweiten Tür hinter einem Sichtschutz.
«Soll ich die Bettpfanne holen?»
«Don't baby me», flüsterte Paula, räusperte sich, trank das Glas leer, setzte sich auf, schwankte einen Moment, der Kreislauf, Schwindel, holte tief Luft, stand, auf nackten Füßen, und machte sich auf den Weg zum Bad, Schritt für Schritt, ein langer Weg in diesem kleinen Zimmer, an diesem Morgen.

Melissa reckte sich, so ein verdammtes Bett, das den Namen nicht verdiente. Sie ging zum Fenster, zog die Jalousie hoch, riss einen Flügel auf und atmete gierig die frische, kühle Luft.
Die Tür zum Flur schwang auf, die Nachtschwester sah herein: «Alles in Ordnung?», und verschwand wieder, als Melissa nickte. Hilfsbereit hatte sie ihr am späten Abend die Liege ins Zimmer geschoben, nachdem sie Stunden auf dem Sessel zugebracht, der immer kleiner und härter zu werden schien.
Man hatte Paulas Abendessen gebracht, das Melissa aufaß, während Paula unruhig schlief.
Tamara erledigte den Papierkram und wies sie auf Paulas Aufnahmegerät hin; sie würde heute Kopfhörer mitbringen, ohne die es nicht abzuhören war.
Melissa ging zu Paulas Bett, strich das Laken glatt, schüttelte Kis-

sen und Decke auf, widerstand dem Drang, nach Paula zu sehen. Paula hatte das Handgelenk gebrochen, aber weder die Beine noch den Verstand. Wie sie mit dem Schrecken, mit ihren Gefühlen umging, war ihre Sache. Sie nahm sich vor, sie nicht zu bevormunden.
Es zumindest zu versuchen.
Melissa setzte die Flasche mit dem Mineralwasser an und trank sie in einem Zug halb aus.

Paula, in T-Shirt und Unterhose, stand vor dem Spiegel. Sie hatte das Gesicht gewaschen, war sich durch das Haar gefahren, das, kurz geschnitten, in einem Wirbel an der Stirn abstand.
Sie starrte in den Spiegel, ohne sich zu sehen.
Sie hatte schon Erfahrung mit dem Tod: dem der Mutter, des Vaters, eines Klienten, vor kurzem dem ihrer Patentante, nun Lillis. Unfassbar – eine der Vokabeln, selbst in Fällen, in denen der Tod angekündigt war, bei langer, schwerer Krankheit etwa. Aber Trauer war nicht vorwegzunehmen. Der Mensch noch da, ansprechbar, fühlbar, und plötzlich weg. Der Weg mit ihm zu Ende, unwiederbringlich.
Trauer ließ die Bilder scharf werden, eine Insel, auf der man sich bewegte, abgeschnitten vom Alltag.
Abschied. Wie machte man das? Wie ‹nie mehr› fassen?
Und: Der eigene Tod rückte ins Bewusstsein. Näher. Wozu planen, wenn das Ende, grausam, jederzeit Zukunft abschneiden konnte? Beinhaltete Gegenwart nicht Zukunft? Und Neugier? Planen? In Trauerzeiten bedeutete Gegenwart nur Verlust.
Schock. Unbegreiflich. Und dann wund, schutzlos.
Paula schloss die Augen, atmete tief ein, langsam aus. Sie musste sich zusammennehmen.

Sie ging zurück in das Zimmer, zum Fenster, blieb minutenlang dort stehen, fröstelnd, aber die Kühle belebte, weckte die Freu-

de, am Leben zu sein, fassungslos, geschockt, aber am Leben. Sie drehte sich zu Melissa.
«Wann können wir hier abhauen?»
«Lass uns die Morgenvisite abwarten, und dann gehen wir.»
Paula verdrehte die Augen, kniff die Lippen zusammen.
«Du willst mich hier drin festhalten. Kommt überhaupt nicht in Frage.»
«Ich sag dir das jetzt einmal. Ich habe keine Lust, dir Hilfe anzutragen und dafür eins in die Schnauze zu kriegen. Du wirst sagen, wenn du was brauchst. Du bist dein Boss. Aber lass auch mal zu, wenn ich dich in den Arm nehme.»
Sprach's, ging auf Paula zu und klemmte sich die Kleine unter die Achsel.
«Dieser blöde Gips», sagte Paula, wischte sich, beinahe zornig, die Tränen von den Wangen.

Sie setzten sich in Paulas Bett, Kissen in den Rücken.
Erst redete Paula. Stockend, immer wieder sich räuspernd, Knubbel ausspuckend wie ein Kettenraucher am Morgen, mit Pausen, nach Luft ringend.
«Ich kann nicht schwimmen. Hab's nie richtig gelernt. In der Schule den Sportkurs geschwänzt, meinen Eltern ausgewichen. Ich hasste es, keinen Boden unter den Füßen zu spüren. Zum Glück, so empfand ich das damals, hab ich eine Chlorallergie bekommen und konnte mich rausschwindeln, bis niemand mehr darauf achtete, ob ich schwimmen konnte.»
«Warst du nie in einem der Berliner Seen zum Baden, im Sommer, mit Freunden?»
«Nur draußen, am Ufer. Wenn es gar nicht anders ging, bin ich gepaddelt, wie Hunde, Kopf oben und schnell unter einem Vorwand raus aus dem Wasser.»
«Es ist fraglich, ob ein Schwimmer sie hätte retten können. Die Frau war in Panik, nachdem sie Wasser eingeatmet hatte.»

«Sie zog mich runter, mit einer Kraft wie eine Verrückte. Dabei war das Ufer noch so nahe. Wenn sie diese Kraft nur zum Schwimmen genutzt hätte.»
«Sie war wohl nicht mehr bei sich.»
Das gehörte ins Reich der Vermutungen. Es gab nichts mehr dazu zu sagen, in diesem Moment, an diesem frühen Morgen.

Fiebermessen, Puls fühlen, Eintragungen; die übliche Krankenhausroutine, der Betrieb erwachte mit seinen dazugehörigen Geräuschen.
Paula kündigte der Krankenschwester an, dass sie entlassen werden wollte. Es ist Samstag. Trotzdem. Es gibt heute keine Visite. Aber die Stationsärztin wird sich, nach Dienstantritt, den Arm angesehen.
«Kommt alles auf die Rechnung», sagte Melissa. «Jeder Schritt.»
«Ist das ein Privatzimmer?», fragte Paula.
«Ja», grinste Melissa und ging Kaffee organisieren.

«Jetzt ist endgültig Schluss mit Anonymität, soweit sie nach deinem Balkonsturz noch vorhanden. Jetzt wird dein Klarname in den Zeitungen stehen, keine Anfangsbuchstaben mehr, davon kannst du ausgehen.»
«Melissa, wir müssen da durch. Wenn wir uns jetzt rausziehen, das alles abgeben, können wir unseren Laden endgültig dicht machen.»
«Du hast Recht. Ich geb es ungern zu. Aber du hast Recht. Eine Detektivin als Opfer, eine Sicherheitsfrau, deren Klient im Krankenhaus landet, und zwei Tote in dieser Zeit. Das ist Stoff! Wir werden in den nächsten Tagen keinen Schritt mehr unbeobachtet machen können, es sei denn, Braun macht was Spektakuläres, legt zum Beispiel ein Geständnis ab, ha.»
Ihr entging Paulas schneller Blick auf das Aufnahmegerät.

Halb sieben war es, als Tamara den Kopf ins Zimmer steckte, Melissa, im Schneidersitz, auf einem, Paula, auf dem Rücken liegend, im anderen Bett.
«Wir gehen auf die Matratzen», sagte Melissa.

Das Wochenende über im Büro verschanzen, wie Mafiosi im Bandenkrieg – wenn man den Gangsterfilmen glauben durfte.
Tamara würde für Lebensmittel und Decken sorgen, sodass, wer wollte, dort übernachten konnte, und mit der Hausverwaltung regeln, dass das Haus und der Fahrstuhl nicht ohne Schlüssel zu betreten waren.
Wochenende. Niemand arbeitete. Soweit die Etagen vermietet, war ab Freitag Feierabend. Man würde Paula im Krankenhaus oder zu Hause vermuten, aber nicht im Büro.
«Ich werde den Außendienst übernehmen», sagte Tamara. «Jetzt besorg ich das Notwendige, und dann hole ich euch mit dem Auto ab.»
Es gab keine Diskussionen. Paulas Autorität war unangetastet. Sie wollte sich nicht zu Untätigkeit verbannen lassen, die gewohnte Arbeit würde ihr helfen, aus der inneren Erstarrung herauszukommen, wie schon die frühmorgendlichen Gespräche mit Melissa; für Schuldgefühle und Grübeleien blieb später Zeit, das musste warten. Jetzt galt es, die Arbeitsstelle zu retten, für das Trio, wie Paula es bereits sah, Tamara gehörte, im Moment, dazu.

Samstagvormittag.
Kühl. Wolkenlos der Himmel. Ostwind.
«Wo bin ich hier eigentlich?»
«In Charlottenburg, im Klinikum der FU.»
Widerwillig die Entlassung am Wochenende. Die Ärztin hatte, medizinisch gesehen, keine Bedenken. Aber sie versuchte, Paula über das Wochenende in der Klinik zu behalten, des Schocks wegen, aufgrund der «traumatischen Ereignisse».

Wieder unterschrieb Paula, dass sie auf eigene Verantwortung die Klinik verlasse.
Tamara, den Kofferraum beladen, wartete im Auto, am Seitenausgang.
Spandauer Damm, Otto-Suhr-Allee, zum Ernst-Reuter-Platz. Mehrspurig die Straßen, Kampfplatz für die unterdrückten Aggressionen der Woche: Hupen, drängeln, abrupt und ohne zu blinken die Spur wechseln und so das dahinter fahrende Auto zum Abbremsen zwingen.
Tamara fuhr zügig, aufmerksam, fluchte leise vor sich hin, das Fahrverhalten anderer entsprechend kommentierend.
«… Wohl noch Einkäufe zu erledigen, oder raus aus der Stadt, zum Wochenende, die Speckgürteldörfer bevölkern … Mal schnell zur Ostsee düsen, unsre neue Gesamt-Berliner Badewanne … Na los, keine Zeit verschwenden, spar 'ne Sekunde, die dir die anderen Lahmeier klauen wollen, wir machen keine Gefangenen auf Berlins Straßen … Ein Dresdner. Sachse, klar. Nicht auskennen, rumstehen, seid selbst schuld, wenn schon Hupen und ein Spruch aus dem Fenster euch zu Tode erschreckt.»
«Ganz schön zynisch für dein Alter», bemerkte Melissa. Sie war eine lausige Beifahrerin, die mitbremste, die Luft zischend einsog.
Durch den Tiergarten, Straße des 17. Juni: Erste Jogger, Walker, Radfahrer auf den Wegen.
Das Brandenburger Tor umfahren, Unter den Linden überqueren und vorsichtig dem Bürohaus genähert.
Paula lief direkt zum Fahrstuhl, Melissa und Tamara trugen Einkäufe, Schlafsack und Decke in den Hausflur, dann ging Tamara, um das Auto in einiger Entfernung zu parken.

Die Lebensmittel verstaut, Nachtquartiere bestimmt; Paula liebäugelte mit ihrer Ottomane, die Seitenlehne gut für den Gipsarm, Tamara legte ihren Schlafsack an die Besuchercouch, Melissa Decken auf ihren Teppich, aus Paulas neuem Besitz übernommen. Das mittlere Zimmer, mit Couchen und Tisch, mit der Küchenzeile und dem Tresen, wurde zum Hauptquartier. Lüften, Jalousien herunterlassen. Tamara war eine gute Quartiermacherin.

Der Anrufbeantworter zeigte vierzehn Anrufe an, die gemeinsam abgehört werden sollten, um den gleichen Stand an Informationen zu haben. Das war das Erste, was Paula vorhatte: Das Trio auf den gleichen Stand zu bringen.

Tamara schloss das Aufnahmegerät Paulas an Lautsprecher an, legte Tageszeitungen auf den Tisch.

Aber zunächst die Anrufe.

Der erste war von Reimann, der Melissa suchte. Dringend melden, wenn im Büro. Bitte. Und wie geht es Frau von Oshinski?

Von ihm stammten auch zwei weitere Anrufe. Das Bitte fiel weg. Er würde Melissas Hotelzimmer aufgeben. Melden!

Den Anruf von Ehlers stoppte Paula, sobald sie die Stimme erkannte.

Erkundigungen, wie es Paula gehe, auch von Teichert.

Bitten um Stellungnahme, Anfragen für Interviews, mehr oder weniger aufdringlich, eindringlich, auffordernd: Presse, ein privater Sender, ein Lokalsender.

Ein Mitglied der Soko, der im Krankenhaus gewesen und Paula um wenige Minuten dort knapp verpasst hatte.

Dann die Tonbandaufzeichnung.

Lilli, mit Paula am See.

Ihre Stimme, mal weinerlich, mal trotzig, mal mit dem Pathos eines Kindes, das unbedingt Ihn wollte. Ein gefährliches Kind, das ein anderes verbluten ließ, nur die Rivalin sah, nicht die Sterbende.

Die Tom, den «über alles Geliebten», in dem Glauben ließ, er sei in Gänze für den Tod des Mädchens verantwortlich. Die mithalf, den Mitwisser, den Alibigeber, zu bezahlen, der glücklicher-

weise, wie sie es empfand, vor Einberufung oder Ersatzdienst fliehend, nach Berlin verschwand.
Panitz. Ein Trabant, der seine Sonne wieder suchte, Tom und den Dunst des Lebens im Rampenlicht.
Lillis «Ich bin schuld» beschäftigte die Frauen. Schuld. Auch an Panitz' Tod?
«Er hat seinen Mörder oder die Mörderin gekannt, ist von vorne erstochen worden. Panitz ließ ihn oder sie an sich ran, muss von dem Angriff überrascht worden sein. Ihm blieben nur noch kurze Momente für die vergebliche Abwehr», fasste Paula zusammen, nachdem Tamara das Gerät abgeschaltet hatte.
«Weiß man was über die Tatwaffe?»
«Eine Art Obstmesser fehlte, als der Ausstatter das Buffett begutachtete, das in Brauns Garderobe aufgebaut war. Spitz, scharf, ein Duplikat passt zum Wundprofil», sagte Tamara.
Sie erntete anerkennendes Nicken.
«Zurück zu Lilli. Bezieht sich das, was sie vor Paulas Balkonsturz und vor dem eigenen Tod geäußert hatte, auf die Ereignisse von 1977, auf Panitz' Tod oder auf beides», fragte Melissa laut.
Zum ersten Mal nach dem Kampf im See fühlte Paula eine rasende Wut in sich aufsteigen, Wut auf dieses Miststück von Frau, süchtig nach dem Kerl, dem Sonnyboy, bereit, alles dafür zu tun, um ihn zu halten. Alles. Paula stand abrupt auf, ging mit großen Schritten in ihr Büro, knallte die Tür hinter sich zu. Melissa, schon im Aufstehen begriffen, spürte Tamaras Hand auf ihrem Arm.
«Lass sie. Tut ihr bestimmt gut.»
Melissa setzte sich wieder.
«Wir fangen wieder von vorne an, bei Panitz. Wer war Panitz? Wer hatte ein Interesse, ihn abzustechen? Die Gelegenheit hatten mehrere Personen. Was wollte dieser Panitz von Braun? Nur Geld? Was suchte er?» Tamara schlug einen sachlichen Ton an.
«Den Rock 'n' Roll», erwiderte Melissa. «Aber den hat Braun ver-

loren. Was er macht, ist geglättet, geliftet, Fahrstuhlmusik, für jedermann. Das ist das Verkaufsziel: Jeder.»
«Reimanns Ziel.»
«Ja. Weißt du, wenn Panitz derjenige war, der durchsickern ließ, dass und wann Braun in Tegel landete, musste Reimann das als Kampfansage aufgefasst haben, darüber, wer die Macht über Brauns Karriere hat.»
«Noch eine Frage zu dem Abend, als Lilli Paula vom Balkon stieß. Hast du gehört, was Braun seiner Frau am Telefon gesagt hat, Melissa?»
«Kinderkram. Beruhigendes von der Preislage: Wir kriegen das schon wieder hin, haben schon so viel zusammen durchgestanden. Warte mal. Er sagte: Wir bleiben immer Freunde. Da ist sie ausgeklinkt, hat geschrien, das hab sogar ich gehört. Sie hat das vielleicht als Scheidungsabsicht gedeutet, dieses Freunde-Gerede. Wie immer, ich bleib an Braun dran. Und an Reimann. Und wir telefonieren.»
«Ja.»
«Pass auf Paula auf.»
«Klar. Und du auf dich. Hast du dein Handy?»
«Ja.»

Als Paula ins Zimmer zurückkehrte, war Melissa bereits gegangen. Tamara hatte die Zeitungen durchgesehen und war nun dabei, eine Abschrift vom Band zu fertigen.
«Melissa trifft Reimann im Park-Hotel.»
«In Ordnung. Ich werde einige Anrufe machen.»
Paula ging zum Tresen, um sich einen Kaffee einzuschenken.
«Sag mal, wo ist eigentlich Gladys?»

Sie verweigerte ihm die eigene Sprache, antwortete in Deutsch, sprach ihn auch so an. Zeig ihm, wer das Sagen hat, kehr die Fakten um, ungeachtet der Waffe, mit der er sie bedrohte.

Sie würden ihr zu Hilfe kommen, mussten, wie versprochen, eingreifen.
Standards, in einfachen Sätzen: «Ich will nicht, dass Ihnen etwas geschieht, noch, dass mir etwas geschieht. Ich will, dass jeder von uns sicher ist. Ich bin hier, um meinen Job zu machen. Also wenn Sie auf der sicheren Seite sein wollen, sprechen Sie mit mir.»
«Bullshit. Stop it.»
Er richtete erneut den Lauf der Waffe auf Gladys. Eine Walther, eine Pistole.
«Go!»

ELF

Träge zerdehnte der Tag seine Stunden. Sonnenstrahlen erreichten die Bürofenster, suchten sich den Weg durch Jalousienritzen. Geräusche, vor allem vom Bahnhof Friedrichstraße, drangen gedämpft durch die geschlossenen Fenster.

Atem, der im Brustraum staute, nicht ins Zwerchfell gelangte, sosehr sich Paula anstrengte.

Pflichten abarbeiten. Anrufe beantworten, wie den von Otto Ehlers. Paula ließ ihm eine SMS zukommen: Ich will eine Pause. Mindestens. Und fügte hinzu: Mir geht es gut.

Teicherts Privatnummer angewählt. Frau Teichert war am Apparat. Und wieder das: Mir geht es gut, danke für die Nachfrage.

Herr Braun? Der ist in ärztlicher Behandlung.

Interviews? Zum jetzigen Zeitpunkt nicht.

Tamara arbeitete methodisch das Material durch, ihre Notizen, das aufgezeichnete Gespräch. Sie war gefühlsmäßig nicht involviert, wie Paula, wie Melissa, sie würde sich nicht von Emotionen zum Urteilsspruch drängen lassen: Fälle das Urteil und erhärte es durch Tatsachen, finde Beweise für das, was du glauben willst.

Tamara war bemüht, all die in der Ausbildung gelernten Schemata zu vergessen, die den Blick auf das Ganze verkleben mochten. Nun war es an ihr, auszuwählen, wie sie vorging, ohne eine eingespielte Polizeimannschaft.

Täter-Opfer-Beziehungs-Prinzip.

Wenn man das Wie weiß, weiß man das Wer.

Möglichkeit, Mittel, Motiv – all diese Leitlinien waren momentan nur Gedankenspiele.

Zurück zu Panitz und seinem beruflichen Hintergrund, noch einmal das bisher Bekannte gründlich durchgehen, systematisieren, aufbereiten, offene Fragen aufspüren.

Melissa stand allein im Hotelfahrstuhl, als der zwischen zwei Stockwerken sanft anhielt. Sekunden später erfolgte eine Durchsage; man bat um einen Augenblick Geduld, man werde den Schaden sofort beheben, es bestünde kein Grund zur Beunruhigung.

Melissa lehnte an eine Wand, schloss die Augen.

Unzählige Arme greifen nach ihm, Geschenke, Stifte werden ihm entgegengestreckt, ein höllisches Lärmspektakel, in dem sie stecken. Jemand fällt in Ohnmacht. Jemand schiebt ihm ein Mikrophon an den Mund, presst es an die Zähne; sie schiebt sie aus seiner Laufrichtung. Unzählige Hände greifen nach ihm, Tentakeln gleich. Aus Gesichtern werden Fratzen, mit weit geöffneten Mündern.

Melissa kniff die Augen zusammen, schüttelte den Kopf, gleichsam die Bilder ab. Sie beugte den Kopf zu jeder Seite, zog die Schultern hoch. Wann hatte sie zuletzt etwas für ihren Körper getan, trainiert?

Der Fahrstuhl setzte sich wieder sanft in Bewegung. Reimann wartete in seinem Zimmer auf sie.

Das Zimmer entpuppte sich als eine geräumige Suite, voller Blumen, die man aus Brauns Suite hierher gebracht hatte. Reimann, umgeben von Telefonapparat, Handy, Terminplaner, Notebook, schob mit großer Geste Papiere beiseite, bot Melissa einen Platz an und erkundigte sich sofort nach Paula.

Melissa antwortete knapp und fragte ihrerseits nach Braun.

«Er ist in guten Händen», sagte Reimann. «Wir reden später darüber. Jetzt ist erst mal fernsehen Pflicht. Der Butler vom Penthouse, der erste, du weißt schon, gibt ein Interview. Ein Redakteur hat angerufen, um mich auch in die Sendung einzuladen. Aber ich will erst mal sehen, was der Typ ausspuckt. Verdammt, ich hatte Tom gewarnt.»

«Woher wissen die Fernsehleute, wo du dich zurzeit aufhältst?»

«Keine Ahnung. Aber so schwer ist das nicht, ich meine, das herauszufinden. Die haben alle einen Angestellten von jedem entsprechenden Luxus-Hotel der Stadt auf der Lohnliste.»
«Was kann der Butler schon verkaufen? Er wird danach nie mehr in seinem Beruf arbeiten können.»
«Er wird seinen Klatsch schon teuer verkaufen. Und spätestens in ein paar Monaten ein Buch herausbringen, spätestens zu einem Mordprozess-Termin ist er damit wieder aktuell und in jeder Talkshow.»
An der Seite des Rockstars Tom Braun; so kündigte man den Butler an, dessen Namen der Moderator vergaß zu erwähnen.
Die Beziehung zwischen Lilli und Tom stand auch hier im Mittelpunkt, eingeleitet mit der Bemerkung: Auf Tour poppen zählt nicht.
Frage: «Begleitete Lilli ihren Mann auf seinen Tourneen?»
«Eine Tournee bringt eigene emotionale Verflechtungen mit sich. Viele Ehefrauen und Freundinnen fühlen sich ausgeschlossen. Sie wollen und brauchen die Bestätigung, genauso wichtig wie der Star und seine Crew zu sein. Sie bringen Unruhe mit ihrer Bedürftigkeit in die Truppe, lenken ab, weil sie irgendwie auch im Scheinwerferlicht sein wollen.»
«Dieses Arschloch», fluchte Reimann. «So ein scheinheiliges Aas. Das hat ihm jemand aufgeschrieben, das liest der vom Teleprompter ab.»
Geschickt lenkte der Interviewpartner das Gespräch, unter dem Mantel der Besorgnis und des Verständnisses wurden die Suggestionen ins Publikum geträufelt: Eine vernachlässigte Ehefrau, ein unzufriedener Star, der sich seine Ideale bewahren wollte und vom geldgeilen Umfeld in eine schlechte künstlerische Richtung gelenkt wird, Panitz, der alte Freund, habe den Star davor bewahren wollen.
Reimann tobte, goss sich einen Whiskey ein, kommentierte so laut, dass man nichts mehr verstand, aber der Beitrag war auch

nach wenigen Minuten zu Ende, und Melissa schaltete den Apparat aus. Das Telefon klingelte, Melissa bat die Rezeption, Anrufe zu notieren, nur Braun durchzustellen.

«Der hat auf mich angespielt, dieser Idiot. Jetzt ist Panitz der Gute. Was glaubte der Kerl denn, wieso sich Tom so lange halten konnte? Das war harte Arbeit. Und Publicity ist das A und O. Presse einsetzen, Medienkontakte machen. Und in Zeiten, wo es nicht so gut läuft, seinen Namen im Gespräch halten. Chicks bezahlen, damit sie in der ersten Reihe in Ohnmacht fallen, vor seinem Haus rumlungern, Fanbriefe schreiben. Im Gespräch bleiben, darauf kommt es an. Zeig mir einen, der nicht vor Angst in die Hose scheißt bei der Vorstellung, dass das Telefon nicht mehr klingelt, nichts mehr über ihn gedruckt wird. Ein Gestriger werden? Wie Panitz, der als junger Mann am Scheinwerfer geleckt hat und zurück in die Reihe musste, um dann nur anderen zu helfen, vorne zu stehen? Diese Brauns leben doch nur, wenn ihnen das in der Presse bescheinigt wird, wenn die schreiben, dass sie leben. Was glaubst du, wollte Panitz? Doch wieder im Spiel sein, wenigstens dicht dran am Scheinwerfer. Trabantenpack.»

Melissa beobachtete Reimann ungerührt. Bei seinen Ausbrüchen wusste sie nie, was Vorstellung, was Kalkül war. Aber dieses Mal schien seine Aufregung nicht gespielt.

«Beruhige dich, Mister B., und mach nicht die Klatschpresse zum Buhmann. Gerade hast du erwähnt, wie wichtig sie ist. Die alte Leier. Wenn ihr sie braucht, soll sie euch unterstützen, ansonsten die Klappe, die Tinte halten. Sag mir endlich, was mit Braun ist, wie es ihm geht.»

Reimann fuhr sich ein paar Mal durch das Haar, stand auf, lief ein paar Schritte, setzte sich wieder, Melissa gegenüber, in einen Sessel.

«Tom geht es nicht so gut. Aber die päppeln ihn dort wieder auf. Er will arbeiten. Doch, doch», beteuerte er, auf Melissas ungläubigen Gesichtsausdruck reagierend. «Glaub mir, Arbeit ist das

Beste in so einer Situation. Nicht sofort. Aber in ein paar Tagen. Er grübelt sonst nur, und das führt zu nichts. Er hat dort einen Seelenklempner und einen Arzt und alles, was er braucht, sogar seine Mutter war da, aber er wollte sie nicht lange bei sich haben, sie ist wieder zurückgeflogen. Glaub mir, Arbeit ist hilfreich, wenn mal die Beerdigung vorbei ist. Sie wird in Berlin beigesetzt, er will hier bleiben, in Berlin.»

«Das hat er schon entschieden?»

«Willst du was trinken?»

«Warum bin ich hier?»

«Sag mal, wollen wir uns nicht etwas zu essen bestellen? Irgendwo ist hier eine Karte für den Zimmerservice.»

«Warum bin ich hier? Als Fahrerin bin ich überbezahlt, wie ich schon mal gesagt habe.»

«Mach dir mal um das Geld keine Sorgen, Melissa. Du sollst nicht als Chauffeur arbeiten. Wir brauchen jemand an Toms Seite, jemand, der ihn kennt.»

«Kennen? Das ist wohl übertrieben. Du machst Pläne, bevor die Morduntersuchung abgeschlossen ist, als sei es ausgeschlossen, dass Braun was mit dem Mord an Panitz zu tun hat. Vielleicht hat sich der gute, alte Kumpel als Erpresser erwiesen, mit einer Geschichte aus der guten, alten Jugendzeit. Oder, wie wäre es mit dir? Grund genug hattest du, Panitz' Einfluss auf Braun zu fürchten.»

Reimann lachte.

«Du bist eine Nummer, Melissa. Sitzt hier in meinem Wohnzimmer und schiebst mir einen Mord unter. Deine Art gefällt mir. Immer geradeaus. Siehst du, deshalb wollen wir dich in unserer Mannschaft. Also du kannst es halten, wie du willst, aber ich muss jetzt etwas essen. Mein Magen fährt Karussell, seit gestern hab ich wenig runterbekommen.»

Reimann griff zum Telefonhörer und gab seine Bestellung auf: das ja, das aber nicht und das auf einen extra Teller.

Melissa beobachtete ihn. Er ließ sich von ihrem Gerede nicht aus der Ruhe bringen. Selbstverständlich war er sich bewusst, als Verdächtiger im Panitz-Fall eine Topnummer gezogen zu haben. Aber das hielt ihn nicht davon ab, seine Belange, Brauns Geschäfte, zu verfolgen.

«Und keine Petersilie zu den Krabben. Ach so? Umso besser. Moment mal.» Er hielt den Hörer ab. «Nicht doch ein Sandwich, Melissa? Ein Krabbencocktail? Schinken? Gut. Schinken. Hören Sie», sprach er wieder in den Hörer und ergänzte seine Bestellung.

Ach, zum Kuckuck, ein Imbiss würde ihr gut tun, entschied Melissa.

«Willst du dich noch frisch machen vor dem Essen? Dein Zimmer steht dir zur Verfügung.»

«Mein Zimmer? Hast du das nicht gekündigt?»

«Wir wollen dich in unserer Mannschaft haben. Wie ich sagte: Tom braucht jemand an seiner Seite. Jemand Vertrauenswürdiges, der das Geschäft kennt. Du warst, Pardon, du bist vom Bau.»

«Nicht mehr. Nicht von eurem verdammten Bau.»

«Neidisch, Melissa?»

«Worauf?»

«Worauf? Diese coole Tour nehme ich dir nicht ab. Du hast doch mal Blut geleckt, in früheren Jahren, auch wenn es in eurer provinziellen DDR war, Bühne ist Bühne.»

«Ich hab einen neuen Job.»

«Wie Panitz, als er nach Berlin musste, nicht?»

«Ach, Reimann, was soll das. Willst du mich provozieren? Ich hab mir meinen neuen Job ausgesucht. Das, was ihr macht, ist langweilig und austauschbar, künstlerisch gesehen, und kann schon morgen vorbei sein.»

«Nicht mit mir als Manager.»

«Du lebst auch unter dieser Angst. Und diese Angst diktiert auch dein Leben, deshalb kriecht ihr jedem in den Arsch, der

ihn hinhält: Plattenfirma, Klatschpresse, Fernsehboulevardfuzzis.»
«Wir spielen längst in einer anderen Liga, Melissa. Tom ist ein Star.»
«Star. Was man heute so Star nennt. Megastar, Superstar, das ist doch inflationär. Was ist denn ein Star?» Melissa stand auf. «Ein Star weckt Sehnsucht. Das ist es, was von Stars ausgeht, was sie vermitteln und nicht aussprechen, nicht singen. Nein, sie wecken sie, diese Sehnsucht, nach, na ja, was immer die Fans an Träumen haben oder hatten. Zeitlos. Das ist es, was einen echten Star ausmacht. Der Rest ist Plastik, ist austauschbar.»
Melissa blieb am Fenster stehen.
«He. Du bist ja eine Romantikerin, Melissa.»
«Ach, fick dich selbst.»
«Nein, ist schon in Ordnung, das ist schon okay, du musst dich nicht genieren. Siehst du, so jemand braucht Tom, jemand, der leidenschaftlich ist. Und du hast ihm Grenzen gesteckt, du kannst mit ihm umgehen, auf dich hört er.»
Es klopfte. Der Zimmerservice. Das gab Melissa Zeit, sich zu fassen. Sie drehte der Szenerie den Rücken zu.
Reimann hatte Recht. Sie war verlegen, weil sie ihm einen Einblick in Persönliches gegeben hatte. Und von wegen ehrlich. Aber sie wollte verdammt sein, wenn sie einem Kerl wie ihm eingestünde, wie stark in letzter Zeit die Lust auf Auftritte, öffentlich singen, wieder aufgekommen war. Es fiel ihr zunehmend schwer, eine rein berufliche Haltung beizubehalten.
Reimann würde das, was ihm in seine Pläne passte, ausschlachten und den Rest dessen, was sie gesagt hatte, vergessen. Er war eindeutig, war in allem mit seinen Geschäften befasst, schien kein Privatleben zu haben. Ungeduldig wartete er darauf, die Rechnung abzuzeichnen und darauf, dass der Mann vom Service das Zimmer verließ. Er schob Melissa den Teller mit dem Sandwich zurecht, das Glas Mineralwasser, reichte ihr eine Serviette.

«Na siehst du, wir kommen doch gut zurecht. Und das ist es. Wir brauchen jemand, der mit allen zurecht kommt, vor allem mit Tom und mit mir. Greif zu. Du bist die Richtige für den Job als persönliche Assistentin. Was sagst du? Deal?»
Melissa legte das angebissene Sandwich zurück auf den Teller. Jetzt war die Katze aus dem Sack.
«Über das Gehalt werden wir uns einig. Das ist die Chance, deine Chance, Melissa, in einer Zeit, in der der Ruf deiner Agentur nicht zum Besten steht, ich meine, wer weiß, ob das dort weitergeht.»
Reimann beugte sich vor, näher zu Melissa hin.
«Es gibt eine Menge zu tun. Das Video muss fertig gestellt werden. Werbeaufnahmen liegen an. Ich kann mich um die vertragliche Seite kümmern, um Kündigungsfristen, wenn ihr so was habt. Ein Bonus ist auch drin. Du kannst damit dein Haus schneller abbezahlen.»
«Ich bin Partnerin», sagte Melissa. «Deine Becker-Detektei hat lausige Arbeit abgeliefert.»
Es klopfte an der Tür, mehrmals, energisch.
«Ja doch», murrte Reimann.
Er ging zur Tür, unwillig ob der Unterbrechung, behielt Melissa im Auge, als könne ihm die Beute noch entwischen.
Zwei Männer standen vor der Tür, begleitet von einer Hotelangestellten. Die Frau von der Rezeption entschuldigte wortreich den unangemeldeten Besuch, aber eine Dame habe angeordnet, keine Gespräche durchzustellen.
Der Besuch erwies sich als SOKO Berlin. Die Kripobeamten stellten sich vor. Melissa hatte die beiden nicht am Tatort gesehen.
Ob Reimann einen Anwalt zum Gespräch hinzuziehen wolle? Nein?
«Und wer sind Sie?»
«Melissa März, Herrn Brauns Mitarbeiterin», stellte Reimann sie vor.

«Frau Oshinskis Mitarbeiterin», widersprach Melissa.
«Haben Sie einen Ausweis bei sich?»
Melissa zeigte ihren Ausweis.
«Halten Sie sich bitte telefonisch zur Verfügung.»
Melissa gab einem der Beamten ihre Visitenkarte.
«Wir würden jetzt gerne mit Herrn Reimann sprechen, ohne Sie.»
Melissa hob grüßend die Hand.
«Denk über unser Gespräch nach, Melissa. Ich melde mich bei dir. Also, meine Herren, nehmen Sie Platz.»
Melissa verließ die Suite, mit der Hotelangestellten, die sie zum Fahrstuhl brachte und sich dort verabschiedete.
Unglaublich. Ein Job als bezahlter Spitzel von Reimanns Gnaden, geködert mit einem Abschlag für die Schulden auf ihrem Haus. Wissen beschaffen und einsetzen. Deine Agentur droht abzusaufen, und du sitzt auf deinen finanziellen Verpflichtungen? Hier, der Rettungsanker. Musst nur Braun in meinem Sinne beeinflussen, in Schach halten, ihm die Imageänderungen und alles, was damit einhergeht, einflößen.
War es das, was blieb? Zynismus? Arsch zusammenkneifen und eine neue Couch kaufen? Spielverderber, der anderes wollte als Kohle machen? Unsicherheiten in einem betäuben lernen und das, was – wenn überhaupt – mal war, an Traum, Ideal, Vision, abtöten, mit allem, was es zu kaufen gibt?
Der Fahrstuhl hielt, die Tür glitt auf, Melissa lief hinein, trat gegen die Rückwand und schrie, bis er im Erdgeschoss hielt.

Sie entfernten sich von der amerikanischen Botschaft, Schritt für Schritt. Er hielt sie, untergehakt, nahe an seiner linken Seite.
Wo blieben die Leute von der CIA? Mindestens zwanzig Mitarbeiter der US-Botschaft gehörten schon zu Bonner Zeiten zur

CIA. Der Geheimdienst hatte, wie alle Geheimdienste, ein Netz von Informanten geknüpft, hinein in Parteien, Behörden, Wirtschaftsverbände. McMillan hatte ihr hier, vor der amerikanischen Botschaft, aufgelauert. Woher wusste er, dass sie in Berlin war? Woher wusste er, dass sie ihn suchte, wer sie war, wie sie aussah?

Man hatte sie reingelegt.

ZWÖLF

Der Fahrstuhl hielt, die Tür ging auf.
Melissa fühlte sich, als habe man ihr mit einem Mal sämtliche Energie entzogen, die berühmte Nadel in den Ballon gestochen, und ffft war alle Kraft zum Teufel. Sie fühlte sich wie ausgelutscht, mit weichen Knochen und Leere im Kopf. Aber: Verabredungsgemäß griff sie zum Handy, um Tamara das Wichtigste mitzuteilen.
«Du sprichst so leise.»
«Ich bin erledigt.»
«Hast du nicht gesagt, dass du noch ein Zimmer im Hotel hast? Vermutlich steht darin ein Bett, oder? Hier ist alles ruhig. Also hau dich hin und schlaf eine Stunde.»
Das hatte sie gebraucht, eine, die ihr Erlaubnis gab, sich auszuruhen. Und sie brauchte dringend eine Pause.
Erst, als sie zur Rezeption ging, fiel ihr auf, dass sie vergessen hatte, sich nach Paula zu erkundigen.
Erst mal schlafen. Ungefähr eine Woche lang.
Melissa bekam sofort die Zimmerkarte ausgehändigt, Reimann hatte es also noch weiterbezahlt. Und er hatte ein Übriges getan, seinen Werbefeldzug garniert, mit einem opulenten Blumenstrauß, einer Art Präsentkorb mit exotischem Obst, dazu Süßigkeiten und eine Flasche Champagner.
Melissa ließ sich der Länge nach auf das Bett fallen, streifte mühsam die Schuhe ab, schälte sich aus der Jacke, griff nach der Überdecke, zerrte sie um sich und wühlte den Kopf in die Kissen. Im Nu war sie eingeschlafen.

Tamara saß am Computer, war auf Fotorecherche im Internet. Zahlreiche Journalisten waren zu Brauns Pressekonferenz gekommen. Tamara klickte sich in die Archive der Berliner Tages-

zeitungen ein, wählte dpa und andere Pressefotodienste und suchte nach Fotos, die im Haus der Kulturen gemacht worden waren.
Vielleicht belegte eines der Fotos, wo die Beteiligten wann waren, Lilli, Reimann, Braun, vielleicht würde sie fündig und eines der Fotos erzählte etwas bisher Unbekanntes.
Paula war einmal durch den Raum gehuscht, hinüber in Melissas Büro, hatte ihr nur kurz zugenickt. Bleich das Gesicht, wirkte sie kleiner und noch zierlicher als sonst. Minuten später verschwand Paula wieder in ihrem Büro; Szenen eines Stummfilms.
Tamara wusste um die Zusammenhänge, konnte deshalb die Personen, um die es ging, identifizieren. Fotos von der Ankunft Brauns am Haus der Kulturen, der sich Zeit nahm für die wartenden Fans, neben sich Melissa, die einen großen Schirm über ihn hielt, es regnete stark. Das musste Reimann sein, der in der Eingangstür wartete. Braun, begrüßt von einem Offiziellen, wie Tamara annahm. Fotografen, die Braun umringten. Kameras, die auf ihn gerichtet waren.
Lilli Braun, blond und dramatisch gekleidet, in Schwarz, neben sich einen Mann, der Koffer trug, Panitz.
Tamara musterte ihn. Augen verborgen hinter der Sonnenbrille, trotz des grauen Wetters. Er trug Lederkleidung, wie Braun. Der Zwilling.
Der Saal, in dem die Pressekonferenz stattfand.
Dann Ausschnitte der Garderobe, die Apparate hineingehalten, sobald die Tür aufging. Ein Fuß war zu sehen, Panitz' Fuß.
Melissa, die Braun stützte, Reimann auf der anderen Seite, der Sänger mit einer Decke über dem Kopf.
Die Leiche, die abtransportiert wurde. Und, im Hintergrund – Moment.
«Paula», rief Tamara, klopfte an die Tür, betrat das Büro. Paula lag auf der Ottomane, den unverletzten Arm über den Augen.

«Paula?»
Sie schrak zusammen, setzte sich abrupt hoch.
«Tut mir Leid, dass ich dich erschreckt habe. Du musst dir etwas ansehen.»
Paula angelte nach den Schuhen, trabte hinter Tamara her zum Computertisch.
«Erkennst du hier jemanden?»
Paula sah zuerst die Wanne, in der Panitz' Leiche abtransportiert wurde, fuhr zurück.
«Was soll das?»
Tamara verwünschte ihre Unachtsamkeit, Paula so unversehens wieder mit Tod zu konfrontieren, entschuldigte sich nochmals. Aber Paula ging nicht darauf ein, starrte auf das Foto. Im Hintergrund, an der Wand, eine Frau. Teichert, Frau Teichert.
Tamara und Paula sahen sich an.
«Einen Cent für deine Gedanken», sagte Tamara.
«Sie hat erzählt, dass sie früher ‹in der Kultur› gearbeitet hat. Alte Kontakte haben ihr möglicherweise den Zugang zu dieser Pressekonferenz verschafft. Das war kein Zufall. Zuerst der vorgesehene Ort dafür, das Olympiastadion. Dann die Verlegung, spontan, kurzfristig beschlossen.»
«Jemand hat sie informiert.»
«Ein alter Bekannter aus dem Kulturbetrieb? Oder denkst du an Teichert, ihren Mann?»
«Oder Panitz. Beschreib mal, welchen Eindruck sie auf dich gemacht hat», forderte Tamara Paula auf.
«Komm, setz dich auf die Couch, leg deinen Arm ab.»
Paula ging mit Tamara hinüber zur Couch, suchte die Erinnerungsbilder von dem Abend in Grünau.
«Sie hat erstaunlich viel erzählt, wenn man bedenkt, dass sie uns zum ersten Mal gesehen hat.»
«War sie gedopt?»
«Was?»

«Hatte sie getrunken?»
«Sie trank Wein.»
«Und? Du zögerst.»
«Sie spülte den Wein runter, genoss ihn nicht, Schluck für Schluck.»
«Sie hat ihn runtergekippt, so, wie man es macht, wenn man einen trockenen Mund hat.»
«Kann sein», sagte Paula langsam.
«Tabletten können einen trockenen Mund verursachen.»
«Eine mögliche Schlussfolgerung.»
«Eine These, mehr nicht. Aber ich hab sie in der Zeit, in der ich bei den Skatspielern stand, unruhig durch die Zimmer laufen sehen.»
«Das kann mehrere Ursachen haben. Aber eines war auffällig. Anfangs war sie wie aufgekratzt, später, nachdem sie den Kartoffelsalat aus der Küche brachte, wirkte sie entspannter, was ich an dem Abend dem Wein zugeschrieben habe. Nehmen wir an, sie ist ein Tablettenjunkie.»
«Woher hast du die Tabletten, Paula?»
«Hab ich doch gesagt. Aus Panitz' Schreibtisch.»
Paula wandte den Blick ab, machte sich am Verband zu schaffen.
«Wo stand denn der Schreibtisch?», hakte Tamara nach.
«Im Büro von Teichert und Panitz.»
«Du hast die Medikamente vermutlich nicht zur Bürozeit abgeholt?»
«Das Thema fällt auch unter die Kategorie: Frag nicht, dann wirst du nicht belogen.»
«Paula, das ist nicht akzeptabel. Du weißt doch selbst, dass das auf Dauer nicht zu verschweigen ist, jedenfalls unter uns.»
Paula beichtete, in knappen Sätzen, so, als berichtete sie von einer legalen Aktion.
«Versteh mich recht», schloss sie. «Ich bin jetzt in deiner Hand.»
«Vergisses. Ich meine, diese Dramatik.»

«Ich bin nicht stolz auf diese Aktion», ergänzte Paula verlegen.
«Schon gut. Ego te absolvo.»
«Woher hast du das? Du bist doch nicht mal getauft.»
Tamara zuckte mit den Schultern.
«Gehen wir zurück zu der Pressekonferenz. Nehmen wir an, Frau Teichert war dort und suchte dringend Panitz, der ihr Dealer war.»
«Das würde die Aussagen ihres Mannes stützen, dass er nichts mit diesem Tablettenkram zu tun hatte», warf Paula ein.
«Oder, dass er von der, sagen wir Abhängigkeit seiner Frau nichts wusste.»
«Wenn ihr Mann damit handelte, hätte sie doch irgendwie Zugang.»
«Oder auch nicht, wenn das Zeug ausgelagert ist», erwiderte Tamara.
«Wie in Panitz' Schreibtisch.»
«Ja. Du machst so ein Gesicht – woran denkst du?»
«Ist vermutlich abwegig. Ich erinnere mich an die Kreuze, die im Plan von Teicherts Haus eingezeichnet sind. Teicherts Erklärung war, dass es sich um Wasseradern handle, die Panitz um Tom Brauns Gesundheit willen beachtet wissen wollte.»
«Das gibt es.»
«Das weiß ich auch. Wenn das aber Tablettenverstecke kennzeichnet? Aber dann wäre es a) umständlich b) wozu zwei c) dann verschleiern Teicherts gemeinsam d) einer hat dem anderen eine Lüge aufgetischt.»
«Fakt ist, dass wir uns um die gekennzeichneten Stellen kümmern müssen. Aber nochmal zurück zu Frau Teichert auf der Pressekonferenz. Wieso sollte sie ihren Dealer umbringen? Und warum sollte er seinen Mitarbeiter umbringen? Du hast doch gesagt, dass Teichert Panitz' Qualitäten als Verkäufer lobte? Zu viele offene Fragen. Ich werde nachher weiterrecherchieren, vielleicht gibt es noch auf anderen Fotos Erklärungen. Panitz war

eine Zeit lang in Amsterdam. Vielleicht hat Frau Teichert die Sucht zu ihm ins Haus der Kulturen getrieben, saß sie auf dem Trockenen.»

«Ich kann mir so eine Tablettensucht, ich meine die Auswirkungen, nicht vorstellen.»

«Die Leute bleiben oft lange unauffällig für ihre Umwelt. Man muss aber die Dosis steigern und fängt an, Vorräte anzulegen. Vielleicht hatte die Teichert nichts mehr, Panitz' Reise nach Amsterdam kam überraschend. Richtig schlimm wird es, wenn die Leute alles nehmen, was sie in die Finger kriegen, und noch mit Alkohol mischen. Man nennt das polytoxikoman und … Paula?»

Paula, an das Rückenkissen gelehnt, in sich zusammengesunken, starrte ins Leere.

«Ich kann mich nicht gut konzentrieren.»

Tamara überlegte einen Moment.

«Was machst du sonst, wenn du dich erschöpft fühlst?»

«Was?»

«Okay. Pack mal das Nötigste in eine Handtasche und lass uns hier verschwinden. Ich schalte nur den Computer ab, mach noch einen Anruf und hol dann das Auto.»

«Und Teicherts?»

«Das rennt nicht weg.»

«Sollten wir der Polizei nicht einen Hinweis geben?»

«Was für einen Hinweis? Die haben die gleichen Möglichkeiten, an die Fotos zu kommen, wie wir, und vermutlich ist das längst geschehen.»

Entschlossen ging Tamara zum Computer. Hier war er wieder, der Ehrgeiz, denen zu zeigen, wen sie nicht in den Polizeidienst übernommen hatten. Am liebsten hätte sie weitergemacht, sich den beruflichen Werdegang von Teichert vorgenommen, die Verknüpfungen mit Panitz gesucht.

Aber im Moment siegte die Sorge um ihre jetzige Arbeitgeberin,

um Paula, die offensichtlich mit ihren Kräften am Ende war, mühsam aufstand und in ihr Büro ging.
Tamara schaltete das Notebook aus, packte es ein, suchte die Telefonnummer von Teicherts, wählte.
Der Anrufbeantworter schaltete sich ein. Tamara legte, ohne eine Nachricht zu hinterlassen, auf.
Sie überlegte, Melissa anzurufen. Aber die brauchte auch 'ne Pause. Also später. Tamara ging, um das Auto zu holen und es in die Tiefgarage zu fahren.
Niemand wartete vor dem Bürohaus.

«Willst du mich nach Hause bringen?», fragte Paula, die zunächst ohne zu fragen in die Tiefgarage gegangen und dort in das Auto gestiegen war.
Sie befanden sich auf der Autobahn, in den Südwesten der Stadt unterwegs, die Ausfahrt Wannsee, Paulas Ausfahrt, tauchte am Horizont auf.
Tamara brummte ein «Nein», konzentriert auf den Verkehr, Wochenendverkehr, Kaffeefahrten ins Umland. Tamara fuhr ab, vorbei am Wannsee, weiter in Richtung Berlins bekanntester Brücke, der Glienicker, Schauplatz in Schwarzweiß für Agentenaustausch-Geschäfte zwischen Ost und West. Kurz vor der Brücke bog Tamara links ab, fuhr zwischen neu erbauten Häusern durch den früheren Ost-Grenzort, Klein Glienicke, parkte das Auto an alten Holzhäusern im Bayernstil, die vor dem Krieg schon gebaut wurden, und lud Paula ein, mit ihr den Hügel zum Schloss Babelsberg hinaufzugehen.

Im Rücken das zauberische Schloss, vor sich Seen, das Jagdschloss Glienicke, Wälder und ein Vorort Potsdams, genannt Berliner Vorort, davor das Eisengerüst der Glienicker Brücke.
Erstes Frühlingsgrün, das schillernde Blau der Seen – atemberaubend der Blick, Weite suggerierend, und Ruhe. Tamara hatte

eine Decke mitgebracht, breitete sie auf dem Rasen aus, der in sanftem Hügel zum Wasser führte.
Sie schwiegen.
Paula fragte nicht nach, warum hierher, und Tamara erklärte nicht, wie sie als Kind, aufgewachsen noch in Westberlin, mit dem Vater auf dem Rad, von der Grenzanlage gestoppt, das Schloss in der Ferne bewunderte, das, unerreichbar, auf dem Hügel thronte, mit Türmchen und Erkern und so gar nicht passte in das Leben der Eltern mit politischen Kiezversammlungen, Hausbesetzerdemonstration und Kinderladen-Elternabenden.
Am Wasser stand eine ältere Frau, gekleidet wie eine der Kaffeehaus-Witwen mit üppiger Rente vom Ehemann und Fünf-Zimmer Altbauwohnung im Vorderhaus in einem der guten, alten Westbezirke.
Sie hielt etwas, das einem Hockey- oder Golfschläger ähnelte, und schlug damit auf einen Ball ein, der etwa dreimal die Größe eines Golfballs hatte.
Sie spielte den Ball hügelaufwärts, schaffte etwa ein, zwei Meter und benötigte dazu viele Schlagversuche. Immer mal wieder rollte der Ball abwärts, unverdrossen setzte die Frau zum nächsten Schlag an.
Tamara, die Paula fürsorglich in die Hälfte der Decke eingepackt hatte, lehnte sich auf die Unterarme und ließ das, was sie bisher wusste zum Fall Panitz, an sich vorbeiziehen.
Irgendwann langten ihre Gedanken bei Gladys an.
Wo war sie?
Sie hatte sich auf den Besuch Gladys' gefreut. In der Zeit in Los Angeles war sie in kurzer Zeit so etwas wie ein Vorbild für Tamara geworden. Gladys arbeitete schon in gehobenerer Position, bei einer harten Spezialtruppe, hatte einen Spezialjob, war ehrgeizig. Und sie stellte Tamaras Berufsziel nicht in Frage, wie die Eltern.
Aber der Besuch war anders verlaufen, als Tamara es sich vorge-

stellt hatte. Was soll's, Gladys würde schon selbst wissen, was sie wollte.

Paula ließ die Augen wandern, über Wasser und Wälder, davor schoben sich, zeitlupenartig, Bilder von Lilli. Mit der Zeit aber wurde Paula ruhiger, die Bilder von den letzten Tagen wurden langsamer, blasser, die der Tagesrealität stärker, und Paula tauchte in das ein, was sie im Moment vor sich hatte.

Melissa wühlte den Kopf tiefer in das Kissen, abwehrend, noch im Halbschlaf, aber es half nicht, das Poltern an der Tür hörte nicht auf. Wie zerschlagen der Körper. Mühsam rappelte sie sich hoch, «ja doch», aber es blieb ein Krächzen. Der Mund war trocken. Mühsam schluckte sie, stand auf und schleppte sich zur Tür.

Der unvermeidliche Reimann. Reimann, der wütend an Melissa vorbei ins Zimmer stürmte, die Tür offen ließ, die Melissa gähnend schloss. Sie ließ ihn stehen, ging ins Bad, ließ kaltes Wasser laufen, trank gierig und wusch sich das Gesicht.

Aus dem Spiegel über dem Waschbecken sah ihr das verschlafene Gesicht entgegen, verquollene Augen, wirre Haare, das Leben wie in Watte gepackt. Sie zog die zerknitterte Hose aus, streifte den hoteleigenen Bademantel über und kehrte zurück zu Reimann, der durch das Zimmer tigerte.

«Und?», fragte sie.

«Du musst einen Bodyguard für Tom aussuchen. Wenn die Kripo weiß, wo Tom sich aufhält, dann weiß es bald die ganze Stadt.»

Melissa setzte sich auf das Bett mit der zerwühlten Decke und gähnte, bis es sie am ganzen Oberkörper schüttelte.

«Du musst dir das vorstellen, eine Stunde lang waren die bei mir. Über eine Stunde. Die konstruieren sich was zurecht, machen einen Schlägertypen aus mir, wegen eines Vorfalls, der sich vor hundert Jahren, noch beim Militär, ereignet hat. Die schmieren mir Jugendsünden aufs Brot.»

Erwartungsvoll sah er Melissa an. Um Zeit zu sparen, fragte sie nach dem, was er ihr sowieso anvertrauen würde, ob sie wollte oder nicht. Und sie wollte so schnell wie möglich weiterschlafen.

«Also, was hast du angestellt, damals?»

«Ich hatte eine Auseinandersetzung mit einem, der eine Sauferei seiner Zimmerkameraden verraten hat, eine handgreifliche Auseinandersetzung.»

«Wofür du einen Orden verdient hättest. Aber – was ist stattdessen passiert?»

«Ich wurde unehrenhaft entlassen.»

An diesem Punkt wurde klar, wie müde Melissa war. Unehrenhaft entlassen wegen der Abreibung eines Kerls, der seine Kumpels angeschwärzt hatte? Entweder hatte er es so gründlich besorgt, dass der Mann halb tot in der Krankenstation gelandet war. Oder Reimann schob diese Geschichte vor, um eine, für die er wirklich bestraft wurde, zu vertuschen. Sie ließ die Geschichte unwidersprochen. Es war ihr egal, in diesem Moment war es ihr völlig gleichgültig. Wenn der Kerl nur verschwände, statt sie zu seinem Beichtstuhl, seiner neuen besten Freundin, zu machen.

«Da stand ich nun, und da lag es doch nahe, dass ich erst mal auf einem Gebiet gearbeitet habe, auf dem ich mich auskannte, ich meine, in einem Milieu, in dem ich mich auskannte.»

«Reimann, was willst du mir sagen? Spuck's aus.»

«Ich hab als Türsteher gearbeitet, im Milieu, du weißt schon, das kannte ich von Kind an …»

Das Telefon unterbrach seine Beichte, in Melissas Ohren klang das Gebimmel unerträglich laut.

«Ja?»

Die Rezeption.

«Hier sind zwei Herren von der Kriminalpolizei, die Sie sprechen möchten.»

«Schicken Sie sie rauf, immer rauf, willkommen im Club.»
«Habe ich Sie richtig verstanden? Sie möchten, dass ich die Herren …»
«Ich möchte», sagte Melissa.
«… Was heißt schon Milieu, seit zwanzig Jahren bin ich da raus …»
«Willst du nochmal mit der Kripo plaudern?»
«Wie bitte?»
«Hier hast du eine Telefonnummer. Ruf an und bestell einen Gruß von mir. Die haben geeignete Leute, um die Klinik abzusichern.»
«Gehört das nicht in dein Ressort?»
Melissa gähnte wieder, wie von einem Krampf gepackt, langte zum Nachttisch und wedelte mit einem Prospekt.
«Ich nehme an, dass dort Braun steckt und du den Prospekt nicht zum Abspecken eingesteckt hast.»
«Der lag oben, bei meinen Sachen», protestierte Reimann wütend.
«Ganz recht. Ich werde mich mit Braun in Verbindung setzen und meine weitere Arbeit mit ihm abklären, auf März und Braun lautet mein Vertrag, und dabei bleibt's. Ich bin gespannt, was Tom zu dem Angebot sagt, das du mir vorhin gemacht hast. Und jetzt entschuldige mich, Mister B.»
Reimann setzte zur Widerrede an, besann sich.
«Das hat ein Nachspiel.»
«Schön. Aber nicht jetzt, jetzt ist die Kripo auf dem Weg.»
Melissa ging zur Tür, öffnete sie, gähnte, während Reimann hinausging, schloss die Tür hinter ihm. Wieder ein Feind. Sie ging ins Bad, tauschte Bademantel gegen Hose, steckte den Prospekt in die Tasche.
Kliniken. In diesen Tagen sah sie mehr Krankenhäuser von innen als in den letzten Jahren zusammengenommen.
Es klopfte erneut, keine Zeit, sich präsentabel herzurichten.

Die Beamten von der Soko traten ein.
Melissa hatte zum Mord an Panitz, zu Tatort und Tatzeit und den unmittelbaren Umständen nichts Wesentliches den Aussagen, die sie unmittelbar im Haus der Kulturen gemacht hatte, hinzuzufügen. Sie beantwortete die Fragen der Beamten sachlich, blieb bei den Fakten. Noch immer gehörten Polizisten zu der Berufsgattung, bei der sie automatisch auf Distanz ging und sehr vorsichtig wurde. Und heute brauchte sie alle restliche Energie, um sich zu konzentrieren. Die Beamten insistierten, blieben aber korrekt.
Nachdem sie gegangen waren, kroch Melissa zurück ins Bett, legte den Telefonhörer in die Nachttischschublade und fischte das Handy aus der Jackentasche.

Zum Zeitpunkt von Melissas Anruf war es bereits kühl geworden. Später Nachmittag. Paula war zum Ufer hinuntergegangen, hatte dort eine Weile gesessen und ins Wasser gestarrt, drehte sich dann zu der Frau, die ihre Art des Golfspiels unermüdlich fortsetzte, die weißen Schuhe erdverschmiert, und beobachtete das Treiben der Frau.
«Ich habe Paula ins Grüne gebracht. Sie brauchte mal ein Päuschen», erklärte Tamara. «Ich werde mit ihr was essen und sie dann ins Bett stecken.»
«Ich bleibe in dieser Nacht im Hotel. Zum Teufel mit den Reimanns dieser Erde. Morgen kümmere ich mich um Braun. Die Polizei hat mich übrigens befragt.»
Melissa fasste das Gespräch kurz zusammen.
«Also sehen wir uns morgen im Büro, zur Besprechung.»
«Okay. Und nicht, um auf die Matratzen zu gehen», sagte Tamara.
«Lächerliche Idee aus einem Mafiafilm. Geht mal wieder auf die eigenen. Bis morgen, wir telefonieren uns zusammen. Und mach dir keine Gedanken um Paula. Ich behalte sie im Auge.»

Schlafen. Sie schlief normalerweise immer und überall gut. Das war ein Trumpf, wenn man auf Tour war: Schlafen im Auto, vor einer Mugge, zu allen Tages- und Nachtzeiten. Erst in dieser Woche hatte sie kennen gelernt, wie es war, Schlafprobleme zu haben.
Melissa schaltete das Handy auf Mailbox, drehte sich auf die rechte Seite und schlief in Sekundenschnelle wieder ein.

Als sie um die Kurve bogen, sahen sie am Ende der Straße parkende Autos und ein Häuflein Wartender am Gartentor, vor Paulas Haus.
Es war zu spät, um zu wenden. Paula versuchte, blitzschnell abzutauchen, aber der bandagierte Arm behinderte sie. Tamara drückte aufs Gaspedal, Paula wandte ihr Gesicht zur anderen Straßenseite, und schon waren sie vorbei an Paulas Grundstück und in der nächsten Seitenstraße. Tamara beobachtete noch einige Minuten lang die Autos im Rückspiegel, aber die wechselten; niemand hatte sich an sie gehängt.
«In meine Wohnung?», schlug Tamara vor. «Vielleicht wartet mittlerweile auch jemand vor dem Bürohaus.»
Paula nickte.

Die Fassade renoviert, das Dach ausgebaut, im Hinterhof ein Fahrstuhl außen an der Rückwand des Vorderhauses. Die Fassaden von Seitenflügel und Hinterhaus grau in grau.
Aus dem Fenster von Tamaras Wohnzimmer im zweiten Stock musste man schon den Hals verrenken, um ein schmales Rechteck vom Himmel zu sehen.
Die Zimmer wirkten kaum bewohnt, penibel aufgeräumt, unpersönlich. Tamara kochte Tee für Paula, die wusste, dass sie in dieser Wohnung keine Nacht zubringen wollte; die aber nicht wusste, wie sie es Tamara beibringen sollte, ohne sie zu verletzen.
Von einer Nachbarwohnung drang Technomusik herein, laut,

aufdringlich der Bass, in anderem Puls als Paulas eigener. Von einer Wohnung darüber waren Klospülung und dann Schritte zu hören, hin, her, hin, her, schwere Schritte. Paula befiel das dringende Verlangen, irgendwas in dieser Wohnung, Ikea vom Unpersönlichsten, in Unordnung zu bringen. Hier bleiben hieße, wie die Frau zuvor die Bälle den Hügel hinaufzuschlagen.
Sie ging in die Küche, wo ein kleiner Tisch und zwei Klappstühle das Zimmerchen überfüllt wirken ließen.
«Der Tee riecht lecker, Tamara. Lass uns eine Tasse trinken, und dann haben wir uns etwas verdient. Nenn es einen Bonus. Gib mal dein Handy.»
Paula bestellte zwei Zimmer im Adlon.
«Wir lassen uns heute Abend beide verwöhnen.»
Tamara sah Paula erstaunt an. Sie hatte in den letzten Minuten mehr Sätze gesprochen als den ganzen Nachmittag über. Irgendwas war geschehen, die alte Energie war wieder in Paulas Augen zu sehen.

DREIZEHN

McMillan führte Gladys mit schnellen Schritten zu einem Taxistand. Er öffnete die hintere Tür, schob sie auf die Rückbank des Autos und gab die Adresse von Melissas Haus an, die er, auf einem Zettel notiert, ablas. Er ließ Gladys für Momente die Waffe sehen und richtete dann den Lauf auf den Taxifahrer, verdeckt in der Jackentasche.

Sofort gab Gladys alle Überlegungen, wie aus dem Auto zu entkommen, auf; zynisch, auch nur daran zu denken, ob McMillan seine Androhung umsetzen würde, ob der Fahrer nur verletzt oder tödlich getroffen würde, falls sie floh. Sie musste sich auf diese Situation einstellen, als handelte es sich um einen Job. Sie war psychisch angeschlagen, seit Wochen nun schon. Aber sie würde nicht zu Boden gehen, war froh, auch Wut zu spüren.

McMillan hatte ihr vor der Absperrung zur amerikanischen Botschaft aufgelauert, in einem Hauseingang neben einem Café, musste auf Verdacht auf sie gewartet haben. Aber die Tatsache, dass er wusste, dass sie auf ihn angesetzt worden war, ließ nur einen Schluss zu: Man benutzte sie als Lockvogel. Ab jetzt war sie nur noch sich selbst verpflichtet, keiner Dienststelle mehr, schon gar nicht der eigenen, die mit Leuten von der CIA zusammengearbeitet und sie reingelegt hatte.

Hoffentlich war Melissa nicht zu Hause.

Sie versuchte, unauffällig von McMillan abzurücken, der Mann war ihr schon körperlich zuwider.

McMillan schwitzte stark, obwohl er nur ein Oberhemd und eine offene Jacke darüber trug. Mit seiner freien Hand tastete er sie ab; sie war nicht bewaffnet, hatte auf den Schutz der Leute von der CIA vertraut, ihren Versicherungen, sie im Auge zu behalten und keine weiteren Vorfälle zuzulassen, wie den in der Nacht, als der Hund aufgeschlitzt wurde.

McMillan schnappte ihre Handtasche, filzte sie, fand einen Schlüssel, Melissas Hausschlüssel, daran ein Zettel mit ihrer Adresse; er las, grinste, steckte ihn ein und schob ihr die Tasche zurück auf den Schoß.
Gladys versuchte, mit dem Taxifahrer Augenkontakt aufzunehmen, aber der gehörte zu der Sorte, die ohne Rückspiegel fuhr. Fremd ihr die Stadt, die Arbeitsweise der Polizei, die Streife fuhr. Und – sie war in Sorge um Melissa. Der bewaffnete Mann neben ihr, alkohol- und tablettenabhängig, war als Sicherheitsrisiko eingestuft und, nach aufgedeckten Betrügereien mit der Spesenabrechnung, gefeuert worden. Sie war auf sich gestellt, ohne Team, ohne technische Hilfsmittel. Sie schob ihren Oberkörper zentimeterweise weg von seinem. Sie besann sich auf eine Atemtechnik, um sich besser konzentrieren zu können, klar zu werden; der Mann war gereizt, to the max, und wer weiß, was er intus hatte oder, vielleicht schlimmer noch, nicht hatte.
Mit ihm ins Gespräch kommen – Floskeln vermeiden, die er unter Umständen aus seinem Alltag bei der CIA kennt –, nachvollziehen, was in ihm vorgeht, eine Beziehung zu ihm herstellen – all das ging ihr durch den Kopf; Standards, leer und hohl. Jetzt ging es nicht um eine fremde Person, jetzt war sie selbst die Geisel.
Gladys spekulierte auf ein Gespräch mit dem Taxifahrer, darauf, ihm einen Hinweis geben zu können. Sie setzte an und spürte sofort den Ellbogen von McMillan, den er ihr schmerzhaft in die Seite bohrte. Er packte sie am Oberarm, hielt sie fest.
Der Taxifahrer ließ Musik laufen. Er fuhr flott in die Siedlung nach Weißensee.

Der Nachmittag lud zu Gartenarbeiten ein, mild war es, die Sonne schien. Aber Melissas Nachbarn waren nicht zu sehen, als McMillan mit Gladys in die Straße einbog. Er hatte das Taxi eine Querstraße weiter halten lassen, darauf geachtet, dass Gladys nichts im Auto ließ und ihr dann den linken Arm um die Schulter gelegt, ein gefrorenes Lächeln im Gesicht.

Ganz am anderen Ende wusch jemand sein Auto, aber er stand mit dem Rücken zu ihnen. Sonst schien die Arbeit in Vorgärten schon getan, Zeit, Kaffee zu trinken, hinter den Häusern, auf den Terrassen.

McMillan war gut einen Kopf größer als Gladys, breite Schultern, schlank, beinahe mager, der Griff, mit dem er sie hielt, zeugte von körperlicher Kraft. Irgendwann war auch er ausgebildet worden in Nahkampf und Selbstverteidigung. Gladys hoffte, dass ihre Fitness ihr zustatten käme, ihre Schnelligkeit ihr Vorteile einbrächte.

Er bohrte seine Finger in Gladys' Schulter, als sie an Melissas Haus vorbeigehen wollte, zwang sie mit festem Griff, zur Haustür zu gehen. Er bedrohte sie mit der Waffe, drückte ihr den Schlüssel in die Hand und forderte sie mit einer Geste auf, die Tür zu öffnen.

Die erste Erleichterung, seit er sie in seiner Gewalt hielt: Melissa war nicht zu Hause.

McMillan verschloss die Haustür und steckte den Schlüssel ein. Alle Jalousien waren heruntergelassen, nur durch eine, schräg gestellt die Lamellen, fiel Tageslicht in den großen Wohnraum. Das Bett war unberührt, die Tagesdecke darauf glatt gestrichen. Benutztes Frühstücksgeschirr und Gläser am Abwaschbecken in der Küchenzeile.

Die Tür zum Bad stand halb offen. Rasch lief McMillan zu diesem einzigen abgetrennten Raum und spähte hinein, ebenso hinter den an der Decke aufgehängten Vorhang, der die Kleiderstange verbarg.

Die Schiebetür zur Terrasse war abgeschlossen, der Schlüssel abgezogen.

Es gab nur noch ein Fenster, links vom Eingang, und ein sehr kleines im Bad.

Es war Zeit, die Initiative zu ergreifen, den Mann und das, was er vorhatte, kennen zu lernen.
«Kaffee?», fragte sie, wandte sich zur Küchenzeile und begann zu hantieren. Unschlüssig stand er hinter ihr, dann zog er die Schubladen heraus, bis er die mit Besteck fand, nahm die Messer und Gabeln, dazu den Messerblock, und brachte das Besteck ins Bad, das er verriegelte.
«Okay», sagte er.

Das Telefon klingelte, der altmodische Anrufbeantworter sprang an, die Ansage auf stumm gestellt.
McMillan saß auf der Couch, die Füße auf dem Tisch abgestützt, Gladys dirigierte er an den Esstisch, wies ihr einen Stuhl zu, seitlich zu ihm, die Haustür im Rücken.
Was wusste sie von ihm?
Früher in Berlin stationiert, Mitarbeiter der CIA. Ehrgeizig zeigte er sich damals, lernte deshalb Deutsch, was ihm auch nach dem Fall der Mauer zustatten kam. In die USA zurückbeordert, betreute er Wissenschaftler und hochrangige Mitarbeiter des Staatssicherheitsdienstes der DDR, die nach der Wende von der CIA, ohne Wissen des BND oder anderer Regierungsstellen der BRD, in die USA nach Kalifornien gebracht wurden und ihr Wissen dem Geheimdienst verkauften.
McMillan betreute einen festen Kreis der Deutschen, half bei der Eingliederung am neuen Wohnort, den Wissenschaftlern bei der Eingewöhnung in neue Stellen; er fungierte als Kontaktmann zwischen diesen neuen Verbündeten und der CIA.
Sie musste herausfinden, wo seine empfindlichen Stellen waren, wie weit sie gehen konnte, ohne sich in Gefahr zu bringen, ihn zu einer Kurzschlusshandlung zu provozieren.
Auf Nachbarn war nicht zu rechnen. Die waren vermutlich daran gewöhnt, dass Melissa zu unterschiedlichen Tag- und Nachtzeiten nach Hause kam, und auch an Besucher; wie Tamara er-

zählt hatte, mochte Melissa gerne Gäste, auch zum Übernachten.
McMillan verweigerte jedes Gespräch. Er saß, trank die dritte Tasse Kaffee, schwitzte, rauchte Kette.
Was hatte er vor? Warum hatte er sie als Geisel genommen?
«Sie haben doch wertvolle Arbeit geleistet für Ihre Dienststelle. Was ist schief gelaufen?»
«Mund halten.»
McMillan stand auf, ging zum Spülbecken und pinkelte hinein, behielt Gladys dabei im Auge.

Seit einer Viertelstunde schon tigerte er durch den Raum, hin und her, rauchte dabei. Schließlich setzte er sich und nahm einen Schluck aus der Cognacflasche, die er am Bett gefunden hatte.
Er war gereizt, wie auf dem Sprung.
Das hätte sie stutzig machen müssen in der Besprechung mit den Vorgesetzten, diese Beschreibung des Gesuchten als bösartig, gereizt, gefährlich. Wenn er war, wie er charakterisiert wurde, warum setzte man dann nur eine Person auf so einen Gegner an? Sie, und das, obwohl ihr Boss nicht gerade als Frauenförderer galt.
Ihr Antrag auf ein Sabbatical Year lag ihm vor und wurde positiv entschieden. Nur eine Bedingung sei daran geknüpft, ein Auftrag noch zu erledigen, ein Auftrag, für den sie prädestiniert sei, da sie das Sabbat-Jahr in Deutschland, dem Geburtsland ihrer Mutter, beginnen wolle und zudem einen persönlichen Kontakt nach Berlin habe, als willkommene Deckung, zu der Frau, die während ihres Praktikums bei der Polizei von LA bei ihr gewohnt und sicherlich eine Gegeneinladung ausgesprochen habe. Und nicht zu vergessen Gladys' hervorragende Deutschkenntnisse.
Finden Sie McMillan, den Verräter, diesen Überläufer auf der

Flucht, der sein Wissen zu verhökern droht an die, zu denen er früher Kontakte hatte beim BND.
Eine Kooperation mit der CIA. Sie hatte sich geschmeichelt gefühlt, war psychisch so aufgeweicht in dieser ersten Zeit, nachdem das Department, der Vorgesetzte also, und nicht ihre Mutter, ihr die Umstände ihrer Herkunft enthüllt hatte.
Man hatte ihr Orte genannt, an denen McMillan sich aufhalten könne, und ihr zugesagt, sie zu observieren, zur eigenen Sicherheit. Sie sollte den Mann nur ausfindig machen und seinen Aufenthaltsort der CIA weitergeben.
In Wahrheit war sie Lockvogel. Wie machte man das normalerweise?
Gott, war sie naiv.
Gladys hieb mit der Faust auf den Tisch.
«Man hat uns beide reingelegt. Sie und mich. Oder woher wussten Sie, dass ich Sie suchen soll?»
McMillan, der erschrocken aufgesprungen war und dabei die Flasche losließ, als er das unerwartete, laute Geräusch hörte, kam zu ihr herüber, an den Tisch, setzte sich auf den Stuhl, ihr gegenüber.
«Ein Freund in meiner ehemaligen Dienststelle, mit dem ich in Kontakt blieb, hat mir auch ein Handyfoto von Ihnen geschickt.»
«Und woher wusste er von der Aktion, hatte mein Foto? Das wurde mit Absicht durchsickern lassen, damit Sie mich finden können. Deshalb hat man mich immer wieder zu Treffpunkten in der Nähe oder in der Botschaft selbst beordert.»
McMillan klatschte Beifall.
«Nette Vorstellung», sagte er. «Soll das jetzt der gute Cop sein, den Sie mir vorspielen?»
«Hören Sie auf. Mein Job hatte offiziell noch gar nicht angefangen, ich stecke angeblich noch in der Vorbereitung, wurde gebrieft mit Fotos und Hinweisen über Ihre Arbeit, damals bis

heute. Dieser Freund von Ihnen war vielleicht ein Freund. Aber Sie wissen doch, was passiert in so einer Situation, wenn jemand verschwindet, abhaut, wie Sie. Man überprüft die ganze Abteilung, jeden Einzelnen. Ich wette, Ihr Freund hat Sie auftragsgemäß, hören Sie, im Auftrag, mit meinem Foto versorgt. Das Handy war die einzige Verbindung, und Sie haben es vermutlich gewechselt, um nicht geortet zu werden. Und ich wette, dieser Freund hat mittlerweile den Kontakt abgebrochen. Alles verlief nach Plan.»

Lass es wirken, es reicht im Moment, bremste sich Gladys und zwang sich zu diszipliniertem Vorgehen, Schritt für Schritt.

Das Gehörte arbeitete in ihm, das war ihm anzusehen.

Er ging zur Couch, suchte nach der Flasche, der Cognac tränkte den Teppich, nur ein kleiner Schluck war in der Flasche geblieben. Er fluchte, trank den Rest aus, warf die Pulle in den Sessel, ging zur Küchenzeile, riss die Schränke auf, durchwühlte sie – kein weiterer Alkohol, nicht mal eine Flasche Bier im Kühlschrank.

Er scheuchte sie auf das Bett, befahl ihr, sich mit dem Rücken zur Wand darauf zu setzen, behielt sie im Auge, die Waffe gezogen; er hatte die Jacke anbehalten. Er entriegelte die Badtür, verschwand darin.

Vorsichtig tastete Gladys mit Füßen und Händen ihre unmittelbare Umgebung ab, vielleicht lag etwas Brauchbares im Bett, aber da war nichts. Dann suchte sie mit den Augen das ab, was mit einem Sprung erreichbar wäre, sah aber nichts Verwertbares.

Er kam zurück, verriegelte wieder die Badtür, steckte endlich die Waffe ein. Er zog eine Packung Tabletten aus der Jackeninnentasche, löste mit fahrigen Bewegungen einige aus der Verpackung, warf sie mit geübter Bewegung in den Mund, spülte mit Wasser aus dem Hahn nach und setzte sich wieder auf die Couch.

Geduld. Das war alles, was blieb. Geduld. Und nachdenken.

Das Tageslicht verlor sich in der Dämmerung.
Alles hatte sie erwogen, durchgespielt, nichts, das Aussicht versprach, aus diesem Haus lebend, gar unverletzt, herauszukommen.
Angst überfiel sie, krampfartig, der Atem flach, das Herz raste. Ablenken, sofort.
Sie ging im Geist die Fälle von Geiselnahme durch, zu denen sie hinzugezogen worden war: völlig andere Umstände, unbrauchbare Erinnerungen.
Er hatte die Trümpfe, trug Schlüssel und Waffe am Körper. Er hatte das Fernsehgerät eingeschaltet, trank abwechselnd Wasser und Kaffee und zappte durch die Kanäle, den Ton leise gestellt.
Ein Kampf mit ihm, wozu sie Angst und Ungeduld trieben: Endlich aus der Warterei heraus, bevor er sie in eine Lage brachte, in der sie nichts mehr tun konnte. Aber dazu müsste sie näher an ihn herankommen, und selbst dann war das Risiko hoch; sie wusste nicht, wie er in Form war, an reiner Körperkraft war er ihr ohnehin überlegen.
Sie war trainiert, sich körperlich zu verteidigen, hatte das aber noch nie anwenden müssen. Ihr Anteil des Jobs bei Verhandlungen war das Reden mit dem Gesuchten. Wenn Gewalt, Stürmen zum Beispiel, nötig wurde, war sie in Deckung.
Sie musste sich in Geduld fassen, aushalten, dass sie momentan keine Ahnung hatte, wie sie ungefährdet aus diesem verfluchten Haus entkäme.

VIERZEHN

In der vergangenen Stunde hatte sie alles versucht, um es zu verdrängen. Vergeblich.

«Ich möchte das Badezimmer benutzen.»

Er reagierte nicht.

Sie musste den Satz wiederholen.

Er stellte den Ton ganz ab, deutete auf das Waschbecken in der Küchenzeile, verfolgte sie mit Blicken, als sie aufstand und zögernd auf die Sitzecke zuging.

Nicht das. Auf keinen Fall.

«Der Geruch wird nicht angenehm sein. Das Bad, bitte», setzte sie hinzu.

Er überlegte, erhob sich dann aber, schloss die Tür auf, schob die Bestecke mit dem Fuß dahinter, ließ sie offen, blieb darin stehen. Als sie sich an ihm vorbeischob, roch sie wieder den Schweiß. Die Kleidung zerknittert, unrasiert, das Haar ungekämmt.

Gott sei Dank, er war keiner von denen, die Spaß am Beobachten hatten. Er sah ihr nicht zu, drehte das Gesicht Richtung Wohnzimmer.

Ihre Augen irrten durch das Badezimmer.

Nichts. Keine Nagelschere, keine Metallfeile, nichts, das herumlag und als eine Art Waffe dienen konnte.

Sie gab die Suche auf, beschloss, nichts einzustecken, wie vorgehabt: Irgendetwas, das ausreichte, ihn zu verwirren, etwa Badesalz, ins Gesicht geworfen, um dann rasch einen Stuhl zu packen, ihn durch das Fenster zu werfen, hinterherzuhechten – aber das dauerte alles zu lange, wäre zu vielen Zufällen unterworfen und – er hatte die Waffe und war auf der Hut. Noch immer.

Nichts einstecken. Gib ihm das Gefühl, dass du seinen Gefallen nicht missbrauchst. Sieh ihm nicht in die Augen, provoziere ihn,

dich zu filzen, damit er den Eindruck gewinnt, dass du kooperierst.
Es ging nichts, jetzt, da sie auf der Brille saß. Sie drückte die Wasserspülung und war froh, dass das Wasser ihr eigenes Geräusch überdeckte.
Als sie hinaustrat, die Augen auf den Boden geheftet, hielt er sie am Arm fest und tastete sie ab, entspannte die Gesichtszüge, die Körperhaltung. Ein wenig.
Gladys nutzte diesen Moment.
«Soll ich etwas zu essen machen?», schlug sie vor und wandte sich zur Küchenzeile.
Er musterte sie.
«Etwas Warmes würde gut tun.»
Er ließ sie gewähren, nahm sich einen Stuhl, setzte sich rittlings darauf und beobachtete ihr Hantieren.
Melissa gehörte nicht zu denen, die oft kochten, die Vorräte bescheiden, die Auswahl an Gewürzen beschränkte sich auf Pfeffer, Salz und Worcestersauce, die Dose mit Currypulver war leer.
Jetzt, da Gladys agieren konnte, wurde sie ruhig. Sie bezog ihn, beiläufig, in die Kocherei mit ein. Sie hob je eine Packung mit Nudeln und Spaghetti hoch, ließ ihn die Wahl treffen, gab ihm die Dose mit Thunfisch, um den Deckel hochzuziehen, und ein Glas mit geschälten, selbst eingemachten Tomaten zum Öffnen; letzteres beäugte er fragend, anscheinend hatte er so ein Einmachglas noch nie gesehen.
Gladys konzentrierte sich darauf, sich ruhig und für ihn gut sichtbar zu bewegen – nichts Abruptes, nichts, das ein plötzliches Geräusch produzierte.
Im Gemüsefach graulte sich ein Sträußchen Petersilie, das sie zerpflückte und in die Sauce gab. Knoblauch und Zwiebeln waren en masse vorhanden, aber er schüttelte den Kopf, holte keines der Messer aus dem Bad.
Sie arbeiteten wortlos, von außen mochten sie wie ein wortlos

gewordenes Ehepaar wirken. Aber Gladys blieb auf der Hut, wie auch er. Aber: Er ließ sie gewähren.

Schließlich standen eine Schüssel mit dampfenden Spaghetti und eine Pfanne mit Tomatensoße auf dem Tisch. Gladys stellte zwei Teller und Löffel dazu, reichte ihm seinen, üppig gefüllt.

Er winkte sie an das Kopfende vom Tisch, ihm gegenüber, schob seinen Stuhl nahe an den Tisch heran, zerteilte die Spaghetti mit dem Löffelrand und begann zu schaufeln; gierig, hungrig, aber immer noch sie im Auge.

Gladys aß langsam, überlegte den nächsten Schritt.

«Reicht das Salz?»

Er nickte.

«Es war nicht viel Auswahl. Ich koche gern.»

Er schlang, verbot ihr aber nicht den Mund wie bisher.

«Noch Pfeffer?»

Er nickte.

Sie brachte ihm den Streuer. Er verfolgte sie dieses Mal nicht mit den Augen.

«Sie haben nicht viel gegessen in den letzten Tagen.»

Er brachte so etwas wie ein Lächeln zustande.

«Es ist schwierig, sich in so einer Situation zu versorgen, right? Keine Muster bilden, nicht in Wohnungsnähe einkaufen, Videos ausleihen oder eine Wäscherei benutzen. Das haben sie uns eingebläut in der Ausbildung: Einer, der sich versteckt, muss irgendwann raus, braucht Zigaretten, was zu essen, Sie kennen das doch, auch wenn Sie in einer anderen Klasse gespielt haben.»

Langsam, Gladys, nicht zuschütten, lass ihm Zeit.

«Ich hab immer einen guten Job abgeliefert. Immer.»

Er kratzte mit dem Löffel den Soßenrest vom Teller. Gladys beugte sich vor, schob Schüssel und Pfanne näher zu ihm.

Ein grässliches Geräusch, das in Gladys' Ohren anschwoll, immer lauter wurde, er hörte nicht auf, das Metall über das Porzellan zu schrammen, sie hätte am liebsten gebrüllt, dass er aufhören solle, krallte sich an der Tischkante fest, bis sie den Wutanfall unter Kontrolle hatte. Dann stand sie auf und füllte seinen Teller bis zum Rand mit Nudeln und Soße.

«Sie haben die Leute aus der DDR betreut», sagte sie beiläufig.

Er mampfte, nickte.

Er stank.

Sie ging zurück zu ihrem Platz, schob den Stuhl etwas näher zu ihm.

«Immer unterwegs. Diese Leute wohnen über Kalifornien verstreut», nuschelte er, den Mund voller Nudeln.

«Es war sicher nicht einfach, immer unterwegs zu sein. Man kennt das: Schäbige, bestenfalls mittelmäßige Hotelzimmer, fades Restaurantessen, weil die Spesen zu knapp sind.»

Er sah sie an. Zum ersten Mal sah er ihr, sekundenlang, in die Augen.

«Sie hatten nie einen Grund, über meine Arbeit zu klagen. Nie. Dann kommt man mal in schwierige Zeiten …»

Er zog eine Zigarettenpackung aus der Jackentasche, fummelte die Verpackung auf, steckte sich eine an.

«Es hieß, es habe eine allgemeine Überprüfung der Mitarbeiter gegeben.»

Er hieb mit der Faust auf den Tisch.

«Man hat Sie alleine gelassen, nicht?»

«Solange alles gut lief, hat keiner nach dem Wie gefragt. Dann kam meine Operation. Wir hatten gerade eine neue Lieferung, ein wichtiger Stasi», nuschelte er das letzte Wort in Deutsch, «der sich noch verdrückte, bevor er aufflog, Nachschub, bevor die nach der Wende konfiszierten Unterlagen der Stasi, diese Rosenholz-Datei, wieder an die Deutschen zurückgingen. Ich sollte schnell wieder fit werden, wurde gebraucht. Also gaben sie mir Medikamente. Schmerzmittel. Später musste ich sie selbst bezahlen und besorgen.»

Er aß wieder, fraß, als hätte er tagelang nichts gegessen.
«Sie brauchten Geld, um die Medikamente zu bezahlen.»
«Niemand hat nachgefragt, wie es kam, dass ich so schnell wieder einsatzbereit war. Dann, als der Mann installiert war und Flaute herrschte, ließen sie mich hängen.»
Gladys hätte ihm am liebsten ins Gesicht gelacht. Die alte Junkiemär, unschuldig in die Sucht, von was immer, geraten. Er hatte Geld veruntreut, um die Sucht zu finanzieren, auf dem Schwarzmarkt verschreibungspflichtige Medikamente gekauft. Er hatte Spesenabrechnungen gefälscht, getürkte Belege über Ausgaben eingereicht, die angeblich den Betreuten zugute gekommen waren. Es hatte eine Weile gedauert, bis die Vorgesetzten dahinter kamen. Er wurde gefeuert, verlor die Rentenansprüche – so weit kannte sie die Geschichte. Er verschwand, bevor eine Verhandlung angesetzt wurde, was vermutlich nie geschehen wäre; solche Themen hielt jeder Geheimdienst der Welt aus der Öffentlichkeit heraus.
«Wieso Berlin?»
Er hatte auch die zweite Portion heruntergeschlungen.
«Wie soll es hier weitergehen? Sie haben sicher noch Kontakte?»
Er griff nach der Schüssel und warf sie an die Wand.
Scheiße, wieder eine Schwachstelle getroffen. Gladys stand auf, räumte das Geschirr vom Tisch ab, während er die großen Scherben einsammelte. Ein Blick zu ihm, dann bückte sie sich rasch und zog den Stecker vom Anrufbeantworter aus der Buchse, kam sofort hoch und trug die Teller zum Spülbecken. Er hatte nichts bemerkt.
Dann war es wieder wie zuvor: Sie auf dem Bett, er auf der Couch, die Fernsehbilder liefen ohne Ton.
Es war dunkel geworden.
Er ging zu ihr, knipste die Lampe am Bett an, verdrehte den Schirm, hüllte sie in den Lichtkegel.
Das würde sie nicht lange aushalten.

Und er, was hatte er vor? Er musste doch damit rechnen, dass Melissa nach Hause kam. Oder war er genau darauf aus, um Druck auf deutsche Behörden auszuüben? Eine Geisel nehmen, eine zweite Person als Mittlerin, als Sprachrohr, um seine Forderungen zu überbringen?

Immerhin hatte er sich den Lockvogel vom Hals geschafft, ohne entdeckt zu werden, sie, Gladys, einkassiert, bevor sie ihn verpfeifen konnte.

Er hatte wohl keinen zuverlässigen Kontaktmann beim BND.

War das sein Plan: eine Geiselnahme, damit man ihm zuhörte, ihn nicht sofort an den alten Arbeitgeber auslieferte? Spekulierte er darauf, sich mit seinem Wissen freizukaufen? Straffreiheit, eine neue Identität?

Was für eine Aktion, die eines Süchtigen. Der Typ war fertig, und Gladys fragte sich, ob sein Wissen genügte, um so einen Deal zu erreichen.

Wie immer, dazu brauchte er Melissa.

Tu was, ermunterte sie sich. Bald. Bevor Melissa zurückkommt.

«Frischen Kaffee?»

Er murmelte etwas Unverständliches, rappelte sich hoch, nickte, verfolgte sie wieder mit Blicken.

Sie setzte den Kaffeeautomat in Betrieb, mit dem Rücken zu ihm, das Gehör rückwärtig gerichtet – eine Situation, die ihr den Schweiß ins Gesicht trieb und ihr große Selbstbeherrschung abverlangte.

Sie ließ den Kaffee in der Kanne, die Heizplatte an. Der Duft hob sich – noch – vom Zigarettenrauch ab, der zunehmend die Zimmerluft verpestete. Sie fand ein Tablett, stellte Zucker und Dosenmilch dazu, die sie in ein Kännchen umfüllte – biete ihm etwas an. Sie fand Waffeln im Brotkasten, die sie auf dem Toaster aufbuk. Dann goss sie den Kaffee in zwei Tassen.

Gladys setzte sich zu ihm, vorsichtig, in einiger Entfernung,

wählte den Sessel, benutzte nur den vorderen Teil der Sitzfläche.
Sei sein Gast.
Sie bediente ihn, achtete wieder darauf, ihn nicht zu erschrecken oder herauszufordern. Oh, wie gerne: den heißen Kaffee, ihm ins Gesicht; da nahm er ihr schon die Tasse ab. Gladys hatte mehr Pulver als zu Hause üblich in den Filter getan. Er verzog das Gesicht nach dem ersten Schluck, füllte drei Löffel Zucker nach.
«Es ist schon eine beachtliche Leistung, so lange unentdeckt zu bleiben», schmeichelte sie ihm, nahm einen Schluck vom Kaffee, der ihr heiß die Kehle herabrann. Das Herz pumpte, sie wollte wach bleiben.
«Und alles ohne Vorbereitung.»
Irgendwie schien er froh, dass die Stille durchbrochen wurde, ließ die Schultern sacken. Irgendwann kam immer der Punkt, an dem sie anfingen zu reden, sich erklärten, rechtfertigten.
«Sie haben in den Achtzigern in Berlin gearbeitet. Gibt es noch Kontakte aus der Zeit, mit dem … wie heißt das?»
«BND. Telefonisch, ja. Der Mann ist in Rente, lebt irgendwo auf einer Insel, im Süden, wieder eine Insel, wie die Stadt früher eine Insel war. Westberlin, das kennen Sie nicht mehr, damals war alles ganz anders.»
Sicher. Früher war immer alles ganz anders. Alles andere als alte Geschichten wollte sie jetzt von ihm hören, alte Heldentaten, aber sie ließ ihn fabulieren und beobachtete ihn. Immer noch trug er die Jacke, mit der Waffe in der Tasche. Er rauchte, an Zigaretten trug er einen Vorrat mit sich herum.
Sie schenkte ihm Kaffee nach, ohne zu fragen, drehte ihm wieder den Rücken zu, lief hin und her, zum Automat, zum Tisch, durch seinen Monolog, knipste die Stehlampe an.
Er bot ihr eine Zigarette an, die sie nahm und paffte, sie hatte nie geraucht, der Mutter früher beim Kiffen zugesehen, dann gab die es auf.
Warum fiel ihr jetzt die Mutter ein? Sekundenlang verschob sich

diese Realität, wurde zum Alb, aus dem sie erwachen würde, gleich, jetzt, das alles war nur eine Parallelwelt … Sie kniff sich in den Oberschenkel, bis es schmerzte, der Atem ruhiger wurde und sie die aufsteigende Panik in den Griff bekam, die schweißnassen Hände verstohlen an der Hose abwischte; er war noch bei seiner Geschichte.

McMillan landete in wirrem Bogen bei seiner Flucht, über Mexiko, erwähnte das Geld, das ausging, weil er nicht mehr zusammenkratzen konnte auf die Schnelle und der Rentner ihm nur gegen Barüberweisung die Telefonnummer eines Mannes sagte, der ihm in Berlin ein möbliertes Zimmer besorgte.

«Und Medikamente. Außerdem sollte er, mit Hilfe des Alten auf der Insel, mein Mittelsmann zum BND werden, mich mit einem von denen in Kontakt bringen, die jetzt was zu sagen haben. Ich muss mich vergewissern, dass ein Deal sauber geregelt wird, bevor ich auspacke, ohne dass irgendein Idiot gleich den großen Bruder informiert.» Er lachte kurz auf. «Ich hab einiges anzubieten über das, was alles an denen und der deutschen Regierung vorbeiging in den Jahren, seit die Mauer fiel.»

Vielleicht auch mit deren Wissen, dachte Gladys und schob McMillan eine Waffel zu. Der Mann aber wollte reden.

«Dann kam mein Versorger nicht mehr. Tagelang hab ich gewartet. Zufällig entdeckte ich sein Foto auf den Titelseiten der Zeitungen. Der Kerl war ermordet worden. Jetzt war klar, warum er sich nicht mehr meldete. Und mein alter Kumpel vom BND will plötzlich nichts mehr von mir wissen. Ein Mord? Untersuchungen? Zu heiß. Alle halten still. Alle, die der Typ versorgt hat. Und ich war schon zu lange in dieser Wohnung, ich musste wechseln. Und was besorgen.»

Er steckte sich eine neue Zigarette an der Kippe der Gerauchten an.

«Versorgt?», fragte Gladys, um das Gespräch, seinen Monolog, in Gang zu halten. Ihr dämmerte, wer McMillans Dealer war;

der einzige Mord, der die Schlagzeilen der letzten Tage gefüllt hatte, war auch der, mit dem Melissa befasst war.
Das mochte der Auslöser für diese Aktion sein, die Entdeckung, dass sein Kontaktmann tot, ermordet worden war.
«Womit versorgt?», wiederholte sie.
«Medikamente. Ich kenne mich mit deutschen Produkten nicht aus. Er besorgte alles, was es sonst nur auf Rezept gibt, auch für meinen alten Kumpel auf der Insel. Kein gewöhnlicher Dealer, er hielt sein Geschäft in kleinem Rahmen, bewegte sich in Kreisen, in denen er nie auffiel, unter Leuten von Kultur und Politik.»
Er trank vom zweiten Becher, sein Mund schien ausgetrocknet, er räusperte sich, trank Wasser nach.
«Hat er Ihnen auch die Waffe besorgt?»
«Nein. Dafür braucht man niemand, es gibt für so was in jeder Stadt einen Anlaufpunkt.»
«Wo?»
Er wollte sich produzieren. Grinste.
«Nach wie vor am Potsdamer Platz.»
Er lehnte sich zurück.
Ein Hund kläffte, ein Ruf, eine zuschlagende Tür, Stille.
«Hunde. Diese Stadt ist voller Hunde.»
«In der Nacht, in der Sie … in der der Hund zum Schweigen gebracht wurde, war ich auch hier.»
«Klar, das war ja der Grund, warum ich euch folgte, Ihnen und der anderen. Dieser Hund wollte nicht aufhören zu jaulen, er hätte mich verraten, was sollte ich tun?»
Dieser Mann empfand sich als Opfer, ein Opfer, das das Recht auf Verteidigung, wie er es sah, das Recht zu töten hatte.
Gladys musste den Blick abwenden, spürte wieder die eigene Angst.
Er auch. Er witterte ihre Angst, war wieder in der unmittelbaren Gegenwart. Er stand auf, scheuchte sie zurück auf das Bett.

«Schluss damit. Mund halten.» Er schrie die letzten Worte, ging zum Spülbecken und pisste wieder hinein.
Letzteres hörte Gladys nur. Sie ließ sich gegen die Wand fallen. Sie war erschöpft, fertig, ausgepumpt.
Mittlerweile mochte es mitten in der Nacht sein. Der Jetlag hatte Tag- und Nachtrhythmen durcheinander gebracht, zusätzlich zum Chaos der letzten Wochen.
Sie schloss die Augen.
Ausruhen.
Nur eine Minute.

FÜNFZEHN

Zuerst fühlte sie, dass sie nicht zu Hause schlief: Die Bettwäsche war gebügelt, der Stoff schmeichelte der Haut.

Dann sah sie die Umrisse der Möbel, die Schatten, die sie warfen, beleuchtet von draußen, Übergardinen und Rollos waren offen, ließen das Straßenlicht herein.

Melissa setzte sich auf, drehte das Display vom Hotelradiowecker zu sich. Vier Uhr fünfzig. Sonntagmorgen, wenn man diese Uhrzeit schon zum Morgen zählen mochte.

Sie hatte seit etwa achtzehn Uhr geschlafen, zuvor, am Nachmittag, auch schon mal eine Stunde. Also zehn, elf Stunden Schlaf. Und warum nicht mehr, auf Vorrat sozusagen.

Melissa ließ sich in die Kissen zurückfallen, wühlte sich in die Bettdecke.

Nach einigen Minuten gab sie auf. Sie war wach. Ausgeschlafen, wie seit Nächten nicht mehr.

Und jetzt? Am Sonntag, um fünf Uhr früh?

Rausfahren, ins Grüne, spazieren gehen und schlafende Tiere erschrecken?

In eine ihrer Kneipen im Prenzlauer Berg fahren und mit den Letzten deren Absacker teilen? Und dann – wieder am Nachmittag schlafen?

Sie ging ins Bad, inspizierte, was das Hotel an Proben anbot. Ihr Haar brauchte dringend eine Wäsche, wie ein Blick in den Spiegel verriet. Auch die Klamotten. Damit war kein Tag mehr zu bestreiten. Die Jacke war außerdem für die Kühle des Morgens zu dünn. Sie musste nach Hause, sich umziehen, dort nach dem Rechten sehen und nach der Post.

Langsam rückten die Ereignisse der Vortage wieder nahe. Sie widerstand dem Impuls, Paula anzurufen; vielleicht hatte sie ihr eine Nachricht hinterlassen.

Auf der Mailbox Tamaras Stimme: Wir, also Paula und ich, schlafen heute Nacht im Adlon und sind morgen gegen elf wieder im Büro.
Das war wohl ein Scherz, die Sache mit dem Adlon. Aber Tamaras Tonfall nach zu urteilen, ging es ihnen gut.
Melissa wählte den Anrufbeantworter zu Hause an.
Freizeichen des Telefons. Der Anrufbeantworter war abgestellt. Wenn sie eines sicher wusste, dann, dass sie dieses Gerät Tag und Nacht in Betrieb ließ.
Sie setzte sich, überlegte. Gladys hatte noch den Hausschlüssel. Aber keinen Grund, den Anrufbeantworter abzuschalten. Schlagartig war da die Nacht mit Gladys auf der Terrasse, die mit ihrem Fuß in den Eingeweiden des Hundes geendet hatte, etwas, das sie jetzt noch in den Zehen spürte.
Wenn dieser Detektiv, dieser Amateur, ihr nicht mehr gefolgt war in dieser Nacht, wer dann?
Worüber hatte Gladys mit ihr reden wollen? Und warum die Begegnung mit einem Mann vertuscht, mit dem sie Melissa in der Nähe des Büros gesehen hatte, im Gespräch, Gladys, die zum ersten Mal in Berlin war?
Melissa zog sich an, nahm sich ein Taxi, ließ sich zum Bürogebäude fahren, bat den Fahrer, zu warten, und sprintete die Treppen hinauf.
Wo war die verdammte Tränengaspistole?
Sie zog sich die schwere Motorradlederjacke an, die sie hier deponiert hatte, steckte Handy, Schlüssel und Geld zur Pistole, wechselte die Pumps mit Turnschuhen, hinterließ, für alle Fälle und gut sichtbar, eine Notiz.
Sie nannte dem Fahrer eine Straße, die fünf Fußminuten von ihrem Haus entfernt war.
Als er die Adresse hörte, schlug er im Stadtplan nach. Bevor er losfuhr, wollte er Bargeld sehen, um sicherzugehen, dass er die weite Fahrt «in den Osten» nicht umsonst mache.

Melissa, mühsam beherrscht, zeigte ihm einen Fünfzigeuroschein.
Diese Stadt: Gebt mir heute ein Schienbein, das sich mir in den Weg stellt, zum drantreten.

Sie hatte das Gefühl für Zeit verloren. Sie trug keine Armbanduhr, und in diesem Haus gab es nicht mal einen Wecker am Bett. Sie schloss und öffnete die Hände, bewegte vorsichtig die Füße, kreiste mit den Schultern.
Ein dumpfer Schmerz pochte im Hinterkopf.
Hatte sie geschlafen?
Schlief er?
Er lag auf der Couch, die Beine auf den Tisch, zwischen Zuckerdose und Kaffeetasse, gelegt.
Schatten vom Fernsehbild flackerten an der Wand. Der Ton war immer noch abgestellt.
Er bewegte sich nicht.
Die Augen zu, die Hand mit der Fernbedienung geöffnet.
Dann hörte sie das Geräusch. Es kam von draußen, der Veranda.
Leise. Ungeduld zügeln.
Langsam robbte sie zur Jalousie, schob sich hoch, auf die Knie, zog zwei Lamellen auseinander.
Draußen stand Melissa, auf der Suche nach einem Spalt zwischen Jalousie und Fensterrahmen.
In ihrer Freude, Erleichterung und Sorge um Melissa überhörte Gladys die Geräusche. Und dann war McMillan auch schon bei ihr, riss sie hoch, drückte ihr den Lauf der Waffe an den Hals.
Mit der freien Hand zog er an der Jalousie, packte Lamellen zu einem Bündel und zerrte daran, bis ein Teil aus der Verankerung und zu Boden fiel. Er entdeckte die Frau draußen und präsentierte ihr Gladys mit der Waffe am Hals.
Dann packte er Gladys an der Schulter, schleifte sie weg vom

Fenster, gab ihr einen Stoß, der sie aufs Bett warf; ihr Kopf schlug an die Wand.
McMillan entsicherte die Waffe und winkte Melissa zur Schiebetür.
Die aber war verschlossen, und der Schlüssel fehlte. Er rüttelte wütend daran. Als er wieder aufsah, war die Frau vor dem Fenster verschwunden.
Das Telefon klingelte.
Ein Blick auf die Frau, die regungslos bäuchlings auf dem Bett lag. Er löschte die Lampe am Bett, blendete die Stehlampe an der Sitzgruppe ab und setzte sich so, dass er Veranda- und Haustür im Auge behielt und selbst, trotz des fehlenden Teils der Jalousie, nicht gesehen werden konnte.

Wieder drückte Melissa die Wahlwiederholung mit der eigenen Nummer, ließ das Handy klingeln.
Sie hatte das Gästezimmer aufgeschlossen, das Handy in Hörweite gelegt. Sie presste das Ohr an die Trennwand, hinter der Gladys auf das Bett geworfen lag, wie sie noch sah, bevor sie aus der Schusslinie rannte.
Die Wand war noch zu DDR-Zeiten eingezogen worden, als Massivholz Mangel war und Bauarbeiter nur mit Westmark private Aufträge erledigten. Man besorgte Pressspanplatten, die sie verbauten, nicht mehr als ein Sichtschutz. Ihre Mutter hatte sie hochgenommen: Lehn dich nicht gegen die Wand, wenn du ordentlich gegessen hast, kommst womöglich auf der anderen Seite wieder raus.
Leise klopfte sie dagegen, dort, wo sie Gladys vermutete. Gladys wusste von dem Gästezimmer.
Da, die Antwort. Gladys klopfte zurück. Dann wurde es ein leises Kratzen, mit einem Fingernagel.
Das Kratzen verfolgte eine Linie.
Gladys dachte mit, zeigte an, wo sie lag.

Melissa drückte die Wahlwiederholung. Wenn er ans Telefon ginge, musste er das Bett aus den Augen lassen.
Noch einmal schlich sie raus und überprüfte die Lichtverhältnisse.
Das Bett lag fast im Dunkeln.
Sie ließ die Tür zum Gästezimmer offen, räumte aus dem Weg, was einem schnellen Abgang im Wege stünde.
Melissa stellte sich in Positur, links vom Bett, dessen Abmessungen sie abschätzte, einen schweren Hocker griffbereit, das Handy auf laut gestellt.
Nochmal die Wahlwiederholung.
«God damn, stop …»
Und schon krachte der Stuhl in die Wand, Melissa trat zu, rammte die rechte Schulter rein, um das Loch zu vergrößern, und schon schlüpfte Gladys durch. Sie packte sie am Arm, zog sie aus dem Zimmer, in den Garten, in die immergrünen Hecken.
«Wait, please», sagte Gladys. Sie humpelte, kauerte sich nieder, atmete schwer.
Es war still.
Licht im Nachbarhaus. Aber heute Nacht ließ sich niemand blicken, jeder blieb in seinem Revier. Das war früher anders, dachte Melissa flüchtig und verwarf es, um Hilfe zu rufen. Der Mann hatte eine Waffe, und sie gefährdete womöglich jemand, der ihr zu Hilfe käme.
Es blieb still.
Dann schlug eine Tür zu. Schritte auf Kies, die schneller wurden.
«Bleib unten», sagte Melissa, schüttelte Gladys' Hand ab, die nach ihr griff, rannte los, am Haus vorbei, zur Straße, die leer vor ihr lag.

Gladys war Melissa humpelnd gefolgt, hielt ihr etwas entgegen, ihren Hausschlüssel.

«Du schuldest mir mehr als das.»
«Ich wurde reingelegt», sagte Gladys.
Sie sah Melissas Augen aufblitzen.
«Das soll keine Entschuldigung sein.»
«Kommt der zurück? Oder andere Besucher?»
«Nein.»
«Sicher?»
«Ja.»
Melissa ließ Gladys stehen, ging an ihr vorbei ins Haus. Sie nahm den Schlüssel für die Verandatür, den sie sonst immer gesucht hatte, vom Bund, schloss auf und schob die Tür auf, riss die Fenster auf, auch das im Bad: Lüften.
Unbedingt lüften, nicht nur des kalten Rauchs wegen. Das Telefon klingelte, ein Nachbar erkundigte sich, ob alles in Ordnung sei. Melissa wimmelte die Frau ab, sie könne nur nicht schlafen. Sie hatte nicht vor, die Polizei zu rufen, um zuzusehen, wie die Spurensicherung hier durchtrampelte und das Chaos vergrößerte. Danach hätte sie tagelang die Fragen der Nachbarn am Hals.
Schnell wieder das Haus zu dem ihren machen, in Minutenschnelle. Die Arbeit half ihr, sich zu beruhigen, jedenfalls so weit, dass sie mit Gladys reden konnte.
Gladys war nachgekommen, beteiligte sich an den Aufräumarbeiten, machte sich am Spülbecken zu schaffen, scheuerte das Innere, säuberte anschließend das Geschirr, bis auf die Tasse, aus der McMillan getrunken, die packte sie in eine Plastiktüte.
Melissa stellte sich Gladys in den Weg.
«Wer war der Kerl?»
«Ein ehemaliger Mitarbeiter der CIA, der gefeuert wurde und nun dem Bundesnachrichtendienst verkaufen will, was er über rausgeschleuste DDR-Geheimdienstleute weiß, die heute in den USA leben. Die und Wissenschaftler sind immer gefragt, überall», setzte sie hinzu, als sie Melissas ungläubiges Gesicht sah.

«Moment mal, Moment mal, was war das?»
«Die CIA sucht ihn. Durch mich. Ich war der Lockvogel. Jetzt ist er auf der Flucht, allein, ohne Kontakte, keiner, dem er nicht misstrauen müsste. Der lebte in einer eigenen Welt, für die eigene Regeln gelten. Die leben außerhalb von allem. Der ist jetzt hilflos. Hier wird er nicht mehr auftauchen.»
«Hör auf mit diesem verständnisvollen Psychogequatsche. Du bist also auch von der CIA.»
«Nein. Ich schwöre. Nein.»
Melissa holte aus und schlug Gladys die Faust vor die Brust. Gladys taumelte nach hinten, machte aber keine Anstalten, zurückzuschlagen.
«Scheiße, verflucht, Gladys.»
Gladys kam hoch, verbiss sich die Tränen. «Schon okay, ich hätte vermutlich das Gleiche getan.»
«Raus hier. Ich weiß nicht, ob es ein Fehler ist, aber erstmal fahren wir ins Büro. Ich will dich im Auge behalten.»
Melissa verschloss Türen und Fenster, bestellte ein Taxi.
Wortlos die Fahrt durch die frühmorgendlichen leeren Straßen.

Im Büro. Gladys berichtete Melissa alles, was sie wusste. Sie schnitten das Gespräch mit. Dann bat Gladys, sie telefonieren zu lassen, das Gespräch mitzuhören und mitzuschneiden. Melissa traute ihren Englischkenntnissen nicht zu, alle Einzelheiten zu verstehen.
Gladys wählte eine Nummer, nannte McMillans Namen und wurde sofort durchgestellt; sie sprach langsam und deutlich.
«Hören Sie nur zu. McMillan ist auf der Flucht, nach einem langen Gespräch und hübschen Fingerabdrücken. Sie haben mich reingelegt. Ab sofort bin ich aus der Sache raus. Ich habe alles, was ich weiß, schriftlich fixiert und mehrere Kopien an verschiedenen Stellen hinterlegt. Sollte ich oder jemand, den ich kenne, belästigt werden, sollte ich auch nur angerempelt werden auf der

Straße, gehen die Papiere an die internationale Presse und mehrere europäische Außenministerien. Ich sehe schon die Schlagzeile: CIA gewährt Zuflucht ohne Wissen des Natoverbündeten. Sie werden sich mit meiner Dienststelle in Verbindung setzen und dafür sorgen, dass ich in Ehren aus dem Dienst scheide. Sie werden für meine Ansprüche bezüglich Rente sorgen. Sie werden das schriftlich fixieren und an eine Adresse senden, die man Ihnen mitteilen wird. Ich weiß, dass Sie dieses Gespräch aufzeichnen. Es wird kein weiteres geben.»
Gladys drückte den Recorder auf Stop.
Melissa legte ihr die Hand auf die Schulter. Tränen liefen Gladys übers Gesicht: «Das war's. Und auch mit meinem Job.»
«Du schlafst jetzt erst mal. Willst du vorher duschen?»
Gladys nickte. McMillans Geruch schien an ihr zu haften, nahm ihr die Luft.
«Etwas essen? Trinken?»
Gladys schüttelte den Kopf.

Melissa saß vor der Badezimmertür, wartete, ob Gladys etwas brauchte.
CIA! Meine Güte, wo war sie da reingeraten?
Plötzlich war sie zweiundvierzig Jahre alt, Sicherheitsfrau, hatte ein eigenes Haus und Kredite, ein eigenes Büro und Kredite. Gestern noch war sie zwanzig und wollte nichts als singen, mit leichtem Gepäck in einer Tasche.

Als Paula und Tamara kurz nach elf im Büro eintrafen, lag Gladys auf der Isomatte, unter Decken, in Melissas Büro und schlief. Melissa saß auf einem Stuhl daneben, als hielte sie Wache.

SECHZEHN

Die Handgriffe schon sicher, das mittlere Bürozimmer weitgehend eingerichtet, wurde vertraut, Kaffee und Mineralwasser die Grundausrüstung der Besprechung.

«Wie ist es im Adlon?», fragte Melissa beim Kaffeekochen.

«Besorg dir einen Prospekt. Ich mach doch keine Werbung für ein Hotel, kostenlos dazu», antwortete Tamara.

Melissas Bericht über die letzten Stunden, die Wiedergabe dessen, was Gladys ihr erzählt, das Abspielen des Telefonmitschnitts, drängte alles andere zunächst in den Hintergrund.

Tamara brannte darauf, Einzelheiten zu erfahren, fragte nach, besonders zum Thema Medikamente, zu Panitz und dem, was McMillan über dessen Tätigkeiten ausgeplaudert hatte.

Paula, eine sichtlich ausgeruhte Paula, hörte zu, übersetzte das Telefonat, fasste zusammen.

Dann platzte Tamara mit ihrer Entdeckung heraus, dass Frau Teichert im Haus der Kulturen gewesen und zumindest den Abtransport der Leiche beobachtet hatte.

Auf dem Anrufbeantworter Tom Braun, der dringend nach Melissa verlangte, um ein Treffen beinahe bettelte.

Und wieder Paula, die die Flut der Neuigkeiten sortierte.

Was sollte mit Gladys geschehen, wie das Ganze einschätzen?

Und wie weiter im Fall Panitz?

Keine der drei war bereit, die Sache der Polizei zu überlassen beziehungsweise deren Ermittlungsergebnisse abzuwarten, auch, wenn die mit Volldampf zu arbeiten schienen, wenn sie Zeugen nicht ins Präsidium bestellten, sondern selbst aufsuchten, wie Tamara bemerkte.

Paula drang darauf, nicht über die Vorgehensweise der Soko zu spekulieren, sondern sich auf das eigene Geschäft zu konzentrie-

ren; dabei sah sie Tamara an. Zu viel stand auf dem Spiel, was Ruf und Finanzen von Oshinski und März betraf.
Sie mussten unbedingt herausfinden, wer Panitz getötet hatte.
Der CIA-Mann, dieser McMillan, hatte den Verdacht bestätigt, dass Panitz mit verschreibungspflichtigen Mitteln dealte, ein ausgesuchtes Klientel versorgte, womöglich gegen Gefälligkeiten tauschte, Kunden, die dieser Art Drogen anhingen und entweder keine Ärzte fanden, die den steigenden Konsum befriedigten, die Mittel in ausreichender Menge verschrieben; Abhängige, die keinesfalls auf der Szene gesehen werden mochten und den häufigen Gang zum Arzt scheuten, so sie einen fänden, der in ihrem Sinne verschrieb. Oder es waren ganz einfach Leute, die es gewohnt waren, dass alles für sie erledigt wurde, von der Reinigung bis zum passenden Medikament. Der Missbrauch von Pillen war ein bekanntes Problem im Showgeschäft, gerade unter Leuten, die die illegalen Drogen scheuten, aber nicht die kleinen Helfer für Schlaf oder stressige Tage. Warum sollten Angehörige anderer Berufszweige sich nicht auch mit diesen Drogen versorgen?
Existierte ein Kundenbuch? Und, wenn ja, wo?
«Ich werde diesen verdammten Schreibtisch von Panitz auseinander nehmen», sagte Melissa.
«Wie soll das gehen? Willst du mit Teichert einen Termin vereinbaren: Entschuldigen Sie bitte, ich zerleg mal eben diesen Schreibtisch, um ein Kundenbuch von Panitz zu finden und den Ruf Ihrer Firma zu ruinieren?», sagte Tamara. «Aber womöglich ist der Ruf der Firma gar nicht so gut. Hat mal jemand untersucht, wie es um die Finanzlage steht?»
«Ich hatte angefangen», sagte Paula.
«Du kennst doch einen Weg, um an den Schreibtisch ranzukommen», stichelte Melissa.
Paula ließ sich nicht provozieren.
«Wie ist die Privatnummer von Teichert?»
«Hallo? Oshinski hier … Ja … Gut, den Umständen entspre-

chend … Kann ich Ihre Frau sprechen? … Wo? … Nein, nicht so wichtig. … Ah ja … Tschüs.»

Paula wandte sich zu Melissa.

«Frau Teichert hat vielleicht auch die Idee, den Schreibtisch von Panitz zu besichtigen. Angeblich hat sie, ganz plötzlich, eine Einladung zu einer Ausstellungseröffnung erhalten, ist allein in die Stadt gefahren und per Handy nicht erreichbar.»

«Ich fahre hin», sagte Melissa entschieden.

Paula stand auf.

«Einen Versuch ist es wert, sie ist vor etwa einer halben Stunde los.»

Tamara zog den Autoschlüssel aus der Hosentasche.

«Wollt ihr dort zu dritt vorfahren?», fragte Melissa ungeduldig. «Paula mit Gips fällt aus, du solltest dich dort nicht sehen lassen, womöglich erkennt dich ein Nachbar als nächtliche Einsteigerin wieder. So war's doch, oder? Und Tamara will noch mal in den Polizeidienst übernommen werden.»

«Ich komme mit», erwiderte Tamara. «Ich weiß, wie Frau Teichert aussieht.»

«Nein. Ich werde mir das Foto von der Teichert im Internet ansehen. Ewig im Pulk, das ist nicht meine Sache.»

«Ich komme mit.» Gladys stand in der Tür, unbemerkt, wie lange schon?

«Du? Vergisses. Du musst nichts gutmachen. Geh du dir noch mal von innen ankieken.»

«Was?»

«Schlafen», übersetzte Paula. «Mittagsschlaf halten.»

«Ich fahre Melissa», entschied Tamara, stand auf. «Wie ist die Adresse? Kommst du? Oder willst du mit dem Taxi dort vorfahren?»

«Wenn die Teichert nicht dort ist, steig ich ein. Was?»

«Ich hab nichts gesagt», antwortete Tamara, mit Melissa auf dem Weg zu ihrem Auto.

Grau in grau, Wolken in allen Grautönen. Die Spaziergänger warm eingepackt, die Temperaturen um mindestens fünf Grad weniger als am Vortag.
«Ich dachte, du musst darauf achten, dass deine Kaderakte sauber bleibt.»
«In diesem Laden, bei Oshinski und März?»
«Du hast ja Humor, Tamara.»
«Und du Vorurteile.»

Melissa, auf dem Beifahrersitz, beobachtete Tamara und ihren Fahrstil; es gab nichts zu bemängeln.
Dann zückte sie das Handy und ließ sich zu Tom Braun durchstellen.
Er brauche sie, werde belästigt, von allen möglichen Leuten, die man zwar nicht zu ihm lasse, die aber immer wieder nachfragten, unter abenteuerlichem Vorwand, ob sie ihn sprechen könnten.
Melissa beschwichtigte ihn mit dem Versprechen, sie werde am Abend vorbeikommen.
Wie immer – sie musste dieses Arbeitsverhältnis klären.
«Pace?», sagte Melissa, streckte Tamara mit abgewandtem Gesicht die Hand hin.
Tamara drückte zu, fest.
«Weiber», knurrte Melissa.

Gladys lief durch den mittleren Büroraum, hin zur Fensterfront, zurück zur Eingangstür, beschleunigte; der Raum schien immer kleiner zu werden. Ihr Gesicht zeigte die Spuren des Schlafs, eine eingedrückte Falte dort, wo die rechte Gesichtshälfte auf dem Kissen gelegen, das Melissa ihr untergeschoben. Dunkle Augenringe. Das Haar ungekämmt.
Und wieder, hin und her.
Paula, auf der Couch, beobachtete die Frau, in deren Zügen sie

nicht lesen konnte, was in ihr vorging. Melissa und Tamara hatten sich auf den Weg gemacht. Einerseits beruhigte es Paula, dass Tamara das Auto fuhr, Tamara, die gefühlsmäßig nicht so involviert war wie Melissa. Dem enormen Druck ausgesetzt, vor allem in der letzten Nacht, würde Melissa am liebsten mit Gewalt ein Ende der Ereignisse herbeiführen, wenn sie die Macht hätte. Die Geduld, die sie sonst im Job auszeichnete, ihre Fähigkeit, sich zurückzunehmen, war auf harte Proben gestellt worden. Machen, agieren, aktiv sein funktionierte nur bedingt. Paula fürchtete eine Kurzschluss-Aktion Melissas, vor der sie hoffentlich Tamara bewahrte. Andererseits war da auch Tamaras Ehrgeiz zu beachten, die befürchteten Soli aber bisher ausgeblieben. Die Einschätzung der Polizei galt vielleicht nur für deren Arbeitszusammenhänge. Tamara hatte sich sozusagen in den Dienst der Detektei gestellt, mitgearbeitet, mitgedacht. Lass sie los, ermahnte sich Paula. Die beiden sind in der Lage, auf sich selbst aufzupassen, verantwortlich zu handeln. Du bist diejenige mit einer Verletzung, mit dem Gipsarm.

«Setz dich.»

Gladys schien sie nicht zu hören.

«Stop it.»

Gladys blieb stehen. Endlich. Drehte sich zu Paula, entschuldigte sich für ihr Gerenne.

«Was soll ich tun, was ist dir lieber? Soll ich verschwinden? Oder gibt es etwas, das ich für euch tun kann?»

«Setz dich bitte.»

«Ich habe in den letzten vierundzwanzig Stunden zu oft gesessen.»

«Du sprichst Deutsch wie eine Eingeborene, beinahe akzentfrei.»

«Meine Mutter und ich haben immer Deutsch gesprochen. Ich war mehrere Jahre in einer deutschen Schule. Sie wollte, dass ich in der deutschen Sprache zu Hause bin, wusste lange nicht, ob sie nicht zurückkehren würde.»

«Was überwiegt, Gladys April Parker, Wut oder Schuldgefühle?» Gladys' Augen verrieten ihre Gefühle. Wie verwundet sah sie Paula an, kauerte sich vor sie, auf den Boden, legte die Arme auf den Sessel, als wolle sie sich festhalten. Dann ballte sie die Fäuste.
«Ich bin so wütend. Alle, die etwas zu sagen haben in meinem Berufsleben, haben mitgeholfen, dass ich reingelegt wurde. Wer wusste Bescheid, frag ich mich? Ich könnte keinem mehr trauen. Ich hab meinen Beruf gerne gemacht. Jetzt bin ich hier, in Berlin, ohne Job, meine Mutter hat mich belogen, und ich hab euch, ich habe Melissa in Gefahr gebracht.»
«Wie schätzt du die Situation ein: Werden sie dich in Ruhe lassen? Wird dieser Kerl sich nochmal auf deine Spur machen?»
«Der wird verzweifelt einen Schlupfwinkel suchen. Er kann sich ausrechnen, dass er gejagt wird und jetzt auch für die Deutschen ein zu heißes Eisen ist, nach dem Kidnapping letzte Nacht. Der wird keinen Ansprechpartner mehr finden.»
«Werden sie deine Drohung ernst nehmen?»
«Die werden sich mit meinen, mit den Leuten vom FBI in Verbindung setzen und erfahren, dass man sich auf mein Wort verlassen kann.»
«So, wie du diesen Kerl beschrieben hast und auch die Situation der letzten Nacht, muss man ihn als gefährlich einschätzen, wie ein Tier in der Falle.»
«McMillan hat keinen Biss mehr. Er war auch nie ein Rambo, er war ein Schreibtischtyp. Seine Art Job hat ihn weich gemacht. Und vor allem die Drogen, mit denen er noch sehr gut versorgt war. Der bringt sich eher um. Er hat diese Aktion letzte Nacht vermasselt, die hat ihn nicht weitergebracht, er hat sich eine Niederlage eingehandelt. Trotzdem – Melissa sollte in den nächsten Tagen nicht in ihrem Haus schlafen. Das würde ich gern tun. Sicherheitshalber.»
Paula schwieg, musterte die Frau, die vor ihr kauerte, ihr in die Augen sah.

«Ich würde mir an deiner Stelle auch nicht vertrauen. Du weißt nicht, ob du mich rausschmeißen oder im Auge behalten sollst.»
«Oder der Polizei übergeben», sagte Paula langsam. «Aber irgendwas muss an dir sein, das Melissa veranlasst, dir zu trauen. Ich kenne sie. Bei aller Herzlichkeit, mit der sie auf Leute zugeht, dauert es lange, bis sie Vertrauen fasst. Ich weiß noch nicht, warum, aber dich mag sie.»
Rasch wandte Gladys ihr Gesicht zur Seite, wehrte Paula ab, die sich zu ihr beugte, wischte sich energisch die Tränen vom Gesicht.
«Was werdet ihr jetzt tun, in eurem Fall?»

Paula überlegte laut. Gladys stellte Fragen, Fragen, die hilfreich waren, weil die FBI-Frau nicht in die Ereignisse um Panitz, Braun, Teicherts und Reimann verwickelt war.
Gladys hatte vorgeschlagen, ihr den Stand der Ermittlungen vorzutragen, und Paula ließ sich darauf ein, fasste zusammen, mit Abstrichen aufrichtig, ließ alles Persönliche und, selbstverständlich, ihren Einbruch aus.
«Warte», hakte Gladys ein. «Wenn Panitz mit Arzneimitteln dealte, an einen festen Kundenkreis, gibt es vermutlich ein Kundenbuch. So weit habe ich dich verstanden. Aber warum sollte er es vergraben, in diesem Grundstück, das ist unpraktisch. Kann ich den Plan sehen, den du gefunden hast?»
Paula wies auf Tamaras Schreibtisch, wo der Werbeprospekt der Teichert Immobilien lag.
«Hier sind zwei Stellen markiert, eine vor dem Gebäude, eine darin», sagte Paula.
«Oder unter dem Gebäude. Im Boden. Hast du diesen …»
«Teichert.»
«Teichert danach gefragt?»
«Er sprach von Wasseradern, das sind …»
«Ich kenne das, meine Mutter hat früher mit mir in einer Kom-

mune gewohnt, da machten die so ein Zeug. Also. Wasseradern. Wo hast du das Papier gefunden?»

«In der Wohnung von Panitz. Dem Ermordeten», setzte Paula hinzu.

«Was hatte er wohl damit vor? Warum die feinen Zeichen, kaum sichtbar?»

«Er ließ die Mappe zu Hause, als er zu Tom Braun nach Amsterdam flog.»

«Hast du … ich meine, war der Plan versteckt?»

Paula verbiss sich ein Lächeln.

«Nein.»

«Warum sollte Panitz markieren, wo er sein Kundenbuch hat, er wusste, wo es war, musste das nicht einzeichnen. Ein Medikamentenlager? Die hast du in seinem Schreibtisch gefunden.»

Die beiden tauschten einen Blick, dann fuhr Gladys fort.

«Nein, das ist alles zu unpraktisch. Wenn ich das richtig verstanden habe, steht das Gebäude nicht gerade in der Nähe von Panitz' Wohnung und dem Büro. Sollte er jedes Mal dorthin fahren? Und ausgraben? Nein. Was für eine Gegend ist das, wo genau ist das Haus gebaut?»

«Im Ostteil der Stadt.»

«DDR», buchstabierte Gladys in Englisch. «Was war dort früher?»

«Ein Kombinat. Ein Fabrikkomplex. Volkseigentum nannte der Staat das. Nach dem Mauerfall wurde das Objekt abgewickelt, vermutlich von der Treuhand. Kompliziert, das alles zu erklären.»

«Mach es einfach. Das Wichtige.»

«Ich stelle mir das so vor: Früher eine große Fabrik, die nach dem Mauerfall geschlossen wurde, hat man das Gelände aufgeteilt, verkauft, dann entstand nach und nach auf diesem alten Industriegebiet ein neues Viertel, mit neuen Eigentümern und Leuten wie Teichert und Panitz, die Wohnungen, Kleingewerbe und

Büroräume nicht selbst nutzen, sondern nur weiterverkaufen wollen.»

«Büros? Wenn ich durch Berlin gehe, fallen mir die Plakate auf, die überall hängen und Büroräume anbieten, auch Wohnungen, aber vor allem Büros. Diese Stadt muss voller leerer Büroräume sein und teurer Wohnungen, gibt es dafür nicht genügend Interessenten?»

«Die Durststrecke auf dem Immobilienmarkt dauert länger als gedacht. Da haben sich viele verspekuliert. Ungefähr zweihundertfünfzigtausend Berliner sind ins Umland, nach Brandenburg, gezogen, auch viele Gewerbetreibende, die Steuern sparen wollen.»

«Ob Teichert und Panitz auch zu denen gehören, die Schwierigkeiten haben, Käufer zu finden?»

«Bisher sind wir nicht auf finanzielle Schwierigkeiten gestoßen.»

«Du drückst dich sehr diplomatisch aus. Das bedeutet, ihr könnt keine Bankunterlagen einsehen. Aber zunächst mal zurück zu den Kreuzen. Es war also ein Fabrikgelände, und jetzt, mehr als zehn Jahre später, werden dort Häuser gebaut. Wie nutzte man das Gelände in der Zwischenzeit? Was kann dort im Boden stecken? Außer Wasser? In Deutschland soll es kompliziert sein, wenn man bauen will, man benötigt viele Papiere, right? Wer überprüft so einen …?»

«Antrag. Antrag auf Baugenehmigung. Shit. Heute ist Sonntag und alle Ämter geschlossen.»

«Was könnte im Boden sein, Paula?»

«Das, was Fabriken nicht wollen. Müll. Sondermüll. Giftmüll, womöglich.»

SIEBZEHN

Sonntag. Die Stadt entleert ihre Bewohner in den Speckgürtel. Touristen bevölkern Unter den Linden, das Brandenburger Tor und die Museumsinsel, bummeln über den Kurfürstendamm, auf der Suche nach dem, was ihn als so außergewöhnlich schilderte. In den Kiezen die Straßen mit spärlichem Autoverkehr, nur die Ausfallstraßen ins Umland stark befahren. Man sitzt, je nach Wetter, in oder vor den Cafés, Frühstück bis sechzehn Uhr.

Tamara kam rasch voran, in diesem Teil der Stadt kannte sie sich gut aus. Melissa war noch nie in Friedenau gewesen.

«Gute Idee, Tamara. Ich meine, nach Fotos im Internet zu suchen.»

«Wie gehen wir vor?»

«Du hast sie kennen gelernt, auf diesem Gartenfest in Grünau. Wie ist sie so?»

«Ich weiß, wie sie aussieht. Viel mehr nicht. Ich hatte Order, die Gesprächsführung Paula zu überlassen, ich kam erst dazu, als nur er redete, mit Paula.»

Tamara war wieder in die gestelzte Sprache zurückgefallen, die sie in der Zusammenarbeit mit Paula abgelegt hatte; wie ein Schutzvisier legte sie die Formeln wieder an.

Und genau das rührte Melissa, der die Veränderung auffiel.

«Das Internet ist großartig», fuhr Tamara fort. «Ich werde überprüfen, ob Fotos von Brauns Ankunft am Flughafen hineingestellt wurden, womöglich auch von Frau Teichert. Dann würde es enger werden für sie.»

«Evelyn Kunz», platzte Melissa heraus.

«Wer?»

«Die Vorsitzende von Brauns Fanclub in Berlin. Die war am Flughafen. Wenn jemand Fotos gemacht hat, dann sie. Ich werde sie anrufen.»

«Warte. Falls sie mit Digitalkamera aufgenommen hat, kann sie die Fotos per E-Mail an oshinskiundmaerz@gmx.de schicken.»

Evelyn Kunz reagierte zurückhaltend, beinahe unfreundlich. Das ginge nicht. Basta. Wenn Melissa wieder etwas von ihr wolle, müsse sie zu ihr kommen, um achtzehn Uhr habe sie ein paar Minuten Zeit.

Melissa warf einen Blick auf die Handyanzeige, es war noch nicht eins, und heute Abend erwartete Braun sie.

Kunz ließ sich nicht zu einem früheren Treff bewegen, und Melissa mochte nicht Braun ins Gespräch bringen.

Also rief Melissa ihn an. Ein Mann meldete sich mit «Ja?». Braun sei in einer Besprechung und wolle nicht gestört werden.

«Richten Sie ihm aus, dass ich gegen sechzehn Uhr vorbeikomme. März, mein Name, Melissa März», setzte sie hinzu, Braun wusste bestimmt nicht mehr ihren Nachnamen.

Der Mann, der den Anruf entgegennahm, erwiderte, er müsse den Termin bestätigen lassen.

Kurz darauf sagte er, Braun erwarte sie um vierzehn Uhr.

«Zu Befehl», murrte Melissa, und zu Tamara: «Ich wette, das war einer der Leibwächter, die Reimann engagiert hat, den Tonfall kenne ich. Verdammt. Die ist sauer, diese Kunz, weil ich sie nicht mit Braun zusammengebracht habe. Ich könnte von dem Geld leben, das man mir anbietet, um die Stars zu treffen, die ich betreue. Zufällig, verstehste. Danach würden sie ein Buch darüber schreiben.»

«Wie dieser Butler.»

«Hast du den Auftritt gesehen?»

«Nein. Es stand in einer Zeitung.»

«Der Typ ist ein Idiot. Der kassiert schnell ab, findet aber nie mehr einen Job als Butler, geht allen, die noch zuhören, auf die Nerven mit seiner Damals-Geschichte, und vorbei ist es mit dem Scheinwerferlicht. Ein Idiot.»

Tamara lächelte.
«Wir sind gleich da. Rathaus Friedenau. Moment mal.»
Tamara fuhr rechts ran, an eine Bushaltestelle, schnappte sich den Stadtplan.
«Hier. Es ist eine kleine Seitenstraße. Wir parken besser um die Ecke.»
«Fahr doch mal an dem Haus vorbei und lass uns schauen, ob was, ob sie zu sehen ist. Oh Mann, viel gut deutsch.»
«Melissa. Ganz ruhig.»
Tamara schlug ihr aufmunternd, etwas linkisch, auf den Oberarm.
«Keine Sorge. Ich bin in Ordnung. Mir geht die ganze Scheiße nur langsam auf die Nerven. Man geht um die Ecke und tritt in die Scheiße. Hast du 'ne Zigarette? Nein? Warte. Dort ist ein Automat. Hast du Münzen? Ich auch nicht. Warte.»
Melissa stieg aus, ging auf zwei junge Männer zu, die am Wartehäuschen standen, der eine reichte dem anderen gerade einen Flachmann.
Melissa war größer als der eine, auf den sie zusteuerte, in Jeans und Lederjacke, die ihr ein mächtiges Kreuz und breite Schultern gab. Der Junge fummelte ein Zigarettenpäckchen heraus, gab Melissa auch Feuer zur Zigarette, der andere beobachtete sie. Nach einem Blick in ihr Gesicht ließ er den Spruch stecken, der ihm auf der Zunge lag.
Melissa inhalierte tief, rauchte hastig, trabte auf der Stelle, dann zurück zum Auto.
«Wir können. Am besten übernimmst du die erste Stimme.»

Tamara bog in die Straße ein, fuhr langsam, sah nach den Hausnummern. Hundert Meter vor ihnen fuhr ein Auto vor das Haus, das aussah wie von Paula beschrieben.
Tamara hielt hinter einem größeren Wagen. Das andere Auto wendete, parkte ein. Frau Teichert stieg aus.

«Lass sie reingehen», sagte Tamara zu Melissa, die den Sicherheitsgurt aufklickte. «Paula hat Recht. Die Teichert hat auf dem Grillabend mitgekriegt, dass Paula ihrem Mann Medikamente zeigte, von Panitz. Sie hat den richtigen Schluss gezogen. Panitz' Schwester hat seine Wohnung ausgeräumt, es bleibt also der Schreibtisch als Versteck. Lass ihr ein paar Minuten Zeit.»
«Sie ist im Haus. Los.»

Die Vordertür war zu. Tamara zeigte auf den Weg, der am Haus vorbeiführte. Wortlos gingen sie durch die Gartenpforte, Tamara überprüfte mit Blicken die Nachbarhäuser. Dann schnell, durch den Garten, hinters Haus, da, eine Terrasse. Die Tür ins Haus stand offen.
Die Frauen sahen sich kurz an. Tamara nickte, klopfte an die Scheibe. Leise. Ein Alibiklopfen, ebenso wie das leise: «Ist da jemand? Herr Teichert? Ob hier jemand einbricht? Lass uns nachsehen.»
Und schon waren sie im Haus und im Flur, eine Zimmertür stand offen, darin Frau Teichert, die sich über Schreibtischschubladen beugte, die herausgerissen waren, der Inhalt über den Boden verstreut.
«Frau Teichert?»
«Oh nein.»
Die Frau schreckte zusammen, wurde bleich, fasste sich an die Kehle. Tamara eilte auf sie zu.
«Ich bin es, Tamara Hermann, ich war mit Frau von Oshinski bei Ihnen in Grünau. Es tut mir Leid, dass wir Sie erschreckt haben.»
Die Frau brachte kein Wort heraus. Die Augen irrten über die Gestalten, das Chaos am Büro.
Melissa stürmte ins Nebenzimmer, brachte einen Stuhl mit, auf den Tamara die Teichert führte.
«Was machen Sie hier? Wie kommen Sie in das Haus?»

«Wir wollten Sie nicht erschrecken. Meine Kollegin und ich waren hier mit Ihrem Mann verabredet, vor einer halben Stunde schon. Wir wollten nachsehen, ob er schon da ist, vielleicht im Garten, und die Klingel überhört hat. Da stand die Tür offen. Wir waren besorgt. Also doch Einbrecher?», deutete Tamara auf das Chaos.
Und schon hatte Tamara die Teichert abgelenkt, sie in eine Rechtfertigungsposition gebracht. Wie die lügen kann, diese Tamara, aus dem Stegreif, bewunderte Melissa.
«Nein, nein, das war ein Versehen, das habe ich, ich bin heute schusselig. Wir brauchen noch Papiere. Also wenn Sie jetzt gehen würden, hier ist alles in Ordnung, keine Einbrecher im Haus. Ich werde das aufräumen.»
«Wir helfen Ihnen gern.»
Melissa bückte sich, schob einen Stapel Papiere zusammen.
«Nein. Sie können doch nicht einfach, das sind vertrauliche Papiere, Akten, Adressen von Objekten, Fotos.»
«Wie die Fotos vom Haus der …»
Blitzschnell trat Tamara Melissa auf den Fuß.
«Wir helfen gern», sagte sie, hob die mittlere Schublade hoch, machte Anstalten, sie auf die Schienen zu setzen, griff hinein, wie Paula gesagt: «Da klemmt doch was», und zog die kleinen Schachteln heraus.
Frau Teichert war schnell auf den Beinen, riss Tamara die Medikamente aus der Hand.
«Was erlaubt ihr euch? Raus hier. Sonst rufe ich die Polizei. Das ist unbefugtes Betreten. Ein letztes Mal: Raus!»
Tamara zog Melissa mit sich, den Flur entlang, dieses Mal zur Haustür hinaus.
«Paula hätte sie eingewickelt. Was sollte das Ganze, wenn wir jetzt gehen?» Melissa befreite sich aus Tamaras Griff.
«Sieh mal.»
Tamara öffnete die Hand, zeigte zwei Päckchen Morphine.

«Geduld, Melissa. Nichts erzwingen wollen. Im Moment ist Rückzug angesagt. Die Teichert kann zwei und zwei zusammenrechnen, und dann wird ihr klar, dass Paula auf illegalem Weg an die Medikamente kam. Im Moment können wir der Teichert nichts anhängen, wir haben nur Vermutungen. Wir haben keine Polizeibefugnis. Was willst du machen? Sie am Stuhl festbinden, bis sie auf Entzug kommt, und ihr so ein Geständnis entlocken?»
«Für wie bescheuert hältst du mich.»
«Wir bleiben dran.»
«Ich werde hier ja nicht mehr gebraucht. Ich mach mich auf den Weg zu Braun.»
Melissa deutete auf das U-Bahn-Schild, einen Steinwurf entfernt. Nach Laufen war ihr zumute, im Moment, nicht nach geduldigem Abwarten.

Tamara blieb in ihrem Auto sitzen, gedeckt durch den Lieferwagen vor ihr, ein Pkw parkte hinter ihr. Sie musste etwa eine Viertelstunde warten, dann trat Frau Teichert aus der Haustür, schloss sorgfältig ab, sah auf die Armbanduhr. Unwillkürlich sah auch Tamara auf ihre, es war halb zwei.
Ein Auto fuhr vorbei, blinkte rechts, setzte sich vor das von Frau Teichert. Ein Mann stieg aus. Ihr Mann.
Er ging auf sie zu, sie auf ihn. Sie fassten sich nicht an, standen einander gegenüber wie Fremde, wechselten ein paar Sätze.
Tamara öffnete hastig das Fenster vom Beifahrersitz, konnte aber nichts von dem, was Teicherts besprachen, verstehen.
Schließlich ging sie zu ihrem Auto, er ins Haus. Sie schaute ihm nach, bevor sie ins Auto stieg, das Gesicht wie versteinert, sie zögerte, doch dann stieg sie ein und fuhr davon, viel zu schnell für diese Gegend und um ihr zu folgen. Tamara hätte erst wenden müssen, blieb stehen, mehr einem Impuls folgend. Die Teichert würde vermutlich nach Hause fahren und sich bedröhnen.

Teichert kam wenige Minuten später aus dem Haus, setzte sich in sein Auto und hupte zweimal.
Tamara entdeckte die Frau erst, als die schon das Autoheck umrundete, die Beifahrertür öffnete und sich neben Teichert setzte.
Als er losfuhr, wendete, ihr Auto passierte, duckte sich Tamara. Dann setzte auch sie zurück und folgte seinem Wagen. Er schien es nicht eilig zu haben.
Er befuhr die Rheinstraße Richtung Steglitz, bis zur Grunewaldstraße, in die er einbog, dann der Königin-Luise-Straße folgte. Teichert fuhr in Richtung Grunewald.
Tamara ließ immer mal ein Auto zwischen seines und ihres, hielt Abstand. Von hinten sah sie Teicherts rechten Arm, er gestikulierte, drehte den Kopf immer wieder seiner Begleiterin zu, sah nicht in den Rückspiegel. Die Frau wandte ihm ihr Gesicht zu. Sie schien im gleichen Alter wie er.
Der Grunewald kam in Sicht. Teichert fuhr über einen Parkplatz, wenige Autos parkten hier, der traditionelle Sonntagsauslauf der Westberliner verlor seit der Wende an Bedeutung.
Teichert fuhr langsamer, auf der geteerten Straße durch das Waldgebiet. Tamara griff nach der Kappe mit dem Hertha-Abzeichen und setzte sie auf, zog sie tief ins Gesicht.
Er bog plötzlich rechts ab, ohne zu blinken. Tamara bremste ab, fuhr noch ein paar Meter weiter, parkte am Straßenrand und rannte zurück zum Abzweig.
Das Gebüsch noch spärlich belaubt, weiter Blick war möglich. Tamara lief parallel zum Sandweg, suchte Deckung hinter Baumstämmen. Der Weg beschrieb eine Kurve, der Tamara folgte – und zurückprallte. Da stand sein Auto, gewendet, die Schnauze in der Richtung, aus der sie gekommen, der Weg endete hier.
Die beiden waren beschäftigt, knutschten, er war dabei, ihr die Bluse aufzuknöpfen.

Gerangel im Auto, Arme, die ihren Weg suchten, vorbei an Lenkrad und Handschuhfach, Münder aneinander.
Tamara wagte immer wieder einen Blick am Baumstamm vorbei. Konnten die sich kein Hotelzimmer leisten?
Sie stiegen aus, die Frau im weiten Rock, den er ihr hochschob, einen Slip trug sie nicht. Er zerrte an seiner Hose. Sie umarmte eine Birke.
'ne Mollige, dachte Tamara. Da plagen sich die Frauen im Fitnesscenter, um ein paar Pfund abzunehmen, und schieben Horror vor Cellulite. Die störte Teichert nicht an ihr, schien ihn nicht zu interessieren. Aber ihre Brüste. Wow.
Er nahm sie von hinten.
Tamara wurde es peinlich, dieses Gestöhne und Gerammel.
Die Frau gehörte zu denen, die den Tanz um den goldenen Schwanz mitmachten, als sei es der Erlöserstab.
Dieses Gebrülle von ihr ist nie und nimmer echt, mit dieser Nummer denken Männer noch in hundert Jahren, dass pures Vaginagerammel Frauen glücklich macht. Alles, was die Frau davon hat, ist eine Blasenentzündung, bei der Kälte.
Sehr schnell war Schluss. Sein Schwanz war geschrumpft, die Frau nahm den Mann in den Arm, schien ihn zu trösten.
Tamara hatte genug, wich zurück, tiefer in den Wald, dann kehrte sie in weitem Bogen zu ihrem Auto zurück.
Sie rief Paula an.
«Teichert hat ein Verhältnis.»

ACHTZEHN

Schon wieder eine Klinik. Eine Privatklinik in Dahlem, nicht weit entfernt von der im Grunewald, in der Lilli Braun die letzte Nacht ihres Lebens verbracht hatte.

Dahlem erkannte man an der besseren Luft, trotz Innenstadtnähe, an der Ruhe, wie immer die sich innerhalb der prächtigen Anwesen ausdrückte, und an der auffallend hohen Zahl der Polizeiautos, die in den fußgängerfreien, baumbestandenen Straßen die Ruhe behüteten.

Zwei Kerle wie aus einem der üblichen Filme standen an der Pforte des Grundstücks. Das Haus glich einem Barockschloss, soweit Melissa sich mit Schlössern und Baustilen auskannte, das Thema Schloss stand zu ihrer Schulzeit als etwas dem Abriss Geweihtes auf dem Stundenplan.

Sie trug keine Papiere mit sich, hatte die Brieftasche im Büro liegen lassen, und die Männer nahmen ihren Job genau.

Also rief sie Braun an, landete wieder bei dem Mann mit der Bass-Stimme. Warten. Wie hatten sie nur ohne Telefon gelebt, damals, als man noch Auftritte ausmachte, indem man durch die DDR fuhr, um persönlich mit den Veranstaltern zu sprechen.

Es dauerte eine Viertelstunde, bis sie endlich in Brauns Zimmertür stand.

Er wirkte wie seine eigene Zweitbesetzung, ein Tom fürs private, unfotografierte Leben – Lillis Tod hatte die Fassade aufgebrochen, wie nicht mal der Vollsuff es vermochte, selbst nach Panitz' Tod war Braun ihr nicht so verwundet, ja schutzlos, erschienen.

Braun schickte den Mann mit der tiefen Stimme aus dem Zimmer, der zögerte, dann aber ging, als Melissa sich vor ihm zu voller Körpergröße aufschraubte, er reichte ihr eben bis zum Kinn.

Ihre Tages-Geduld war durch die Warterei wieder gegen Null gesunken, das spürte der Kleine, wie sie ihn genüsslich bei sich nannte.
Trotzdem: Reiß dich zusammen, ermahnte sie sich.
Melissa sprach Braun ihr Beileid aus zum Tod seiner Frau.
«Ich weiß nicht, was schlimmer ist. Die Frage quält mich, ob sie im Grunde sterben wollte. Ob sie es war, die Panitz …? Mein Gott, sie hat damals die Kleine verbluten lassen. Lilli! All die Jahre hat sie mich belogen. Ich dachte, das Mädchen ist an dem Autocrash gestorben.»
«Warte, Tom, warte. Sag mir nichts. Du bereust das später, wenn du mir hier ohne Not 'ne Beichte ablegst.»
«Ich muss darüber reden, mich konfrontieren, sagt der Psychologe.»
«Ja, mach das, aber doch mit ihm.»
Melissa war hin- und hergerissen. Sympathie für Tom, mehr als Sorge um den Klienten. Andererseits erfuhr sie etwas Neues, half seine Beichte vielleicht, das Puzzle zusammenzusetzen, herauszufinden, wer Panitz getötet hatte.
Und schon redete Tom weiter: «Ich hab es Panitz gebeichtet, ihn bezahlt, immer mehr, als ich musste, wie eine Wiedergutmachung an einem anderen, na ja, ein anderer würde es Schweigegeld nennen. Und ich dachte, Lilli hält trotzdem zu mir, trotz der Fahrerflucht, dabei war sie dort. Dieser Psychologe sagt, ich soll, was war das?, bei mir bleiben, meine Seite der Geschichte bearbeiten, nicht über Lillis Anteil nachdenken. Aber ich kann die Fragen doch nicht wegdrücken. Sie soll Panitz erstochen haben. Das fass ich nicht. Setz dich doch, Melissa. Du bist die Einzige, mit der ich reden, ich meine, zu der ich offen sein kann.»
Wenn das keine der üblichen Schmeicheleien war, dann stand es wirklich schlecht um ihn. Melissa ließ sich in den Besuchersessel fallen, sah sich in dem pastellfarbenen Raum um, der den Kom-

fort eines Hotelzimmers hatte, aber mit Vorrichtungen eines Krankenhausraums, wie Anschluss für Sauerstoff, einer Klingel und einem schmalen Bett auf Rollen.
Braun saß auf dem Bettrand. Er trug einen Morgenmantel aus Seide, mit chinesischen Schriftzeichen bedruckt.
Der Fernseher lief ohne Ton, MTV, europäische Hitparaden. Musikkanal, Videoclips, Bild statt Musik. Toms Single lag in Deutschland auf Platz eins.
«Ich frag mich, ob Lilli sterben wollte. Warum ging sie in den See, schwimmen war nie ihre Stärke. Ich wollte mich nicht scheiden lassen, Lilli hat mich am Telefon falsch verstanden.»
Wirklich? Aber Melissa ließ das Wort unausgesprochen.
«Und diese Schwangerschaft, das kann gar nicht von mir gewesen sein, so selten, wie wir zusammen waren.»
«Da reicht einmal, weißt du.»
Er brachte so etwas wie ein Lächeln zustande, das sofort wieder Melissas beschützerische Gefühle auf den Plan rief.
«Was meinst du zu dem Ganzen, Melissa?»
Wieder dieser hilflose Blick. Melissa räusperte sich.
«Ich weiß nicht, wer was getan hat, Tom. Wir müssen erst mal über etwas anderes reden. Reimann hat mir angeboten, sein Spitzel zu werden oder, wie er es ausdrückte, dein Assistent, um dich in seinem Sinne zu seinen Plänen zu bewegen, in seine Imageschiene pressen, du weißt schon.»
«Reimann hat mich gestern angerufen. Er sagte, du hättest ihn in seinem Hotelzimmer aufgesucht und bedrängt, dir einen Job zu geben, ihm angedient, mein Vertrauen in seinem Sinne zu nutzen. Du bräuchtest dringend einen Job, die Detektei stehe vor dem finanziellen Aus. Du hättest ihm die Besetzungscouch nahe gelegt, wenn er dich einstellt.»
«Was? Was?»
Melissa war aufgesprungen, trat gegen die Wand, ein-, zwei-, dreimal. Dann suchte sie Brauns Augen, seinen Blick.

«Ich nehme mal an, ich säße so mit dir nicht zusammen, wenn du Reimanns Version vertrauen würdest, jedenfalls diesen Anschuldigungen.»

«Ich hatte schon eine Weile vor, ihn zu feuern. Ich hab vor, für längere Zeit zu pausieren.»

«Pausieren? Das führt in diesem schnellen Geschäft zum Karriereende, schätze ich. Es sei denn, du wartest zehn, zwanzig Jahre, bis diese Gegenwart wieder Mode wird. Dann machste die Rerecords von deinen alten Songs, machst deinen eigenen Nachlassverwalter und redest dir ein, mit rhythmischer Kosmetik versehen wäre das Ganze was Neues. Warum willst du pausieren? Kneif den Hintern zusammen und mach das, was dir wichtig ist. Die Kohle für einen neuen Start hast du, nehme ich an, du Gesangs-Star.»

«Superstar, Kohle eines Superstars», kokettierte Braun.

«Da biste noch nich, mei Gutster. Superstar. Wo ist der Privatjet de Luxe? Der Security-Stab? Die Topsuite nur in Top-Hotels, der Club, in dessen VIP-Bereich nochmal für dich und deine Leibwächter ein eigener Bereich abgetrennt wird. Der persönliche Trainer …»

«Hab ich», warf Braun ein.

«… für die Yogastunden deiner Lieblingshunde. Der Tee, den man, frisch zubereitet, dir vor dem Auftritt aus England mit deinem Jet einfliegt. Wo sind, weltweit, deine Häuser, und welches Luxuskaufhaus wird nach offiziellem Ladenschluss offen gehalten, damit du in Ruhe einkaufen kannst? Und erzähl mir nicht, dass du nicht geil bist auf all das. Pausieren!»

«Schon gut», lachte Braun. Sein Gesicht gewann Farbe. «Ich höre ja nicht sofort und mit allem auf. Ich hab Verträge zu erfüllen, zum Beispiel noch einen Werbevertrag. Dafür gibt mir Teichert sein Penthouse erheblich günstiger.»

«Du ziehst also nach Berlin?»

«Ich lass mein Haus bei Heidelberg verkaufen, meine Sachen

nach Berlin bringen, das, woran ich hänge. Ich kann nicht mehr in das Haus, in dem ich mit Lilli gelebt habe.»

«Moment mal. Hab ich das richtig verstanden? Teichert? Was hat der mit dir und Werbung zu tun?»

«Er ist der Auftraggeber. Er hat mir angeboten, für dieses neue Medienviertel zu werben, und bezahlt mit Rabatt auf seine Immobilie.»

«Hast du schon unterschrieben?»

«Ja.»

«Wann?»

«Findest du nicht, dass dich das nichts angeht, Melissa?»

«Wann, Tom?»

«An dem Vormittag, bevor … als wir das Video zu Ende drehen wollten.»

«Also nachdem Panitz ermordet wurde.»

«Ja. Hör mal, mir reicht das Thema, können wir von was anderem sprechen? Immer nur Tod, Tod, Tod.»

«Nur noch eine Frage. Eine. Hat Panitz je im Zusammenhang mit dieser Wohnung von Wasseradern gesprochen, die Krankheiten verursachen können, Wasseradern im Boden?»

«Nein. So ein Esomist interessierte Panitz nicht. Mich übrigens auch nicht.»

«Er hat dir doch abgeraten, dorthin zu ziehen?»

«Das ist noch eine Frage.»

«Tom, ich bitte dich. Das hier ist wirklich wichtig.»

«Also gut. Ja, Panitz hat mir in Amsterdam abgeraten, nach Berlin zu ziehen, aber nicht wegen irgendwelcher Wasseradern, sondern weil in anderen Städten musikalisch mehr los sei, in Köln zum Beispiel. Das hielt ich für Blödsinn. Er wollte einen Neuanfang, denke ich, er schlug eine neue Stadt vor, verstehst du, neue Stadt, neuer Job.»

«Aber ursprünglich hat er dir diese Penthousebude angeboten.»

«Moment mal. Reimann hat veranlasst, dass Angebote eingeholt wurden. Darunter war eines von Teichert und Panitz Immobilien. So hab ich Panitz wieder gefunden. Wie ich dir erzählt hab: ein Treffen und peng, es war wie früher, vertraut, als hätten wir uns gestern zuletzt gesehen. Er kam mit nach Amsterdam, und ich hab ihm den Job angeboten.»

«Er hat also, nachdem du ihm den Job angeboten, von Umzug gesprochen, aber nicht mehr nach Berlin. Weißt du zufällig, wer Panitz beerbt? Ich würde das nicht fragen, wenn es nicht wirklich wichtig wäre.»

«Seine Schwester und deren Kinder. Wir haben gestern miteinander telefoniert, wegen Lilli und der Beerdigung und so.»

Die Tür ging auf, eine Schwester, lieblich wie in Arztfilmen, kam herein und mahnte zum Ausruhen, Braun habe keinen Mittagsschlaf gehalten. Sie half ihm aus dem Morgenmantel, was Braun offensichtlich genoss, diese Fürsorge, ihre Freundlichkeit.

«Noch fünf Minuten, dann begleite ich Sie zur Tür», sagte die Schwester zu Melissa.

«Wirst du für mich arbeiten, Melissa?»

«Ah, doch nicht pausieren? Nein. Definitiv. Ich will mir erhalten, dass ich Leute habe, denen ich trauen kann. Vergisses. Ich gehe jetzt. Das waren verdammte Tage. Und bevor wir sentimental werden: Du wirst noch eine Rechnung von uns bekommen. Und ich biete dir noch was anderes an.»

NEUNZEHN

Irgendwann am Nachmittag überholte Teichert Tamaras Wagen, den sie gewendet und vor dem Abzweig in Fahrtrichtung, aus der sie gekommen war, geparkt hatte. Sie hockte hinter einer Hecke, als sie das Auto entdeckte, fummelte die Hose hoch und die Knöpfe zu, rannte zu ihrem Auto.

Teichert fuhr wieder zurück, dieselbe Strecke, nur in Steglitz, in der Einkaufsstraße, gab es eine Abweichung. Er hielt am Straßenrand, vor einer Imbissbude, die Freundin hüpfte hinaus und kam mit Currywürsten wieder. Sie aßen im Auto.

Tamara bekam Hunger, das Frühstück lag schon einige Stunden zurück. Aber sie wagte es nicht, sich auch am Imbiss etwas zu besorgen, womöglich fuhr Teichert zwischenzeitlich davon. Sie kramte im Handschuhfach, aber darin lag nur noch ein Päckchen Kaugummi. Seufzend schälte sie einen Streifen aus dem Papier.

Irgendwas trieb sie, an Teichert dranzubleiben, war es auch nur, sich nicht eingestehen zu wollen, dass sie nur Zeugin der Waldrammelei gewesen war.

Er ließ die Frau an der Seitenstraße, die von der Rheinstraße abzweigte, aussteigen; die Frau ging zu Fuß weiter, winkte.

Teichert fuhr stadteinwärts, nun schneller.

Tamaras Handy klingelte, sie stellte es ab. Der Verkehr wurde dichter, sie konzentrierte sich darauf, ihn nicht zu verlieren, aber auch immer wieder Abstand zu halten.

Potsdamer Straße, Leipziger, dann wandte er sich Richtung Osten, in die Karl-Marx-Allee.

Nach Grünau, nach Hause, fuhr er nicht, dorthin hätte er einen anderen Weg ausgewählt, war diese Strecke ein Umweg.

In der Frankfurter Allee, frisch renoviert die Stalingebäude, ordnete sich Teichert mit seinem Auto an einer Ampel nach rechts ein.

Ja! Er fuhr in Richtung zur Spree, dorthin, wo seine Immobilie sein musste, wenn sie die Beschreibungen von Melissa richtig erinnerte.
Ein Neubaugebiet. Teichert parkte. Stieg aus.
Tamara folgte ihm. Er drehte sich nicht um.
Das Haus, zu dem Teichert lief, war einer der modernen Bauten aus Beton, Stahl und Glas, versetzte Balkone und Terrassen, dreistöckig, noch nicht fertig gestellt, oben, an Dach und Terrasse, wurde noch gearbeitet, Bauwagen auf dem Gelände, das vermutlich später als Garten gedacht war.
Teichert zog einen Schlüsselbund aus der Hosentasche, schloss auf, ging hinein, die Tür fiel hinter ihm ins Schloss.
Tamara rannte hinterher, aber die Tür war schon zu.
An den Klingeln nur ein Schild: Teichert und Panitz Immobilien. Hier wohnte noch niemand.
Tamara sah sich um, entdeckte die Holzbretter, die einen Steg über matschigen Boden bildeten. Schwachsinn, die anzulegen, um an das Balkongeländer zu gelangen. Denn was dann? Scheiben einwerfen? Aber irgendwas trieb sie weiter, sie konnte nicht aufgeben, umrundete noch einmal das Haus. Dabei entdeckte sie Teichert, der die Fenster im ersten Stock öffnete, na also.

Melissa schob sich am Bahnhof Hackescher Markt ein Sandwich rein, bevor sie sich auf den Weg zu Evelyn Kunz machte. Keine gute Idee: Das Brot von vorgestern, mit einer widerlichen Mayonnaise bekleistert, darauf das, was Thunfisch sein sollte. Sie kippte eine Cola dazu runter und fühlte sich danach schlechter als zuvor.
Sie hatte während der U- und S-Bahn-Fahrt Paula angerufen und das meiste des Gesprächs mit Braun weitergegeben. Jetzt ging es darum, diese Kunz gnädig zu stimmen. Sie musste die Fotos rausrücken, von Brauns Ankunft am Flughafen Tegel.

Paula suchte die Nummer des Mannes, der sie bei der BfA beraten hatte, als sie ihm Unterlagen brachte, um prüfen zu lassen, wie es um ihre Ansprüche mal bestellt sein würde; immerhin hatte sie lange Jahre als Angestellte Beiträge bezahlt. Die vermutliche Höhe der Rente war niederschmetternd, er genierte sich beinahe, ihr die Summe, überschlagen, zu nennen, sah zweimal auf ihre Altersangabe, als könne er nicht fassen, dass man mit Ende dreißig nicht mehr eingezahlt hatte.
Sie war die letzte Kundin vor seinem Feierabend, er war geduldig, beinahe altmodisch Kavalier. Sie lud ihn zum Abendessen ein, nachdem sein Magen vernehmlich geknurrt und der Junge rot angelaufen war.
Ein netter Abend. Ein sehr netter. Und irgendwo musste noch seine Telefonnummer sein.
«Was hast du vor?», fragte Gladys.
«Als Freiberufler muss man Sozialabgaben bezahlen, auch, wenn man keine Einnahmen hat. Man kann aber einen Antrag auf Befreiung stellen. Ich kenne einen, der dort beschäftigt ist, der mir sagen kann, ob Teichert so einen Antrag gestellt hat. Panitz war bei ihm angestellt. So ein Antrag wäre ein Indiz, dass die Firma in finanziellen Schwierigkeiten steckt.»
Paula erreichte den Mann und benötigte zehn Minuten, um ihn dazu zu bringen, ihr zu gestehen, dass er die Software zu Hause hatte, mit der im Büro gearbeitet wurde, Zugang zu den Daten hatte, das Wochenende nutzte, um sich weiterzubilden, um voranzukommen, etwas zu lernen. Niemand wisse, wie lange das noch ein sicherer Arbeitsplatz, ob die Behörde auch in zwanzig Jahren noch existiere, er wolle lernen, selbständig zu beraten.
Gladys bewunderte Paulas Gesprächsführung, die Art, wie sie sich auf den Mann einstellte, zu dem gelangte, was sie wollte, in einer Mischung aus mütterlichem und flirtendem Umgang mit dem jungen Mann.

Schließlich war er bereit, ihr zu helfen, ritterlich, der Frau in Not. Und er fand das Gesuchte.
Teichert hatte den Antrag auf Befreiung von Sozialabgaben gestellt. Die Sekretärin war bei ihm angestellt, aber nicht Panitz. Teicherts Unterlagen enthüllten eine katastrophale Bilanz.
«Die Bank wird ihm den Kredit kündigen, er ist im Verzug.»
Paula wählte Tamara an. Das Handy war abgestellt. Melissa musste jetzt bei der Fanclubvorsitzenden sein.

Gerade, als Melissa den Klingelknopf drücken wollte, trat Evelyn Kunz aus der Haustür.
«Ich hab keine Zeit, es ist etwas dazwischen gekommen», schnauzte sie und wollte Melissa stehen lassen.
«Moment mal. Ich bin die ganze Strecke hierher gefahren, um dich zu treffen. Und du gehst einfach? Ich hab mich sogar früher von Tom aufgemacht, um pünktlich hier zu sein», köderte sie.
Das brachte Kunz zum Stehen.
Eine Straßenbahn fuhr vorbei, Autos drängelten nach.
In die eingetretene Stille hinein legte Melissa nach.
«Ich weiß, wo und wann du Tom treffen kannst.»
Kunz ging zurück in das Haus, noch eines der unrenovierten mit grauer Fassade, mit wackeligem Treppengeländer, Briefkästen, teilweise aufgebrochen, Graffiti an den Wänden.
Kunz wohnte im ersten Stock, führte Melissa in die schmale, lichtlose Küche, mit Blick auf den engen Hinterhof, so eng, dass man in das Gebäude dahinter spucken konnte.
Kunz bot Kaffee an, den Melissa akzeptierte, um die Frau mit einer Ablehnung nicht wieder störrisch zu machen.
Während das Wasser durch den Filter lief, verließ Kunz die Küche, kehrte mit Ausdrucken auf Fotopapier zurück.
«Die sind immer noch nicht im Album», entschuldigte sie und legte den Stapel vor Melissa auf den Küchentisch.

Eines nach dem anderen betrachtete Melissa die Fotos, die Braun zeigten, die Ankunft, den fluchtartigen Gang zum Auto. Schnappschüsse in die Menge, die zurückblieb, als Braun im Auto war. Lilli auf einem Foto. Und Panitz. Im Gespräch mit Teichert, der Panitz am Revers der Lederjacke gepackt hielt.
«Da wollte ich noch ein gutes Foto von Toms Frau, aber die haute auch ab.»
Das Foto bewies nur, dass Teichert nach Abfahrt von Braun am Flughafen war, allerdings sah die Szene nach einem Streit aus.
«Sind das alle?»
Kunz nickte.
Noch einmal blätterte Melissa die Fotos durch, legte sie enttäuscht auf den Tisch.
«Sind das wirklich alle, die du gemacht hast? Vielleicht hast du schon welche aussortiert?»
«Moment mal.»
Kunz lief in den Flur, kam mit einem Briefumschlag zurück.
«Hier drin sind noch welche, für meinen Vater. Der hat keine E-Mail, da kann ich sagen, was ich will, der muss alles noch per Post, da ist der Völler drauf, wissen Sie, der Trainer von der Nationalmannschaft, der ist da gewesen an dem Tag, woher der kam? Na ja, dachte ich, machste dem Alten mal 'ne Freude, der ist doch Fan von der Fußball-Nationalmannschaft und …»
«Evelyn, bitte.»
«Muss ich den Umschlag nochmal aufmachen.»
Sie reichte Melissa ein paar Fotos.
Da. Da war er, er, der behauptet hatte, zu spät am Flughafen eingetroffen zu sein, stand dort unter den Wartenden, an denen Völler vorbeilief. Teichert. Das war eindeutig vor der Ankunft Brauns, die Fans noch in Erwartung. Das Foto zeigte die Uhrzeit.
Volltreffer.
«Kann ich diese Fotos mitnehmen?»

Melissa hatte sich abrupt von Kunz verabschiedet, ihr kurz mitgeteilt, wann sie Tom träfe, war aus der Wohnung gehastet, die Treppe hinuntergerannt, stand jetzt im Treppenhaus und drückte aufgeregt die Büronummer, weihte Paula ein.
«Wir müssen Teichert finden.»
«Ich kümmere mich darum. Komm hierher. Weißt du, wo Tamara steckt?»
«Keine Ahnung.»

Paula bekam über die Ansage des Anrufbeantworters Handynummern von den Teicherts.
«Ja?», meldete sich Frau Teichert leise.
«Ach, Sie sind es, Frau Oshinski. Moment mal. Ich bin gerade im Museum, im Pergamonmuseum, dort gehe ich immer hin, wenn ich mich nich so fühle, der schöne große Raum mit dem Tempelnachbau, wenn man bedenkt, was die alles durchgestanden ... Mein Mann? Ist es sehr wichtig? ... Wir haben uns heute Mittag im Büro getroffen ... Dort meldet sich niemand? ... Ja? ... Dann gehe ich vor die Tür, rufen Sie mich in ein paar Minuten nochmal an.»
Paula rief sofort Melissa an, unterwegs zum Büro, die Museumsinsel auf ihrem Weg.
«Ich werde die Teichert am Telefon festhalten, bis du sie hast. Bring sie mit. Schlepp sie ab. Egal, wie. Und halte Kontakt über das andere Handy mit Gladys. Er ist nicht erreichbar, ich wette, Tamara hat ihn auf dem Kieker. Sie meldet sich auch nicht. Ich hab das Gefühl, dass Tamara sich in Schwierigkeiten bringt.»
Gladys übernahm das zweite Handy, Melissa würde durchgeben, wenn sie die Teichert entdeckte.
Kurz darauf war die Teichert wieder am Apparat.
«Bleib cool», flüsterte Gladys.
Paula nickte. Jetzt, nach dem kurzen Gespräch mit der Teichert, war Paula wirklich in Sorge um Tamara.

«Ich danke Ihnen, Frau Teichert, dass Sie sich die Umstände machen. Ich weiß, dass meine Kollegin, Frau Hermann, heute Mittag bei Ihnen war. Wissen Sie vielleicht, wo die Kleine abgeblieben ist? Wissen Sie, eine Anfängerin, unerfahren …»
Gladys hob anerkennend den Daumen, nickte ihr zu.
Dranbleiben.

Melissa rannte über die Brücke auf die Museumsinsel, vorbei am Alten Museum, schlängelte sich durch eine Gruppe Japaner, die das renovierte Gebäude fotografierten, vorbei an fliegenden Händlern mit russischen Puppen und Bernsteinketten. Schneller. Rechts reinlaufen, in einen Fußgängerpulk, Melissa wich auf die Straße aus, ein Bus hupte, sie rannte zur Seite, weiter, und dort, der Zugang über den Fluss zum Eingang des Museums.
«Ich sehe sie», gab Melissa durch, jagte über den weiten Vorplatz, gedeckt durch Besucherscharen, blieb schließlich vor der Teichert stehen.
«Sie können auflegen, das Gespräch persönlich mit Paula weiterführen.»
Melissa hakte die verdutzte Frau unter, die erst ein paar Schritte mitging, dann stehen blieb, sich wehrte: «Sie schon wieder? Was soll das? Was machen Sie? Verfolgen Sie mich?»
«Es gibt Informationen über Sie und Ihren Mann, die wir sofort der Polizei übergeben können. Paula hat darauf gedrängt, erst mal mit Ihnen zu sprechen. Zum Beispiel über das Foto, das Sie im Haus der Kulturen zeigt, am Tag, als Panitz ermordet wurde.»
«Was sind denn das für Methoden? Ist das Ihre Art zu arbeiten?»
«Mir ist es egal, ob Sie mitkommen, ich kann die Medikamente direkt der Polizei übergeben. Haben Sie noch welche bei sich? Morphine? Barbiturate? Sicher auch ein Rezept vom Arzt, der die verschrieb. Hören Sie. Ich hab scheiß Tage hinter mir. Ich will jetzt endlich wissen, was los ist. Wer mir das sagt, ist mir egal. Also?»

Die Teichert ließ sich jetzt unterhaken, am Fluss entlang, durch das Flohmarktgewühle, dann den kurzen Weg zum Büro führen, wo Paula und Gladys warteten.
Kaum im Zimmer, zog Paula die Frau zur Couch.
«Wir wissen, dass Ihr Mann vor der Pleite steht, Bankkredite zu platzen drohen, das Immobilienkartenhaus zu krachen droht. Ihr Mann besucht nicht nur potenzielle Kunden, wenn er unterwegs ist. Ihr Mann hat eine Freundin, nicht?»
«Ich weiß.»
«Sie wissen es?»
Sie nickte.
«Und Sie können damit leben?»
Gladys kam dazu, drückte der Teichert einen Becher Kaffee in die Hand.
Melissa versorgte sich mit Kaffee und besah sich die auf dem Küchentresen ausgebreiteten Fotos.
Gladys stellte sich neben Melissa.
«Damit leben? Sie haben gut reden. Was soll ich machen? Scheidung? Früher war das kein Problem. Heute hätte ich nicht mal das Geld, für das, was hier eine Scheidung kostet. Früher hatte ich mein eigenes Geld, hatte Arbeit, kam raus, unter Leute, jetzt bin ich arbeitslos, etwas, das ich mir nie vorstellen konnte. Und nichts in Aussicht und immer älter werden und immer weniger Chancen. Jetzt muss ich ihn um Geld bitten. Sitze zu Hause. Seh niemand. Nur mein eigenes Auto gibt mir noch das Gefühl, beweglich zu sein, die olle Karre. Früher hatte ich Zuversicht, Elan, jetzt hab ich vor allem Angst. Ohne ihn, wie soll ich leben, ich schaff's ohne ihn nicht mehr.»
«Und dann haben Sie angefangen, Tabletten zu nehmen? Hat Panitz Ihnen das Zeug besorgt?»
«Ich wusste, dass er so was hatte. Ich wollte mal abschalten, ohne Angst sein. Nicht denken, nichts spüren.»
«Wie lange nehmen Sie die schon?»

«Deshalb war ich im Haus der Kulturen», überging die Teichert die Frage. «Ich war an dem Tag in der Stadt, auf einem Amt, mein Mann wollte mich abholen, rief aber an, er schaffe es nicht, die Konferenz sei umgelegt, alles dauere länger. Also bin ich dorthin gefahren, es war kein Problem, reinzukommen, ich kenne noch Leute von früher. Panitz hat mich ohne was sitzen lassen, ist einfach abgereist. Ich hab mich dort im Hintergrund gehalten, mein Mann sollte mich nicht sehen, der weiß doch von nischt. Mit einem ehemaligen Kollegen saß ich in seinem Büro, der ist nach der Wende gut auf die Füße gefallen, hat sich schnell selbständig gemacht. Und plötzlich hieß es, Panitz wäre tot. Ich hab gesehen, wie sie ihn raustrugen.»

Teichert trank von dem Kaffee.

«Ist das dieser Teichert?», fragte Gladys Melissa leise und deutete auf eines der Fotos.

«Ja.»

«Du weißt natürlich nicht, ob die Kleidungsstücke von Verdächtigen beschlagnahmt und untersucht wurden. Schau mal diese Jacke an, die er trägt. Wo ist die? Wenn man jemand ersticht, kann es Blutspritzer geben.»

«Paula, kommst du mal?»

Paula warf einen Blick auf die Teichert, die ihren Kaffee trank, ging zum Tresen.

«Du hast doch mit Teichert gesprochen», flüsterte Melissa. «Wohin ist er gefahren, nachdem er im Haus der Kulturen war?»

«Moment. In sein Büro, hat er gesagt, wenn ich mich recht erinnere, ja, in sein Büro.»

«Bring sie dazu, dass sie mit mir in dieses Büro fährt. Ich will dort rein, aber legal, verstehst du. Teichert hat diese Jacke nicht weggeschmissen, die ist teuer, gehört zu einem Anzug, er muss befürchten, dass ein Verlust seiner Frau auffällt. Als Hausfrau weißt du, was dein Mann trägt.»

Paula ging wieder zur Teichert.

«Ihr Mann hat Tom Braun engagiert, hab ich gehört.»
«Werbung ist alles, sagt er. Wohnen, wo die Stars leben, nach dem Motto, verstehen Sie?»
«Aber Panitz wollte plötzlich für Braun arbeiten und mit ihm nach Köln ziehen.»
«Das war ein Schlag, als der Anruf aus Amsterdam kam. Ein Vertrauensbruch.»
«Vertrauensbruch?»
«Seit der Zeit, als Panitz meinem Mann das Geld in die Hand drückte, um es auf unser Konto zu packen, damals, vor der Währungsumstellung, hat mein Mann Panitz vertraut. Einer, der ihm einen Batzen Geld anvertraute, ohne Papier, ohne Vertrag. Und so haben sie weitergemacht. Die Kredite laufen auf meinen Mann. Dieser Braun sollte doch die Rettung sein, nicht nur die große Wohnung kaufen, und plötzlich sagt Panitz, dass er mit ihm aus Berlin weggeht.»
Jetzt weinte sie, in Paulas Arm, schluchzte herzzerbrechend. Sie ahnte womöglich, was ihr Mann getan hatte.
Melissa, im Rücken der Teichert, forderte Paula gestenreich auf, Tempo zu machen.
Teichert bekam einen regelrechten Weinkrampf und Paula Schuldgefühle, die Frau weiter auszufragen. Aber die Sorge um Tamara trieb sie an.
«Sie brauchen Hilfe. Diese Tabletten sind doch auch keine Lösung.»
Sie schob der Frau ein Taschentuch in die Hand, mit dem sie in ihrem Gesicht herumwischte, dann die Augen darunter verbarg.
«Wir werden Sie zu einer Freundin bringen, die ist Ärztin, die versteht etwas von Tablettensucht, kann Sie beraten. Aber vorher sollten Sie überprüfen, ob alles aus dem Büro entfernt ist, die sind illegal, das bringt Sie zusätzlich in Schwierigkeiten, das wissen Sie doch. Melissa fährt mit Ihnen in das Büro und dann zu der Ärztin.»

«Ich bin mit dem Auto da, ich …»
«Ich werde es nicht zulassen, dass Sie sich in diesem Zustand ans Steuer setzen. Melissa wird Sie fahren, ich kann nicht, der Gips. Sie wissen, dass Ihr Mann im Haus der Kulturen war?»
«Was wollen Sie andeuten?»
«Was trug Ihr Mann, als er an dem Abend heimkam?»
«Das weiß ich nicht mehr.»
«Fehlt nicht das Jackett zu einem Anzug? Sehen Sie mal, hier auf dem Foto.»
Melissa verdrehte die Augen, tippte sich an die Stirn. Aber Paula nahm die Fotos, zeigte der Teichert ihren Mann, mit dem Mantel über dem Arm.
«Ihr Mann hat mir gesagt, dass er erst spät am Flughafen war, dort Panitz und Lilli Braun einsammelte, die sich stritten. Hier auf dem Foto sieht es so aus, als habe er sich mit Panitz gestritten, und eines der Fotos zeigt, dass Ihr Mann schon am Flughafen war, bevor das Flugzeug landete, und dort wartete. Hat er auf Panitz gewartet? Wollte er ihn dazu bewegen, dazubleiben? Und ist Panitz doch bei seiner Entscheidung geblieben? Ihr Mann wurde wütend, so, wie er Panitz an der Jacke gepackt hielt, sehen Sie? Wo ist die Jacke Ihres Mannes? Zu Hause? Im Büro?»
«Oder bei seiner Freundin?», warf Gladys ein.
«Wissen Sie, wo die Frau wohnt? Frau Teichert, Ihr Mann steckt in großen Schwierigkeiten. Wir vermuten, dass auf dem Grundstück Müll lagert. Nichts mit Wasseradern. Müll. Giftmüll womöglich, auf den man stoßen wird, wenn man an den Stellen gräbt, die Panitz in den Plan einzeichnete. Ihr Mann hat in Kauf genommen, dass Leute auf verseuchtem Boden wohnen. Wollen Sie in so was reingezogen werden?»
«Er hat mir versprochen, das abtransportieren zu lassen. Deshalb war das Grundstück nicht so teuer. Nach der Wende haben alle möglichen Firmen dort ihren Müll entsorgt. Wir brauchten doch auch das Geld, als Eigenkapital für den Kredit.»

Paula hätte die Frau am liebsten geschüttelt.
«Frau Teichert. Sie haben doch auch Kinder. Wollen Sie riskieren, dass Kinder in Ihr Haus einziehen und so wohnen? Gesundheitsschädlich, auf diesem Müll? Helfen Sie uns, decken Sie das nicht mehr. Wo finden wir die Freundin Ihres Mannes? Sie können sich doch nicht jetzt auch noch hinter ihn stellen.»
«Im Haus gegenüber vom Büro. Es ist seine Sekretärin.»
«Und jetzt noch eine Frage. Wo könnte Ihr Mann sein?»
«Wir haben uns vor dem Büro getroffen, kurz nachdem die beiden Frauen da waren, sie und die andere.»
Melissa und Paula tauschten Blicke. Das war Tamara.
«Er wollte noch zu dem neuen Haus, sich vom Stand der Arbeiten dort überzeugen.»
«Geben Sie mir die genaue Adresse.»
Minuten später. Melissa fuhr die Teichert in deren Auto in das Büro ihres Mannes, versorgt mit der Adresse einer Ärztin, die Paula noch informiert hatte. Gladys begleitete die beiden, womöglich mussten sie der Freundin Teicherts einen Besuch abstatten, Melissa würde Hindernisse mit Brachialgewalt aus dem Weg räumen, und Gladys versprach, sie zu bremsen; in Wahrheit mochte Paula Gladys nicht allein in ihren Räumen lassen.
«Ich liefere die Teichert dort nur ab», sagte Melissa.
«Das ist eine erste Hilfe für Suchtkranke. Die Frau ist am Ende, sonst hätte sie den ganzen Zauber hier nicht mitgemacht und die Fahrt jetzt ins Büro auch nicht. Die steht vor einem Zusammenbruch, also passt auf sie auf. Ruft mich an, wenn Ihr die Jacke habt. Wir übergeben sie der Soko.»
Paula suchte die Visitenkarte des Fahrers, mit dem sie vor einigen Nächten Tamara heimgebracht und dann nach Wannsee gefahren war. Zehn Minuten später stand er mit seinem Taxi vor der Tür.
Paula nannte ihm die Adresse der Teichert-Immobilie.

Plötzlich sah Tamara ihren Ausbilder vor sich, den Ärger, den er ihr androhte, wenn sie nicht aufhörte mit den Alleingängen; mit dieser Beurteilung würde man sie nicht übernehmen. Und so war es gekommen. Ein kurzer Kampf mit sich, dann ging sie zurück zum Auto, setzte sich hinein und schaltete das Handy ein.
«Paula? Hier Tamara.»
Erleichterung in Paulas Stimme, die Tamaras Erklärungsversuch, warum sie nicht erreichbar war, wegwischte: «Wir reden später darüber. Wo bist du?»
«Vor Teicherts Haus. Er ist drin.»
«Bleib draußen. Teichert ist in aussichtsloser Position. Leerstand des Hauses, Kredit platzt. Panitz hat ihn reingeritten. Wir sind auf dem Weg zu einem Beweismittel; vermutlich hat er Panitz umgebracht. Bleib draußen. Ich bin unterwegs zu dir und schicke jemand.»
Kaum aufgelegt, wählte sie Ehlers' Nummer.
«Ich brauch deine Hilfe. Polizeihilfe.»

Also noch kein Geständnis? Der Polizei das überlassen?
Tamara stieg aus, nahm den Minidisc-Recorder aus dem Kofferraum und steckte ihn in die Tasche, verbarg das winzige Mikro an der Jacke, machte alles bereit für eine Aufnahme.
Auf dem Nachbargrundstück klaute Tamara die Leiter, die an der Bretterbude lehnte, eine kurze Leiter, aber immerhin. Sie lehnte sie an die Hauswand, unter einen Balkon, sprang nach oben und griff nach der Eisenstange, die das niedrige Geländer begrenzte, schwang sich hoch und hinüber, duckte sich und verharrte so eine Zeit lang. Dann hörte sie seine Schritte, von oben. Sie stieg ein, durch das offene Fenster neben der Balkontür, die Teichert zugelassen hatte.
Tamara stand in einem Zimmer im ersten Stock, bemühte sich, zu hören, wo Teichert sich gerade befand. Sie vibrierte vor Erregung, wie in der Ausbildung, als sie probehalber in die dunklen

Ausbildungsräume unter der Erde geschickt wurde, um jemanden zu verhaften: Hinter jeder Ecke konnte der Gesuchte stehen, einen Hund auf sie hetzen, sie mit einer Waffe angreifen. Sie war bekannt für ihre kühlen, unerschrockenen und schnellen Reaktionen.

Er war oben, in der Penthousewohnung, wenn sie ihr Gehör nicht trog.

Sie schlich ins Treppenhaus, hinauf, Turnschuhe auf Steinstufen, bis oben. Die Wohnungstür aus schwerem Holz stand offen.

Tamara lugte hinein, zog blitzschnell den Kopf zurück, aber der Flur war leer. Sie huschte hinein.

An der Wand entlang, dorthin, woher die Geräusche kamen. Worte, gemurmelt, der Mann redete mit sich.

Wieder um die Ecke spähen, den Kopf zurückziehen.

Teichert drehte ihr den Rücken zu, fummelte an einem Safe, in die Wand eingelassen.

Tamara wollte sich durch die andere Tür bessere Sicht verschaffen, schlich zurück, in die Küche, stieß mit dem Schienbein gegen den Herd, der schon eingebaut, gegen die offene Tür des Backofens. Ein Schmerzlaut, zu spät abgebrochen. Teichert drehte sich um, mit einem Messer in der Hand.

«Sachte», schluckte Tamara. «Ich bin es. Tamara Hermann, die Mitarbeiterin von Frau von Oshinski. Nehmen Sie doch das Ding runter, Herr Teichert.»

Sie machte einen Schritt auf ihn zu, er hob die Hand, richtete die Messerspitze auf sie.

«Vorsicht. Sie wollen sich doch nicht noch mehr Kummer machen.»

«Bleiben Sie stehen.»

«In Ordnung. Lassen Sie uns in Ruhe reden. Kann ich mich setzen, ja?»

Tamara ließ sich an der Wand herunter, setzte sich mit angezogenen Beinen, auf Lauerstellung, drückte den Aufnahmeknopf.

Er starrte sie an, dann auf die Waffe. Langsam senkte er die Hand.
«Woher haben Sie das?»
«Das gehört mir nicht. Das muss ihm gehören. Er hat den Safe einbauen lassen.»
«Ist Ihnen nicht gut? Sie sind ganz bleich. Setzen Sie sich doch.»
Teichert hob den Kopf, sah durch sie hindurch.
Tamara rutschte zentimeterweise näher zu Teichert.
«Das ist doch das Messer, sieht aus wie ein Dolch. Hatten Sie Angst, dass man Sie beobachtet, wenn Sie es verschwinden lassen?»
Der Protest kam lahm.
«Ich versteh nicht, was Sie meinen.»
«Das lässt sich leicht feststellen, wenn man die Blutspuren untersucht, die mit Sicherheit noch zu finden sind, auch wenn man mit bloßem Auge nichts mehr sieht.»
Teichert besah sich das Messer, schwankte, ging in die Knie, fiel zur Seite, das Messer glitt ihm aus der Hand.
Sofort war Tamara an seiner Seite, kickte das Messer weg, bückte sich, er atmete, hatte die Augen geschlossen. Tamara hockte sich zu ihm, öffnete die oberen Hemdknöpfe. Der Mann brauchte einen Arzt, und ihr Handy war im Auto. Sie nahm seine Hand.
«Atmen Sie gut durch. Haben Sie ein Handy bei sich?»
«Im Auto», sagte er.
Die Fenster geöffnet. Sonst gab es nichts zu tun.
«Ich geh jetzt einen Arzt holen, bin gleich zurück.»
Er packte zu, drückte ihre Hand, wollte nicht loslassen. Was tun, was nur tun, warum war sie nicht draußen geblieben.
Der Mann griff sich an die Kehle.
«Haben Sie Schmerzen?»
Er öffnete die Augen.
«Nein. Geht schon wieder. Helfen Sie mir auf.»
«Langsam.»

Er setzte sich auf, von Tamara gestützt, lehnte den Oberkörper an die Wand.
«Der Kreislauf. Ich hab damit Probleme.»
«Ich werde doch besser einen Arzt anrufen.»
«Bleiben Sie, bitte. Mit mir ist es …», er brach ab. «Dieser Panitz.»
«Er hat Sie reingelegt.»
«Er hat mich ausgetrickst. Ich hab ihn schwarz bezahlt, es gibt viele Käufer, die ihr Schwarzgeld unterbringen wollen. Lassen Sie mich reden», wehrte er Tamaras Versuch, ihn zum Ausruhen zu bewegen, ab. «Ich hab die Kreditanträge unterschrieben, wegen seiner Sucht, der hat mich die Tabletten absichtlich sehen lassen, damit ich Angst ums Geschäft kriege und allein unterschreibe. Panitz hätte das Zeug doch wegpacken können, als ich ihn in seiner Wohnung besuchte, das war alles inszeniert. Jetzt sitz ich allein auf den Verträgen. Und dann wollte er mir Braun wegschnappen, der nicht nur diese Wohnung kaufen, sondern auch als Werbeträger eingesetzt werden soll, damit sich diese Wohnungen verkaufen, bevor die Kredite platzen. Dieser Anruf aus Amsterdam. Ich hab ihn am Flughafen abgepasst. Ich wollte reden, aber er blieb dabei, dass er geht.»
Tamara beobachtete angstvoll die Schweißperlen, die sich auf Teicherts Stirn bildeten; sie hatte keine Erfahrung mit so was, wusste die Symptome nicht einzuordnen, alles, was sie in Erste-Hilfe-Schulungen gelernt, war wie weggewischt.
«Dein letztes Wort, hab ich ihn im Flur gefragt, er kam mit einem Getränk an, und ich hatte noch eine Tasche von Frau Braun. Er ließ mich stehen, ging in die Garderobe, ich hinterher. Ist das dein letztes Wort? Du lässt mich in Zukunft in Ruhe, hat er gesagt, sonst mach ich eine Anzeige wegen dem Müll. Reg dich nicht auf, hat er gesagt. Reg dich nicht auf. Hier, ich hab was, um dich zu beruhigen. Er hielt mir eine Pille hin. Und da war's vorbei bei mir.»

«Warum erzählen Sie mir das alles?»
«Einer muss noch wissen, wie es war.»
«Was soll das heißen, Herr Teichert?»
Tamara betrachtete sein Gesicht, stand auf, um jetzt endlich einen Arzt zu holen.
«Polizei», rief ein Mann, die Stimme verstärkt. «Machen Sie die Tür auf, Herr Teichert, wir wissen, dass Sie da drin sind.»
Dann standen auch schon zwei Polizisten im Flur.

duo mal zwei
oder paula und melissa,
gladys und tamara

TEIL DREI

ZWANZIG

Welch eine Woche.

Tamaras Aufnahmegerät hatte versagt.

Aber Teichert legte ein umfassendes Geständnis ab. Selbstmordgefährdet, wurde er in die Krankenstation verlegt und entsprechend beobachtet.

Die Detektei Oshinski und März konnte sich vor Anfragen und Aufträgen kaum retten.

Diplomatie war angesagt, um die Eigenmächtigkeiten zu verbergen und das, was unumgänglich, der Polizei zu enthüllen. Die Jacke von Teichert, der Soko übergeben, trug wesentlich dazu bei, dass die Kripo es unterließ, die Ermittlungen der Detektei genauer zu untersuchen.

Die Heidelberger Kripo fand in den Sachen, die seine Schwester abgeholt hatte, Panitz' Kundenbuch.

Die Soko Berlin entschlüsselte das Dokument, ein Netzwerk an Gefälligkeiten gegen Uppers, Downers, Morphine, Schlafmittel. Auch ein Mitarbeiter des Leichenschauhauses flog auf, der Panitz' Innereien verlegt, aber wieder auftauchen ließ, als der Fall in der Presse Wellen schlug. Der Mann wollte die Innereien verschwinden lassen, aus Sorge, dass man Medikamentenspuren fände, die Kripo in diese Richtung ermitteln und auch ihn als Kunden finden würde.

Der Referatsleiter der Abteilung Bau- und Wohnungswesen beim Senat, sehr befreundet mit einer hochrangigen früheren Treuhandmitarbeiterin, ging «auf eigenen Wunsch» in den vorzeitigen Ruhestand. Er hatte sich dafür stark gemacht, dass das Areal, auf dem das Teichert-Gebäude stand, im Flächennutzungsplan aufgenommen wurde, der Bauplan in der Bezirksverordnetenversammlung eine politische Mehrheit fand, abgesegnet wurde, auch vom Senat, der, wenn es sich um Flächen in

Flussnähe handelte, mitentschied. Der Bauantrag in der Abteilung Bau- und Wohnungswesen war mit seiner Hilfe schnell genehmigt, das Bauland nicht weiter untersucht worden.
Paula kopierte das Kundenbuch, für alle Fälle. Sie wettete mit Melissa, wer öffentlich aufflog und wessen Geschichte vertuscht, im Stillen geregelt wurde.

Samstagmittag. Paula parkte in der Nähe des Mietshauses, in dem Ehlers und seine Frau wohnten, die zu dieser Jahreszeit immer allein ihre Familie besuchte. Paula sah zum ersten Mal, wo Ehlers wohnte, sie wollte ihn diskret abfangen, sich aussprechen, ihm das Päckchen mit seinen Sachen zurückgeben, mehr war nicht in ihrem Haus von ihm. Er hatte nach ihrem Anruf dafür gesorgt, dass schnell Polizeikollegen an Teicherts Haus eintrafen.
Nun saß Paula schon eine halbe Stunde hier, wie zu einer Observierung. Sie stieg aus, lief zu dem Haus, das Päckchen als Alibi in der Hand.
Eine Frau lehnte, den Oberkörper auf dem Kissen, aus dem Fenster der Wohnung im Hochparterre, sie sprach Paula an.
«Suchen Sie jemand?»
«Privatpost. Ich habe ein Paket für Herrn Ehlers.»
«Können Sie mir geben. Ich nehme für alle Mieter die Post an. Ehlers hat doch Schichtdienst.»
«Und Frau Ehlers?»
«Der ist Junggeselle. Eine Frau Ehlers gibt es nicht.»
In diesem Moment trat Ehlers aus der Haustür.
Paula knallte ihm das Paket vor die Füße, holte aus und schlug ihm die offene Hand ins Gesicht.

Samstagnachmittag, fünfzehn Uhr zwanzig. Olympiastadion Berlin.
Hertha gegen Freiburg.

Die beiden Fußballmannschaften beendeten die Aufwärmphase, die Spieler gingen zurück in die Kabinen.
Die Mannschaftsaufstellung wurde über Lautsprecher angesagt, schnell die Spieler der gegnerischen Mannschaft, dann die der eigenen, nur die Vornamen, dann brüllten die Zuschauer die Nachnamen.
«Besser und billiger als jede Therapiestunde», hatte Tamara erwidert, als Paula erstaunt hörte, wo Tamara jeden zweiten Samstagnachmittag verbrachte.
Tamara nahm rasch ihren Platz im Oberring ein, Stammplatz, begrüßte die Umsitzenden mit Handschlag, einer fehlte heute, und sie konnte es sich bequem machen in den engen Reihen.
Sie brüllte die Namen der Stürmer noch mit. Die Fans in der Ostkurve machten Stimmung.
Einlauf, Seitenwahl, Anpfiff. Tamara vergaß die Woche, die Freude über den neuen Job. Das Spiel, temperamentvoll von der Heimmannschaft begonnen, verflachte nach fünfzehn Minuten. Querpässe, Angsthasenfußball.
Und noch mal nach hinten. Keiner ging mit dem Ball, es dauerte zu lange, bis man vorne war, sich dem Sechzehner näherte, man spielte umständlich. Immer aus dem Halbfeld hoch in die Mitte rein, wo alle Spieler sich klumpten und jeder hohe Ball von der gegnerischen Abwehr runtergepflückt wurde.
Meine Güte. Wieder kein Flügelspiel.
Wie spielt man denn eine Viererkette aus, bis zur Grundlinie und in den Rücken der Abwehr flanken.
Valiumfußball. Die wollen nur die Null verteidigen, statt selbst eins zu schießen. Auf eigenem Platz.
Tamara stöhnte, brüllte, sprang auf, redete auf den Nachbarn ein und der auf sie.
Das war kein Abseits, das war gleiche Höhe. Bestenfalls passives Abseits.

Die Ostkurve stimmte Gesänge an, trommelte die Mannschaft nach vorn.
Die Spieler von Hertha verkrampften.
In der Pause jeder ein Trainer, meckern, und die Hoffnung auf ein besseres Spiel in der zweiten Halbzeit.
Das wurde es. Aber nicht von der eigenen Mannschaft, die gegnerische merkte, dass hier etwas ging.
Zwei Gegentore in rascher Folge.
Im Stadion wurde es ruhiger, jetzt hörte man sogar die mitgereisten Fans der gegnerischen Mannschaft, die diese lautstark anfeuerten.
Tamara schrie sich die Seele aus dem Leib: Mensch, wenn die nicht mal gegen eine vom unteren Tabellendrittel gewinnen? Was machen die eigentlich im Training? Keine Ballbehandlung, dem verspringt regelmäßig der Ball.
Aber jetzt, ein schneller Angriff, Konter im eigenen Stadion, Tamara sprang auf: Tooooor.
Es wurde noch ein Unentschieden. Zu wenig für den selbst formulierten Anspruch der Mannschaft.
Alles rausgebrüllt. Erschöpft. Sauer über die verpennten ersten fünfzig Minuten. Schlaffer Einsatz bei zu vielen, das bei dem Gehalt und den Eintrittspreisen, wie der Nachbar sagte. Und dann jammern sie noch rum, dass man sie schlecht macht in der Presse.
Tamara gab ihm die Hand, auch den anderen in der Reihe hinter ihr. Bis in zwei Wochen, zum nächsten Heimspiel.
Tamara überließ sich dem Pulk, der aus dem Stadion drängte, die Gesichtszüge wieder unter Kontrolle.
Rasch zur S-Bahn, nach Hause, zur Sportschau, danach stünde sie der Welt wieder zur Verfügung.

Die Stadt ihr so fremd wie ihr Ursprung, ihre wahre Abstammungsgeschichte; unbekannt auch, was vor ihr lag. Noch war ihr

die Tragweite ihrer neuen Lebenssituation noch nicht wirklich bewusst.
«Go and visit Checkpoint Charlie», hatten Bekannte, die Berlin bereits besucht, Gladys geraten.
Kochstraße, ehemals Berlin West.
Allied Checkpoint. Von weitem zu sehen das übergroße Foto eines Soldaten oder Offiziers der amerikanischen Streitkräfte.
Ein Wachhäuschen auf der Straße, davor brusthoch Sandsäcke gestapelt, Fotomotiv für die Besucher: Eine duckte sich dahinter, einer mimte ein Gewehr in Händen, den Lauf auf die Sandsäcke gestützt, die Kamera im Visier.
Alte Gebäude und nach dem Mauerfall erbaute in wildem stilistischem Durcheinander. Mauerbrocken, die die Hausfassade eines der zahlreichen Andenkenläden dekorierten. Drinnen auch ein Tisch mit Büchern in englischer Sprache: Berlin, Marlene Lived Here. The Reagans and the Wall. Magda Goebbels, a Biography. The Fall of the Wall. Daneben Mauersteine en miniature, garantiert echt.
Doch wo war die Mauer gewesen, wie sah es aus damals?
Vielleicht zu erfahren im Mauermuseum, vor dessen Eingang sich zwei Schulklassen drängelten. Gladys verschob ihren Besuch.
Im Freien war nichts geblieben, das Gladys einen Eindruck von der Realität damals, dem Leben mit der Mauer, gäbe. Warum war nicht ein Teil der Anlage stehen geblieben, als eindrucksstarkes Geschichtsdokument?
Stattdessen Papp-Buden en masse, wie zur Kirmes, wie ihre Mutter das nannte, zum Abfangen der Touristen; man bot Bier, Bratwurst und Bagels zum Verkauf.
Besucherbusse fuhren langsamer, an dem Schild vorbei: You are leaving the American sector, viersprachig. Foto. Weiter. So schlimm, wie gedacht, war es vielleicht doch nicht, damals.
Gladys floh, hinein in die Friedrichstraße, früher famous für sein

Nachtleben à la Cabaret, der Film nach Isherwood, dessen Buch auch angeboten wurde.
Jetzt nahmen die üblichen Läden die Checkpoint-Besucher auf. Hochgelobte neue Bauten, architektonisch gesehen.
Gladys sah bombastische Fassaden, penetrant korrekt die Fenster in Reih und Glied, grau, schwarz, grau, beige, die üblichen Fassaden der Moderne.
Über den Läden die Schilder: Büroflächen zu vermieten.
Autoschlangen quälten sich, auf engen Fahrbahnen, durch die enge Häuserschlucht, die den Motorenlärm hin- und herwarf: Zweispurig nur die Fahrbahn und doch ein Höllenlärm.
Die Fassaden zum Wegschauen langweilig, Designerläden nicht Gladys' Welt.
Gladys stieg wieder in die U-Bahn Stadtmitte. Es gab Spannenderes zu erkunden in Berlin.

Melissa ging noch einmal die neuen Stücke durch.
Sie saß zu Hause, am Klavier, sang nur mit gebremster Stimme, drückte die Harmonien dazu.
Sie hatte sich mit Paula zu einem späten Frühstück getroffen, die Veränderungen besprochen, die für Oshinski und März anstanden.
Paula, ganz Chefin, hatte am Vortag mit Tamara gesprochen, ihr das Angebot unterbreitet, angestellt als Privatdetektivin einzusteigen: «Du hast Bewährung nach deinem Solo. Ich will nicht, dass du die Detektei nur für Sologänge benutzt, in der Hoffnung, dich damit für die Kripo zu qualifizieren.»
Sie einigten sich auf ein Probehalbjahr.
«Sollen wir uns etwa wieder neue Räume suchen?», fragte Melissa, die grundsätzlich einverstanden war mit dem Expandieren.
«Tamara wird den Tisch der Sekretärin zu ihrem Arbeitsplatz machen, solange die die Freuden der Mutterschaft genießt. Dann sehen wir weiter.»

«Ich würde Gladys gerne ein Angebot machen.»
«Das ist nicht so einfach.»
«Die Frau ist gut.»
«Vielleicht bekommen wir eine Arbeitsgenehmigung für sie als Beraterin für internationale Fälle, internationales Recht, blabla.»
«Zählt denn nicht, dass sie eine deutsche Mutter hat? Jeder Sportler mit einem Urgroßonkel bekommt einen deutschen Pass.»
«Wir werden uns erkundigen. Arbeit gibt es, bis zur Halskrause. Und vielleicht noch freie Räume in diesem Gebäude.»

Die Aufregung vor einem Konzert war die alte – daran änderte sich wohl nie etwas, auch keine noch so lange Erfahrung.
Das erste Konzert nach langen Jahren.
Das war es, dieses Unmittelbare, dieses Leben, verdichtet im Jetzt, in diesem einen Moment – das war live Musik machen, mit nichts zu vergleichen.

«Mit wem singt Melissa?», flüsterte Tamara Paula zu.
«Das ist Tom, Tom Braun.»
«Quatsch. Bei allem Respekt, du hast einen zu viel getrunken. Braun. In so einem Rahmen, vor fünfzig Leuten. Der singt doch ganz anderes Zeug.»
«Früher nicht. Sieh sie dir an. Erst Ost-West, vereinigte Kriminalität, Teichert und Panitz. Jetzt singt Ost-West. Ich hasse Happyends.»
«Ost-West? Interessiert doch außerhalb Berlins keinen.»
«Du denkst auch, Berlin sei der Nabel der Welt.»
«Schscht. Langsam, du kippst den Wein wie Wasser runter, trinkst doch sonst keinen Alkohol.»
«Du bist nicht meine Mutter. Ich hätte ihm in die Eier treten sollen, den verfluchten Tritt auf mein Karma nehmen.»
«Geht doch mal raus zum Quatschen. Hier singt sich jemand

die Seele aus dem Leib, ihr ignoranten Schnepfen», schimpfte Evelyn Kunz.

«Willst du bei mir wohnen, bis du weißt, wie es für dich weitergeht?», fragte Paula Gladys in der Pause.
«Melissa hat mir auch schon ihr Gästezimmer angeboten.»
«Was wirst du tun?»
«Ich schlafe eine Nacht darüber, okay? Danke für das Angebot.»
«You are welcome.»

Ein Spaziergänger fand die Leiche eines Mannes im Tiergarten. Der Tote, ein Mann mittleren Alters, war unbekleidet. Die Art des gebrochenen Genicks wies auf die Arbeit von Profis hin. Bandenstreit, schrien die Zeitungen und zeigten ein retuschiertes Foto.
McMillans Augen waren ins Leere gerichtet. In der Hand eine Feder, vermutlich vom nahen Zoologischen Garten herübergeweht.
Man fand seine Mörder nie.

DANKSAGUNG

Mein besonderer Dank gilt Bodo Bohm, Christine Busch, Gottfried Klier, Dirk Lohr (Facharzt für Allgemeinmedizin), Tina Schwarzwälder und Anonymus.
Sie haben mich großzügig an ihrem Wissen und ihren Erfahrungen teilhaben lassen und insbesondere meine Fragen zu medizinischen und kriminalistischen Problemen kompetent und geduldig beantwortet.
Joachim Jessen (Literaturagentur Thomas Schlück) hat mich großartig unterstützt.
Ich danke Bernd Jost herzlich für sein nachhaltiges und einfühlsames Lektorat – ein Geschenk!
Marion Schwarzwälder

Philip Kerr

«Ein glänzender, erfindungsreicher Thriller-Autor.»
Salman Rushdie

Alte Freunde – neue Feinde
Ein Fall für Bernhard Gunther
Roman. 3-499-22829-7

Im Sog der dunklen Mächte
Ein Fall für Bernhard Gunther
Roman. 3-499-22828-9

Feuer in Berlin
Ein Fall für Bernhard Gunther
Roman. 3-499-22827-0

Gesetze der Gier
Roman. 3-499-22145-X

Esau
Roman 3-499-22480-1

Das Wittgensteinprogramm
Roman. 3-499-22812-2

Game over
Roman. 3-499-22400-3

Der Plan
Roman. 3-499-22833-5

Der zweite Engel
Roman
3-499-23000-3

Der Tag X
USA 1960: John F. Kennedy ist Präsident, und der Kalte Krieg droht heißzulaufen. Schlechte Zeiten für die Mafia, deren Geschäfte auf Kuba nicht mehr gut gehen. Castro muss weg – schließlich kann man in Amerika alles kaufen, auch einen Killer …

3-499-23252-9

B 16/1